JN114516

太郎と弥九郎

飯沼青山

鳥影社

太郎と弥九郎

目次

太郎と弥九郎

序章

ひとりの少年がいる。

その昔、源頼朝が流されたという蛭ヶ小島からゆるやかな坂を登ってゆくと、堀割に囲まれた小山に至る。鬱蒼たる樹林の中をさらに上へ登ると、やがて明るく視界が開け、老松や杉がまばらに生えた山頂に出る。

眼下には豊かな田方平野が広がり、狩野（かの）川の清流が南北に貫いている。南には緑深き葛城山、西を向けば雲立ちわたる富士の白峰を望むことができた。

伊豆韮山の名家に生まれた少年は、かれの先祖が仕えた北条早雲の居城、韮山城の本丸跡にいた。縞の小袖に馬乗袴を着け、腰には白糸巻黒呂鞘の脇差を差している。丈高く色白で、大きな強い眼と高い鼻梁、強く引き結んだ唇は、少年ながら美丈夫と言っていいだろう。

少年は山を散策するのが好きだった。冬あたたかく夏涼しい伊豆の山々は、どこかやさしい姿をしている。自邸はかつて韮山城の砦のひとつであり、本丸とは尾根伝いに連なっていた。

かれは冬の澄み切った日差しを浴びながら、ひたむきに山々を眺めていた。その視線の向こうには天城山系が聳え、さらに南の下田港の先には未だ見ぬ大海が広がっているであろう。

もうひとりの少年は、降りしきる雪のなかにいた。

越中仏性寺村という小さな集落の百姓である少年は、蜿蜒と連なる山々に囲まれた、あばら屋にいた。野良着姿ではあるが、頑健な体軀に眼光炯々と光り、その面がまえには不屈の精神が表れている。広い額に太い眉、頑丈そうな顎は、百姓というより地侍のような勁さとしたたかさを感じさせた。

少年は学問がしたかった。学問をして儒学者になるという夢を抱いていた。

その志を遂げるにはどうすればよいか。

かれは胸の内の鬱勃たる思いを持て余しながら、藁を編み、縄を結い、蓑をつくりつづけた。この土地に生まれた百姓は、こうして一生、山と雪に閉じ籠められ、ひっそりと生きてゆくしかない。

そのあいだも深々と雪は降り積もってゆく。

伊豆韮山の少年はその後、父の跡を継いで韮山代官となった。

賄賂を禁じ、飢饉のときは百姓に援助米や御救金を与え、自らは清貧に徹した。

高島秋帆に洋式砲術を学び、雷管銃や西洋の大砲をみずから造り、日本で初めての西洋式帆船を製作するなど、この国の海防の先駆者となった。長州の奇兵隊よりはるか前に、農兵隊を組織したのもかれである。

青銅砲より丈夫で飛距離の出る鉄の大砲を造るために反射炉を建設した。ペリーの再来航に備えて——かれにとって不本意なかたちではあったが——江戸湾に大砲の台場を造った。反射炉は韮山に、台場は東京湾に現存している。

越中仏性寺村の少年は単身、江戸へ出て儒学者にはならず、剣客となった。

神道無念流の達人として勇名を馳せ、かれの創設した道場、練兵館は、千葉周作の玄武館、桃井春蔵の士學館とともに江戸三大道場として並び称せられた。練兵館は門弟三千人といわれ、門人から桂小五郎、高杉晋作、山尾庸三、吉田稔麿、品川弥次郎、渡辺昇など幕末の志士を輩出した。

剣だけでなく、兵学や儒学も教えた。銃隊と騎兵隊を組み合わせた、洋式銃隊の調練も行なった。西洋式の兵団による戦闘を訓練した剣道場は、練兵館だけであろう。その点、剣術のみを教えた他の道場とは、まったく異なっていた。

生まれも育ちも対照的なふたりの少年は、やがて不思議な縁で知り合い、肝胆相照らす友となる。かれらは互いに協力し、助け合いながら、徳川の世が内憂外圧によって瓦解してゆく、激動の時代を駆け抜けることになるのだが——。

ふたりとも、その運命を未だ知らない。


幕末の日本を震動させたものに、異国船と尊王攘夷思想がある。

水戸学の尊王という思想は、徳川光圀の『大日本史』編纂事業から生まれた。

それが、圧倒的な軍事力を持った欧米列強の帝国主義という荒波にさらされて、攘夷という苛烈な排外主義と結びついた。外交はそのエネルギーを孕(はら)んで、国中を嵐のように揺り動かした。

ふたりの少年は長じて後、その最前線で獅子奮迅の活躍をする。

そのひとり江川太郎左衛門英龍は、韮山代官という地方官でありながら海防と外交を担当し、幕閣のみならず外様大名や有意の士の期待を一身に背負った。

ペリーが来航するころ、西洋砲術の知識と実践においても、強引に開国と通商を迫る欧米列強との交渉においても、もっとも頼りになる男であった。

もうひとりの斎藤弥九郎は、著名な剣客としてだけでなく、尊王攘夷の論客としても一目置かれた。幕末、その道場練兵館には藤田東湖、会沢正志斎、吉田松陰らが親しく通い、尊王攘夷思想の発信地としても機能していた。多くの長州藩士が水戸学と出会ったのは練兵館においてだった。

ともあれ、ふたりはまだ、伊豆と越中という遠く離れた場所にいる。

幕府代官と百姓という身分に生まれ、どうやって知り合い、かけがえのない関係を築くに至るのか。少年たちの人生をたどってゆくことにしたい。

江戸へ

この物語の主人公である江川英龍——幼名は芳次郎という——は、享和元年（一八〇一）五月十三日に伊豆韮山で生まれた。父は韮山代官江川太郎左衛門英毅。太郎左衛門という名は代々引き継がれている通称であり、代官に就任すると名乗ることになる。

江川英毅は、時計の間で書物を読みながら、考えに耽っていた。

芳次郎のことである。芳次郎は三男であるが、長男は夭折したので実質は二男である。三歳上の兄倉次郎と、みき、たいという妹がいる。

嫡子である倉次郎は従順で書を好み、あまり外に出たがらないせいか、身体が弱く病がちである。性格も身体も、硝子細工のように透き通って繊細であった。

芳次郎は対照的に不羈奔放、山中をほっつき歩いたりして、片時も家に落ち着いていない。なにごとも付和雷同せず、徹底的に議論しようとする。相手が英毅であっても負けていない。骨はあるが扱いにくい子どもであった。

英毅は、きかん坊の芳次郎に閉口しつつも、倉次郎にもう少し覇気があったら、とも思うのである。

江川家の由来は平安末期までさかのぼる。

始祖は清和源氏源満仲の次男頼親。第六代親治が保元の乱で崇徳上皇方に付いて平基盛に捕らわれ、九代親信は大和国宇野荘から家臣ともども伊豆八牧郷へ落ち延びた。このころの姓は宇野氏である。十代宇野治信は、源頼朝の挙兵に従って功あり、江川荘を賜った。

土着の小豪族だった宇野氏は、戦乱の世をうまく生き延びたといえるだろう。

鎌倉幕府が盛んなうちは鎌倉によく仕えた。元弘三年には赤松圓心と六波羅へ向かい、桂川の先陣で大功を挙げて「江川殿」と尊称された。執権北条時頼には、邸内の名水で醸(かも)した酒を献じている。

室町幕府が興ると足利将軍家に仕え、江川氏を名乗るようになる。北条早雲が伊豆に進出すると、旗下に馳せ参じ、早雲の伊豆平定に力を尽くした。早雲にも酒を献上し、美味と賞されて「江川酒」の名を賜っている。

江川酒は外交的贈答にも使われた。北条氏政は永禄十二年に江川酒とみかんを上杉謙信に贈り、氏政の子北条氏直は、織田信長が武田家を滅ぼした天正十年に、戦勝祝いとして江川酒と馬三疋を贈っている。

豊臣秀吉による小田原征伐のときは、乱世の武家らしく、きわどい賭けに出た。当主の江川英吉は北条氏規に味方して韮山に籠城し、長男の英長は秀吉方の徳川家康のもとに奔(はし)ったのである。

賭けは成功した。家康の内意を受けた英長は、父英吉を通して北条氏に名誉ある開城を進言した。百日の籠城の末、北条氏規は城を明け渡した。江川家はまたしても生き延びた。

江川氏は本領五千石を安堵されたが、北条家の遺臣が異議を唱え、妥協案として家康は英長の子、江川英政に代官として旧領を支配するよう命じた。その後、享保八年に家臣の不祥事があって代官職から外されたが、寛延三年に復職し、韮山代官江川家は第三十五代英毅に至っている。

英毅は東海道人物誌に「中隠堂主人」という号で記載されるほど、有名な文人旗本であった。多くの儒学者、蘭学者、医師、画家たちと交際があり、江川家の家族もこうした最高水準の教養人と直に接することができた。

その中には、柴野栗山（りつざん）、朝川善庵といった儒学者や、太田蜀山人南畝、頼杏坪（きょうへい）（頼山陽の叔父）、山東京伝などの文人、谷文晁（ぶんちょう）、大国士豊ら画家、杉田玄白、司馬江漢、宇田川玄真ら医師・蘭学者もいた。英毅は天文学や測量にも関心を抱き、伊能忠敬に師事していた。

父の交友が醸し出す開明的な雰囲気は、幼い芳次郎にも強い影響を与えたであろう。

江川家には譜代の家臣たちがいる。平安末期に大和から伊豆へ落ち延びたとき、ともに従ってきた十三騎の家臣たちだ。金谷十三騎、あるいは十三軒と呼ばれ、江戸期に入ってからは金谷村で農に帰しているが、事あらば主家のために戦う気がまえを持っている。

「容貌雄偉、眼光人を射、言語快活」

少年のころ、そう評された芳次郎は、金谷村の家臣たちにことのほか人気があった。

もちろん兄の倉次郎は嫡子だから、別格である。しかし、蒲柳の質で性格も優しい倉次郎より、大きな眼と全身から気をみなぎらせている弟のほうを頼もしく思ったのは、武家として自然な気分だったかもしれない。

母の久が倉次郎をとくに可愛がっているのは、嫡子だからというだけでなく、手がかかるだけに、よけい愛おしいのであろう。そのせいかどうか、ふだん怖いもの知らずの芳次郎が、母の前では急にしおらしくなってしまうのである。

芳次郎が幼いころのことである。久は縁側で爪を切っていた。

庭園で遊んでいた芳次郎は、駆け寄って地面に散らばった爪を拾い集めた。

久はそれを見て不思議に思い、

「その爪をどうするのです」

と我が子に聞いた。

「母上の爪が地上に落ちていては、誰かが踏んでしまうかもしれません。もったいないことでございます」

久はそんな芳次郎が可笑(おか)しくもあり、気がかりでもあった。

「武士の子が、母の爪など気にしなくともよいのですよ」

小さな芳次郎は爪を手に、縁側の母を見上げた。

武士の子はかくあるべし、と言われるのが芳次郎はいちばん弱い。母への想いと武士としての誇りの板挟みになって、今にも涙がこぼれそうである。

「ここへお座りなさい」

久は縁側に座った芳次郎に微笑みかけた。

「戦ではたとえ親兄弟が倒れても、その屍(しかばね)を越えていかねばなりませぬ。でも、そなたの優しさはうれしく思いますよ」

芳次郎はほっとしたように、こくりとうなずいた。

あるとき、芳次郎は乗馬の練習をしていて落馬し、右腕をひどく痛めた。

母を心配させたくなかったが、隠し通せるほどの傷ではない。痛みをこらえ、素知らぬ風で言った。

「乗馬の練習中に腕を少し痛めました。何か塗り薬をください」

久は自ら薬を息子の腕に塗りながら、

「武芸の修行に傷はつきものです。古人も、三度肘を折って良医となると言うではありませぬか」

と息子を励ました。

後年、かれはこういった母の思い出を息子の英武に語り、そのたびに涙を流した。

芳次郎が母の前で見せるいじらしさは尋常ではない。母が兄の倉次郎を溺愛したため、その関心を惹こうと、懸命にいい子であろうと努めたのかもしれない。

しかし芳次郎は、倉次郎のことも大好きなのである。


もうひとりの主人公、斎藤弥九郎善道は寛政十年（一七九八）正月十三日、百姓の斎藤新助、磯夫婦の長子として越中射水郡仏性寺村脇谷に生まれた。

祖先は藤原利仁という敦賀の豪族で、後に加賀国富樫に移って富樫斎藤と称した。

その後、織田信長に討たれ、敗走して越中に移り住み、百姓になったと伝えられる。

集落の組合頭だった新助は、性恬淡（てんたん）にして名利を求めることのない寡欲の人であった。その頑丈な躰と労苦をいとわぬ真面目さは、たしかに弥九郎にも遺伝していた。母の磯は小柄できびきびとした働き者であった。

近隣でも弥九郎の評判はいい。八歳のころから論語や孟子の素読を教えている寺僧は「鄙（ひな）には稀な賢い子じゃ」と妙な褒め方をした。

百姓にしておくのはもったいない。奉公すれば、きっと出世するであろう。

寺子屋では読み書きだけでなく、商売の初歩も教えた。教科書は、堀流水軒著の『商賣往来』という商いの入門書である。

越中は薬売りのような行商がさかんである。弥九郎は学問も算盤も手際よくこなした。

弥九郎は学者を志していたのだが、周囲はもっと世俗的な希望を託した。

「江戸へ出たい」

弥九郎は願った。

仏性寺村の子どもが商家に奉公するなら高岡か金沢で、江戸へ出るものは稀である。しかし、弥九郎は江戸へ行きたかった。

新助は、弥九郎が家を出たがっていることを、うすうす知っていた。息子は百姓に珍しく野心がある。

実は江戸に伝手（つて）がないこともない。

「九郎三郎が江戸にいる」

新助は常々言っていた。脇谷九郎三郎は新助の妹の亭主である。仏性寺村脇谷の出で、夫婦して江戸へ行き、金を貯めて御家人株を買った。仏性寺村では出世株の代表である。

脇谷の叔父を頼れば道が開けるかもしれぬ。

文化七年、十三歳の弥九郎は高岡に出て、横田町油店室崎文左衛門方の小僧になった。ある日、富山藩藩主の参勤交代の行列に遭遇した。路傍に跪（ひざまず）いた弥九郎は驚き、かつ悄然とした。

——同じ人と生まれてこうも違うものか。

その後、木船町の薬種店に移った。薬種店には諸国を回る薬売りが集まってくる。ここで聞いた江戸の情報は、弥九郎を大いに刺激した。

「江戸にないものは無い」

薬売りの利吉は言う。利吉は関東路を回る鑑札を持っていたので、江戸に詳しかった。

天下の諸侯とその家臣たちが参集し、学問の塾も剣術の道場も繁盛している。富のあるところには諸国の物産が集まり、人も集まる。男としてひと旗揚げるなら、江戸を措いてない。

文化時代の江戸の人口はおよそ百万。無宿者や百姓の二男三男が出てきても、その日暮らしとはいえ商売で生活していけるだけの豊かさを、江戸という町は実現しつつあった。

利吉は、顧客への土産にしていた売薬版画を、弥九郎に見せた。

それは、歌舞伎役者松本幸四郎の武者絵であった。きらびやかな装束に黄金造りの太刀、江戸にはこんな侍が本当にいるのかと、弥九郎は驚き、胸をはずませた。

「本気なら俺が連れて行ってやる。宿も教えてやろう」

薬売りは名主や分限者の家に泊まることもある。懸場帳（かけば）という薬の売掛帳には、そうした顧客の名前が記されていた。

反魂丹という、越中の有名な薬がある。

元禄の頃、江戸城内で三春の城主秋田河内守が、突然腹痛に苦しみだした。そこへ富山藩二代藩主前田正甫（まさとし）が通りかかった。

「よい薬がござる、これを」

と言って印籠から取り出したのが、反魂丹である。河内守にこれを与えたところ、見事に腹痛は治ってしまった。その様子を見ていた諸大名は、反魂丹をぜひ自国でも販売してくれるよう、正甫に頼み込んだ。

いかにも芝居がかった逸話であるが、ともあれ反魂丹は全国的に有名になった。越中の薬売りは、諸国をめぐって反魂丹などの薬を売り歩いた。

町と交流のない山村では、旅人から得られる情報は貴重である。米相場、流行(はやり)もの、事件など、薬売りは諸国を回っているので、生きた瓦版のようなものだ。村の有力者はこぞって彼らを歓待し、情報を収集しようとした。利吉と一緒であれば宿代も食費も節約できそうであった。

弥九郎にとって、ぼんやりした夢に過ぎなかった江戸という町が、次第にかたちを持った身近なものになりつつあった。


文化九年、弥九郎は路銀として銀一分を懐中に旅立った。

ときに弥九郎十五歳。江戸までおよそ百二十里の道のりである。

その銀は、弥九郎が奉公で貯めたわずかな金と、母の磯が箕やすげ笠を編んで得た金を合わせたものだった。

銀一分は一両の四分の一である。江戸までの旅費にとうてい足りるものではない。食うものも食えず、野垂れ死にするかもしれぬ。

しかし、弥九郎は楽観的に考えようとした。江戸へ出るという目的の前には、銭がないなどたいしたことではない。

磯は暗いうちに起きて、米と麦の飯を炊いた。斎藤家としては、せいいっぱいの贅沢であった。大きなむすびをいくつも握り、干飯(ほしい)や米と一緒に持たせようとした。もっと長く息子の身支度を手伝っていたかったが、手は反対にきびきびと動き、思いのほか早く済んでしまった。

磯はよく息子の顔を見ようとした。

空はまだ暗く、残月がほんのりと光っている。

淡い光に照らされた弥九郎の顔は、陰影のせいか大人っぽく見えた。磯がこの日のために縫った着物に股引をはき、腰には山刀を差している。

「達者でな」

磯は、やっとそれだけ言った。

「便りをします」

弥九郎は笑顔で言った。小柄な母親が、いつもよりさらに小さく見えた。

ぺこりと頭を下げると、弥九郎は踵を返し、大股に歩きだした。

磯はその姿を眼に焼き付けようと、背伸びをして眼を凝らした。

後ろ姿はどんどん小さくなり、やがて林の中に消えた。


弥九郎は高岡に出て薬売りの利吉を訪ねた。

木船町へ行くと、利吉は既に江戸へ向かったという。

「もう三日も前に出たからな、子どもの足では追いつけんやろ」

薬問屋の丁稚は半ば同情し、半ば呆れながら弥九郎に言った。

「おまえ、本当に江戸へ行く気か。金はあるんか」

「金ならある」

いくら持っていると聞かれて弥九郎は正直に答えた。丁稚はぽかんと口を開けた。

「そんなもの三日でなくなるぞ」

弥九郎は平然として言った。

「なくなったら働きます」

弥九郎の苦難の旅は始まった。まず飛騨高山に出て、中山道から江戸に出ようとした。

街道を行けば一人旅の行商人などと連れ立って歩く。弥九郎は荷物持ちをして、駄賃を稼いだ。

荷物持ちで稼げないときは近道の間道を走った。河原をずっと歩くこともあった。夜も月光を頼りに走った。

何度も道に迷った。ある時など山道を歩いていたら断崖絶壁に出て、来た道を引き返した。

深山に迷い込んで、樵夫（きこり）に食を分けてもらったこともあった。歯が折れそうになるほど固い握り飯だったが、弥九郎は力強く嚙みしめ、清らかな泉の水で胃の腑へ流し込んだ。しばらく樵夫の仕事を手伝い、斧を振るって薪を造った。礼として糧食をもらい、道を教えてもらって別れた。

旅のあいだ、まともな宿に泊まったことはほとんどない。地蔵堂に潜り込んで雨露をしのげればましなほうで、野宿することもしばしばであった。

不意の夕立に軒先を借りようとしても、風体を怪しんで中に入れてくれぬ家が多かった。雨にそぼ濡れながら、弥九郎は傷ついた獣のようにじっと耐えた。

江戸へ——

故郷を出た時から、この希望に充ちた言葉を、呪文のように心の中で唱え続けた。

弥九郎は中山道を経て江戸板橋宿に着いた。晩夏に故郷の越中を出てから、すでに秋風が街道の埃を吹き上げていた。

板橋宿には街道沿いに多くの旅籠や店が立ち並んでいた。しかし、だれも弥九郎に声をかけようとしない。

それはそうだろう。長旅でぼろぼろになった衣服は、ところどころ破れて身体からぶら下がっていた。月代は伸びて芒のごとく、垢にまみれた黒い顔は眼だけが爛々と光っていた。

懐には二朱の金が残っていた。なけなしのその金で、弥九郎は焼き芋を買った。久しぶりの温かい食い物である。この時の甘い芋の味を、かれは終生忘れなかった。

弥九郎は父に聞いた脇谷九郎三郎の家を四谷に訪ねた。叔母が出て「あっ」と声を上げた。それほど弥九郎の姿が異様だったのである。

弥九郎は、真黒な顔に白い歯を見せて笑った。


叔父の九郎三郎は、八方手を尽くして弥九郎の奉公先を探してきた。旗本の能勢助之丞頼護の従者である。能勢家は禄高六百石、屋敷は神田三河町にあった。当主の頼護は布衣であり、御徒頭、御先手弓組頭の後、いまは西丸槍奉行を務めていた。布衣とは狩衣の一種で、将軍お目見えが許される旗本の礼服であり、その着用が認められる身分である。

弥九郎は能勢家を訪ね、用人の堀和兵衛に挨拶した。

「脇谷九郎三郎甥の斎藤弥九郎と申します」

和兵衛はこのとき五十三歳。幕吏を務め、小藩に仕えたのち、能勢家の用人となった。代々の禄を食む武士と違って、酸いも甘いもかみ分けた苦労人である。

大地に根が生えたように、すっくと立つ弥九郎を見て、和兵衛はひと目で気に入った。

(これは骨がありそうじゃわい)

そして、その出自にも気づいた。脇谷九郎三郎が、北国から出てきて御家人株を買ったらしいことも聞き及んでいたから、おおよそは推察できた。

(百姓じゃな。しかし、なまじっかの侍より、ずっとましな顔をしておる)

質素だがこざっぱりした古着の筒袖と裁付袴(たっつけ)を身に着けた弥九郎は、まだ江戸の水に馴染まぬ土臭さがあった。

「これへ参れ」

和兵衛は弥九郎を、表門に連なる長屋へ連れて行った。小さな部屋で調度も何もないが、弥九郎にとっては夢のようであった。ここから新しい人生が開けるのだ。

「こほん」と咳をして、和兵衛は話し始めた。

「御当家は源頼光流の由緒あるお家柄であり、殿様は武によって御公儀にお仕えしておる。弓の上手として高名であり、鳴弦蟇目(めいげんひきめ)の法を代々伝えておられる」

ひとしきり当主能勢助之丞頼護の家系と経歴を講釈した。

「そちは殿の従者として、しっかりと勤めよ」

行こうとして、和兵衛はふと思い出したかのように振り向いた。

「弥九郎、そちはいくつになる」

「十六でございます」

（まだ子どもではないか）

和兵衛は首を振り振り、訊いた。

「そちは、その、何のために江戸へ出た」

「……儒学者に、なりとうございます」

弥九郎は、一瞬の逡巡の後に言った。

いきなり聞かれて戸惑ったが、しかし、己の志を述べるのに恥じることはない。堂々と言い切って顔を上げ、真っ直ぐに和兵衛の目を見た。

「学問をしたいのか、それは……」

感心――と言おうとしたが、従者をしながら塾に通うわけにはいくまい。しかし、和兵衛は呑み込んだその言葉が、あたたかく自分の顔に表れるのを感じた。

和兵衛は飄々（ひょうひょう）とした風采の奥に、俠骨を多分に持っていた。ぽっと出の田舎臭いこの少年のひたむきな目は、和兵衛の心のやわらかな部分を刺激したに違いない。

「そちの志はわかった。書を読みたいなら、わしに言え。殿にお願いしてやる、しかし」

ほころんでいた口を、への字に曲げて言った。

「お勤めはお勤めじゃ。せいぜい励め」

「はっ」

この日から弥九郎は能勢家の従者となった。

弥九郎は、頼護の乗馬の口取りや挟箱（はさみばこ）持ちとして付き従い、屋敷にいるときは掃除、水汲み、庭木の枝払いから馬の飼い葉やりまで、ありとあらゆる雑用をやった。あまりによく働くので、女中や他の小者たちは暇になった。「田舎者はよう働くわ」半ば皮肉っぽく、半ばあきれて陰口をたたいた。

夜になって人々が寝静まると、和兵衛に頼み込んで借りた経書や史書を読んだ。眠くなると拳を額に当てて机に伏し、仮眠をとった。布団で寝たことは絶えてなかった。

厳冬の寒気が耐え難いときは、馬小屋へ行って竹刀を振った。気合いを込め、暗闇の中で無心に素振りをした。

素振りを続けるうちに、竹刀を己の躰の一部のように操られるまでになった。面、突き、袈裟、逆袈裟——誰からも剣を習わないのに、弥九郎は腰を入れ、体捌きをしながら、恐るべき速さで虚空を斬った。

もし、その姿を見かけた者がいたら、弥九郎が闇の中で舞でも舞っているように見えたかもしれない。軽やかで動きに無駄がなく、不思議なことに足音もほとんど聞こえなかった。闇を切り裂く竹刀の鋭い風音だけが厩舎に響いた。

柱に打ち込みもした。激しい打ち込みに木肌はすり減り、厩舎はゆれ動いた。馬にとってはいい迷惑であったろう。寝不足の馬は何となく元気がなくなった。

頼護も和兵衛もそのことを知っていたが、あえて何も言わなかった。

ある日、頼護が和兵衛に小声で言った。頼護は、和兵衛よりひとまわり齢上の、六十五歳である。

「そちも気づいていよう。弥九郎のことだ」

「は、殿も」

老人たちは顔を見合わせた。

「いつまでもつかの」

「四書は越中にいるとき、あらかた読んだようでございますが、今は再読しております。次は史記を読みたいそうで。いったい何時寝ておりますことやら」

「布団を使った形跡もないというではないか」

「御意。弥九郎の額をご覧になりましたか。痣ができております。おおかた机に突っ伏して、うつらうつらしておるだけなのでございましょう」

「ふむ、それにしても、夜中の素振りは困ったものじゃ。馬がまいっておろう」

頼護は大きな口を開けて笑った。和兵衛は大真面目な顔で、

「厩舎の柱もそうとう傷んでおります。このぶんでは来年あたり倒れてしまいまする」

「これはかなわぬ」

頼護も和兵衛も、孫のような齢の弥九郎の気張りようが、可笑しくもあり可愛くもあった。

文化文政期は、松平定信による寛政の治への反動のように、武士は質実剛健の美風を失い、武術も廃れた。下級武士は困窮し、家伝の武具を売り払うものが続出した。

その一方で、町人文化と商品流通は盛んになり、芝居や歌舞音曲が流行り、江戸期最後の繁栄を迎えつつあった。そういうご時世にあって珍しい若者である。

しかし、封建社会の身分制の中では、弥九郎はあくまで従者である。武士ではない。身を立てるには、文武いずれかの道で名を上げるしかない。

学者になるには、だれか儒者の塾に入って学ばなければならないが、そのためには師に払う束脩（そくしゅう）や月謝が要る。もちろん弥九郎にそんな金はない。

だが剣術なら、住み込みの内弟子として道場の雑用をしながら剣を学び、暇な時間に書を読むこともできる。

「猿楽町の岡田殿に相談してみるか」

「それはよろしゅうございます。岡田殿ならば……」

和兵衛は、ぽんと膝を打った。

岡田十松吉利。神道無念流「撃剣館」の道場主である。道場は神田猿楽町にあり、秋山要助、鈴木斧八郎、森重百合蔵など名だたる剣士を輩出して評判が高い。

弥九郎の運命は、ゆるやかに動き始めた。


「倉次郎の具合はどうじゃ」

江川英毅は妻女の久に訊いた。このところ嫡男の倉次郎が風邪気味なのである。

「寝所で休んでおりますが、少し元気になりましてございます」

久は努めてにこやかに言った。本当はあまりよくない。

倉次郎を韮山から本所の江戸屋敷に連れて来たのは、正式に代官見習いとして幕府に申請するためであった。

昨年末以来、何人もの幕府要人に倉次郎ともども挨拶回りを重ねている。代官の直属の上司にあたる勘定奉行をはじめ、一日に十人以上の幕閣を訪問することもあった。

倉次郎の代官見習い就任は正式に認められ、英毅、倉次郎親子は将軍家斉に拝謁した。

これで江川家の次の当主は、倉次郎と決まったわけである。決まったら決まったで御礼回りである。

幕臣官僚は、こういう儀礼を粛々とこなさなくてはならない。

煩瑣(はんさ)な公務のなか、気分転換を図る意図もあって、英毅は倉次郎に武芸をすすめた。津軽藩槍術師範の細井権左衛門に槍術を、友人の旗本権太如幻に居合を、神道無念流の岡田十松に剣術を習わせることにした。

最初のうちは元気よく通っていたのだが、十日もすると風邪で休むようになった。昨日も杉田玄白、長谷川養順らが、往診して薬を処方してくれた。

「岡田殿も心配して書状をくれた。気疲れが重なったからだろう」

「韮山に戻ればよくなりましょう。芳次郎もおりますことゆえ」

倉次郎、芳次郎兄弟は、幼いころからずっと仲がいい。倉次郎も弟と一緒ならば気が休まるのではないか。

「次に出府するときは、芳次郎も連れて来よう」

その頃、芳次郎は野山を散策し、好きな絵を描き、気ままな生活を送っていた。

撃剣館

「話は能勢様からお聞きしています。おあがりなさい」

撃剣館の玄関に立った弥九郎へ、まるで客人に対するように、岡田十松は丁寧に声をかけた。

弥九郎は大木のような十松を見上げ、辞儀をした。

「お世話に相成ります」

岡田十松は穏やかな微笑を浮かべてうなずいた。背丈は六尺余もあるだろうか、眼も口も顔も大きく、対手を威圧するような存在感があったが、物腰は柔らかく声も落ち着いていた。

道場に入ると正面に紙が貼ってあり、流派の心得が書かれている。

「天下のために文武を用ふるは、治乱に備ふる也」で始まる壁書は、神道無念流の神髄を表していた。

弥九郎は壁書の前から動けなくなった。


「一、武は戈(ほこ)を止むるの義なれば、少しも争心あるべからず。争心ある人は必喧嘩口論をなす。喧嘩口論に及べば、又刃傷に至らむもはかり難ければ、剣を学ぶ人は心の和平なるを要とす。されば短気我慢なる人は却つて剣を知らざるをよしとす。

一、大抵人の行は正しくして其上に、武あるはよし、行正しからざる人の武あるは、人を害するのみならず、己をも害する事出来るものなり。されば虎狼の強にことならず。畢竟世の不為になるのみ。却つて弱き鹿兎の人に害をなさざるにはおとりつべし。

一、兵は凶器といへば、其身一生用ふることのなきは、大幸といふべし。第一義不義を分辨すべし、義に用ふれば武の徳なり、不義に用ふれば暴也。

一、喧嘩口論は云ふに及ばず、私の意趣遺恨等に決して用ふべからず。これ則暴なり。戦陣君父の讎の如きに用ふるは、義の有處也、是則武の徳也。

一、堪忍の二字は萬事にわたれども、怒をおさへるを第一とす。剣を學ぶ人は格別之を心得べし。わづかの争より刃傷に及び、遂に我身を亡し、我家をうしなひなば、子は親に対し、臣は君に対し、不忠不孝の罪いかがせん。しかのみならず、其師までをはづかしむ。ふかく恐れ慎むべし。

一、他流をそしるべからず、剣を知らざる人にむかひ、己の藝をほこりとくべからず、卒爾に試合いたすべからず。凡長を争ひ譽を競ふはいやしき心也」

「武は戈を止むるの義」といい、「兵は凶器といへば、其身一生用ふることのなきは、大幸といふべし」といい、およそ剣術の道場とは思えないような内容である。

ちなみに「武は戈を止むるの義」とは、春秋左氏伝にある楚の荘王の「夫れ文に、止戈を武と為す」という言葉からきている。「夫れ武は暴を禁じ、兵を戢め、大を保ち、功を定め、民を安んじ、衆を和らげ、財を豊かにする者なり」と続く。

「武」の字を分解して「戈を止める」と解釈してみせたのである。一説に「止」は「足」であり、戈を持って「進む」が正しいとも言われるが、荘王が敢えて「止める」と解釈したことに意味がある。使わないために剣を学ぶとはどういうことだろう。

はじめて壁書を読んだ弥九郎にとって、その言葉は鮮烈で、心に深く刻み込まれた。

岡田十松は振り向いて言った。

「わが流儀の心得です。よくよく稽古して、この理を究めるように」

弥九郎は、前を行く師の後ろ姿に拝礼した。

かれはふたたび壁書を見た。

兵は凶器といへば、其身一生用ふることのなきは、大幸といふべし——

後に江戸を代表する剣客となるこの若者の生涯が、壁書の教えのとおりになろうとは、かれ自身想像もしていなかったであろう。

「兄上様、兄上様」

妹のみきの押し殺したような声が、表門のほうから聞こえてきた。この春初めて韮山から本所南割下水の江戸役所に出てきたため、珍しくて仕方ないらしく邸内を歩き回っている。芳次郎より八歳下の九歳。そのみきが、顔をひきつらせて近づいてきた。

「門のところに怪しい男がいるのです」

「怪しい?」

芳次郎がくぐり戸から外に出てみると、不思議な風体の男がいた。

一見すると御家人のようであるが、異相である。ゲジゲジ眉毛に赤ら顔、強情そうな分厚い唇をきっと引き結んでいる。二本差しをしていなければ、支配地の百姓が羽織袴で強訴に来たと思ったかもしれない。

男はつかつかと大股に近づいてきた。

「江川太郎左衛門様の御屋敷でございますか」

「さようですが、あなたは？」

男はいささかも表情を変えず、袱紗に包んだ書物を取り出した。

「拙者、間宮林蔵と申します。伊能忠敬先生から江川様にお渡しするようにと、この書を預かってまいりました」

「伊能先生から……」

芳次郎もその名前は父から聞いて知っていた。伊豆巡検の際、測量について助言をもらい、それが機縁でやりとりをするようになったらしい。

「『暦象考成』、天文学の本です。かねて江川様がご所望とのことでしたので」

「父に取り次ぎますので、玄関へお回りください」

「ご子息でしたか、それは」

林蔵は一瞬顔をゆるませたが、すぐに元の無愛想な顔に戻った。

「その書、しかと貴殿にお渡ししましたぞ。拙者はこれで」

「あ、お待ちください」

芳次郎が振り向くと、林蔵はすでに見えなくなっていた。表の割下水まで出てみると、はるか遠くに後ろ姿が見えた。

（早足の人だなあ）

芳次郎は父がいる時計の間へ行った。

「なに、間宮殿が参ったのか。なぜ通さなんだ」

「お引き留めしたのですが、あっという間に立ち去られました」

「あの御仁らしい。それにしても、間宮殿がわざわざ届けてくれるとはな。伊能先生はご病気と聞いているが……」

英毅は林蔵が持参した『暦象考成』のほうが気になるらしく、さっそく頁を繰り始めた。

間宮林蔵。生まれは常陸の百姓であったが、才幹を認められて普請役雇となった。伊能忠敬に測量を教わり、二十歳の頃から蝦夷・千島・樺太の測量に従事していたが、このときは久しぶりに江戸へ戻ってきていた。

数年前、前人未到の樺太北部まで踏破し、海峡の最狭部を突破した。さらに大陸に渡ってアムール川を下り、それまで半島だと考えられていた樺太が、島であることを視認して帰ってきた。間宮海峡、と後に名づけられる大発見である。その偉業は幕府役人のあいだでも話題になっていた。

とにかく変人である。

炎天下、林蔵が裸足で歩いていた。それを見た川路聖謨（としあきら）が理由を聞くと、「足の裏が柔らかくなっては困りますので」と答えたという。

また林蔵は、かつて函館奉行を務めた戸川播磨守の屋敷をよく訪ねた。酒を出されてしたたかに酔い、帰るのが面倒なので泊めてほしいということが、しばしばあった。布団を一枚きり借りて、夏にも蚊帳を吊らず、冬にも炉を近づけず、帯も解かずにそのまま寝てしまった。

翌朝、見に行くと、布団はたたまれて、林蔵の姿はすでになかった。真夜中に目が覚めると、誰にも挨拶せずに帰ってしまったのであろう。そんなことが十年ほど続いた。

「仙人の如くなりし」と栗本鋤雲（じょうん）は、戸川の親戚の直話として「独寐寤言」に書き記している。

二十年以上も北方の辺境を渉猟した林蔵にとって、江戸での仕来りや作法など、無用な煩わしいものでしかなかったのかもしれない。

異能異才の人だったが、あちこちで人とぶつかり、儀礼に逆らい、強情者、我儘者と批判された。

この野人のような林蔵が、不思議と芳次郎には好意を抱き、親しく交わるようになるのだが、それはずっと後のことである。

英毅に呼ばれて芳次郎が時計の間に来てみると、兄の倉次郎がすでに来ており、芳次郎を見てにこりとした。

透き通るような笑顔であった。芳次郎も笑顔でうなずいた。

「おお、来たか」

父は書物を積み上げて待っていた。

「今日はそなたたちに面白い話をしようと思ってな」

そう言うと、先日間宮林蔵が届けてくれた暦象考成下編を取り上げた。

「日蝕や月蝕はどうして起こると思う」

こういうときの英毅は本当に楽しそうだ。趣味人で読書家のかれは、自分が得た新しい知識を子どもたちに話すのが、無上の喜びであった。

かつて松平定信の命で伊豆巡検を行なった時の話も、蘭医の桂川甫賢に聞いたオランダ人の話も、このふたりの生徒を相手に講義した。今日は天文学の講義を始めるらしい。

「古代より日蝕も月蝕も凶兆とされているが、実は月や地球の影のせいなのだ。すべては星々の運行による自然現象だから、畏れるに足りぬ。吉だとか凶だとか言うのは迷信だよ」

英毅は日蝕と月蝕の仕組みを、図を見せながら説明した。

暦象考成上下編は、清の康熙帝のとき何国宗、梅穀成らが著したもので、太陽は地球の周りを回るという天動説と、ほかの惑星は太陽の周りを巡るという地動説を折衷した、ティコ・ブラーエの宇宙体系を中心に説いていた。

当時としては天文暦学の最先端の教科書であり、日本が採用していた太陽太陰暦の作成に必須の暦学書である。

「暦象考成には後編があるのだが、それには太陽や月の楕円軌道の仕組みが記されているらしい。次は是非後編を伊能先生よりお借りしたいものだ」

英毅は半ば独り言のように呟いた。

「お勉強はお進みでございますか」

久が微笑みながら部屋に入ってきた。盆の上に黄色いものが見える。

「あっ、カステラですか」

芳次郎が思わず大きな声を上げた。

「どうもいい匂いがすると思ったら、やっぱり」

「武士の子がはしたないですよ」

久は叱ってみせたが、その眼は笑っている。

カステラは久の得意料理であった。来客があると供していたが、今日は養子に行った英毅の弟、関川陽三郎が午前中に訪ねてきた。陽三郎は嫂の作るカステラが好きで、作り方を書いてほしいと頼むほどであった。

芳次郎は大きな口をあけて頬張ろうとしたが、倉次郎が小さく切り分けて行儀よく口に運ぶのを見て、真似をした。

かみしめると卵の優しい匂いが鼻から抜け、口中に和菓子とは違う華やかな甘みが広がった。

まれにではあるが、コーヒーが出されることもあった。倉次郎も芳次郎も、その苦味に顔をしかめたが、負けん気の強い芳次郎は「おいしゅうございます」と言って胸を張った。

ある日、英毅が表書きのない書物を持ってきた。

「これから聞かせる話は口外無用にせよ」

日頃は笑みを絶やさぬ英毅が、真剣な面持ちで言ったため、倉次郎、芳次郎の兄弟は緊張して背筋を伸ばした。英毅がおもむろに開いたその本は、仙台藩士林子平による『海国兵談』であった。

寛政三年に出版されるや幕府から禁書の処分を受け、著者の子平も仙台藩お預けとなって蟄居を命ぜられた。海国兵談全十六巻はわずかに三十八部が製本されたにとどまったが、秘かに書写され、有意の人々はこれを熟読した。

「海国とは何の謂ぞ、曰、地続の隣国無して四方皆海に沿ル国を謂也」

「軍艦に乗じて順風を得レば、日本道二三百里の遠海も一二日に走リ来ル也」

「江戸の日本橋より唐、阿蘭陀迄境なしの水路也」

海国には海国相応の武備が必要であるが、長崎以外に石火矢台を備えた藩はほとんどない。日本国中東西南北を問わず、長崎のように砲台場を備えるべきである。とくに相模、安房には旗本の小領が多いので、大名を置いて備えを厳重にするべきである。

子平はそう主張した。

『海国兵談』は当時の知識人たちに衝撃を与えた。そもそも徳川幕府は内戦しか想定していない。将軍家が安泰であるために諸藩の力を削ぎ、大船の建造を禁じた。元寇は遠い過去の話であり、ポルトガルによる宗教戦争の性格を持った島原の乱も、実質は内乱である。

文化四年にイギリスのフェートン号が、長崎港を我が物顔に荒らしまわったが、これはイギリスが日本に戦争を仕掛けたのではなく、ナポレオンがオランダを占領したためにイギリスとオランダが交戦状態になったという、ヨーロッパの政治状況が極東の小さな港にさざ波を立てたのであった。

ロシアの南下はかねて政治的課題となっており、文化三年から四年にかけてロシア船が樺太南部やエトロフ島の幕府会所を襲撃した事件は、鎖国のまどろみのような平和に慣れ切っていた、日本人の危機意識を強烈に刺激した。

といって、何か有効な手を打つわけではなかった。

異国船が渡来したらどうするのか。薪水や食料を与えて帰らせるのか、長崎で交渉せよと言って時間をかせぐのか、それとも大砲で打ち払うのか。国際政治をふまえた決断や軍備の充実は先送りされ続けた。

芳次郎も倉次郎も、真剣な面持ちで父の講義を聴いていた。

「白河候も同じことを仰せになった」

『海国兵談』を禁書にしたのは、老中だった白河藩主松平定信である。英毅は定信の伊豆巡検に随身した際、定信から聞いている。

「房州、相州、上総、下総、伊豆の海は、江戸の咽喉（のど）のようなものだ」

まさしく韮山代官所の支配地である。

「関東には小藩や天領が多く、小田原以外に大きな城がない。赤人（ロシア人）が海から江戸に乗り入れれば、防ぐすべはないぞ」

英毅は定信の言葉を聞いて慄然とした。それを防ぐには要所に大砲の備場を造り、奉行を置くしかない。その筆頭は伊豆半島の突端、下田であった。

さらに定信は「農兵」の設置にも言及した。伊豆や房総に大藩の兵力がない以上、農兵によってまかなうという、当時としては斬新な発想であった。韮山に江川家譜代の土着した家臣たちがいることを知って、そう言ったのであろうか。

皮肉なことに、子平は松平定信と同じ考えだったのである。

『海国兵談』は日本の、とくに江戸の防備が丸裸であるという現実を公にした。

子平は、そのために罰せられたのである。

その定信も老中を罷免され、幕府はいまや海防のことを忘れたかのように、つかの間の平安に甘んじている。しかし、開国通商を求める欧米の足音は、確実に日本へも近づいてきていた。

英毅は近藤重蔵の紹介で、子平と会ったことがある。江川家の由来や家伝について話し、伊豆、相模の海防についていくつか質問をした。しかし、そのことは息子たちにも話していない。

この日の英毅の「講義」は、芳次郎にとって、まだ遠い出来事のようなものであった。

撃剣館で弥九郎はすぐに頭角を現した。

神道無念流は、福井兵右衛門嘉平が開祖である。高弟の戸賀崎熊太郎暉芳（てるよし）（後に知道軒と称す）が、福井の皆伝を受けて麹町に道場を構えた。

戸賀崎道場門弟の中で、傑出していたのが岡田十松であった。剣技においてはもちろんだが、温良篤実、弟子の指導も丁寧で、模範的な師と評された。

しかし、稽古は厳しい。ともすれば華法に流れがちだった文化文政期の剣術のなかにあって、荒稽古を奨励し、実戦さながらの激しい打ち込みを行なわせた。

神道無念流では、渾身の力で打ち込まなければ、一本を取らない。

「真を打つ」という。

他の道場と違い、竹刀でたたいたくらいでは、一本と認めないのである。

弥九郎の剣は激しく、かつ速い。対手は受けたり躱（かわ）したりしようとしても、弾き飛ばされてしまう。先輩の門人たちは技において一日の長があるものの、弥九郎の気迫のこもった斬撃には抗すべくもない。

撃剣館において、弥九郎の入門は事件であった。まだ十七歳のこわっぱが、先輩の剣士たちを容赦なくなぎ倒してゆく。

数か月たつと、師範代格の森重百合蔵だけが弥九郎と五分の勝負で、ほかの門人たちはまったく歯が立たなくなった。

弥九郎が竹刀を正眼に構えると、全身から剣気が炎のようにゆらめき、しかも一分の隙もない。圧倒された対手がじわじわと退がり、たまらず打ち掛かると左小手、面、突きと、瞬時に打たれてしまう。

また、弥九郎が上段に構えると、天を衝く竹刀が懸河のごとく襲ってきて、受ける間もなく面、小手と打たれてしまう。まともに竹刀を打ち合うことさえできなかった。

多くの先輩門人は若い弥九郎に賛辞を送り、「どうしたらおぬしのようにできるのか、一手教えてほしい」と乞うてきた。

弥九郎は最初とまどったが、包み隠さず己の技と修練の仕方を教えた。かれの教え方は懇切丁寧であり、とても入門して一年満たないとは思えなかった。

なかには弥九郎があまりに強すぎて、おもしろくない門人もいた。かれらは弥九郎が百姓の出であることを調べ上げ、からかおうとした。

「斎藤氏、おぬしはいずれの家中か」

「神田三河町の能勢様の家人でございました」

「家人？　御小姓でもしておったか」

「いえ、殿様に付き従っておりました」

「付き従った？　なんだ、では従者か」

さすがに「中間か」とはあからさまに言わなかったが、足軽より下の中間小者であり、武士ではないことを遠回しに揶揄したのである。

「で、その前はいずこにおられた」

舌なめずりでもするように、薄ら笑いを浮かべて聞いてくる。

さすがに弥九郎も気づいたが、落ち着いて答えた。

「越中から単身出てまいりました」

「越中富山藩か、それはまた遠路はるばる来たものよのう。越中では何をしておったのだ」

しつこく聞いてくる。

「里では百姓をしておりました。先祖は加賀の富樫庄を領しておりましたが、信長公に攻められて以来、刀を捨てて彼の地で鋤鍬（すきくわ）を使っております」

弥九郎は律義に答えた。

「何をしておる、稽古はもうすんだのか」

岡田十松が、その巨きな躰をゆったりと運びながらやって来た。

「いえ、斎藤氏に故郷の話を聞いていたところです。あまりにお強いので、その、ご先祖はさぞかし名のある武将ではないかと……」

「弥九郎もわしも実家は百姓だ。戸賀崎先生も御家は百姓だ」

十松は破顔すると、

「弥九郎、一本参ろう」

師弟はまず竹刀を交差させて床に置き、蹲踞（そんきょ）して礼をすると、竹刀を手に十分間合いを取った。

岡田十松は六尺豊かな大男である。ゆったりと正眼にかまえる姿は、おおらかなようでいて隙がない。柔らかな構えから、剣は思わぬ変化をして激烈に襲ってくる。弥九郎は入門以来、何度も十松の教えを受け、その剣の凄味をよく知っていた。

対する弥九郎は、このころ背は五尺五寸、がっしりした骨格にしなやかな筋肉が息づき、全身がばねの如く俊敏に動いた。

気合とともに弥九郎が飛び上がって面を打つ。十松は余裕で受けたが、息もつかせず弥九郎は小手、横面とつづけ、十松が受け流して凄まじい速さで面を打つと、弥九郎はそれを受けながらつばぜり合いとなり、十松を相手に少しも退かない。

弥九郎は火の玉のように激しく動いた。縦横無尽に打ち掛かっていたが、一瞬動きを止めたのを見て十松は上段から打ち込んだ。弥九郎は間合いを見切って躱したが、体勢を崩した。その瞬間、倒れながら十松の左胴を打ったかに見えたが、ほんの少し早く十松の竹刀が弥九郎の小手を打った。

二本目は十松が正眼、弥九郎は八双に構えた。

弥九郎が気合とともに真っ向から打ちかかると、十松は受け流しつつ竹刀を右脇に引き、左半身になった。弥九郎は竹刀をわずかに左脇に引く。十松が間髪入れず真っ向から面を打ったと思った瞬間、弥九郎は身を躱して、十松の右小手を打った。これだけの所作が一瞬の内に起こったため、門弟のうちでもその動きを理解した者はほとんどいなかった。

「腕を上げたな」

十松は竹刀を引いた。あえて三本目をしなかったのは、弥九郎の技量がじゅうぶんわかったからである。剣においてこれ以上教えるべきことはない。

息を詰めて見守っていた門人たちは、みなため息をついた。

この日から、かれは森重百合蔵とともに、撃剣館の龍虎と並び称されるようになる。

平山子龍

技が上達して道場内で席次を上げても、弥九郎は快快として愉しまなかった。

己の技は果たして壁書きにある「戈を止むる」という境地に達したのか。「少しも争心あるべからず」という精神で剣を使えるか。治にも乱を忘れずというが、何時いかなる時に剣を振るうべきか。

そう考えると、未だはるかに及ばずと感じてしまうのである。

そんなある日、道場の門人たちが話に興じているのを聞いた。

四谷伊賀町に奇人がいる。五尺そこそこの躰に刃長四尺、柄も入れれば五尺を超える長刀を差し、重さ四貫目の鉄の棒を突いて歩く。真冬に兵学者の清水赤城先生と両国の大川に飛び込んで寒中水泳をやり、通行人が大騒ぎしていた。その家の玄関には他流試合を歓迎すると書いてあるらしい。武芸十八般に通じているというが、訪ねて行ってどんな男か真贋を確かめようではないか。

弥九郎も、その男——平山子龍——の名を知っていた。武辺者としても有名だが、長沼流兵学を講じていると聞いたので、機会があれば教えを乞いたいと思っていた。

平山先生を訪ねるのであれば、ぜひ御一緒させていただきたい、弥九郎は頼んだ。

撃剣館の門人一行は七人である。弥九郎は別として、口は達者だが腕の立つ者はいない。

弥九郎は辞を低くして子龍先生から兵学の話を聴くつもりだったが、他の門人たちは竹刀防具を持参し、道場破りでもするような口吻である。それも自分たちだけでは自信がなかったのだが、弥九郎が仲間に入ってくれたので、すっかり強気になり、勢いづいているのであった。

血気に逸り騒々しいかれらを見ながら、いっしょに来たのは間違いであったかと、弥九郎は悔やんだ。

玄関には「韜略書院」と書かれた額が掛かっていた。噂通りその横の掛札には「他流試合勝手次第、飛道具其外矢玉にても不苦」と書かれている。

取次に来意を告げると、三十畳ほどの稽古場に通された。

稽古場には、刃長四尺はあろうかと思われる長寸の刀や刃長二尺五寸ほどの大身槍が数本、鉄砲が二十数丁、台車に乗った一貫目銃も置いてある。弓、甲冑、陣太鼓なども所狭しと並んでおり、さながら時が止まって戦国の世にあるかのようだった。

しばらくすると、子龍平山行蔵が現れた。

総髪を芋縄で結わえ、袖無しの羽織を着ている。頭には白いものが混じっているが、貌は赫奕として壮年の如くであった。

「立ち合いを所望とのことであるが、表にあるように剣でも槍でも鉄砲でも、いっこうに構わぬ。得物を取ってお掛かりなされ」

子龍は高らかに呼ばわると、股立ちを取り、八尺五寸の野太刀の木刀をとって、いとも軽々と振って見せた。五尺そこそこの小柄な躰に、精気がみなぎっている。

天井に届くのではないかと思われるほど長寸の木刀は、子龍が素振りをすると、ごうごうと物凄い風音を発した。

先ほどまで勇んでいた撃剣館の門人たちは度肝を抜かれ、すっかり萎縮してかしこまっている。いちばん後ろに控えていた弥九郎も、これまで目にした剣客とはまったく異なる、元亀天正の頃の武者に相対したような思いだった。

「どうした、来ぬならこちらからいくぞ」

威勢の良かった連中は、みな腰を浮かせ、中腰のまま、そろそろと後退りし始めた。

一人去り、二人去り、弥九郎はただ独り残った。

「足下は帰らぬのか。しからば得物を選ぶがよい」

弥九郎は座りなおして両手を着いた。

「それがしは、先生に兵学を教わりに参りました」

「なに、兵学とな」

子龍は凝然と弥九郎の顔を見た。

神道無念流には「武は戈を止むるの義なれば、少しも争心あるべからず」という教えのあること、「天下のために文武を用ふるは、治乱に備ふる也」ともあり、撃剣だけを学んでいるのでは、これを理解することは難しいのではないかと思うようになった、このうえは是非先生に、長沼流兵学の教えを乞いたい……弥九郎は、自身の思いを訥々と、懸命に語った。

子龍は黙然と聞いていたが、やがて深くうなずいた。

「足下の考えはまことに殊勝である。武は孤剣をもってたたかうだけではない。戦に勝ち乱を収めるには、まず兵学を学ぶのが肝要である」

子龍はすでに私塾の平原草廬を閉じていたが、特別に長沼流兵学について聴くことを許された。

長沼澹斎（たんさい）は信州松本の人、父と共に播州明石へ移り住み、幼いころより経書や兵書を学んで神童との評判が高かった。二十二歳のとき、大義を説いて明石藩侯に諫言したが容れられず、江戸へ去った。浪人生活をしながら、中国の古典や明代の兵法の蘊奥（うんのう）を究め、甲州流軍学も取り入れて『兵要録』全二十二巻を完成させた。

子龍は弥九郎が聴講に来ると、こう始めた。

「君子安にして危を忘れず、治にして乱を忘れず。国大と雖（いえど）も、戦を好めば必ず滅び、天下安しと雖も、戦を忘るれば即ち必ず危ふし」

これは朱子学者の貝原益軒が、易経を引用して兵要録のために記した序の言葉である。

「兵は凶器なり。戦は危事なり。これを用ひて天下の災を定め、民の害を除くときは義兵たるなり。これを用ひて過なきの城を攻め、無辜（むこ）の民を殺すときは、賊兵たるなり」

兵要録巻之一「兵談」の最初にある言葉である。弥九郎はひそかに子龍の意図を察した。まさしく自分に武の本質を教えるために、この言葉を選んで話しているのだと。

平安な世にあって危機を忘れず、治世にあっても乱世を忘れない。しかし大国であっても戦を好めば滅び、忘れれば危機に陥る。兵は凶器であるが正しく用いれば正義となり、道に外れれば賊となる。

神道無念流も長沼流兵学も儒教を基礎としており、相通ずる理念があった。

兵要録は、兵談、将略、練兵、出師（すいし）、陣営、戦格、の六篇に分かれており、なかでも「練兵」は全二十二巻のうち九巻と、もっとも紙数を費やしている。

「練は武備の最要なり」

兵を鍛錬することこそ、勝敗を分ける軍事の要である。

鍛錬は武にとどまらない。個性や特技に従って人を評価し、適材適所に配置する人事の要点や、隊の編成、禁令・賞罰、戦場での心得など、万般にわたって記している。

「分別」の節では、人間をその才質によって「腹心、謀士、羽翼、股肱、爪牙（そうが）、冒刃の士、間諜、博士、術士」などに分類して、論じている。

たとえば「忠信平直、沈勇密謀、材徳衆に出る者、名づけて腹心という。礼敬してこれを師とし、兵謀を総攬」させよという。

子龍は言う。

「東照神君に本多正信があり、劉備玄徳に諸葛亮あったのは、まさにこの腹心である」

大将は器が大きく虚であらねばならない。種々様々な才人奇人を使いこなす度量が必要である。軍を編成するに当たり、驍勇果敢な爪牙や身を顧みずに斬りこむ冒刃の士といった勇猛の士は得やすいが、腹心となり得る器は尠ない。将たる者、まず腹心を得るべきである。さもなければ天下を治めることはかなわない。

「赳々（きょうきょう）たる武夫は公候の干城であり、腹心である。腹心はともに心を同じくし徳を同じくする」

子龍はそう言って、弥九郎の目をじっと見た。

詩経にある一節である。勇猛果敢な武将は、公候を護る城であり、心と倫理を同じくする友でもある。

弥九郎は自らを省みた。己は大将の器なのか、腹心の器なのか。

むろん一国一城の主になるという夢はあるものの、戦国の世ならばともかく、平和な時代にあって叶うべくもない。頭角をあらわすには、武か学によって公候に知られねばならない。

弥九郎は貪欲に子龍の教えを学んだ。剣で満たされない渇きを、兵学という初めて学ぶ教養で癒やした。それは確実にかれの思考の骨格をかたちづくっていった。

兵要録の白眉は「練心胆」の節である。

「夫れ兵士の職たるや文徳を崇び武義を養い、身を致し忠を竭くし、国の干城と為るに在り」

兵にとって文武は表裏のようなものである。文と武が両方備わって、はじめて士として役に立つのであって、いたずらに武に偏するのは民を苦しめ国を亡ぼす元となる。

兵要録は甲斐武田家の兵法の系譜を継いでいるため、騎馬隊を重視する。特徴的なのは、銃砲に対する現実的な考え方だった。

練兵の章の「錬銃頭」という節に言う。

「夫れ敵を百歩の外に繫ぐ者は、鳥銃なり」

銃によって敵の堅陣を破り、鋭機を挫く。銃は自軍の兵勢を助け、武威を増す。

江戸期後半のこの頃に至っても、いや平和な時代が長く続いたからこそ、武士の刀槍へのこだわりは強く、銃は足軽が持つもの、武士は刀槍で戦うものという観念が強かった。それは戦国から幕末まで続いた、牢固たる観念だった。

しかし、長沼澹斎は、銃砲の威力をはっきりと認め、攻撃の際の重要な武器として、銃隊は弓隊の三倍の数にせよと強調している。

関ヶ原の戦のころ、日本は世界でも屈指の軍事大国であった。ポルトガルから伝来した鉄砲を日本の鍛冶は国産化し、刀の鍛錬技術を応用して、本家ポルトガルより丈夫で性能のいい鉄砲を量産した。

世界で一、二を争う銃の所有国でもあった。

その後、戦乱の世が終わり、太平の時代が続いて、銃器の進歩は止まった。鉄砲は螺鈿を施されて美しい芸術品となり、大砲と砲術は流派の秘伝として固く封印された。そのことはもちろん、平和の証しとしてよろこぶべきであろう。

いっぽう西洋は打ち続く戦争で、大砲も銃も長足の進歩を遂げた。軍事力を背景に、アジア、アフリカ、オーストラリア、南北アメリカ大陸に植民地を広げつつある。

「謀を以て敵を挫き、刃に血ぬらず全捷を取る者を奇功と為す」

孫子の「戦わずして勝つ」と同じく、武力を用いずに謀によって勝つことを最上としている。これもまた新鮮な驚きであった。神道無念流の教えと表裏一体ともいえる。

剣が目指す境地は何か、武はいかにあるべきか。弥九郎は道場での実践と子龍に教わる兵学とを合致させるべく、乾いた砂が水を吸うように兵要録を学んでいった。

ある日、兵学の講義が終わった後、子龍は弥九郎に残るよう命じた。

「飯でも食っていきなさい」

子龍は常在戦場を旨としており、着るものといえば真冬でも袷一枚であり、綿入れや襦袢はもちろんのこと、足袋すらはかない。毎朝七つ(午前四時)に起き、冷水を浴びると八尺ばかりの樫の棒で素振りをし、さらに庭の立木に据え付けた板を打った。

その音が響きわたると、近隣のひとびとは「ああ、平山先生の七つ時計だ」といって起きるのが常であった。

珍味佳肴を好まず、平生は玄米飯に味噌と香の物を食した。寄宿する弟子たちは、この粗食に閉口して辞めるものが多かったのである。

しかし弥九郎にとって、たとえ玄米でも米は米である。ありがたく戴き、何度もおかわりを所望した。

子龍はよろこんだ。

「足下は黒米が好きと見える」

弥九郎は顔をほころばせて言った。

「郷里の越中では麦飯もごちそうです。黒米は噛みしめれば奥深い味がいたします」

江戸のような大都会では、白米が一般的になりつつあったが、地方では米などめったに食べられるものではない。越中の弥九郎の実家でも、ふだんは雑穀が主で、麦籾（もみ）の煎粉（いりこ）や動粉団子を味噌で煎り、菜や干し芋と煮た汁に入れて食べた。

弥九郎は終生粗食であった。

麦飯を好み、ぜいたくを戒めたのは、子龍の影響もあるかもしれないが、白米より麦のほうが健康な体格を造ると体験的に信じていたようだ。

「弟子の中にもうひとり、黒米をよろこんで食べる男がいる」

子龍はいかにも楽しそうに言った。学問が嫌いで書物を読まないが、おもしろい男だ。書を読んで学問を積めば傑物ともなるだろうが、惜しいことである。

目を細めて語る様子は、子龍がその弟子を気に入っていることを物語っていた。

子龍は弥九郎に、寛政以来しばしば蝦夷を侵すロシアの脅威を説いた。

露米会社に所属する海軍中尉フヴォストフとダヴィドフ少尉が、樺太南端のクシュコタンの松前藩運上所を襲撃したのは文化三年十月のこと、番人を捕らえ、米六百俵、漆器、衣服を略奪し、家屋や船を焼き払い、サハリン（樺太）がロシア領であると宣言した。

翌文化四年四月、フヴォストフはエトロフ島ナイポの番屋を襲撃し、クシュコタンのときと同様に、食料を略奪し、番屋・倉庫に放火した挙句、エトロフ島もロシア領であると宣言した。

同月二十九日にはエトロフ島シャナの幕府会所を襲撃した。

日本側はすでに、クシュコタンとナイポが襲われたことを知っていた。しかし、ロシア人が来航しても、みだりに打ち払ってはいけないという、函館奉行所からの内命を受けていた。

会所の役人たちは、状況を楽観的に見ようとした。

鉄砲を数発撃ってきたが、あれはただの礼砲であると間宮林蔵も言った。林蔵にしては不用意な発言であった。会所役人も、食料を与えればよかろうと、棒に白布を付けて振らせた。

しかし、その白旗を振った会所支配人川口陽助は、銃で股を撃ち抜かれ、ロシア兵は上陸して小屋に火をかけた。

そのあいだ日本側は、反撃らしい反撃をしていない。シャナの会所は幕吏と南部・津軽藩兵が警護していたが、会所元締の戸田又大夫と調役下役の関谷茂八郎が、怖気をふるって退却を命じたため、ほとんどが山中へ逃げ込んだ。

日本人犠牲者は、流れ弾に当たって亡くなった漁師とアイヌ人の三人であった。負傷者は陽助と足の甲を撃たれた津軽藩足軽の二人だった。ロシア人の犠牲者は、出航する船に置いていかれ、アイヌ人たちに殺された水夫二人だけであった。

シャナの会所は、まったく防御の役目を果たせなかったのである。

「醜虜に対するに、御旗本御家人衆を遣わすまでもござらぬ。拙者に討手を任せていただければ、必ず退治つかまつる」

子龍は、死罪流罪に処された罪人を集めて決死隊を組織し、自ら率いて賊を駆逐すると幕府に上書した。子龍みずから額に「赤心報国」と焼印を押し、罪人たちにも同様に焼印を押す。逃げれば焼印を目当てに探し出して首を刎ねる。功を挙げれば罪を許し褒美を与える、という激しい内容であった。

「夷を以て夷を制すのだ」

正規の侍を北方の備えに遣うまでもないというのは、旗本御家人が戦力としてものの役に立たないという現実が背景にあった。

「剣の技をみがくだけでは蛮夷との戦いには勝てぬ。銃や石火矢を揃え、備場を作ったとて、それでも足りぬ」

子龍は弥九郎をひたと見つめた。

「足下もいずれ独り立ちして、門人に武技を教えるようになるであろう。肝心なのは兵を鍛えることでござる。いまの武士はふやけきっておる。ひとりでも多く、用に足る士を育てることだ。このままでは夷人どもに侮りを受けるばかりであろう」

子龍が懇々と説いたのは、後に日本を席巻する攘夷思想のさきがけであったかもしれない。欧米のアジア進出に対して幕府の危機感はいまだ薄く、太平に慣れた日本人にとって、子龍のような過激な古武士は、おそろしく滑稽な存在でしかなかった。

弥九郎自身も、神道無念流の理念をどう剣に活かすのか、悩んでいた。いたずらに争心あるべからずという教えは、武を用いるのは死ぬときであると暗示しているようにも思われる。それは子龍の言う外敵との戦いにおいてなのか。

弥九郎にはまだわからない。

ある日、子龍の塾を辞して表に出ると、小柄な男がこちらを窺っていた。着流しに懐手をしているが、四尺余りはありそうな長刀を差している。

弥九郎は気にせず行こうとしたが、男も懐手をしたままついてくるようであった。

「何か御用ですか」

弥九郎は問うたが、男はためつすがめつする様子で遠巻きにしている。相手が自分より強いかどうか、測っているような目つきであった。

「用が無ければ失礼します」

弥九郎は一礼して歩きだす。すると、男はまた後をついてくる。

かまわず進むと、男はいつの間にか並んで歩いていた。

「おまえさん、無念流かね」

男が聞いてきた。なぜ知っているのか、そもそもこの男は何者なのか。弥九郎が振り向くと、

「おれは団野先生の道場さ」

男は懐手をしたまま足を止めた。

「どうだ、ひと勝負やらねえか」

「他流試合は禁じられております」

弥九郎は言い、歩きだした。

「逃げるのか」

弥九郎は相手にしない。

「平山先生のところではおれの方が先輩だ、先輩の言うことが聞けねえのか」

先生から聞いたあの男だろうか。学問が嫌いで本を読まないが、おもしろい男がいる。家出して伊勢まで無銭で旅をしたらしいが……。

弥九郎は向き直った。

男のほうも懐から手を出して身がまえた。一瞬、緊張が走った。

弥九郎は、おだやかな笑みを浮かべて言った。

「それがしも黒米が好きです」

男はあっけにとられ、しばらくして笑いだした。

「気に入ったぜ」

無邪気な笑顔を浮かべて近寄ってきた。

「おれは本所の勝ってんだ、よろしくな」

勝小吉。旗本男谷平蔵の三男だが、旗本勝甚三郎の養子となった。しかし、養家の祖母と折り合いが悪く、おもしろくないので遊び歩いてばかりいる。

「これも何かの縁だ、ちょっと付き合わねえか」

「いえ、急いでおりますゆえ」

「いいじゃねえか、おれのおごりだ」

弥九郎の腹が鳴った。これは迂闊であった。そう言えば道場の朝飯から何も食べていない。

「なに、飯がいやなら吉原へ行こう。駕籠に乗るぜ」

弥九郎の腹の音が聞こえなかったのか、小吉は駕籠屋を探し始めた。まったく、話が通じる相手ではなさそうだ。

弥九郎はその隙に、早足で立ち去った。

(あぶないところであった)

歩きながら、弥九郎はおかしかった。

本所の勝と名乗った男は、おそらく同年輩であろう。江戸には面白い男がいるものだ。

この無骨な若者が、めずらしく笑いをこらえながら、大股で市谷御門から九段坂へと歩み去った。

青雲

「芳次郎、芳次郎はおるか」

嫡子倉次郎とともに登城して将軍家斉にお目見えし、老中や勘定奉行への年始回礼を終えた英毅は、久の手を借りながら麻裃を脱いでいた。

「明日から倉次郎とともに猿楽町へ参れ」

縞縮緬の小袖に着替えながら、真面目な顔をして言った。

「倉次郎がどうも元気がないのじゃ。そなたと一緒ならばよかろうと思ってな」

倉次郎は、すでに神道無念流の岡田十松の道場に入門していたが、激しい稽古をすると熱が出て休みがちになる。心配した十松が、本所の江戸役所まで見舞いに来るほどであった。仲の良い弟と一緒ならば気分も違うであろう、という父の配慮である。芳次郎も以前、倉次郎といっしょに道場を見学したことがあった。

芳次郎の背中のあたりに快い戦慄が走った。ようやく本格的な剣の修行ができる。

「はい、喜んで」

嬉々として応えた。

翌日、芳次郎は八つ半（午前三時）には身支度をすませ、玄関を出て竹刀の素振りをしていた。真冬の寒気を引き裂く竹刀の鋭い音が心地よかった。

実戦さながらの激しい打ち込みが、岡田道場の特徴と聞く。もう稽古を始めているだろうか。気が逸る。兄上はまだだか。

「芳次郎、倉次郎がまた熱なのです。今日はそなた一人で行ってくれますか」

久の声が聞こえたので振り向くと、式台に母の心配そうな顔と寝間着姿の兄の姿が見えた。倉次郎の顔は手燭の光を受けて、ほの白くゆらめいていた。

「芳次郎、すまぬ」

倉次郎は弱々しく咳き込んだ。

「なんの、兄上の分まで修行してきます。では、行ってまいります」

芳次郎は一礼すると、早足に歩きだした。

本所の江戸屋敷を出て、芳次郎は両国橋を目指した。橋のたもとの広場は闇に溶け込み、空には無数の星々がきらめいている。橋の下には黒々とした川水が、寒月の光を照り返しながら波を打っていた。

橋を渡って両国広小路へ出ると、昼間の喧騒が嘘のように、小芝居や飲食店の小屋がひっそりと佇んでいる。

芳次郎はお茶の水に沿って柳原通りを歩いた。どこかで狐の鳴く声がした。

昌平橋の手前を左に折れ、大名屋敷が並び建つ猿楽町の表通りを上がっていくと、朝もやの静寂の中から、竹刀を打ち合う音と激しい気合が聞こえてきた。近づくにつれて、それは大きくなった。きびしい冷気のなか、そこだけが熱気と生気を発散していた。

道場の玄関には「撃剣館」と彫られた、大きな一枚板の看板が掛かっていた。

「弥九郎、新しく入門された江川芳次郎殿だ。稽古のお相手をつとめてほしい。頼んだぞ」

岡田十松は、温顔を弥九郎とその少年に向けて言った。

江川家と撃剣館は関わりが深い。

江川英毅は、十松が独立する際に金銭を援助し、望月鵠助ら江戸役所の手代たちを撃剣館に入門させた。十松の弟子で著名な剣客の秋山要助は、韮山へ剣の指導におもむいたり、英毅の身辺の警護もしていた。

大切な江川家の公子の相手として弥九郎を選んだのは、力量、人物、年齢が近いことなどを考慮してであった。

このの ち強いきずなで結ばれるふたりは、初めて相見えた。

文政元年一月、江川芳次郎は数え十八歳、斎藤弥九郎は二十一歳である。

「江川芳次郎と申します。よろしくお願いします」

少年は生真面目な顔であいさつした。

(目の大きな男だな)

弥九郎は思った。背も高い。やせ気味だが手が大きく、骨太なのが見て取れた。何より吊り気味の目に強い力が表れていた。

いっぽう芳次郎から見た弥九郎は、年の差以上に大人に見えた。森重百合蔵とともに師範代格として門人を指導しているだけに、強いだけでなく風格が備わっていた。

芳次郎は、道場で用意してもらった真新しい面がねと小手を着けていた。韮山でも剣術はやっていたのだが、防具を置いてきてしまったのだ。

いっぽうの弥九郎は道場の古びた防具を借りているので、面がねは傷だらけであり、小手もところどころ破れていた。袴も年代物で、うす汚れて継ぎが当たっているのだが、さらに紐が千切れてしまったため、麻紐で縛っており、はなはだ奇妙な出で立ちであった。

しかし、自分の成りを恥じたのは、もちろん芳次郎のほうである。

韮山に使い慣れた道着や防具を置いてきたことを、かれは悔やんだ。この真新しい道着を年季の入ったものにするには稽古しかない。竹刀を構えると、力を込めて気合を入れた。

芳次郎はすでに秋山要助や望月鵠助に剣の手ほどきを受けていたので、基礎は身についていた。しかし、岡田道場の稽古は厳しく、のんびりした打ち合いをしていた韮山とは、まったく様子が違う。

弥九郎の裂帛(れっぱく)の気合いと峻烈な打ち込みに、芳次郎は圧倒された。

芳次郎の剣は、まったく通用しなかった。いくら力んで打とうとしても、力を奪われたかのように跳ね返されてしまう。焦れば焦るほど肩に力が入り、無駄な動きをしてしまった。

弥九郎は構えから足運び、手の内の締め方まで手を取って教えた。

弥九郎の教え方は、丁寧できめ細かい。その点、師の十松のよき影響を受けていた。誠実で律義な性格のかれは、生来の教育者だった。

ふたりは毎朝、暗いうちから道場で稽古をした。

かたや鎌倉以来の名家の直参旗本の子弟、かたや越中の百姓の息子。

江戸期の身分社会では、まともに言葉を交わすことも許されなかったであろうが、道場の中では弥九郎が兄弟子であり、芳次郎は指導を受ける生徒である。

稽古を重ねるにつれ、急速にふたりの仲は深まった。

旬日のうちにお互い「芳次郎」「弥九郎」と呼び合うようになった。ふたりは激しい打ち込みをして技を磨いた。芳次郎の腕は急速に上達し、道場の中でもそれは目立つほどだった。

稽古は朝から始まり、昼前に終わる。昼を挟んで午後から夕方にかけて、公務を終えた侍が通ってくる。

芳次郎は部屋住みで時間があるせいか、短い昼休みはとるものの、朝から夕方まで稽古に没頭した。

弥九郎は道場の雑事や、試合の記録を付けたりするのに忙しい。常に芳次郎の相手をすることはできなかったが、芳次郎は弥九郎以外の門人では物足りなかった。

稽古が終わる刻限になっても、芳次郎は帰りたがらなかった。

「もう一本」

と、芳次郎はねだった。弥九郎は快く相手をした。

稽古仕舞の段になると、ふたりは防具を外し、木刀をとった。

弥九郎は右片手で水平に木刀を差し出し、芳次郎が袈裟がけに打ち落とす。次に弥九郎が一歩下がって左片手に木刀を差し出し、芳次郎は一歩進んで、逆袈裟に打ち落とす。

乾いた小気味よい音が、夕暮れの道場に響き渡った。

木刀が当たるときの角度や速さ、気合によって音が微妙に変化した。その音で打ちの良し悪しも知れた。

果てしなく続くと思われた、あのふたりの稽古もようやく終わるのか、と道場に残っていた数少ない門人たちは、ほっとして自分たちも家路についた。

稽古が終わると、芳次郎は弥九郎を飯に誘った。弥九郎には金がない。払うのはいつも芳次郎である。弥九郎が恐縮すると、

「これはおぬしにいつも教えてもらっている礼だ。師に差し上げる束脩だ」

芳次郎が笑った。

「そうか、それなら遠慮なくいただこう」

屋台のかけそばやてんぷらを、ふたりは次々と頬張った。

剣のこと、故郷の山河のこと、家族のことなど、問わず語りに話した。

芳次郎は、弥九郎が単身越中から出てきたときのことを聞きたがった。

ときには旅人の荷物持ちをして駄賃を稼ぎ、ときには文字通り食うや食わずの旅を続けた。山中で道に迷い何度も同じ道を歩いたこと、深夜けものが周囲を歩く気配を感じ、山刀を握りしめて朝まで寝ずに過ごしたことなどを、弥九郎は淡々と語った。

江戸へ出てからは能勢家の従者として、昼間は主人の供をし、家事をこなした。夜は書を読み、眠気を払うために竹刀を振った。布団で寝たことはほとんどなかったよ、と笑った。

芳次郎は感心して言った。

「おぬしはきっと、江戸を代表する剣客になるだろう」

弥九郎の顔が、かすかに翳った。照れたのか、気に障ったのか、芳次郎は弥九郎の表情の変化を見逃さなかった。

「何か悪いことを言ったか？」

「いや、何でもない。ただ……」

弥九郎は苦笑しながら続けた。

自分は学問がしたくて越中から出てきた。儒学者になるのが夢で、教学を赤井巌三に、兵学を平山子龍に学んでいる。剣のみで終わりたくないし、満足もしていない……。

「学者になることを、いまもあきらめきれないのだ」

芳次郎も弥九郎の苦しい事情をよくわかっていた。

――弥九郎は剣を学びながら学問も心がけ、進むべき道を模索している。それに比べて自分はどうだ。直参の家に生まれたといっても、ただそれだけだ。弥九郎のほうが志を以て生きようとしているではないか。

芳次郎は内心、おのれを愧じた。自分には目指すべき目標がない。

弥九郎は平山子龍のことを話した。

「平山先生は真冬でも袷一枚しか着られない。庭は草が伸びるにまかせて、いっこうに気にされぬ」

常に戦場にある心がけで、ぜいたくを戒め、玄米と味噌を常食し、外出するときは刃長四尺の大刀を帯び、道場では八尺五寸の木刀を素振りしている、古武士のような質朴さがあり、謦咳に接すると時を忘れ、心胆が涼やかになるようだ、まさに丈夫とは平山先生のことである、と熱を込めて語った。

芳次郎は黙って聞いていたが、意を決したように言った。

「わたしもそれに倣う。心身を鍛えるにはいちばんいい方法だ」

芳次郎は気が早い。そう決めたらすぐ実行に移すであろう。今よりいっそう武芸に励み、粗衣粗食をよろこび、ぜいたくを拒絶するだろう。

弥九郎は想像して、その率直さが微笑ましくもあり、少しうらやましくもあった。

十一月半ばになると撃剣館名物の寒稽古が始まった。稽古は夜明け前の七つ(午前四時)から始まり、八つ(午前八時)まで間断なく続く。手も躰も強張るような厳しい寒気を、打ち込みによって凌いだ。立ち合いは左右列になって、勝敗が着くと順に相手を替えてゆく。それが休みなく延々と続くのである。一日に延べ千人以上の相手と立ち合うことも珍しくはなかった。

芳次郎は十四日間の寒稽古で、一万八千本の立ち合いをおこなった。

「弥九郎、聞いてくれるか」

寒稽古が終わると、芳次郎が真剣な顔で言った。

「わたしは剣客になろうと思う」

弥九郎は眼をみはり、噴き出した。

「おぬしは旗本ではないか。直参が町道場をやるつもりか」

「旗本といっても次男坊だ。養子に行くのも窮屈だし、韮山で役所の仕事を手伝うよりは、剣の道で生きるほうがいい。ふたりで道場を始めないか。おぬしが師範、わたしは師範代を務める」

芳次郎は真剣だった。

「芳次郎が道場をやるなら、おれが師範代をやるよ」

弥九郎は笑った。むろん実現するわけもない戯言(ざれごと)にすぎないが、旗本の次男という、将来の定まらぬ芳次郎の心中を想った。

弥九郎は芳次郎に、あるまぶしさのようなものを感じた。あくまでも明るく、まっすぐな性情は、身分のせいというより、生来のものだろう。

剣風もおおらかで、けれん味がない。

弥九郎は、芳次郎が育った伊豆韮山の風土を想像した。

（越中とはかなり違う）

そう思わざるを得なかった。

越中人は古来風雪に耐え、辛抱強く、勇も智も内に秘めるところがあり、芳次郎のような強い陽の気とは対照的である。

だからこそであろうか、ふたりは互いに引かれ、補い合うような関係を築きつつあった。


ある日、芳次郎は弥九郎を神田鎌倉河岸の料理屋に誘った。店に入るとすでに三人の先客がいた。芳次郎の友人で旗本の子弟であろう、興味津々といった顔で弥九郎を見ている。

「待たせてあいすまぬ。こちらは撃剣館のわが兄弟子、斎藤弥九郎だ」

芳次郎がにこにこして言った。

「やっぱりそうかい、面がまえを見てぴんときたよ。貴公、強いんだってな。おれは遠山金四郎ってんだ。よろしく頼む」

着流しの若者は、すでに赤い顔をしていた。言葉はぞんざいだが憎めない風情なのは、人柄のせいだろう。

金四郎は数年前に嫁をもらった。それも四千二百石という大身の旗本の娘である。遠山家は五百石であるから、妻の実家のほうがおよそ八倍の石高である。しかし、妻帯しても相変わらず、何かと理由を付けて遊び歩いていた。

「それがしは権太新五郎、噂は芳次郎からさんざん聞かされていましたよ。ゆくゆくは江戸指折りの剣客になるであろうから、いずれ紹介してやると」

人のよさそうな丸顔の男が、にこにこして言った。たたずまいから武術の嗜みがあることを弥九郎は見て取った。

「新五郎の父君から、兄上もわたしも居合を教わっているんだ」

もう一人は保々幸次郎といい、細面のもの静かな若者であった。父子で笛を愛好しているらしく、音曲を通して英毅とも仲がいい。

「みなに来てもらったのは、話さねばならぬことがあるのだ。実は名前が変わった。今日からわたしのことを邦次郎と呼んでくれ」

芳次郎、いや邦次郎は背筋を伸ばし、容をあらためて言った。

「なんだ、藪から棒に。何かあったのか」

「実は大納言様に御子が誕生された。嘉千代君とおっしゃられる」

大納言とは将軍家斉の世子、家慶のことだ。嘉と芳は読みが同じである。将軍家の御子と同じ読みでは畏れ多いと、改名することになったのである。

「そうか、それでは仕方ないな」

金四郎は腕組みして言った。他のふたりも神妙な顔でうなずいている。

弥九郎は内心驚いた。そんなことにも気を遣わねばならぬとは、旗本は何と窮屈なものであろうか。旗本に限らず、侍奉公をすれば主君への忠義が第一であり、その身を束縛する仕来りや規則は多い。弥九郎にとって遠い世界の出来事だった。

改名の件を告げると、邦次郎はさばさばした顔で言った。

「要件はそれだけだ。あとは大いに飲もう。ここは田楽がうまいんだ」

日頃行儀のいい邦次郎が、大きな口を開けて、たっぷりと味噌ののった豆腐の田楽にかぶりついた。

「うまい」

若者たちは顔を見合わせて笑った。

談ますますはずみ、金四郎が小唄をうたいはじめた。

「会うたうれしさ、別れのつらさ、会わぬむかしがましかいな」

声色をつくって妙に色っぽいので、みな大笑いである。

「夢でこがれてうつつで泣いて、さめて悲しき床の内」

「やあ、お安くないな。新妻が泣くぞ」

新五郎がからかうと、金四郎は急に真顔になって、

「よせやい、酔いが醒めるわ」

ぷいと横を向いた。

金四郎には彼なりの鬱屈がある。実家に寄り付かないのはその複雑な家庭事情もあった。

金四郎の父は長崎奉行、作事奉行を経て勘定奉行になった遠山左衛門尉景晋(かげみち)である。

景晋は幕府官僚きっての秀才であり、松平定信と林述斎が寛政の改革の一環として始めた昌平坂学問所の学問吟味で、首席になった経歴をもつ。

景晋は養子である。遠山家には子がいなかったが、景晋が養子に入った後、養父に景善という実子が生まれた。景晋は養父の心中を思い、義弟にあたる景善を自分の養子にした。そして景善は、甥に

あたる金四郎景元を養子にした。金四郎は景晋の長男だが、家系上は孫である。そんな事情もあって、金四郎は家から遠ざかり、娼家に入りびたっているらしい。

もっとも放蕩しているのは、義父の景善がすんなりと遠山家を継げるようにするためだという噂もある。表面は磊落（らいらく）だが、そういう心遣いをする男であった。

弥九郎を除いて、みな旗本の子息である。金四郎だけが妻帯していたが、ほかは部屋住みで将来はまだ決まっていない。

弥九郎は、かれらのような身分もなければ禄もない。養子に行く当てもなければ、束縛する因習や決まり事もなかった。

みな若い。後年、それぞれの立場でこの国の難題に直面することになるのだが、今は気楽に酒を飲み、騒いでいる。

その中にあって、独り弥九郎だけが醒めている自分を感じていた。酔えぬのはおれが越中の田舎者のせいか、それとも己の腕だけが頼りというささやかな自負のせいか。

「おれの家で飲み直さないか、まだいいだろう」

そう言うと、金四郎は愛宕下の実家ではなく、広小路のほうへ向かって歩き、とある町屋に入った。

「お帰りなさいまし、若旦那」

老婆が愛想よく出迎えた。

「酒を持ってきてくれ」

「あい、ただいま」

奥から男女の笑い合う声がかすかに聞こえ、ほの暗い家のなかは香や白粉（おしろい）の匂いが漂っていた。

他の四人は落ち着かぬ様子で二階の部屋に入った。しばらくすると、先ほどの老婆が徳利と杯を持ってきた。

「あとはかまうな。男だけで話がある」

老婆は「へえ」と辞儀をすると、しわだらけの顔をにこにこさせながら出て行った。

「まあ、気にしないでくつろいでくれ」

どうも、ここは金四郎の仮住まいであるようだった。部屋は殺風景で、調度らしきものは何もない。

薄暗いその部屋で飲んでいると、一瞬、ふすまが少し開いた。

その隙間から、紅、紫、金、銀、様々な色彩が、あざやかな光の束となって漏れて来た。

みな、おやというふうにふすまのほうを見たのだが、金四郎がしっしっと手を振って追い払ったので、すぐにふすまは閉じられ、艶やかな色彩の光はすうっと消えてしまった。

「いまのは誰だ！」

権太新五郎が息せき切って訊いたが、金四郎は知らんぷりを決め込んでいる。

まぶしいほどの色の渦は眼に焼き付いており、閉じられたふすまのあたりには微かな香のかおりが残っていた。

しばらくして、またふすまが開いた。

みなあわてて腰を浮かし、顔を向けた。すると先ほどの老婆が、漬物の皿を持って入ってきた。

拍子抜けした四人にかまわず、金四郎は杯を傾けた。

「親父殿から聞いたんだが、去年、浦賀にイギリスの船がやってきて、大さわぎだったらしい」

金四郎は邦次郎のほうを向いた。ほんの一瞬、その目を覗き込むように見つめたが、すぐに目を逸らし、語り始めた。

文政元年五月十三日、下り船の船頭平坂栄三郎が、久里浜沖で異国船と思しき船と遭遇した。栄三郎は大胆にも異国船に乗りつけ、どこの国の船かと尋ねた。言葉はむろん通じなかったが、異国船の船長が海図を出してきて、指で指し示し「イギリス」と言った、船体は上部を薄い鉄板、喫水線より下は銅板を張ってあり、刀剣、銃など多くの武器を積んでいた。

栄三郎は浦賀港に着くと早速、奉行所に注進した。

浦賀港は蜂の巣をつついたような騒ぎになった。番所は大筒三挺を引っ張り出し、港に向けて設置した。江戸湾警護にあたる会津藩陣屋の武士たちは、抜身の槍を引っ提げて一騎駆けし、鴨居浦におびただしい数の旗指物を立ち並べた。小舟に武器を積み、港内下館裏に集結した。

浦賀番所の与力同心、会津藩の人足など千人余り、大小の船百五十艘が英国船を取り囲んだ。「決して取り逃がすな」との命令だった。

艦長は英国海軍将校ゴルトン、六十五トンの比較的小ぶりな船だった。おとなしく浦賀の漁船に誘導されて入港し、穏やかに対応した。船中の大筒、鉄砲、火薬、刀剣の引き渡しにも素直に応じた。

十八日になって江戸から浦賀奉行内藤外記と代官大貫治右衛門が到着し、通辞を通して聞いたところ、「諳厄利亜（アンゲリア）」（イギリス）の商人船で天竺、ベンガラよりロシアへ交易にゆく途中である、と答えた。日本は交易をしないので、早々に立ち去るように説くと、あっさりと承知した。取り上げた武器類を返却し、二十一日には出帆したのである。

「とんだ空騒ぎだったわけさ。しかし、たくましい連中もいてな、ずいぶん見物にいったらしいぜ」

浦賀の船乗りたちは、競って英国船へ見物に行った。

「なかには早朝に船へ乗り込んで、イギリス人の船乗りが寝込んでいるところを見に行ったやつもいた。連中は顔に風呂敷ほどの布をかけて寝てたそうだ。布を取り外してみたら、顔色は白いが、眼は赤くて、髪も髭も眉毛もみんな赤い。日本人とはまったく違うそうだ」

大胆な観察者はさんざん船内を歩き回ったが、イギリス人が起きると困るので、急いで船から飛び降りた。

庶民たちは小舟に乗って船を訪れた。

イギリス人船員は、みな六尺から六尺三、四寸あり、船は和船でいえば五、六百石積みと見えた。イギリス人も慣れているのか、日本人を招き入れて船内を案内した。ただし船底には獣肉が貯蔵してあって、臭気が耐え難かったようである。

一箇所だけ、鍵をかけて見せない部屋があった。見せてくれと手真似で頼むと、二本の指を差し出し、自分の首を手でたたいて見せた。国王からの献上物を仕舞ってあるので、開けたら首を刎ねられるという意味だろうと、日本人たちも納得した。

「御公儀の役人は、庶民が異人に近づいて親しくするのに神経をとがらせている。とはいえ、いくら禁じても出かけるらしい。人の好奇心を抑えるのは難しいということだな」

「いや、わたしだって御禁制でなければ異国船を訪ねてみたい。船の造り、大筒や銃、何から何まで見てみたい」

邦次郎が珍しく大きな声で言った。

「やあ、江の字は武辺一方かと思ったら、案外、やわらかいんだな。しかし、支配地の伊豆に異国船が来たらどうする？　下田あたりはあぶねえぞ」

邦次郎は黙ってしまった。

かれは自分が韮山代官になるとは考えていない。代官には兄の倉次郎がなるのだ。自分はどこか養子に行って、養家の家格や履歴に従って役を振り当てられるだろう。そう、思っていた。

「船に行った連中のなかには、野菜や水と引き換えに異国の品を手に入れたのもいるらしい」

金四郎は楽しそうに話した。

「蘭癖でなくても、異国の物にみんな興味があるのさ。人の欲は、いくら御公儀が禁じても、すり抜けるってことだ」

弥九郎はそれまで黙っていたが、我慢できなくなって口を開いた。

「なぜ夷人を打ち払わなかったのですか」

みな凍りついたように沈黙した。

誰も考えもしなかった。子龍からロシアの脅威を聞かされていた弥九郎だけが、武威を示さなければ異国に侮りを受けると信じていたのだ。

「うーむ、斎藤氏の言うようにはいかないだろう」

金四郎もこの件については、歯切れが悪かった。

父の影響は、夷狄の船が日本に来るといっても、数万里の波濤を経て戦闘をする理由はないだろう、打ち払いは必要なし、しかし船員は拘束して船長は死罪にすべきだと語っていた。

もっとも金四郎は、庶民の好奇心や欲望のほうに興味があって、海防には関心が薄い。

徳川の世が始まってまもない頃、ポルトガルのカトリック宣教師によるキリスト教布教と日本人キリスト教徒による反乱が、幕府にとってもっとも重大な脅威だったが、いまはその内容が変わってきている。

ロシアやイギリスの船が多く渡来するようになったという、国籍の問題だけではない。ひたひたと押し寄せる脅威は、キリスト教ではなく、欧米の帝国主義、あるいは近代という時代であった。

その変化を、幕府や諸藩の明敏なひとびとは察知していた。しかし、どう対処すればよいか、決めかねていた。

ある者は西洋文明を日本に取り入れなければ国が危機に瀕(ひん)すると憂い、ある者は領土に野心のある夷狄は打ち払うべしと強硬策を唱えた。

とはいえ、変化はまだゆるやかである。喉元を過ぎれば、やれやれと安心して日常生活に戻った。

邦次郎はすっかり考え込んでしまった。

もし自分が韮山代官で、支配地の海岸に異国船が渡来したらどうするのか。父が話した林子平の警告は、現実のものとなるのだろうか。

ひとつ認めざるを得ないのは、自分の中に西洋の文化への強烈な好奇心があるということだ。

もっと知りたい、この目で見たい。

新しい知識への渇望感が抑えがたく生じた。

金四郎の話は、邦次郎の心中に小さな火を点(とも)したようだった。

ある日、撃剣館で邦次郎と弥九郎がいつものように稽古していると、その様子を思いつめたような眼差しで見つめている少年がいた。

弥九郎がふと顔を向けると、あわてて眼を逸らし、道場の隅へ行って素振りをし始めた。照れ隠しなのか、道場中に響くような気合をかけている。

「どうしたのだ」

邦次郎が問うた。

「いや、なんでもない」

弥九郎は上段の構えに対する下段からの太刀筋について型を示した。入り身、突き、払いのけて面を打つなど、お互いに何度も繰り返した。

ふたりが稽古を再開すると、少年は再びこちらを窺っているようであった。

少年の名は藤田虎之助。後に東湖と号する。当年、十四歳。

水戸彰考館総裁藤田幽谷の次男である。水戸では岡田十松の弟子宮本左一郎について剣術を学んでいたが、父と共に出府し、撃剣館に入門した。通いはじめて、その荒稽古に驚愕し、弥九郎の剛剣を見て戦慄した。

水戸での稽古とはまったく次元が違う。できれば弥九郎に直接指導を受けたいと思ったが、相手は師範代格の高弟であり、気やすく声をかけるのは憚(はばか)られた。

少年虎之助は、甲高い掛け声とともに一心不乱に竹刀を振り続けたが、だれも注意を払わなかった。後に尊王攘夷思想の主唱者として、日本中にその名を轟かせる少年は、邦次郎や弥九郎とも重要な関係を結ぶに至るのだが、それはもう少し先のことである。

文政三年正月、江川邦次郎は神道無念流免許皆伝を授けられた。ただし、兄弟子の弥九郎はまだ皆伝を授けられてはいない。

免許皆伝には実技、口伝、免許など一連の儀式があり、それを終えると皆伝になるのだが、相応の謝礼を師に差し上げなければならない。弥九郎にはその金がなかった。まだ内弟子でいる以上、雑務をこなし門人を指導しなければならない。

ある日、邦次郎は弥九郎を本所の江戸役所に招いた。

本所のあたりは水路が多く、かすかに潮の香りがする。割下水に沿って歩きながら、弥九郎は韮山代官江戸役所を訪ねた。

門前で名乗ったがだれも出ない。くぐり戸から邸内を覗くと、ふたりの女の子が羽子板で遊ぼうとしていた。

「邦次郎殿はお見えですか、拙者は撃剣館の斎藤弥九郎と申します」

ふたりの少女——みきとたいはいぶかしげに、しかし好奇心を抑えきれない様子で、弥九郎を見た。

みきは数え十三歳、たいはまだ九歳である。

——兄上のお友達だろうか、せいは兄上のほうがお高い、巌のように躰が大きいのに身のこなしは猫みたいに静か、兄上と同じで眼に力がある方、撃剣館というと……

「しばらくお待ちを、おたい、来なさい」

みきは、たいの手を引いて、小走りに館のほうへ向かった。

「兄上様、お客様です、撃剣館の……」

たいして走ってもいないのに、みきはそこで、はあはあと息を切らした。心臓が胸の中で、跳ねるように動悸を打っている。

「なんだ、騒々しい、あっ、もしかして弥九郎か」

「斎藤様、お躰は大きいのに、もの静かな方」

邦次郎は、変なことをいうやつだという目でみきを見た。みきは顔を上気させ、肩で息をしている。おたいは隣でにこにこと笑っていた。

邦次郎は弥九郎を出迎え、使者の間へ通した。しばらくして父の英毅が入ってきた。弥九郎は畳に手をついて平伏した。

「いや、堅苦しいことは抜きにしよう。撃剣館では邦次郎がたいそう世話になったと聞いている。そなたのおかげで皆伝をいただいたと」

「滅相もございませぬ、免許は邦次郎殿のお力です」

英毅は笑みを含んで弥九郎を見た。

貴官顕臣から文人、学者、剣客、支配地の百姓まで、数多くの人間と接してきた英毅は、即座に弥九郎の人物を見て取った。軽々しいところは微塵もなく、剛毅にして律義、友として頼りになりそうな男だ。なるほど、伜が惚れるだけのことはある。

「今日、足を運んでもらったのはほかでもない。韮山代官江戸役所の雇侍として働いてもらいたい。といっても、これまで通り邦次郎の友として支えてくれればよいのだ」

弥九郎にとって思いがけない話であった。

撃剣館の内弟子に過ぎないかれにとって、幕府代官の御雇侍になれば、公的な身分の保証になり、多少の収入にもなる。要するに御雇という名目で、邦次郎が金銭的援助をしようとしたのであった。

弥九郎は邦次郎のほうを見た。邦次郎は黙ってうなずいた。

手当は年三両二分だという。弥九郎はありがたく厚意を受けることにした。

英毅は上機嫌である。若き日の岡田十松の思い出話、秋山要助が韮山で剣を教えていることなどを、楽しそうに話した。

「一度、韮山へも参れ」

ひとしきり話がすむと、英毅は出て行った。

邦次郎は、ふと思い出した。今日は母がカステラを作っていたのではないか。

奥へ行こうとすると、みきと出くわした。

「台所にカステラがあるだろう。持ってきてくれぬか」

「そんなこと、できませぬ」

「頼む。弥九郎に食べさせたいのだ」

かぶりを振っていたみきが、はっとして邦次郎を見た。ちょっと泣きそうな顔を見せたかと思うと、そろそろと忍び足で台所へ歩いて行った。

しばらくして、みきが二切れのカステラを皿にのせて持ってきた。

「すまんな」

邦次郎は皿を持って使者の間に戻った。みきも後についてきた。

「弥九郎、これを」

邦次郎はカステラを差し出した。

「食べてみないか」

弥九郎は戸惑いながらも、その黄色く四角いものを、しげしげと見つめた。

「よいのか？」

「おぬしのために持ってきたのだ」

みきは、ちらりと兄のほうを見た。持ってきたのは自分なのだ。

「では、いただきます」

口の中に入れると、これまで味わったことのない香りと甘さが口の中に広がった。

（なんと柔らかい。これが南蛮の菓子か）

めったに表情を変えない弥九郎が、驚いた顔を見せた。邦次郎とみきは笑みを浮かべて顔を見合わせた。

「カステラだよ。母上の得意料理なんだ」

邦次郎はたのしげに言った。

みきは、さりげなく弥九郎を観察している。兄の友人であるこの無骨でたくましい剣客が、カステラを食べたらどんな顔をするか、この目で見たくて兄の無理難題を聞いたのだ。その表情が崩れ、かすかに笑みが広がっていくのを見て、自分もうれしくなり、ほっと小さく息をついた。

みきは、兄と弥九郎がカステラを前に仲良く話す様子を見ながら、おだやかな安心感に包まれていた。

弥九郎はこの後、江戸役所で仕事をする際は岩嶋伝九郎、もしくは斎藤左馬之助という変名を用いるようになる。公務と私人で使い分けたほうが何かと便利だったのであろう。

表の顔は剣客斎藤弥九郎であり、もうひとつの顔は邦次郎の相談相手であり、懐刀であった。やがて邦次郎に頼まれて、秘密の任務を実行する役割を担ってゆく。

撃剣館は第一世代の秋山要助、鈴木斧八郎らに続き、弥九郎や邦次郎らの活躍によって第二の繁栄期を迎えつつあった。

そんなとき、事件が起こった。その年の八月十五日、岡田十松が心臓の病で倒れ、そのまま亡くなったのである。享年五十六であった。

道場は沈鬱な空気に包まれた。

だれが撃剣館を継ぐのか。十松には長男の熊五郎利貞、剣術を嫌って米屋を営んでいる二男十太郎、三男の十五郎利章と一女があった。十五郎はまだ幼く、剣の手ほどきを受けていなかった。

筋からいえば長男の熊五郎が継ぐべきであったが、素行が悪く長年遊興にふけってきたため、人物力量とも不足で、とても道場を経営できる器ではない。だいいち門人がついていかないであろう。

秋山要助、鈴木斧八郎、森重百合蔵、望月鵠助、江川邦次郎、斎藤弥九郎ら撃剣館の高弟たちは、会合をもって意見を交わした。秋山も鈴木も森重も、独立して道場を構えている。道場主は二代目岡田十松というかたちにして、実質は技量識見に優れた高弟が指導するのがよい。

全員が一致して、

「岡田熊五郎を立てて、斎藤が後見する」

という結論に至った。

しかし、弥九郎は再三固辞した。自分はまだ若年であり、技も未熟である。道場を支えるには経験豊富な先輩が適任であろう。

議論は膠着（こうちゃく）しかかったが、邦次郎が弥九郎のほうへ向き直って言った。

「おぬししかおらぬではないか」

邦次郎は、静かな眼で見つめた。そしてその眼に、ほんのかすかな笑みを浮かべた。

「六尺の孤を託せるのは、弥九郎、おぬししかおらぬ」

弥九郎は胸を衝かれ、顔を上げた。

「六尺の孤」とは、論語の泰伯に出てくる言葉である。父を亡くしたばかりの、身長六尺（唐の尺度で約一三〇センチ）ほどの孤児をさす。

跡を継いだ幼君を安心して託せる男、事に臨んで節を枉げない誠実な男。いま撃剣館に必要なのはそういう男だと、邦次郎は暗に言っていた。

弥九郎は覚悟を決めた。これは師岡田十松への恩返しでもある。

「やってくれるか」

邦次郎の問いかけに、弥九郎は深くうなずいた。

秋山要助は膝を打ってよろこんだ。

「そこもとがやるのがいちばんよい。これで撃剣館はひとつにまとまるだろう」

この豪放磊落な老剣客も安心したように言い、邦次郎と弥九郎の顔を交互に見た。

それにしても不思議な男だ。

弥九郎は三歳年下の友の顔を見つめた。

幕臣の子弟とはいえ、次男坊の冷や飯食いだ。しかし、だれもが邦次郎の意見によろこんで服する風があった。身分を誇らず、大声も出さず、ただ静かに座っているだけで威が感じられた。

――士は己を知るもののために死す、か。

弥九郎は、己をもっともよく理解してくれるこの友に頼まれたら、どんな難題であろうと否とは言わない自身の運命を、それとなく予感した。

撃剣館は実質的に弥九郎が門人を指導することとなった。

岡田道場にこの人あり、と言われた斎藤弥九郎が教えることになったため、撃剣館の評判は落ちるどころか高まるばかりであった。

撃剣館のほうは、これで落ち着いたかに見えた。

倉次郎の死

翌文政四年六月、邦次郎と弥九郎の運命を大きく変える事件が起きる。

邦次郎の兄の倉次郎英虎が、二十四歳の若さで亡くなったのである。前年の夏から脚気衝心を患っており、それが原因と思われる。

江川家は深い悲しみに包まれた。嫡子を喪った英毅と久はもちろんだが、邦次郎の嘆きも尋常ではなかった。部屋にこもり、昼も夜も声を忍んで泣いた。声を殺したのは、自分の泣く声が両親に聞こえては、よけいに悲しみを誘うと思ったからである。

邦次郎は兄の菩提を弔おうと、法華経一巻を書写した。そして江戸役所手代の望月鵠助を呼んだ。

「頼みがある」

「何でございましょう」

「観音様を造りたい。だれか鋳物師(いもじ)を教えてくれないか」

鵠助は即座に邦次郎の意図を察した。

「神田鍋町に長谷川という者がおります。ご案内いたしましょう」

本所から両国橋を渡って、神田川沿いに筋違御門まで行き、左に入ると、広い通り沿いに大工町、鍛冶町、紺屋町、塗師町など、職人たちがそれぞれの町にかたまって住んでいた。鍋町、鍛冶町は鋳物師、鍛冶が軒を連ねており、路地の奥から鎚の音やぼうぼうと火を熾(おこ)すふいごの音が聞こえてくる。通りには鉄や銅の金臭い匂いが立ち込めているようだ。

鵜助はその一軒に入った。

「韮山代官江戸役所の望月だが、長谷川刑部(ぎょうぶ)はおるか」

土間の奥から小柄な老人がゆっくりと出てきた。火に焼けて赫黒い顔は無表情に見えた。手と腕が枯れ木のように節くれだって太い。

「実は折り入って頼みがある。こちらは韮山代官江川太郎左衛門様の若君、邦次郎様でいらっしゃる。邦次郎様が観音像を一体お造りしたいとのことだ。手伝ってくれぬか」

老人は静かな眼で邦次郎を見つめた。邦次郎は、狭い店には場違いのように堂々とした体格をしていたが、眼には深い悲しみを宿していた。老人は、ゆっくりとうなずいた。

「ありがたき仰せ、承りました。長谷川刑部、精一杯お手伝いいたします。おい、貞」

店の隅でたがねを振るっていた若者が立ち上がり、おずおずとやって来た。

「若様に合力して観音様をお造りするんだ。魂が宿るよう心を込めてやれ」

貞と呼ばれた若者は、手拭いを両手で握りしめ、何度もお辞儀をした。

邦次郎はそれから毎日のように鍋町へ通った。若者は長谷川刑部の息子で貞吉といった。

仏像は土を練って型を造り、その上に蜜蠟を塗る。眼鼻や衣など彫刻を施し、さらに土で覆い窯で焼くと、蠟が溶けて型の中に空洞ができる。そこへ熔かした銅を流し込むのである。

邦次郎は観音像の絵を紙に描き、貞吉といっしょに型をこしらえた。貞吉は無口な若者だったが、親方の言った通り腕は確かであった。

鋳物を造るという、生まれて初めての作業を、邦次郎は楽しんだ。かれは生来、手を使ってものを造ることが好きだった。

泥を手や顔に付けながら型をこしらえ、蜜蠟の上へ慎重に、観音様の眼鼻や衣類のひだを描いていった。熔けた銅を型に流し込む作業も、親方に教えてもらいながら、貞吉といっしょに行なった。焼けた土を丁寧に取り除いていくと、中から青銅色の観音像が現れた。

邦次郎は観音像を両手で包み込み、慈しむように見つめた。

「おかげでよい観音様が出来上がった。礼を言うぞ」

長谷川刑部も貞吉も、うれしそうに頭を下げた。

「若様はなぜ、観音様をお造りになられたのでございますか」

仏像が完成してほっとした貞吉は、何気なく聞いた。

「兄上の菩提を弔うためだよ」

邦次郎は微笑みながら言った。

「余計なことをお聞きして、申し訳ございません」

貞吉は平身低頭した。

「よいのだ、気にするな。わたしも得難い経験をさせてもらった」

邦次郎は長谷川刑部に礼を言い、表へ出た。初秋の明るい陽光にとんぼが舞っていた。

自分の手で仏像を造るという体験は、邦次郎のなかに眠っていた何かを目覚めさせたかもしれなかった。

長い歳月の後に、邦次郎はふたたび貞吉に仕事を頼むことになる。ただしそれは、時代が風雲急を告げるようになってからである。

造るのも、もちろん観音像ではない。

韮山反射炉で、鉄の西洋式大砲を鋳造するのである。

同じ年の十一月、邦次郎英龍は嫡子となった。将来、父の跡を継いで韮山代官となることが決まったのである。

婚姻も決まった。相手は旗本北条氏征（うじまさ）の女、柔である。北条家は禄高三千四百石、すでに柔の兄采女が家を継いでいた。

邦次郎は弥九郎を本所の役宅に呼んだ。

「弥九郎、これからもよろしく頼む」

「あらたまって、どうしたのだ」

邦次郎は少し照れたように笑った。

「おぬしにいろいろ助けてほしいのだ。やりたいことがたくさんある。支配地の百姓たちの暮らし向きのこと、賄賂を取る役人たちのこと、飢饉への備えのこと、そして、異国船への備えもだ」

弥九郎は黙ってうなずいた。

「さしあたっては書役として勤めてほしい。おぬしでなくては頼めぬことがある」

「それがしで役に立つのであれば、何なりと」

弥九郎は居ずまいを正して軽く頭をさげた。

英毅と邦次郎が韮山へ帰るに際し、弥九郎も同行することとなった。大名の参勤交代ほどではないが、代官の任地と江戸との往復には相応の儀礼が必要である。

具足櫃や弓、箪笥、長持などの御道具を運ぶ人足だけで三十人ほどいる。英毅や邦次郎は駕籠に乗り、弥九郎は同門の剣客永井勇と共に、邦次郎の駕籠を警護して脇を歩いた。役所手代、御徒士、足軽、小者、人足を入れれば総勢六十人余の行列である。

神奈川、平塚、小田原、三島と途中の宿々でお迎えとお見送りを受けながら、一行は四月のうららかな日差しを受けて歩いた。

三島宿を南へ曲がり、東海道から下田往還に入った。韮山の道祖神を左に折れると、巨人が寝そべったような緑濃い山々が近づいてきた。鶯がさかんに啼きかわし、その声に導かれるように、一行は韮山代官所に着いた。かつて韮山城の掘割であった池をめぐり、表門の前に立った。

(ここは桃源郷か)

弥九郎は、伊豆のあたたかな大気を、胸いっぱいに吸い込んだ。

江川家の屋敷は室町時代に創建された。表門は薬医門と言い、「矢を食い止める」が語源という。傍らの木はキサゲで、実は漢方薬になる。北条早雲が植えたものだと、手代のひとりが教えてくれた。

裏門の柱には鉄砲の弾痕が多数残っていた。秀吉の小田原攻めのときのものだという。

弥九郎は邦次郎に連れられて勝手口から土間に入った。広々とした土間には大きなかまどと、ひとかかえもあるような生き木の柱があり、柱には注連縄(しめなわ)が張ってあった。

「この柱には日蓮上人自筆のお札が貼ってあったのだ。今は箱に収めてあるが、この札のおかげで、屋敷は火事にあったことがない。正徳のころ、近くの家から出火したのだが、異霊が現れて風向きが変わったと聞いている」

邦次郎は大真面目な顔で言った。

土間から中之口に上がると、奥からみきが顔を出した。どうやら弥九郎が同行することを知っていたようだ。

「斎藤殿、道中ご苦労でございました」

「これは、みき様……大きうなられましたな」

弥九郎は、美しく成長したみきが突然現れたので、虚を衝かれた。

江戸役所で見かけたころは、ふっくらした頰に幼さを残していたが、十五歳となった今は顔立ちがはっきりし、兄に似て大きな強い眼が、かすかに笑みをたたえ、挑むように弥九郎を見つめている。

道場で生活する弥九郎にとって、この年頃の少女の変化というのは別世界の出来事のようなものだ。

何か一気に間合いを詰められて、剣を突き付けられたような按配だった。

(これはいかぬ)

めったなことでは動揺しない弥九郎も、大人になりかけたみきの、きらきらと輝く眼に見据えられ、どぎまぎしてしまった。

「しばらく滞在されるのでしょう。役所の者たちに剣術を教えるのですか。わたくしも習おうかな」

「いや、それは……」

「いけませぬか。兄上に叱られるかしら」

「怪我をなさいますぞ」

「かまいませぬ」

「そんな……」

「弥九郎を困らせるな」

邦次郎が割って入った。

「剣術をやりたいなんて初めて聞いたぞ。いつから興味を持ったんだ」

「たった今です」

みきは弥九郎のほうを向いて、きっぱりと言った。

「では、今度けいこをするとき見学させてください」

邦次郎と弥九郎は顔を見合わせた。

「それがしはかまいませぬ」

「しょうがない、見るだけだぞ」

邦次郎はしぶしぶといった顔で承諾した。


翌日から弥九郎は、役所の仕事を手伝った。

韮山代官所の仕事は、もっぱら年貢の徴収と帳簿付けである。公事（裁判）もあるが、日常の仕事はおよそ七万石の支配地の収穫を検見し、年貢を幕府に納めるための事務仕事である。役所の手代、手附、書役たちは帳簿に記録をつけ、幕府に提出する書類を作成した。

弥九郎もその作業を手伝った。算盤を使って収量と年貢高を計算し、帳簿を調べ、ときに間違いを指摘した。

てきぱきと仕事をこなす弥九郎を見て、韮山の手代たちはあっけにとられた。

「斎藤殿は、剣術だけかと思ったが、算盤も上手や。どこで習われたんずら」

手代の柴鳳助が驚いて言った。

「幼いころ、素読とともに算盤も習ったのです。越中高岡では薬屋の丁稚もしておりました」

「へえ、文武両道というけど、斎藤殿は剣と算盤ずら」

午飯の後は剣の稽古である。

撃剣館の龍といわれた弥九郎が指導してくれるというので、代官所の男たちは面小手を付けてずらりと居並んだ。実のところみな尻込みしたのだが、

「江戸一番の名人に稽古をつけてもらういい機会だというのに、逃げるやつがあるか！」

邦次郎が叱りつけて集めたのである。

撃剣館と同じように、二人一組で打ち込みをさせ、弥九郎が見て回る。

しかし、技量は雲泥の差であった。江戸での激しい打ち合いに比べれば、のんびりして型稽古のようである。

その様子を見た後で、弥九郎が一人ひとり相手をした。双方正眼にかまえ、弥九郎は誘いの気合をかけるものの、手代たちは腰が引け、やあやあと掛け声をあげるばかりでいっこうにかかってこない。

それならと、面、小手と続けざまに打ち込めば、竹刀を取り落としてへたり込んでしまう。

「次！」

順に打ち込みの対手をつとめたが、まともに打ち合えるものはいなかった。

ふと、弥九郎が横を向くと、みきが正座してこちらを見ている。しかも着物ではなく、道着を着こ

んでいるではないか。隣には妹のたいが、こちらは普通の着物姿で見物に来ていた。

（いつのまに！）

みきは立ち上がると、面小手を着けようとした。

「あっ、それはわたしの道具ではないか」

邦次郎が渋い顔をしている。みきはかまわず面をかぶろうとした。

「いや、打ち込みはまだ無理です。型を教えましょう」

弥九郎は小太刀の竹刀をとって、みきに渡した。

「こう構えて、そう、右足から入るのです」

弥九郎は中段から大上段に振りかぶると、みきに小太刀で両小手をすり上げるよう指示した。そのまま押して体勢が崩れたところを逆袈裟に切り落とす技であった。小太刀であるから入り身を必要とする。何度も繰り返すうち、みきは身体で覚えたようだった。

これで最後、と弥九郎が思ったとき、みきは小太刀をすり上げながら、よろけて弥九郎の身体に倒れ込んだ。

「あっ」

それまで無我夢中で感じなかった、道場の熱気、竹刀の匂い、道着のむせるような汗が、みきを包んだ。くらくらと眩暈（めまい）がし、気を失いそうになったが、弥九郎のたくましい腕がみきを支えた。

みきは、はっとして飛びのいた。

「大丈夫、もう何ともありませぬ」

型どおりに後ろへ下がり、一礼すると、みきは小走りに出て行った。

本宅の茶の間に入ると、なぜか涙があふれた。みきはその場に座り込み、笑みを浮かべて涙を流し続けた。

翌日から、みきは姿を見せなくなった。

弥九郎は二十日ほど韮山に滞在し、江戸へ帰った。

文政七年三月、邦次郎は代官見習いとなった。服紗小袖の麻裃を着用して登城し、老中水野出羽守忠成(ただあきら)、勘定奉行遠山左衛門尉景晋から代官見習を仰せ付けられた。

六尺の背丈に剣術で鍛えた体軀、大きな鋭い眼、唇を真一文字に引き結んで静かに歩く姿は、城中でも目を引き、あれはどこの御旗本かと茶坊主たちが顔を寄せて囁きあった。

遠山景晋は邦次郎を見て、ほうと小さく声を漏らし、相好を崩した。

「江川殿には立派な跡継ぎがおられて祝着至極、まことにうらやましいかぎりでござる」

「滅相もございませぬ。剣術ばかりに精を出して、一向に学問のほうははかどりませぬ。爾後よろしくご指導賜りますよう」

この頃、遠山家は景善が西丸書院番に出仕し、実子の金四郎の放蕩も収まって、家内は落ち着きつつある。

六月、邦次郎は麻裃を着用して登城し、将軍家斉に拝謁した。これで父の跡を継ぎ、韮山代官となることが決まったわけである。

江川家は、文化文政という太平の世を象徴するかのように、家族仲睦まじく、学問、武芸、絵画、音曲、詩、さらには都都逸(どどいつ)などの遊びにも親しむ家庭だった。その平和な家庭に訪れた倉次郎の死は、邦次郎の、そして日本の運命を劇的に変えることになる。

もし邦次郎が、どこかの旗本の養子になっていたら、その家に相応しい役を与えられ、優秀な官僚として、平凡な人生を終えていたかもしれない。

かれが伊豆、相模、駿河、武蔵、甲斐などを支配する代官にならなければ、幕末の海防にも関わらず、国防政策にともなう勢力争いや、この時代を代表する知識人の疑獄も起きなかったかもしれない。

この若者の意識も、兄の死を境に大きく変わった。

歴史がゆるやかに動き始めるのと並行して、かれの人生も激流に向かってゆく。

大津浜と宝島

文政八年十一月、大柄で色黒の見慣れぬ若者が撃剣館にやってきた。負けん気の強そうな顔つきの堂々たる偉丈夫である。寒稽古に参加するためらしいが、勝手知ったるものの如く、若者は防具を着けて支度を始めた。

弥九郎はその様子を見ていたが、どうも顔に見覚えがある。そのうち若者は気合を発して素振りを始めた。

（ああ、あのときの）

六年前、甲高い声を振り絞り、懸命に稽古する、か細い少年の姿を思い出した。

（水戸藩の藤田虎之助であったな）

十四歳のときと違い、虎之助は躰も大きくなり、胆力もついていた。八つ（午前二時）に起きて朝飯代わりに雑炊を食い、寒気厳しい夜道を、小石川の水戸藩邸から猿楽町の撃剣館へ通った。

決して器用なほうではなかったが、胆力と気合はだれにも負けないつもりであった。文弱の徒と謗られるくらいなら、武術馬鹿と笑われるほうがましだと、虎之介は心中期するものがあった。

七つ（午前四時）から始まった朝稽古が五つ（午前八時）頃に終わると、弥九郎は声をかけた。

「藤田殿、手伝ってくださらぬか」

着替えを終えて荷物をまとめていた虎之助は、背筋を伸ばして座りなおした。

「試合の勘定書きを書いていただきたい」

勘定書きとは勝敗を記した帳面で、勝ち負けの数を計算して順位を付けるのである。朝稽古に来るのは勤めのある侍も多いので、道場にはほとんど人が残っていなかった。

虎之助は、稽古が終わったら江戸見物に出かけるつもりだったが、言われるままに道場の事務を手伝った。虎之助の成績はなかなかのもので、試合の吟味では一番か二番がほとんどだった。

「かたじけない」

後片付けをしながら、ふたりは話を交わすようになっていった。

「斎藤先生、それがしにもぜひ一手、ご教授いただけませぬか」

虎之助は真剣な顔で頼んだ。

弥九郎は黙ってうなずいた。

ふたりは竹刀をとった。相正眼である。

虎之助は念願がかない、勇み逸っていた。全身に剣気をみなぎらせ、気合を発し、竹刀をさかんに動かしながら、隙を探った。

弥九郎は、竹刀をやや低めにかまえたまま、動かない。いつもの激しい剣でなく、静の構えであった。

弥九郎は眼前に、山の如く聳えている。

虎之助は、その山を相手に、独り相撲をとっているような焦りを感じた。打ち込む隙は寸毫もなく、ながい時間が過ぎた……ように虎之助には感じられた。

その瞬間、弥九郎がわずかに気を発した。

引き込まれるように虎之助は面を打とうとしたが、竹刀を上げようとした刹那、小手を激しく打たれて竹刀をとり落とした。

「むっ、もう一番」

虎之助は上段に構えた。

弥九郎は下段である。

虎之助は、迷いは禁物と思い、すぐさま打ち込んだ。下段から擦り上げた弥九郎の竹刀はそのまま虎之助の竹刀を跳ね返し、虎之助はよろめいた。

体勢を立て直し、虎之助は弥九郎の小手を打とうとしたが、その竹刀ははじかれ、あっと思う間もなく、したたかに面を打たれた。

それでも虎之助はめげなかった。何度打たれ転ばされても、かかってゆき、そのたびにまた打たれた。最後は、つばぜり合いから足を掛けて倒され、道場に大の字になった。息が切れたのか、しばらくそのまま倒れこんでいたが、やおら起き上がって、

「いやあ、愉快、愉快」

と叫んだ。

「それがし、こんな痛快な思いをしたのは久しぶりでござる。寒稽古のひと月よりも、中身の濃い打ち込みでございました」

虎之助は息をはずませた。こてんぱんに打ちのめされたのが、かえってうれしくてたまらないようであった。

「それがしは昨年、死ぬはずでありました。今日あるのは天の命じるところ、先生にこうして剣を教えていただくのも、天命だと思っております」

虎之助は、大津浜の事件について語り始めた。

文政七年五月二十八日の夜明け頃、常陸国大津浜に二艘の異国船が現れ、十二人の乗組員が小舟で上陸した。当初、大津村役人や郷士の江橋吉右衛門、西丸勇次郎らが、上陸した異国人に対応した。異国人は酒らしきものが入ったガラスの器をふたつ差し出し、身振りと話で空腹を訴えた。さらに吉右衛門の手を取って自分の手に乗せ、さらに自分の手を重ねて帽子を取って目礼し銀銭を差し出した。しかし吉右衛門は受け取らなかった。

六月三日、水戸藩の本隊が到着した。筆談で尋問したのは、会沢正志斎と飛田逸民である。尋問の結果、船はイギリスの捕鯨船で、母船に病人が多く、新鮮な野菜や肉を求めて上陸したとわかった。

没収していた銛や鉄砲を返却し、りんご、生梅、枇杷、大根、鶏、酒などを与えて解放した。戦闘はもちろん、乱暴狼藉の類は、何ひとつ起こらなかったのである。

「文政七甲申夏異国伝馬船大津浜へ上陸弁諸器図等」という記録には、漁民たちが異国人からもらった器物の絵が残されている。

ガラス製のフラスコや銀貨、衣服、帽子、鋏、ナイフ、剃刀、櫛など日用品が多く、種類も様々で、それぞれに大きさや形状の説明が付いている。

好奇心旺盛な庶民たちは、イギリス船に乗り込み、民家に軟禁されたイギリス人に近づいた。水や食料を与え、西洋の珍しい品を受け取り、ささやかな密貿易にいそしんだのである。

水戸学の思想家である会沢は、イギリス人の態度に異なる感想を持った。

会沢は、片言の英語を解する勇三郎という村民の助けを借り、イギリス人の表情や身振りを観察して、真意を探ろうとした。勇三郎は、これまでに何度も異国船と接触していたのであろう。

船は捕鯨船であって、食料の補給のために立ち寄ったとイギリス人は主張したが、世界地図を撫でながら説明する様子が、会沢の敏感な神経を刺激した。

捕鯨というのは表向きで「神州を服従せしめんと」する意図があり、「怠惰惰弱ならば兵をもって襲い、その隙がなければ耶蘇(やそ)教で民心をたぶらかし、国を奪うつもりだ」と、かれは警告した。

このとき水戸彰考館総裁の藤田幽谷は、会沢から同様の内容の手紙を受け取った。近年頻発する異国人の傲慢無礼な振る舞いに腹を立てていた幽谷は、息子の虎之助に向かって、

「速やかに大津へ向かい、ひそかに動静を窺い、夷虜をみなごろしにせよ」

と命じた。虎之助は欣然として父の命を受け、別離の杯を交わした。

そのとき、大津浜から使者が到着し、イギリス人は既に釈放されたと伝えたのである。

「おかげで死に損ないました」

虎之助は照れたように笑った。

後にかれは、半生を振り返った著書『回天詩史』に「三度死を決してしかも死せず」と記すのだが、大津浜事件は死を決意した最初の事件であった。

なぜ幽谷や虎之助、会沢は、イギリス船の渡来にかくも激しく反応したのだろうか。その伏線に、

樺太やエトロフの幕府会所を襲撃したフヴォストフらロシア船の暴挙や、長崎のフェートン号事件があったことは確かである。

水戸藩は、三代藩主徳川光圀の命で『大日本史』を編集しており、国学の尊王と儒学の徳目を合わせて、水戸独自の思想を育ててきた。

これを水戸学という。

正確に言えば、水戸学には前期と後期がある。

連綿たる皇室の歴史を綴り、南朝をもって正統な皇統とした『大日本史』の思想を前期水戸学と呼び、会沢正志斎の『新論』や藤田東湖の『弘道館記述義』に代表される幕末の尊王攘夷思想を後期水戸学と呼ぶ。

藤田幽谷は十八歳の時、「正名論」という短い論文を書き上げた。皇室から天下国家を治める大権を与えられた幕府が天皇を敬い、諸侯は幕府を敬い、家臣たちは諸侯を敬う。それぞれの名分に従って忠を尽くすことによって社会は安定し、秩序が保たれると主張した。

光圀以来の尊王思想を引き継ぎながら、徳川政権の正統性を理論化したのだが、将軍家より上に天皇が位置することを、はっきりと示したのである。絶対的と誰もが信じていた徳川幕府の権威が、実はあやういバランスの上に成り立っているということを、幽谷の論文は暴いてしまった。

幽谷の弟子である会沢正志斎が、尊王攘夷思想のさきがけとなる『新論』を書き始めるのは、大津浜事件の翌年である。

人に四肢五体があるように国家にも「体」がある、と会沢は言う。天皇を頂点とした統一国家という意味の「国体」の観念を初めてうたい、国民の統合と攘夷による国家の防衛を説いた。

夷荻はこのように我が国を侵略する、という。

「その初め洋中に出没して以て吾が地形を測り、吾が動静を窺い、而して又吾が人民を誘ふ。ついで礼を厚うして以て通商を乞ふ」

かれらは自らを飾るに礼を以てし、人を嚇(おど)すに兵を以てする。その目的は友好ではなく、通商によってその国の富を流出させ、経済を破壊し、属国化、植民地化することである。それを防ぐには軍備を整え、必死の覚悟で侮りを受けないようにし、防御の策を調(ととの)えなければならない。

帝国主義の脅威に対抗するための方策として、尊王と攘夷の精神を説いたが、むやみに外国を攻撃せよと主張しているわけではない。

会沢も幽谷同様、天皇から政治を行う権力を委任された徳川幕府を正当化し、幕藩体制を強化するために『新論』を書いたのだが、後に尊王攘夷という思想は純化され、巨大化し、燎原の火の如く広がってゆく。

同じく文政七年七月八日、薩摩藩領トカラ列島の宝島に異国船が現れた。そのうち乗員七、八名が小舟で前籠港に上陸した。

応接した薩摩藩の番士に対して、耕作に使っている牛を指さして欲しそうな様子を見せたが、番士たちは手真似で断った。

翌九日五つ半（午前九時）、今度は十四、五人が小舟二艘に乗って上陸した。お互いの言語で筆談したが通じなかった。

かれらは焼酒、麦糯(もち)、衣服、剃刀、小刀、時鳴鐘、金銀貨などを出して、昨日の牛と交換しようとしたが、薩摩藩士は断った。米と野菜を見せたところ、米はたくさんあるので野菜が欲しいと手真似で伝えてきた。里芋や唐芋をやると大喜びした。

母船の乗組員の数を手真似で訊ねると、左右の手の指を七度握ったので、七十人なのだと推測した。国籍を尋ねるために「オランダ、ナガサキ」と言うと、理解したようで、砂浜に○印をふたつ描き、ひとつを指さして「オランダ」と言い、別の○を指さして「インキリスト」と言い、その○の中に立った。それで船はイギリス船と分かったのである。

野菜や衣類を与え、代価は取らずに帰らせた。互いに手を振り合い、イギリス人たちは感謝して帰って行った。

異変が起こったのはその後である。

しばらくすると、三艘の小舟に乗った二十二、三人ほどのイギリス人が前籠に上陸し、鉄砲を撃ってきた。本船からは石火矢（大砲）を放ち、砲弾が海上に落下した。小舟のイギリス人たちは、番所に向かって「滅多無性に」発砲した。

番所には四匁の銃が二挺、二匁以下の鳥銃が四、五挺しかない。これでは平場で撃ち合うのは不利である。

評議の結果、イギリス人を木戸口で撃ちとめる他なしと決した。

かれらは牛が目当てと見えて、一頭を鉄砲で撃ち殺し、さらに二頭の牛を追い掛け回している。殺した牛を解体し、三、四人がめいめい肩にかついで持ち帰るところであった。

そのうち三人が、鉄砲を撃ちながら番所に向かって走ってきた。

薩摩藩目付の吉村九助は木戸口で待ち構え、四間（七・二メートル）の距離から先頭の者を鉄砲で撃ちとめた。左胸に命中し即死であった。残るふたりは仲間の死体を置いて船に戻っていった。

撃ちとめたイギリス人は、猩々皮（しょうじょうひ）の上衣に黒ラシャの股引、藤で造られた帽子をかぶっていた。所持していた鉄砲は長さ四尺二寸ほどで、筒口が茶碗のように薄かった。

報復を予想して、島では鉄砲に弾を込めて警戒したが、母船は沖にとどまり、二日後には見えなくなった。

大津浜と宝島——この二つの事件は幕府に衝撃を与えた。

翌文政八年二月、異国船打払令が発令された。近海に近づく異国船は、有無に及ばず一図に大砲で打ち払えという命令である。

無二念打払令とも言われるこの法令によって、日本国内は大揺れに揺れることになる。

これは後にやってくる嵐の序章のようなものであった。

仮祝言

ある日、午前の稽古が終わり、後片付けをしていると、弥九郎に来客があった。

玄関に出てみると、むずかしげな顔つきで口をへの字に引き結んだ、堀和兵衛の姿があった。

「息災のようじゃの。ときおりおぬしの噂が耳に入る」

和兵衛は眼を細めた。能勢家では頼護が亡くなって子の頼匡（よりまさ）が跡を継いでいた。

弥九郎は和兵衛を道場内の一室に招じ入れた。

「殿様も、おぬしの活躍をよろこんでおられる。また御屋敷に顔を見せるがよい」

弥九郎は笑みを浮かべ、必ず伺いますと応じた。弥九郎にとって脇谷の叔父と和兵衛は、親代わりのような存在である。

「ところで、おぬし、身を固める気はないか」

弥九郎も二十八歳である。これまで内弟子の身で、嫁を迎えるなど考えられなかったが、今や剣客としての声望ますます高く、斎藤道場をと望む声も多い。邦次郎は、道場を構えるなら援助する、と言ってくれている。

弥九郎の心は揺れていた。独立して一国一城の主になるのは年来の夢であった。

「さる御家人の女(むすめ)だが、訳あってわしが世話をしておる」

和兵衛は、扇子を膝の上に立てて、身を乗り出した。

岩というその娘は、文化六年生まれの十八歳。両親を亡くして孤児となった。

和兵衛は武士としては珍しく、貨殖の才があった。しかし金銭を自分のためには使わず、好んで人の危難を救うために使った。岩は運が悪ければ色里に売られたかもしれなかったが、和兵衛が引き取り、養女として育てたのである。

弥九郎は将来の独立を視野に入れ、撃剣館を出て飯田町に新居を構えた。とはいえまだ生計はままならない。仮祝言をあげて和兵衛宅に岩を預け、通い婚のように暮らすことにした。


岩は小柄だが、骨太でよく動く女であった。どことなく母の磯に似ていた。

「ふつつかものでございますが」

と、最初は型通りの挨拶をしたが、ふたりきりになると、すぐにきびきびと働き始めた。

「わたくしは、早く貴方様のお世話をいたしとうございます」

「ああ」

とだけ弥九郎は言った。

「父は、貴方が江戸一の兵法家になるであろう、剣術だけでなく学問や人の道も教え、御府内でも評判になるだろう、夜も寝ずに書を読むだろうから、おまえも寝ずに待てと言われましたが、本当でございますか」

「いや」

「ああ、とか、いや、とか、それだけでございますか。変なお方」
岩はぷっと笑った。
弥九郎も苦笑いした。

みきは韮山にいる。ぼんやりと、何となくもの思いにふけりながら、ひとりで貝合わせをしていた。金箔、金泥が施され、美しい絵の具で平安時代の貴族が描かれた蛤の貝殻は、元の貝同士でなければぴったりと合わない。対の貝には、それぞれ十二単の女と衣冠を付けた男が描かれていた。平安時代からある遊びだが、江戸期には夫婦和合のしるしとして、嫁入りのときに持参することが多かった。

幼いころから、母や妹のたいといっしょに貝合わせをして遊んだ。貝が合わないと悔しがり、合うと声をあげてよろこんだ。あのころは楽しかった。

今日はうまく貝が合わない。

みきは小さくため息をついた。

父英毅から榊原小兵衛との縁談の話を聞かされ、思い惑っていた。榊原家は禄高三百石の家柄で御代官である。家格としてもまず申し分ない。

みきは十八になった。

旗本の息女は旗本に嫁ぐ、それが当たり前の時代であり、みきも家と家との婚姻という決まりを受け入れるつもりでいる。

しかし、胸のなかのもやもやしたものは消えなかった。

兄の邦次郎によると、榊原家の屋敷は撃剣館の先の九段坂下にあるらしい。

（撃剣館！）

みきは、撃剣館という言葉から、すぐに斎藤弥九郎を連想した自分を、おかしく思った。

この時代、身分を越えた自由な恋や結婚は少ない。そもそも人を好きになるということと婚姻は別である。

それは充分わかっていても、みきは弥九郎の姿を脳裏から消すことができなかった。

質素な衣服、頑丈そうな大きな手、隙のない佇まい。武人なのに荒々しいところは微塵もなく、寡黙で落ち着いている。

江戸役所でたまに見かける旗本の子弟は、みな軟弱で頼りなく、弥九郎のような武骨な男らしさはない。弥九郎が初めて江戸役所に兄を訪ねてきたとき、不思議な動物でも見るような思いだった。

あの日、みきはまだ十三だったのだ。

韮山で剣術の手ほどきを受けたとき、はじめてその身体に触れた。

一瞬、気を失いそうになったが、そのとき間近に見た弥九郎の道着の模様や、鼻腔に入ってきた竹刀や汗や革の匂いの記憶はまだ残っている。

合わない貝を手にしたまま、みきはとりとめのない思いに心をゆだねていた。

ふわふわしてつかみどころのなかった感情は、次第に熱いものに変わっていき、胸を焦がし、喉元にこみ上げてきた。

みきは立ち上がった。貝が床に音を立てて落ちた。

みきの心中を邦次郎は知る由もなかったが、時折ぼんやりと物思いにふけること、それが縁談に関係ありそうなこと、弥九郎の話をすると聞き耳を立てるふうであることは感じていた。

弥九郎の将来については父とも相談し、独立の際は援助すると決めていた。道場を持ってからも、代官所の仕事はしてもらうつもりである。

江戸への出府が近くなってきたある日、邦次郎はそれとなくみきに言った。

「弥九郎は撃剣館を出て独り立ちする」

日は暮れかかっていたものの、部屋のなかは明るい光に満たされていた。空に残った金色の照り返しが、中庭からやわらかく忍び込んでいる。

「いずれ自分の道場を持つだろう。そのときは役所のものたちを入門させる」

みきは黙って聞いていた。

なぜその話を自分に言うのか、兄の真意をはかりかねつつも、次の言葉が自分にとって重大な意味をもつような、予感めいた感覚にとらわれた。

「どうやら身を固めるらしい」

みきは、きっと兄の顔を見た。

邦次郎は珍しくうろたえた。みきの目が夕映えの残光を受けてきらきらと輝き、かすかにうるんでいるように見えたのだ。

「おめでとうございます。そう斎藤殿にお伝えください」

みきは、明るくはっきりした口調で答えた。

日を経ずして、みきと榊原小兵衛の縁組がととのった。

文政八年四月、弥九郎は母の磯を江戸へ招いた。越中からの道中、薬売りの利吉の世話になった。利吉は「お前さんのとき力になれなかったから、せめてもの罪滅ぼしだ」と言い、飯田町の新居まで連れてきてくれた。

弥九郎を見て、磯はその場に立ち尽くした。

十三年前のあの日、残月の下でしっかり目に焼き付けようと見つめた、幼さの残る百姓の少年は、両刀を差した堂々たる武士になっていた。面差しは優しかった息子を偲ばせるが、厳しい剣の修行によって鍛え上げられたその姿は、立っているだけで周囲を威圧するようであった。

「おまえさまは、ほんとうに弥九郎かえ？」

弥九郎は母の手をとった。

「母上、おなつかしゅう」

磯は呆然としていたが、何かを見つけると両の目に涙をあふれさせた。たくましいその躰にしがみつき、離れようとしなかった。

磯が見つけたのは、弥九郎の左手親指の付け根にある傷跡だった。幼い日、稲刈りを手伝っていて、鎌で深くえぐったその傷から、血が湧くように出たが、磯が手拭いを破って止血した。なつかしいその傷を、目の前の大男の指に見つけたのだった。

「よかったな、これで借りは返したぜ」

利吉は、にやりと笑って踵を返した。

「利吉さん、今度薬箱を持ってきてくれ、傷用の塗り薬を多めに頼む」

「おう、竹刀傷にいい薬をたっぷり持ってくるぜ」

弥九郎は岩と共に、母を江戸の名所に案内した。近くの神田明神へお参りし、足を延ばして湯島天神、不忍池を散策した。

しかし、磯にとって江戸の町は、人が多すぎて気疲れするようだった。

邦次郎のすすめで、磯を連れて韮山に遊んだ。

南国の明るい陽射しの下、富士の雄大な姿をふり仰いだ。江川家の屋敷に逗留し、巨大な生き柱に眼をみはった。名産の山葵を使った料理や秘蔵の江川酒でもてなされた。

修善寺の温泉にも入った。渓流の音を聞きながら、弥九郎は母をおぶって歩いた。

「もう思い残すことは何もない。ただ、世話になった江川様の御恩を、決して忘れるでないぞ。江川様から頼まれたら、どんなことでもおろそかにしてはならぬ」

磯は真剣な面持ちで繰り返した。

江戸へもどり、弥九郎は岩とともに、母を板橋宿まで見送った。十三年前、ほとんど飲まず食わずでここにたどり着き、焼き芋を食べたことを思い出した。

磯は岩の手をとって言った。

「弥九郎のこと、くれぐれも頼みましたぞ」

利吉に付き添われながら、磯は何度も振り返った。

これが母との永の別れとなった。その年の十一月、磯は越中仏性寺の家で亡くなった。

練兵館

俎橋（真名板橋ともいう）は、日本橋川の堀留にかかり、九段坂下と神田小川町をつないでいる小さな橋である。名前の由来は、近くに御台所町があるからとも、俎のように粗末な板の橋だからともいわれているが、果たしてどちらが正しいのであろう。

斎藤弥九郎の道場「練兵館」は、文政十二年、元飯田町俎橋角の熱善十郎借地に建てられた。二代岡田十松熊五郎の病身を理由に、神道無念流の道統と一部の門弟を代金三十五両で譲り受けたのである。

その資金は邦次郎の意向で、江川家が援助した。

道場の名前は、もちろん兵要録の「練兵」からきている。弥九郎は道場で剣だけを教えるつもりはなかった。文武は表裏一体、教学や兵学を教え、人それぞれの個性を見極めて鍛練し、全人格的に育てるつもりであった。

練兵館の日課は、塾中懸令によると、明け六つ（夜明け）から五つ（午前八時）まで素読。五つに先生に拝謁。その後、弥九郎による兵要録の講義があり、午前中いっぱい剣術の稽古。午後は出稽古だが、出張稽古に出かけないものは、教学や兵学を勉強しなければならない。暮れ五つ（午後八時）

には、ふたたび先生に拝謁。食事は麦飯に香の物で、汁は一日おきであった。

道場を開くと、儒者の赤井巌三が訪ねてきた。赤井は俎橋近くに教学の塾を開いており、弥九郎は時折訪ねて教えを受けていた。

赤井は、にこにこしながら言った。

「おぬしも、これで一国一城の主になったの」

祝いの酒を弥九郎に渡した。

「おぬしの力があれば、道場はおおいに賑わうだろう。さればじゃ」

赤井は顔を近づけて声を低くした。

「学問をしたい者がいたら、うちに紹介してくれんか。文武両道、近所ですませれば便利であろう」

「承知いたしました。先生の塾でも剣を学びたい御仁がおられましたら、練兵館をご紹介ください。されど、わが道場は荒稽古ゆえ、その覚悟でこられたいと」

「それでは最初から逃げてしまうぞ」

赤井は眼を丸くして笑った。

道場に続々と客が訪ねてくる。

邦次郎が秋山要助とともにやって来た。

「立派な道場ではないか」

「お二方のご助力のおかげで、かくは相成りました。心より御礼申します」

「なんだ、水臭い挨拶はよせ、それより稽古を見せてもらってよいか」

秋山要助は照れ隠しのように、道場の様子を見に行った。

「壁書が貼ってあるな」

邦次郎は懐かしいものを見つけて、その文字を眼で追った。撃剣館に入門したばかりの頃、修練すればこの境地に達することができるのか、常に思い続けた。

「これがなくては神道無念流とは言えぬ」

弥九郎は微笑を浮かべてうなずいた。

「武は戈を止むるの義なれば、少しも争心あるべからず」

「兵は凶器といへば、其身一生用ふることのなきは、大幸といふべし」

練兵館では稽古前に教学の講義をするのだが、新しく入門した者にはこの壁書を復唱させた。

「江戸役所の手代たちを練兵館に入門させよう。きびしく鍛えてくれ」

「承知した」

そこへ長男の新太郎を連れた岩が挨拶に現れた。

「おお、元気そうな男の子でうらやましい。いくつになる」

新太郎は、はにかみながらも元気よく答えた。

「三つ」

「そうか、父上に剣を習っておるか」

新太郎は道場の隅っこへ走り、子供用の短い竹刀を持ってきた。

「もう習っておるのか。えらいぞ、大きくなったら父に負けぬ剣客になれ」

目を細めながら、邦次郎はふと淋しそうな翳を見せた。去年、二歳の長男隼之助を病で亡くしたのである。

「榊原の家はすぐそこだな」

邦次郎はひとりごちるように呟いた。

「そういえば、みき様は息災にお過ごしか」

みきが嫁いだ榊原小兵衛の屋敷は、俎橋のすぐ脇にあった。練兵館から、胡桃の大木が鬱蒼と茂るその家がよく見える。

「ああ、元気だ。練兵館が近所にできると聞いて、訪ねたいと言っていたぞ」

まさか旗本の奥方が町道場を訪れるわけにもいくまいが、みきなら本当にやりかねなかった。

自分の道場を持ってみて、弥九郎は教え方に迷っていた。撃剣館では師範代としてできるかぎり丁寧に教えてきたのだが、いざ道場主になってみると、そんな生やさしい教え方では、門人たちは剣も上達しなければ、精神的にも成長しないのである。

(立場によってこうも違うものか)

これまで通りではいかぬ。

行住坐臥つねに勝負の機を忘れず、いかなる時も死を恐れぬ武士を育てるには、鬼にならねばならぬようだ。

弥九郎は豹変した。

撃剣館時代とは打って変わって厳しくなり、門人たちが少しでも気を抜いていれば大声でしかりつけ、真剣さが感じられなければ、自ら竹刀をとって倒れるまで打ち込みを続けさせた。

打ち込みで勝負がつかなければ組打ちをさせ、相手の面を取って締めるまでやらせた。門人たちは畏怖した。あまりの厳しさに辞める者も出たが、弥九郎は決して教え方を変えなかった。

練兵館の塾頭を務めた大村藩士の渡辺昇は、こう述懐している。

少しでも怠けると、弥九郎にひどく怒られたが、

「その言葉は満腔の精神であるから、叱られても心あるものなら分って居る」

練兵館での師弟関係については、

「其の時分の師弟の関係と云うものは深いもので、今日の様なものでない、物を習うと云う外に、師の風采気概を欽慕し、師もまた弟子を我子の如くに可愛がると云う風である」

師弟というより親子のようなものだった。

当時、住み込みの内弟子は三十人ほどであったが、道場には下駄が十五、六足しかない。十五人が出かけてしまえば、あとの十数人は裸足で外に出るしかなかった。

安政七年に桜田門外で井伊直弼が暗殺されたとき、渡辺昇と太田市之進（後の御堀耕助）は、そのころ三番町にあった道場から、雪のなかに飛び出して見に行った。

すでに戦闘は終わった後で、雪中のあちこちに真っ赤な血痕が散らばり、死傷者を彦根藩邸に運んでいた。見ると雪の中に黒塗りの立派な下駄が何足も落ちている。

「おい、下駄だぞ」

渡辺と太田は顔を見合わせた。

おおかた井伊の小姓や徒士が、脱ぎ捨てていったものであろう。

ふたりは練兵館の粗末な下駄を脱いで、黒塗りの下駄に履き替えた。さらに五、六足ひろって道場

への土産にしたのである。

弥九郎からきびしく鍛えられた練兵館門人は、試合において無類の強さを示し、他道場から荒し対策に呼ばれることも多かった。

新撰組に入る前の近藤勇は、試衛館という天然理心流の剣道場を主宰していた。道場荒らしや他流試合希望の武芸者が来ると、近藤は門人を練兵館にやって、親しかった渡辺昇を呼んだ。渡辺は、実戦に強くて気心の知れた門人を選び、市ヶ谷八幡の試衛館へ行って荒らしの相手をした。

試合がすむと、謝礼として酒が出た。ただし酒は冷酒、肴は沢庵である。それでも練兵館の門人にとっては、ご馳走であった。

天保四年にひとりの田原藩士が練兵館に入門した。

村上定平という、小柄だが屈強な若者で、剣筋もよい。何より熱心で、毎日のように通ってくる。型稽古ばかりで、やわな華法剣術に飽き足らなかった定平にとって、実践的で激しい練兵館の稽古が、よほど新鮮だったのであろう。

弥九郎の兵学講義にも積極的に出席し、定平の生活は練兵館なくして成立しなくなった。

しかし一年満たずして、定平は藩命により田原へ帰国することになった。

「先生、ぜひ田原藩でも神道無念流をご指導ください。国の連中にも真の剣術のなんたるかを教えてやりたいのです」

弥九郎もそういう定平が可愛くもあり、むげにはできない。かれ自身は邦次郎の補佐役としての仕事もあるし、特定の藩の剣術指南になって束縛されるのを好まなかった。

そこで弟分の杉山東七郎に、田原へ行ってもらうこととした。

ふた月ほど田原に滞在して江戸へ戻ったが、そのあとすぐに定平も江戸在勤となり、出府してきた。また、練兵館に毎日通うようになったのである。

「斎藤先生、おもしろい男がおります。ぜひ、会ってやってください」

定平に連れられて現れたのは、坊主頭に短衣をまとい、両刀を落とし差しにした大男だった。茫洋とした雰囲気を漂わせているが、頬骨が張り、目は鋭く、壮士然として、いかにも只者ではなかった。

その大入道は弥九郎を見ると、坊主頭をつるりと撫で、にこりとした。風貌に似合わず不思議な愛敬があった。

「田原藩士、鈴木春山(しゅんさん)と申します」

(奇士だな)

弥九郎はひと目で気に入った。

春山は田原藩医であり、長崎に留学してオランダ語と蘭方医術を学んだ。しかし、最近は本業の医術よりも、剣術のほうに関心が傾いている。

春山は村上定平とともに、練兵館に時折顔を見せるようになった。

代官襲職

「母上がお呼びです」

妹のたいが顔を曇らせて邦次郎のところへ来たのは、天保元年の夏の盛りであった。

この年は天候不順で、蒸し暑い日が続いたと思うと寒が戻り、久は体調を崩して床に臥すことが多かった。

奥へ行くと、久は床についていた。

声をかけて邦次郎が入ると、横になったままこちらを向いた。

頬の肉が落ち、顔が小さく縮んだように見える。唇を真一文字に引き結び、大きく見開かれたその目は、ひたと邦次郎に向けられていた。

「母上……いかがなされました」

邦次郎は珍しく動揺した。久の顔はふだんと違う厳しいものであった。

「邦次郎殿、これを」

久は首にかけていた念珠をはずして渡そうとした。

邦次郎が戸惑いながら受け取ろうとしたところ、久はその手をつかんだ。

「そなたに、どうしても聞いてほしいことがあるのです」

久は、邦次郎の手を強く握りしめた。やせ細って骨ばった手の、どこにそんな力が残っていたかと思うほど強い力だった。

「そなたの文武の業については、いささかも心配しておりませぬ。ただひとこと申し遺したいのは……」

久はそこで、苦しそうに息を継いだ。

「およそ人が事において成就するかしないかは、耐え忍ぶかどうかにかかっています。公務は申すまでもなく、何事によらず、天賦の才を恃(たの)んで先走らず、忍耐せられよ。そなたが才を恃んで自重しないから言うのではありませぬ。若いうちは才あるも才なきも、物事に我慢しなさいと言うのです。歳月が過ぎて母のことを思い出したならば、この念珠を母と思い、今宵の言葉を思い出してくだされ」

久はまた、邦次郎の手を強く握りしめた。

邦次郎が手を握り返そうとしたとき、母の手から力が抜けて行った。ゆっくりとゆっくりと目を閉じてゆき、安心したかのように深い息を吐いた。

「母上、母上」

小さく声をかけてみたが、久は答えなかった。

(お休みになったのだろうか)

邦次郎は母の手を布団にしまい、そっと立ち上がった。

しかし、久はそのまま目を覚ますことはなかった。

久の死後、英龍は「忍」の字を紙に大書した。代官就任後もずっと、その紙を肌身はなさず持ち続けた。

翌年、江戸役所で悲劇が起きる。

代官所手代の柏木林之助は、ひと月ほど前から鬱症で引きこもりがちであったが、突如として乱心し、二本の大刀を振るって、八歳の息子鎌吉、手代の望月鵠助ら八人の男女を次々と殺害、四人に重傷を負わせた。

使われた刀は相州綱広二尺五寸、無銘古刀二尺二寸五分。

林之助は自害しようとしたところを取り押さえられ、翌朝死亡した。

久が亡くなり、柏木林之助の乱心があってから、英毅はめっきり元気がなくなった。

代官の職務は、ほとんど邦次郎にまかせている。

好きだった謡もやめ、書見をしながらうつらうつらうたた寝するようになった。これまで仕事にも遊びにも精力的だった英毅からは、考えられない姿だった。

天保五年三月二十七日、江川英毅は病のため死去した。邦次郎は喪に服し、翌六年五月に家督を相続して韮山代官となった。

同時に代々の名乗りである太郎左衛門を襲名し、江川太郎左衛門英龍となったのである。

英龍の改革は徹底していた。

収穫の秋が近づくと、代官所は支配地を巡見する。この時の接待が村の大きな負担になっていた。名主ら村役は山海の珍味を用意し、代官所の小役人は賄賂を要求する。過剰な接待が慣例となっている地域もあった。

英龍は先触れを出して、高価な食事や酒の饗応を禁じた。検見廻村のとき、役人に出す食事は一汁一菜とし、賄賂は厳禁した。賄賂の前歴がある役人はすべて放逐した。

支配地の農民に勤倹節約を命じる一方で、孝行息子や賢婦人を積極的に表彰した。

支配地だけでなく、自らも実行した。

妻子眷属の衣服はすべて安価な木綿物とし、英龍自身も登城の折の礼服と江戸での外出時以外は、木綿物を身に着けて過ごした。

夏に蚊帳を吊らず、冬も袷一枚で過ごし、火鉢を使わなかった。

食事も朝は汁に香の物、昼と晩はそれに一菜が付くだけだった。

弥九郎はそれを聞いて驚いた。

「練兵館の食事と変わらないではないか」

もっとも練兵館は、白米でなく麦飯である。

江戸役所でも韮山でも、食事は一汁一菜であったが、到来物の料理や菓子があると、ほんの少量になっても、家臣たちと平等に分けあって食べた。

自分の箸や茶碗など、日用品も手ずから作った。畳も修繕しないため、ほうぼう破れてそそけだった。

客間以外は障子に古紙を貼った。湯呑が割れても焼き継ぎして使いつづけた。

しかし英龍は気にせず、敢えてそのままにさせた。来客があってもかまわず通した。

韮山代官としての俸禄は、現米百五十俵である。就任当時の支配地は、武蔵、相模、伊豆、駿河七万八五八九石で、代官所の経費は幕府から支給されるものの、わずか百五十俵で韮山と江戸の役所を維持するのは至難の業であった。

英龍は伊豆の海防のために蘭学を学び、西洋式の船や大砲、科学技術についても研究したいと考えている。勤倹節約はそのためもあった。

当初、百姓たちは戸惑っていたが、代官所の姿勢が変わらず、御代官自身が質素な生活を徹底していると聞き、次第に心服するものが増えていったのである。

とはいえ、難題は山積みであった。

天保に入ってからというもの、天候不順な年が多い。英龍が代官に就任する前々年の天保四年から飢饉が続き、打ち毀しや一揆が各地で頻発していた。

背景には、商品経済の発達に伴う富農と貧農の両極化、そして対立があった。

米は食糧であると同時に、商品として取引される。米相場は気候変動や収穫によって刻々と変化した。米が不作になりそうであれば、富農や米商人は米を買い占め、売り惜しみ、流通量が減って、価格は高騰した。

貧しいひとびとは米を買えず、餓え死にするものも多かった。

天保七年は英龍にとって多難な年となった。

七月十八日夜、伊豆下田町で打ち毀しがあった。

二十数名の若者の集団が、米小売商四軒を次々と襲ったのである。

七月二十九日には、相州大磯宿で大規模な打ち毀しが発生した。

大磯は大時化（しけ）に見舞われて物資の流通が滞り、折からの米価高騰で不穏な空気が漂っていた。

名主の斡旋で米を安く買えるようにしようと、組同士で話し合われたが、決着せず、人々は大磯一の豪商川崎屋孫右衛門を訪れて、安値での押し買いを強行しようとした。番頭との交渉中に群衆がふくれあがり、川崎屋ら米屋六軒が次々と打ち毀された。

両事件とも英龍自らきびしい取り調べを行ない、事件の全容を解明した。いずれも米価高騰のため、生活に困った零細民が起こした騒動であった。

さて、打ち毀しの首謀者と共に、被害にあった下田の米小売商や、大磯宿の孫右衛門ら米商人も、韮山に出頭を命じられた。

下田では手代の柏木平大夫が、米の小売値は適正であったか、不当な米価の吊り上げはなかったか、徹底的に調べ上げた。大磯宿でも手代の山田三内が、米の買い占めによる価格操作について調査した。

二年から三年にわたる取り調べの後、英龍は判決を下した。

下田の打ち毀しでは、被害者である米小売商の責任も認め、町預けとした。

さらに有力な商人たちに、金銭を差し出して飢饉に苦しむ難村へ貸し付けるよう命じた。

大磯の一件でも、打ち毀しの主犯は重追放や所払いに処されたが、その一方で被害にあった商人たちも「叱り置」の処分や罰金を科せられた。

もっとも大きな被害を受けた大磯の川崎屋孫右衛門は、被害者である自分がなぜ罰せられなければならないのかと抵抗した。

「江川様の支配下では商売などできぬ」

いきまいたが、もちろん処分は変わらない。

「川崎屋、まだわからぬのか」

英龍は言った。

「そちは米を売って商売をしているのであろう。その米を作っているのはだれだ」

「わしは何も悪いことをしておりません。店をこわされ、米を盗られて、そのうえ叱られては立つ瀬がございません」

「米を買ってくれる客はだれだ。同じ大磯宿のものであろう」

「聞きませぬ、悪いのはあいつらです」

「飢饉でみな餓えているのに、そちの店だけが金儲けをして、それでよいのか」

「聞きませぬ！」

孫右衛門は世を恨み、ひとびとを憎んだ。どうすれば復讐できるか、そのことばかり考えた。

その後、孫右衛門は英龍のすすめもあって、報徳仕法で高名な二宮尊徳に入門した。

尊徳は孫右衛門に向かって問いかけた。

「孫右衛門、茄子の種をまけば、何の実がなる？」

孫右衛門は顔を引きつらせて、怒鳴った。

「わしをからかうのか。茄子の実に決まっておろう」

「さよう、それが天道というものだ。同様に悪の種には悪の実がなり、善の種には善の実がなる。よいか、復讐は人の道ではないぞ。恨みを重ねれば、永劫に修羅の道に落ちるだけだ。古語に『恨みに報いるに直(なおき)をもってす』という。これが人道である」

「こんなひどい目にあって、わしに何をしろというのです」

「富める者は貧しい者を救い、宿内を安らかにするのが天理だ。利をもって利とせず、義をもって利とするのだ」

孫右衛門はその後も尊徳の教えを受け、さらに円覚寺の淡海和尚の元で禅を修行した。

ふたりの訓導をうけた孫右衛門は、別人のごとく変貌した。

「以前は窮民を憐れむ心を持たず、困窮する人を見ても米を差し出さず、利欲に走り、遊興にふけっていた。打ち毀しに会ったのも災厄に見舞われたのも、すべて自分のまいた悪の種のせいだ」

かれは残った家財一切を整理して七百五十両の金を工面し、そのうち五百両を大磯宿に無利息十年賦で貸し出したのである。

大磯宿の空気は一変した。ひとびとの表情は和やかになり、孫右衛門を慈父のごとく慕った。

英龍の判決は期待した通りの効果を生み出した。

凶作で米価が高騰しそうであれば、豪商、豪農など富める者は、貯えた金穀を放出して地域に還元しなければならない。宿村が繁栄を維持できてこそ、商売も成り立つのだということを、英龍は孫右衛門に知らしめようとしたのである。

幕府の金銭や米で宿村を支えるシステムは、天保期に入って財政的に破綻しつつあった。

豪商豪農が、自主的に身代を削って貧しいものに分け与え、地域を支える。お上の扶助にすがるのではなく、助け合いによる自立を、英龍は促した。

富の再分配をはかり、貧富の格差拡大による弊害を防ごうとしたのである。

英龍は寄付をした富裕者を「奇特人」として表彰し、幕府勘定所へも報告した。

御代官から褒められ、勘定所にも報告されるということは、かれらのささやかな誇りとなった。

持てる者には、それに伴う義務がある。

この素朴な精神は、この頃の日本人のなかに、まだ生きていた。

もっとも、いつもうまくいくわけではなかった。

同じころ、甲斐に大規模な打ち毀しが発生した。百姓だけでなく無宿、無頼の徒も加わり、一〇六村、三〇五軒が打ち毀しにあった。

首謀者と思しき七、八人が太刀を帯び、三百人ほどを引き連れて、村々を押し歩いた。紙の幟に村や人の名前を記して人を出せと強要し、出さないと村を焼き払うぞと脅した。

夜になるとその数は二、三千人に増え、先手後手と分かれ、赤旗白旗を打ち立て、鐘太鼓を打ち鳴らし、竹ぼらを吹いて、米商人や質屋を襲った。

まるで戦さわぎである。

やがて暴徒の数は二万人とも三万人とも言われるほどにふくれ上がり、甲斐から韮山代官の支配地である武蔵、相模まで押し寄せるのではないかと危惧された。

江戸役所から韮山に知らせが届いたのは、英龍が駿河、伊豆の宿村を視察して帰った翌日の八月二十九日のことであった。

代官に就任して、初めての大きな試練である。

英龍は用人八田兵助、手代根本又助に鉄砲の用意を命じ、足軽を召集した。かれらは、金谷十三騎の一族を含む農兵である。

「馬引けい」

英龍は立ち上がるや、大音声で呼ばわった。時刻はすでに四つ（午後十時）であったが、鉄砲十丁、配下二十余人を引き連れて韮山を出立した。

韮山から打ち毀し鎮撫のため出立したという知らせを受け、本所南割下水の江戸役所でも、英龍に合流すべく手代の松岡正平が出発しようとしていた。

そこへ変を聞いた斎藤弥九郎と杉山東七郎が駆けつけた。

「われらもご同道つかまつる」

松岡は、ふたりの屈強な剣客の元へ走り寄った。

「ありがたい、おふたりがご一緒なら百人力でござる」

三人は東海道を西へ走った。途中、飯は食ったが、宿はとらず、夜を徹してひたすら走り続けた。

東の空がほのかに明るんできた。二日月のかぼそい光が薄闇に溶け込み、先ほどまで夜空を埋め尽くしていた星々も光をやわらげて、姿を消していった。

十数年前もこうして走っていたな――弥九郎はふと思った。あのときは一人で、道も中山道であった。

九月三日未明、厚木の宿に英龍の一行が泊まっていることがわかり、弥九郎らは宿を訪ねた。

「よく来てくれた」

英龍はすでに起きて支度をしていた。休む間もなく、弥九郎は一行と宿を出て、六つ（午後七時）に八王子宿へ着いた。調べたところ、一揆勢は支配地に近づいた形跡もなく、英龍は宿内の村々を回り、米穀が高値のところは取り締まりを命じた。

鉄砲十挺を備えた韮山代官一行は、それでなくても人目をひいた。名主ら村役人は正装して出迎えたが、百姓たちは遠巻きにして近寄ろうとしなかった。

百姓の出である弥九郎には、かれらの心理がよくわかった。

新しい代官は自分たちを守ってくれるのか。打ち毀しにあうと逃げてしまう役人もいるが、韮山殿はどう対応するのか。百姓は百姓なりの期待と疑心のあいだで揺れ動いていた。

半信半疑のかれらの前に、公儀を代表する代官が兵を率いて出向いてきたことは、大きな意味があった。ここは、かれらを安心させてやらねばなるまい。

弥九郎は、やさしく声をかけた。

「一揆勢はここまで来ておらぬか。何か困ったことはないか？」

弥九郎は腰をかがめ、かたわらの男の子に問いかけた。

「腹は空いておらぬか。ちゃんと食べているか」

年恰好は長男の新太郎と同じくらいだろう。

「この村に打ち毀しの者たちは、一歩たりとも入れぬ。今度の御代官様は百姓の味方だから安心せよ」

弥九郎は百姓たちのほうへ歩み寄り、そう言って回った。

英龍の善政は村々に伝わっていた。素早い対応で、百姓たちに安心が広がっていった。

英龍と弥九郎の一行を、小さな祠(ほこら)の陰から覗いているふたりの男がいた。

ひとりは若く、上背が六尺ほどもあろうか。いかにも不敵な面がまえで、斜視であるせいか無表情に見える。もうひとりは小太りの中年男で、だらしなく口を開けてぜいぜい息を切らしていた。

「あれが新しい韮山代官だぜ。種子島まで持って来てやがる」

中年のほうが憎々しげにそう言い、地べたにぺっとつばを吐いた。

若い方は黙ったままである。

「うちの親分はえらく誉めてたが、どうして同じ穴の貉(むじな)に決まっててら。賄賂を取らない役人なんざ見たことがねえ」

親分とは甲州境村名主の天野開三（別名を海蔵という）のことである。

表の顔は名主だが、手広く商売を営み、廻船問屋天野屋を下田に開いた。さらに黒鍬の棟梁――土木工事の請負業者――でもあり、無宿者をたばねて、界隈の顔であった。海蔵の名の方が通っているので、ここではそう呼ぶことにしよう。

中年男は海蔵の乾児（こぶん）であり、若者は伊豆間宮の実家を出て無宿となり、海蔵の食客となっていた。

「なんでもふだんは木綿の服を着て、汁と漬物しか食わねえそうだ。きっと陰では贅沢してやがるぜ。てめえの流儀をよそにも押し付けようってんだ」

中年のほうがまた、つばを吐いた。

「いつまで見てるんだ。久八、行くぜ。親分にご報告だ」

若者はまだ、一行の後ろ姿を目で追っていた。

馬上の人が韮山代官江川太郎左衛門であろう。

威厳がある一方で、百姓にそそぐ目はやさしく、ときおり柔和な表情を見せる。通り過ぎたあとに、何か清冽な気が漂っているように感じられた。どう見ても、賄賂や接待を要求する郡内の陣屋の役人とは、人間の出来が違う。

（ああいう役人もいるのか。油断はならねえな）

久八と呼ばれた若者は裾をからげ、大股で立ち去った。

乱

小柄で華奢な若者が座っている。

明哲白面のその男は幡崎鼎、名は忠行。英龍の蘭学の師である。

もとは長崎出島でシーボルトの部屋附き給仕をしていた。向学の念篤く、シーボルトの研究を手伝ううちに、いつしかオランダ語に習熟し、さらに高野長英らに学んで蘭書を翻訳するまでになった。

シーボルトが帰国の際、日本地図など禁制品を持ち出そうとした、いわゆるシーボルト事件に連座して取り調べられたが、病のため民家に預けられているあいだに出奔し、大坂を経て江戸に出た。

坪井信道の塾にしばらく居候していたが、オランダ語の語学力を買われ、水戸藩の蘭学講師（西学都講）として雇われたのである。

彗星のように現れて、蘭学者として名を知られるようになったが、身体が弱く、病がちであった。

今日の講義は、ヨーロッパ事情についてである。

フランスの将軍ナポレオン・ボナパルトは神出鬼没、ヨーロッパ大陸を縦横無尽に駆け巡って連戦連勝し、オーストリア、イタリア、プロイセン、スペインなど次々と征服してゆく。英雄の軍記を聞くようで、英龍もいつしか身を乗り出していた。

「じつはシーボルト先生の故国オランダも、ナポレオンに征服されました」

ナポレオンの登場によって、ヨーロッパの地図は塗り替えられた。オランダはフランス領になって傀儡政権がたてられ、本来のオランダ政府はイギリスに亡命した。

もっとも、シーボルトの母国はオランダではない。

かれはプロシア人であったが、ケンペルの『日本誌』を読んで、日本への興味を断ちがたく、日本と通商関係にあった唯一の国であるオランダの船に便乗して来日したのである。

さて、ナポレオン戦争で激動するヨーロッパ大陸の東端に、ポーランドという国がある。

「ポーランドはかわいそうな国であります」

幡崎は言う。

東にロシア帝国、西にプロイセンとオーストリア帝国という強国に挟まれ、ポーランドは常に翻弄されてきた。三つの大国は、自分たちの都合でポーランドを分割し、統治してきたのである。

ナポレオンはプロイセン軍、ロシア軍を撃破し、ポーランドを解放した。ポーランドは大国の分割統治から独立し、ワルシャワ公国を建国した。

それもつかの間、ナポレオンがロシア遠征に失敗して敗走すると、ふたたび大部分をロシアに、残りをプロイセンに占領された。その後、ロシア、プロイセン、オーストリアによる分割統治を経て、一八三一年（天保二年）にロシアによって併合される。

それだけなら、日本には何の影響もありそうにない。

しかし、長崎出島のオランダ人ビュルゲルが語ったところによると、ロシアは多くのポーランド貴族を拉致して、シベリアに送ったという。かれらを蝦夷の近くに配備し、軍功を挙げれば故国に帰し、妻子に再会させると言い渡した。いますぐに攻めてくるとは言わないが、将来蝦夷へ襲来するのは必定である。

ロシアは最近、軍艦を二百五十艘建造し、そのうち二十五艘が出帆したそうである。行き先は明らかにしていない。

「ロシアの動きには、爾後も注意が必要かと存じます」

幡崎は静かな口調で語った。

英龍はもっとも関心のある主題――西洋砲術について聞きたかった。

「今の話はまことに興味深い話です。何故ナポレオンはそれほど強かったのか。作戦の妙か、兵器がすぐれていたのか。今ひとつは、西洋のもっとも新しい銃砲の情報を手に入れるにはどうすればよいか、お教えください」

「ナポレオンの強さの秘密は、作戦と兵器、両方でありましょう。騎兵を巧みに使って敵軍の動きを探り、軍団の移動が風の如く速かったそうです。銃砲につきましては、いまカルテンの海上砲術全書の翻訳をしております。その内容をお話しいたしましょう」

火砲は大きく分けて、砲身が長く射程も遠いカノン、砲身は中程度で榴弾を使うホーウィッスル、さらに砲身が短く臼のような形をしているので臼砲ともいわれる榴弾砲のモルチールの三種がある。

カノンは打城砲として城砦を破壊するのに使い、ホーウィッスルは船に装備する砲であり、モルチールは陸戦用であった。もちろん、火縄などとっくの昔に使わなくなっている。

しかし、日本ではそれらの大砲を入手することはもちろん、見ることもできない。いまだに戦国時代の骨董品のような旧式砲を、後生大事に仕舞い続けている藩がほとんどであった。幕府とて例外ではない。

「洋式砲術については、長崎会所の高島秋帆(しゅうはん)殿がオランダから火砲を買い入れ、砲術を研究されています。江川様が西洋の銃砲について学びたいのでしたら、高島殿のほかにいないでしょう」

「高島殿のお名前は耳にしたことがあります。ぜひ教えを乞いたいものだ」

鼎はさらに平地での砲戦、攻城砲の使い方、艦船が装備する大砲について解説した。

話すうちにかれの顔は紅潮し、息が荒くなった。

「しばらく休みましょう」

英龍は婢女(はしため)を呼んで床を用意させた。

「幡崎殿、春になったら熱海へ湯治に参りませぬか。病によく効く湯があります。いずれご案内いたしましょう」

英龍は床の傍に座り、顔を寄せて言った。

「かたじけない。わたし如きに」

英龍は大きく首を振った。

「幡崎殿はわが師でござる。師のために尽くすは当然のこと」

英龍は天保八年正月、幕府に二通の建議書を提出した。

「不容易儀承候ニ付申上候書付」は、幡崎から聞いたポーランド事情とロシアの脅威について記したものである。

もう一通は「伊豆國御備場之儀ニ付存付申上候書付」という表題の通り、伊豆が海防の要所であることを説いている。この建議書は前者の五倍の分量があり、英龍の力の入れようが伝わってくる。

その言わんとするところを簡単にまとめると、こうなる。

「南大洋に張り出した伊豆半島は、江戸の扼喉（急所）である。海上往来自在にして、下田港から江戸へ半日、大坂へ一日で着く。ナポレオン・ボナパルテのような者が多くの軍船で乗り付けたら、防御の備えのない下田へやすやすと上陸し、占領するであろう。そうなったら、食糧を諸国からの海上輸送に頼っている江戸は、あっという間に餓えてしまう。

伊豆半島は天城山や箱根山をはじめ険しい山が多く、軍勢を送ろうとしても容易ではない。陸上警備より軍船、それも日本船では間に合わないから、洋式の船を造るべきである。試みに千石ほどの軍船を一、二艘造り、ふだんは商船として使用したり、大島沖の鯨を獲れば大きな利益になる」

西洋式の軍船による海防の建議は、おそらくもっとも早い例であろう。

「大砲や銃も遅れている。火縄銃は雨中で使いものにならず、西洋ではすでに廃止されている。燧式の銃ならその心配もない。ヨーロッパでは戦が打ち続いたため、砲術が精密になって進歩している。異国防御のためには、こちらも砲術を精密にしなければならない。大砲は、打城砲、海戦砲、陸戦砲、の三つに分けられ、それぞれ砲身の長さが違う。できれば私（太郎左衛門）が指図して鋳造したい。

新島や伊豆海浜で産する砂鉄を使って大砲を鋳造する。焔硝（火薬）を造るには生石灰と魚腫血が必要だが、生石灰は伊豆賀茂郡梨本村で産し、魚腫血は魚漁でたくさんとれる。硫黄は同じく那賀郡大原山、樟木は君澤郡河内村で産する。防衛に必要な人員は、八王子千人同心を伊豆に移住させればよい。

鯨油や硝石の代金、船賃による利益で大砲を鋳造すれば、費用もかからずにすむ。平常は軍船を廻米船として使い、伊豆駿河遠州の富農豪商に差出金を命じればよい」

金のかかることはやりたがらない幕府に、原料の入手先から船の運用の仕方、費用の捻出に至るまで、事細かに説明していた。

この建議書は、残念ながら採用されなかった。

西洋式軍船と洋式砲術を導入し、自分で原料を調達して鉄製の大砲を造るという大胆な提案は、この時代において画期的でありすぎ、早すぎたともいえるだろう。幕府にそこまでの危機感はなかった。

しかし、これらの建議書は回し読みされ、幕府内の見識あるひとびとに衝撃を与えた。

これを書いたのは、どんな男だ――

新しい韮山代官江川太郎左衛門の名前が、一気に注目を集めるようになる。

しかし、ちょうどその後、ヨーロッパの国際情勢や差し当たって必要のない洋式軍艦と大砲などよりも、幕閣を驚愕させる事件が大坂で起こった。

大塩平八郎の乱である。

乱

天保七年、凶作で米不足となり、米相場が高騰した。大坂では一升百文ぐらいだった米価が二百文になった。米商人はこのときとばかり米を買い占めて売りしぶり、多くの零細民が飢え死にした。

米不足を危惧した幕府は、大坂に江戸への廻米を命じた。大坂東町奉行跡部良弼(よしすけ)は老中水野忠邦の実弟である。唯々(いい)として命に従い、江戸からの米買い付けに協力する一方、京都、伏見、堺など近郊への米積み出しをきびしく制限した。

なかでも京都はひどかった。

京都は一日二千石でも足りないところ、大坂からの出荷を一日五百二十石に制限した。米のほとんどを大坂に頼っていた京都は、餓死者が五万六千人以上になった。

惨状を目の当たりにした東御番所附与力隠居大塩平八郎は、養子の与力格之助を通じて窮民救済を三度進言したが、まったく聞き入れられなかった。

大塩は鴻池屋、加島屋など富商十二家に、今年は大名への貸付金を中止して諸民の飢渇を救うために差し出してほしい、と頼みいれた。

しかしこの方策も、一部の商人が跡部に密告したため、隠居の身でこのようなことをすれば強訴の罪に処すと、跡部は大塩に言い渡した。

天保八年二月、万策尽きた大塩は、大砲、棒火矢、鉄砲、刀等を調達し、私塾洗心洞の門人や百姓たちとともに挙兵した。船場の豪商宅を襲い、町に火を付けたのである。

江戸では情報が錯綜していた。

すでに大坂城は落城した、西町奉行堀利堅（としかた）は京都へ逃げた、跡部良弼は百目筒に当たって首が微塵に砕けたなど、噂が飛び交い、幕閣も右往左往するばかりであった。

江戸中の古道具屋で刀、槍、鎧兜が高騰し、売り切れる店が続出した。

そんなとき弥九郎は、英龍から呼び出しを受けた。韮山代官所に着くと、英龍が待ちかねていた。

「大塩平八郎の一件だが、江戸ではどう伝わっている？」

「みな不安がっている。人が集まれば、話題になるのは大塩のことだ。賊とはいえ同情を寄せるものも少なくない。江戸でも乱に呼応するものが出るのではないかと、もっぱらの噂だ」

飢饉や米価高騰による百姓一揆とは質が違う。れっきとした武士が、しかも元与力という幕臣が、銃砲を備えた軍勢を率い、幕府に対して反乱を仕掛けたのである。

義挙として共感するものもいれば、世の行く末を不安がるものもあった。

英龍は黙って聞いていたが、おもむろに書付の束を差し出した。

「実はこのようなものを入手した」

「これは……」

弥九郎は絶句した。

大塩から老中への建議書と、水戸藩主徳川斉昭への書状であった。

建議書のほうは、筆頭老中水野忠成の悪政への批判や、水野忠邦、大久保忠真（ただざね）、松平乗寛（のりひろ）、久世廣正、内藤矩佳（のりとも）、矢部定謙（さだのり）など、幕府要人が京都所司代や大坂町奉行時代に悪質な無尽を催し、不正を行なっていたと告発する内容である。

飢饉の対策や難民の救済策などは、とくに書かれていない。

さらに驚いたことには、昌平坂学問所頭取林述斎の借金証文と述斎あての書状があった。

かつて林家の用人が大坂で頼母子（たのもし）講を企て、金を調達しようとした。それを知った大塩は、林家の体面に疵（きず）がついてはいけないと、商人から金を借りて用人に渡した。借用書が表に出ては林家が困るだろうと、述斎宛てに送ったのである。

「三島宿の近くで見つかったらしい。余人に渡っていたら一大事であった」

飛脚が病で動けなくなり、通りかかった知り合いに書状を託したところ、その男が金目のものだけ懐に入れ、建議書などの封書は三島と箱根のあいだの塚原新田の林に捨てていった。

韮山代官所の管轄内であったため、三島宿の役人から英龍のもとに届けられたのである。

弥九郎はその内容の過激さに息を呑んだ。

「大久保加賀守殿や矢部駿河守殿まで誹謗するとは」

大久保忠真は二宮尊徳を起用し、疲弊した村落の再興に心を砕いた清廉な老中として、英龍も弥九郎も尊敬していた。大坂町奉行だった矢部定謙は大塩のよき理解者であり、曲がったことが大嫌いな気骨ある男である。

奸吏が老中や奉行に出世しているのが許せない、そんな瞋り(いか)が行間から立ち上ってくるようであった。

英龍は評定所へ提出する前に、文書をすべて書き写した。提出してしまえば、闇に葬り去られるのを予感したからである。

じっさい幕閣のあいだで、大塩の告発書が存在するという噂が広まったとき、林述斎は周囲が驚くほどうろたえた。大塩の素志を評価する幕閣もいるなかで、述斎のみが平八郎を「塩賊」と罵倒した。義士ではなく幕府への反逆者であると断じたのである。

「弥九郎、大坂へ行ってくれぬか」

大塩親子が大坂を逃れて、甲斐に潜伏しているという説がある。伊豆大島か八丈島に渡ったという噂もあり、様々な流言が乱れ飛んでいる。現地に赴いて実情を探ってきてほしい。

「承知した」

弥九郎は顔色ひとつ変えず、即座に身支度を調えた。

「ひとつ頼みがある。このたびの御用は面目この上ないもの、粉骨尽くして平八郎を召し捕り、場合によっては打ち捨てる所存でいる。このうえは存分に働くためにも、おぬしの証文をもらえまいか」

「もっともだ。すぐに書こう」

英龍は、弥九郎に書付を手渡した。

「大坂暴動につき韮山代官所書役の斎藤弥九郎を差し遣わす。乱妨者どもの探索にあたり天領は御代官、私領は地頭にかけあうこともあろう、直に召し取り、あるいは打ち捨てるも勝手次第とする」

という内容で、江川太郎左衛門の署名がしたためてあった。万一の時のための弥九郎の身分証明である。


弥九郎は未明のうちに韮山を出立し、東海道を西上した。途中大塩が逃げ口として通りそうな間道をたどり、情報を収集した。

夜も宿を取らず走り続けた。

時は三月、朧月がほのかな光で道を照らすなか、弥九郎は飛ぶように駆けてゆく。どこからか気の早い鶏鳴が、闇の中から微かに聞こえてきた。

弥九郎は、なお残月を行く。

三日三晩駆けつづけて、大坂に着いたのが三月二十七日である。

大坂の町は思ったより静かであった。大塩騒動について聞こうとしたが、だれもかれも手を振り顔をそむけて立ち去ってしまう。

町奉行は大塩平八郎の人気をはばかり、芝居興行などで大塩の一件に触れるのはもちろん、湯屋や髪結いにも張り札をして、善悪によらず大塩騒動を話題にすることを禁じたのである。そのため大坂は、江戸より情報が得られないほどであった。

弥九郎は仕方なく茶店に入った。注文を取りに来た小女に聞いてみた。

「大塩の騒ぎでは、たいへんであったろうの」

丸輪髷（まるわまげ）に縞木綿のあか抜けないその娘は、きょろきょろと周囲を見回して言った。

「お客はん、大塩先生の話したらあきまへんよって」

「御公儀から禁じられておるのか」

「そうですねん。みんな陰では先生を誉めとりますんや。それが歯がゆいさかい、誉めたらあかん、話してもあかんて、お上から言うて来たんや」

「大塩はそれほど人気があるということだな」

「へえ、それはもう……」

「おふく、何話しとんのや」

茶店のおかみらしき中年女がとんで来た。まるまると肥え太って、もう息を切らしている。

「その話はしたらあかんて、言いましたやろ」

大声で叱りつけると、弥九郎をにらんだ。

しかし目が合うと、急に、にこにこと愛想が良くなり、前掛けを手にしてなれなれしく話し始めた。

「いえね、奉行所がうるさいんですわ。わたしらからしたら、米は高うなって買えへんし、道のはたで行き倒れるのも仰山おるしで、困っとったとこなんです。そこで先生がやむにやまれず立ち上がりはったんです」

「大塩の蹶起（けっき）には、百姓や町人も加わったと聞くが」

「そうです、みんな腹に据えかねとったんです。それもこれも東町があかんのですわ。西町に矢部様がおりなさったころは、こんなことあらへんかったのに」

「こら、おかね、やめとかんか」

茶店の主人らしき鶴のように痩せた男が、あたふたとやってきた。ごま塩の小さな髷を頭に乗せ、大きな反っ歯を見せながら、弥九郎をためつすがめつ観察している。

「お侍はん、どちらから来なはったんでっしゃろ」

「江戸からだ」

「へえ、江戸からわざわざ調べに来はったんで」

「いや、それだけではないが、後学のために知っておきたいのだ。大塩平八郎は謀反を起こしたとはいえ民には支持されていたと聞く。それは何ゆえであろうかな」

主人は眼をしばたたかせて、ため息をついた。

「洗心洞の先生を悪う言う者は、大坂におらしまへん。おるとしたら鴻池屋みたいな大商人か東町ぐらいやわ」

「東町？」

「東町奉行所の跡部山州様です。おかねが言うたように、矢部様が西町奉行やったころは大坂の町は落ち着いておりましてん。凶作でも米の値はさほど騰（あ）がらんかったし、飢え死にするものも出えへんかった。矢部様が江戸の勘定奉行にご出世されておらんようになってから、大坂の町奉行は跡部様ひとりになってやり放題や。なんでも大坂の米を勝手に江戸へ送ってしもたちゅう話ですわ。おかげで京大坂はひどいもんや。米の値は倍近うなるし、のたれ死ぬものが仰山出るし。見かねて立ち上がったんが大塩先生やったんや」

店内のほかの客も集まってきた。御徒士、儒者、印半天の職人、商家の隠居風……憤懣やるかたなしという様子で隠居が言う。

「矢部様は骨のあるお方で、大塩先生にも一目置いてはりました。矢部様は御奉行で大塩先生は与力やったけど、その意見に耳を傾けはった。跡部は老中の水野越州の弟やさかい、顔が江戸を向いとる。米を送れ言われたら、尻尾振っていくらでも送りよる」

「こたびの騒動では、奉行所の手勢がよく働いて、大塩の一味を圧倒したと聞いているが、だれがいちばんの殊勲であったろうか」

主人も客たちも顔を見合わせてしまった。

「お客はん、江戸ではそんな話になっとるんですか?」

「跡部殿、堀殿の両奉行が手勢を率いて、早々に乱を鎮圧したと聞いている。ただし大塩親子は逃れて潜伏しているらしいな。甲斐に逃亡したという噂もあるが、何か知っておるか」

主人が背筋を伸ばし、胸を張って言った。

「大塩先生の逃亡先なんて、わたしらは知りまへん。知ってても言いまへん。上方には上方の意地がございます。奉行所のお侍のなかでは、同心支配役の坂本鉉之助(げんのすけ)様と与力の本多為助様が、ご立派な働きをされたと聞いております。おふたりとも大塩先生とはお親しい方ですから、裏の事情もご存じでっしゃろ。わたしらの噂話やのうて、ほんとうの話をお聞きになってください」

「相わかった。かたじけない」

弥九郎は与力本多為助を知っているという御徒士に案内してもらい、本多を訪ねた。

本多為助は頑固な男であった。

「何ら口外でき申さぬ」

諸国から大坂に隠密が入り込み、こたびの騒動について調べまわっていると聞く。奉行所からも軽々に話してはならぬときつく言われている。

というわけで何も言えぬ、の一点張りである。

役人相手の交渉に慣れてきた弥九郎は、へりくだって本多を持ち上げた。

「実はそれがし、韮山代官江川太郎左衛門の家臣でございます。為助は太い腕を組み、眼を大きく見開いて座っていた。あるじ太郎左衛門はこのたびの騒動に関心をもち、大塩の一派が支配地や天領に忍び込んでは一大事と、それがしを大坂へ遣わした次第。ご当地では本多殿が天晴(あっぱ)れなお働きをされて大いに面目を施されたとのこと、武家のみならず町人のあいだでも評判をお聞きしました。ここに主人の書付がありますので、ご覧いただきたい」

本多は英龍の書付を読むと、態度が一変した。

「江川殿はさほどに志のあるお方でござるか。いったい御城代や町奉行から江戸表に報告されたことは、事実とはまったく異なります。とはいえ、拙者が町奉行の落ち度を暴くのもよろしくない。江川殿のお役に立つようならば、内々にお話し申す」

本多はいったん話しだすと饒舌であった。

「大塩平八郎は凡人ではござらぬ。文武才力はもちろん、人物も行状も抜群の者でござる。まさか謀反など起こすとは思いもよりませんでした」

本多は槍術指南役であり、砲術の心得もある。大塩が蹶起した二月十九日朝、家で支度していたところ、天満近辺で出火したとの報せがあった。火事装束に変え、いつも通り大坂城の休憩所で待機していると、平八郎が方々へ火を付け襲撃しているという。

「拙者は初め信用しませんでした。大筒の音が聞こえたので、近在の百姓が飢饉のため一揆を起こして市中に押し寄せたのに対して、平八郎が防ごうとしているのであろうと感心していたのです。ところがしばらくすると、玉造口定番の遠藤但馬守殿から、拙者と坂本鉉之助、蒲生熊次郎三人は、与力同心三十人を召し連れ、鉄砲を用意して跡部山城守殿の役宅へ参るようお達しがありました。拙者は大坂城警護が役目にて、町奉行役宅の警護は筋違いと思いましたが、怖気づいたと思われるのも本意にあらず、遠藤殿の下知であるからにはその通りにしようと決しました。途中、東町奉行所から迎えの者が何度も催促にやってきました」

本多はときどき沈黙し、記憶をたどっているようであった。最初は言葉を選びながら話していたが、次第に熱を帯びてきた。

「跡部殿の屋敷内には甲冑を着用した者も多くおりました。御奉行の用人は、敵は大筒を持っているので、大筒を持参してほしいとしきりに頼むのです。敵が大筒を撃ってきても、こちらは小銃で早業を心がければよろしいではござらぬかと申しましたところ、跡部殿がわざわざ面会するといいます。具足を着用し、兜を高紐にかけた跡部殿が、床几から立ち上がって丁寧に会釈されました。『さっそく加勢していただき、かたじけない。大筒の儀、なにとぞよろしく』と申されます。奉行にここまで御無心されれば致し方なく、跡部殿に馬を借り、熊次郎が引き返して取りに参りました」

跡部は庭に下りて屋敷の隅々まで行っては、しっかり守ってくれと家来たちに頼んでいた。屋敷は高台にあり、放火によって黒煙を上げている天満の様子が、手に取るように見渡せた。

「大筒の音が連発で、地響きのように聞こえてきました。これはいかぬと跡部殿に『御奉行様、ぜひともご出馬を』と申しましたが、いやいやと首を振り『出張は致しかねる』との御返事で、致し方なく持ち場に控えておりました。昨年の甲州一揆の際、勤番は城中に引きこもっていたため、おめおめと城下を焼き払われたそうですが、これまではそれを嘲笑っていたものの、今は自分も屋敷内に引きこもって放火の様子を眺めております。これは不甲斐なきことと憤激いたし、ふたたび跡部殿の前に罷り出てご出馬を促しました。御奉行はよほど臆した様子で、元気もございませぬ。そこで『東照宮の御社が危なく見え申す。かくのごとき大変な折にご出馬もなく、御社の焼失を見守るばかりですと、はばかりながらお家にもかかわるのではございませぬか』と申しました。そこではっと気を取り直したご様子で、『しからば出馬いたす』と用意を始められました。それから準備をしましたが、馬印を持たせようとしても皆逃げ出してしまい、ようやく出立されたのは八つ（午後二時）を過ぎておりました」

実際は本多の進言によって出馬を決意したというより、西町奉行堀利堅が来て、大坂城代土井利位（としつら）の出動命令を伝え「共に出馬して暴徒を鎮圧しよう」と説いたので、跡部もようやく重い腰を上げたのであった。

跡部は、前夜に大塩方から寝返った同心平山助治郎の話から、自分が狙われていると思い込み、恐れていたのである。

当初は跡部率いる東町奉行所勢と堀の西町奉行所勢が、両道から大塩の徒党を挟み撃ちにする作戦だったが、いつのまにか一緒になり、高麗橋のあたりで大塩勢と遭遇した。

「双方鉄砲を撃ちあい、煙が立ちのぼって東西もわからぬ様子でした。市中の戦いゆえ細い小路に敵味方散乱いたし、町屋に入っては弾を込め、道に出て敵を見かければ撃ちあうといった具合で、はなばなしい戦いではございませんでした。もっとも鉉之助は、大筒を撃っていた敵を、筒台を楯にし、狙いすまして撃ちましたところ、見事に命中して倒れました。黒羽二重紅裏の服を着、火事羽織着用の立派な男で、井伊家浪人梅田源右衛門と判明しました。拙者もひとり撃ちとめましたが、名もなき者でした。源右衛門の首を刎ね、道ばたに捨ててあった平八郎のものという槍で貫き、頭取の首を取ったとして大坂城へ戻りました。今思えば、このとき四方の出口を閉めてしまえば、一味のほとんどを召し捕られたのでしょうが、その儀もなく、恥じ入る次第です。徒党の者どもは悠々と落ち延びたことでしょう」

長い話を終えて、本多為助は深いため息をついた。

実のところ跡部良弼は、家来には先へ行け行けと指図しながら、自分は後方に引き下がっていた。町を通り過ぎるたびに、後ろから襲われるのを恐れて木戸を閉めさせた。また、鎧兜を着込んで馬に乗ろうとしたところ、その物々しい格好に驚いて、乗馬がいきなり走り出し、跡部を振り落として走り去ってしまった。落馬した跡部は、しばらく立つこともできなかった。

いっぽう堀利堅は、大塩の徒党が高麗橋を渡って東に向かって来るのを望見し、銃撃を命じた。しかし距離が遠かった。四町も離れていたため相手はいっこうに気づかず、乗馬のほうが銃声に驚いて暴れ、堀は落馬してしまった。

部下の同心たちは、御奉行が銃に撃たれたと勘違いし、四散して誰もいなくなってしまった。堀利堅は仕方なく、近くの町会所に入って休憩した。

両町奉行が無様に落馬したことは、大坂の町に知れ渡ったが、さすがに本多は弥九郎に話さなかった。

弥九郎はその後、大塩平八郎らが潜伏したかもしれないという吉野山奥の入り口まで探索に行ったが、それらしい情報もなく、あきらめて韮山へ帰ることにした。

英龍は弥九郎の報告を待ちかねていた。

「ご苦労だった。よくこれだけの話が聞けたな」

「書付が役に立った」

弥九郎は懐から書付を取り出した。

「みな、聞いてほしかったのであろう。大塩の所業は許されるものではないが、困窮する民を救おうとしていたことだけは確かだ」

弥九郎は、茶店の主人やおかみ、客たちの顔を思い出していた。かれらには真実を知ってほしいという、押さえようとしてもほとばしり出る欲求があった。

「矢部殿は、劇物である大塩を使いこなすことができた。しかし、跡部は器が小さく、大塩の進言を容れなかった。うまく使えば薬となるものを、毒にしてしまい、挙句は爆発させてしまったのだ」

「大塩は江戸へ出たとき、富士山に二度登っている。理由はわからぬが、甲斐に知り合いがいるかもしれぬ」

「甲斐に潜伏しているというのか」

「確証はないが、大塩の乱が終息しても、これに呼応して騒ぐ者が出るかもしれぬ。知ってのとおり甲斐はことのほか人気がけわしく、治めるのが難しい国だ。一度、民情を探りに行こうと思う」

英龍はそう言って、身を乗り出した。

「そこでだ、おぬしとふたりだけで旅をしたい」

「旅？」

「そうだ。家臣たちにも言わずに出ようと思う。町人の姿に変装して、甲斐へ行く」

弥九郎は怪訝そうな顔で訊いた。

「おぬしとおれがか」

「そうだ」

英龍は悪戯っぽく笑って見せた。

甲斐一国はすべて天領だが、人は血の気が多く、喧嘩や騒動を好む傾向がある。新しい役人が赴任すると、度胸を試そうと訴えを起こし、処置が甘いと御しやすしと見て、群れを成し強訴に及ぶのである。

昨年の甲州騒動でも、無宿のものたちが百姓を扇動し、武器で脅し、雪だるまのようにふくれあがって大規模な一揆となった。甲斐の実情を自分の目で確かめたいと、英龍はいうのである。

「隠密の役をするということか」

弥九郎はうなずいた。

「おもしろい、行こう」

「太郎左、そんなに胸を張っていたら町人には見えぬぞ。もう少し前にかがんで、そう、脚も曲げるといい」

弥九郎は英龍に、町人らしい姿勢と所作を指導した。

英龍がふつうに歩けば、町人の衣服を着ていても武士だとばれてしまう。

「こうか？」

英龍は心もち前かがみに歩いてみせた。

「そうだ、うまいぞ」

弥九郎は笑いながら、手拭いを被って鼻の下で結んだ。英龍も見よう見まねで頬被りした。

「これで本物らしく見えるだろう」

「ところで、われらは何を商う商人なのだ。売り物がないと怪しまれるぞ」

「用意してある。これだ」

英龍が指し示したのは刀であった。

「なるほど刀剣商か」

英龍はみずから槌をふるって刀を鍛えるほどの玄人だし、弥九郎も剣客として刀の目利きである。

弥九郎が刀を布で包んで持ち、英龍は売掛帳などを入れた風呂敷包みを背負った。

英龍は妻の柔にだけ、微行のことを話した。

「弥九郎とふたりだけで甲斐へゆく。訳は聞くな。代官所のだれにも言わぬように」

柔は驚いたが、察しがついた。

酔狂なことを……とは思わない。もう慣れている。

「家のことはおまかせください。留守と覚られぬよういたします」

柔は留守中も朝夕夫の膳を用意し、あたかも家にいるかのように振る舞った。

深夜、ふたりは韮山を出立した。三島から甲斐路を通って須走（すばしり）に出た。甲斐路はかつて鎌倉往還と呼ばれ、甲斐源氏が鎌倉幕府に馳せ参じるときに通った道である。

籠坂峠を越えるとき、富士がよく見えた。

「こうして見ると、甲斐は山々に囲まれているのがよくわかるな」

弥九郎は言いながら、甲斐の地形を遠望した。

海に面した温暖な伊豆、相模、駿河と盆地の甲斐では、人も風俗もかなり違うとされている。富士の裾野には美しい湖と田畑が広がっているが、山々によって外に向かうべき「気」が蓋をされているようでもあった。

武田信玄も愛読した「人国記」によれば、甲斐の国の風俗は、人の気するどく、傍若無人、上は下を苦しめ、下は上を敬わない。強情で道理をわきまえない者が多いが、はなはだ強勇にして死を顧みず、戦場での働きは健気である、という。

はたして甲斐の民情はどうであろうか。

谷村陣屋に近い富士道には、多くの商人宿が立ち並んでいる。

そのうちの一軒の前に立つと、威勢よく客引きが声をかけてきた。

「いらっしゃいまし、お客さま、おふたりでございますか」

「ああ」

「風呂もわいております」

ふたりは二階の部屋の窓から外を眺めた。筋向かいの宿から、無腰の男と脇差を差した男がふたり出てきた。近くの陣屋へ行き、しばらくしてまた戻ってきた。あたりの宿屋をきょろきょろと二階まで見回し、その様子はどう見ても町人ではない。

「あれは何者だ」

弥九郎が婢女にたずねると、

「陣屋の手代衆です。向かいの山田屋の料理茶屋にいたんでしょう」

「よく来るのか」

婢女は声を落として言った。

「袖の下でございますよ」

「なに？　賄賂か」

婢女は黙ってうなずいてみせた。手代たちの無法は公然の事実であった。

風呂を使い、部屋に戻ると食事の準備が整っていた。焼いた山女魚に山菜の佃煮、汁に飯である。

配膳を終えた婢女が、何気なく聞いた。

「お客さんがた、何のご商売ですか」

「刀剣を商っておる」

英龍が重々しく言った。

弥九郎は思わず、噴き出しそうになった。

そんな威厳のある刀剣商がいるものか。すぐに素性がばれてしまうぞ。

「へえ、さようでございますか」

弥九郎は笑顔を作って訊いた。

「昨年は郡内の一揆で大変だったろう。甲州人は血の気が濃いというが、まことか」

「男衆は理屈っぽいのが多うございます」

「ほう」

「男気があると自分では言っておりますが、なんでも自分が一番、甲斐が一番で、他国のものを誉めたがりません」

「ふむ、そなたの亭主もそうか」

「いえいえ、うちのは小心者で」

「博徒も多いと聞くぞ」

女は伏し目になって黙ってしまった。なんとなくこちらの様子をうかがっていたが、ささやくように言った。

「お客さんの中でも、好きな方がたまにおられるんで」

「近くに賭場があるのか」

弥九郎も小声で言った。

「へえ」

英龍は鋭い眼を婢女に向けた。

「集まるのは商人か、それとも百姓か？」

「いえ、何も存じませんので」

婢女はそそくさと立ち上がると、部屋を出て行った。おかしな噂が立たぬよう、弥九郎は廊下へ出て女に声をかけた。

「いや、立ち入ったことを聞いた。われらは見ての通り商人だ。お上の手の者ではないから安心してくれ」

「お客さん」

婢女が、おそるおそるといった風情で弥九郎に声をかけた。

「なんだ」

「お連れの方は、なぜあのように眼が光っているんですか」

弥九郎は答えに詰まった。

「そんなに光っておるかな」

「光っておりますとも。ほら、あんなに」

女は部屋をのぞきながら、いかにも恐ろしそうな顔をした。

英龍はいつものように、行儀よく座って茶を飲んでいる。頬被りしていた手拭いをとると、とても商人には見えない。衣服を別にすれば、どこから見ても堂々たる武士である。

「あの男は平生剣術をたしなむので、眼光が鋭いのだろう。怖がらずともよい」

「へえ」

女は納得がいったような、いかないような、あいまいな顔でうなずいた。


ふたりは翌朝から、精力的に甲斐の村々を回った。民家を訪ね、百姓たちに役人の行状について、それとなく訊ねた。

百姓はみな純朴で、伊豆や相模の百姓と変わるところはなかった。ただ陣屋の役人について訊くと、顔色が変わった。

「あいつらは金の亡者ずら」

組頭の男によれば、谷村陣屋の元締手代が、年に二千両も貯め込んだという。手代の給金はだいたい二十両五人扶持だから、年収の百倍の賄賂を手にしたことになる。

「博奕をやったとか、盗みをしたとか難癖つけて、しょっぴいて賄賂をとるずら。元締め手代なんぞは、夫婦に子供三人、下女五人、下男三人、浪人が二人おって、朝から酒盛りやって、主人が役所に行ってからも、ずっと騒いどるんでごいす。毎日毎日酒盛りして、日に三両も使っとるだちゅうこんで」

「御代官はそのことを知っておるのか」

英龍は真剣な面持ちで訊いた。

「見て見ぬふりずら」

男はあきらめきった顔で、嘆息をついた。

手代衆が領内を廻村すると、百両くらいは懐に入る。元締め手代は赴任するとき、荷物が馬八駄、長持一棹だったのが、引き払うときには荷物が馬三十駄、長持十二棹にふくれあがっていたという。民の膏血をすすり、お大尽になって村を離れるのである。

「これでは、また打ち毀しや一揆が起こってしまうな」

弥九郎は、甲斐の百姓たちが疲弊しているのを感じ取っていた。

英龍の支配地でない甲斐では、賄賂や飲食の接待が横行していた。

百姓たちはなかばあきらめ顔だったが、不満は蓄積している。だれかが火をつければ、あっというまに広がるだろう。

その後、天保九年に甲斐都留郡二万一千石が韮山代官所の支配地となった。

英龍は甲斐の支配地でも徹底した倹約を命じ、検見の際も贅沢な食事や接待を禁じた。

陣屋の手代根本又市にも質素な生活をさせた。

又市の子どもは冬でも足袋をはかないと、百姓たちは噂した。もちろん賄賂は一文たりとも要求しない。

百姓たちにとって、こんな清潔な手代は初めてだった。

「江川様の支配がずっと続きますように」

甲斐の百姓たちは、ほうぼうの神社に「世直江川大明神」と書いた紙幟（のぼり）を立てて祈願したという。

英龍と弥九郎が韮山に戻ると、代官所に驚くべき知らせが入った。

長崎で幡崎鼎が捕縛されたというのである。

水戸藩の蘭学講師だった鼎は、藩主斉昭の命で洋式軍艦建造のための蘭書を求めて、長崎を訪れた。シーボルト事件から九年、目立たぬようにすれば無事だったかもしれないが、水戸藩御用として堂々と長崎入りしたため、あれは出島で通詞をしていた男ではないかと奉行所に通報されたのである。

「七月には出府する。また、おぬしの力を借りることになりそうだ」

「承知した。先に江戸へ帰っている」

英龍に見送られて、弥九郎は朝焼けのなかを出立した。

まだ波乱の兆しはない。

海防

天保八年六月二十八日未明、前夜から降り始めた雨のなかを、相模湾から浦賀水道に向けて静かに進む船があった。

　和船ではない。

三本マストで、船体は瀝青（チャン）で黒く塗られている。

船はマカオを出発してから、肌を焦がす強い日差しの下、旅を続けてきた。途中、琉球に寄ったが、琉球の空も眼に染みるほど青く晴れ渡っていた。応対した琉球国の役人たちも親切だった。

昨日は御前崎を通り過ぎ、はるかに富士山を眺めながら、潮の流れに乗って船は快適に進んだ。

江戸を目の前にして空は急にかき曇り、冷たい雨が天地を覆い尽くしてしまった。

まだ明けきらぬ薄闇の中から姿を現しつつある浦賀岬の高台に、燃えさかる火が見えた。

近づくにつれ、雨が小やみになり、空が明るくなってきた。昼頃になると雨は上がり、海上にはもやが立ちこめた。

　船は、浦賀水道を江戸に向かって、ゆっくりと進んだ。

　そのとき、陸地に煙が湧きたち、遠雷のような音が鳴り響いた。

浦賀奉行所は六月二十八日早朝、城ヶ島遠見番所より異国船が現れたという報告を受けた。その日、浦賀にいたのは、ふたりいる浦賀奉行のうち太田運八郎資統(すけのり)である。

このとき文政八年に発令した無二念打払令が生きていた。異国船に対しては、予告なく砲撃し、追い払えという命令である。

太田は与力中島清八に、船を出して異国船かどうか見届けるよう命じた。さらに対岸の安房洲崎台場に号砲を撃って知らせた。

しばらくするうちに雨があがり、異国船の姿を目視できるようになった。奉行太田運八郎は甲冑に陣羽織を着て、みずから平根山の台場へ出向いた。同時に観音崎の台場にも、砲撃の指令を発した。

観音崎には、中島清八の息子で与力見習いの中島三郎助が詰めていた。当年十七歳である。ゆるやかな丘陵の上にある平根山台場では、すでに準備が整っていた。

「撃てぃ」

太田は命令し、轟音が響き渡った。

平根山の台場から発射された砲弾は、異国船のはるか前方に落ちて水柱を上げた。船は危険を避けて、野比村沖一マイルのところに投錨した。

しばらくすると小舟が近づいてきた。多くの漁船が次々と集まってきたのだ。

怖れを知らぬ日本の庶民たちは、先ほどまで平根山から砲撃を受けていた異国船の甲板で、ビスケットやワインを味わい、時ならぬ歓迎パーティを愉しんだ。銀貨や煙草、薬などお土産も手に入れた。異国船の医師は、何人かの日本人を診察し、治療もした。

一見して漁師とは違う、両刀を差した立派な身なりの日本人もいた。かれらは船が大砲を備えておらず、非武装であることを目撃したはずである。

正午に砲撃を受けた後、夕刻までのあいだに、二百人以上の日本人が異国船を訪れた。


浦賀奉行太田運八郎は、平根山からの砲撃では砲弾が届かないと悟り、夜のうちに大筒三挺と中筒、小筒を野比村に移した。異人の上陸に備えて、与力勢を久里浜村や千駄崎に配備した。

翌二十九日早朝、野比村から砲撃を開始した。およそ四半刻(三十分)ほど砲撃を続け、一弾が異国船の前部に命中した。

異国船はアメリカの国旗を掲げ、テーブルクロスで急ごしらえした白旗を揚げたが、砲撃は続けられた。

異国船は帆を上げて沖に逃れ、しばらく停泊していたが、やがて見えなくなった。

太田は、異国船が退去したかどうか確認するために、見届船を出した。異国船は大島沖に消えていった。ここにおいて浦賀奉行所の仕事は完了した。

太田も浦賀奉行所も、そして報告を受けた幕府も、この船の国籍や渡航の目的について何も知らなかったし、知ろうともしなかった。

このときの働きによって、幕府は浦賀奉行太田運八郎に褒詞を与え、配下の奉行所役人たちには褒美を支給した。中島清助には白銀五枚、息子の三郎助に白銀二枚が下賜された。

八月十日、異国船は鹿児島湾に入った。児ヶ水の海岸から一マイル弱のところに投錨した。

しかし、鹿児島でも砲撃を受けた。砲弾は船のかなり手前に落ちたが、薩摩藩の方針は砲火によって明らかに示された。

異国船はモリソン号というアメリカ船であった。そしてモリソン号には、七人の日本人が乗っていた。この打ち払いが、後に思いもよらぬ事件を引き起こすことになる。


ひとりの武士が風呂敷包みを抱えて、白山御殿大通りをいそいそと歩いていた。やがて小石川御薬園にほど近い田原藩下屋敷へ入った。

屋敷には、田原藩前藩主三宅康明の弟、三宅友信がいる。巣鴨の老公と呼ばれているが、歳はまだ三十一である。

「渡辺先生、待ちかねたぞ」

友信は、人のよさそうなふっくらとした顔に笑みを浮かべて言った。

「殿、また新しく蘭書を入手いたしました」

渡辺先生と呼びかけられた武士——渡辺崋山は、うれしそうに風呂敷のなかの書物を取り出した。

「これは『ヘイタラーケンキユットキーラレイ』なる筒の鋳立方の書、こちらはメルケスの要害結構の書でございます、さっそく小関三英と高野長英に訳させましょう」

「よかろう」

「テフロインの『アルテイルレリー』なる砲術書があるそうで、これも買い求めましょうか」

「よかろう」

「蘭書がたまってまいりましたので、一度、目録を作りましてはいかがでしょう。地理、百科、兵学、医学、それぞれの項目に分けましょう」

「よかろう。わたしが作ろうか」

崋山は驚いて顔を上げた。

「めっそうもない、それがしがやります」

「いや、暇だからな、整理もかねてやってみよう」

崋山は、せつなげな顔になった。

友信の気持ちが、痛いほど伝わったからである。

十年前、田原藩前藩主三宅康明が二十七歳の若さで死去したとき、世継ぎがいなかった。三宅氏の血統を継ぐ異母弟の友信が藩主になると家臣たちは思ったが、重臣たちは破綻寸前にある藩の財政を救うために、持参金付の裕福な大名の子弟を養子に迎えようと画策した。

その結果、姫路藩十五万石の領主酒井忠実の六男稲若を、新藩主として迎えることに決まった。

三宅氏は徳川家譜代の家臣であり、南朝の忠臣、児島高徳の子孫とも伝えられる。その血統が絶えることを憂えた崋山は、他家から養子を迎えることに反対した。

老獪な藩の重臣たちは、友信を病気だとして静養のために田原へ招き、崋山も同行した。到着すると友信と崋山は軟禁された。そのあいだに稲若の養子縁組が正式に決まり、幕府へ届け出がなされたのである。

友信は「隠居」させられた。二十三歳であった。

ただし田原藩は友信を粗略に扱わなかった。前藩主の格式とともに、二千俵の扶持をあてがい、崋山を側用人とした。

友信の生母はお銀さまといい、百姓の出だった。藩主三宅康友の寵を受け、友信を産んだ。しかし、宮仕えに疲れたのか、お暇乞いをして里に帰ってしまった。

母を巣鴨の屋敷に呼んで孝行したいという友信の願いもあって、崋山はお銀さまを探す旅に出た。相模国厚木でようやく会うことができたが、農家に嫁ぎ、貧しいながらも幸せに暮らしているお銀さまを、江戸へ連れ帰るわけにはいかなかった。

崋山は、友信が不憫でならなかった。

捨て扶持は与えられているが、若い友信にとって下屋敷での暮らしは、孤独で無為な毎日だった。一時、酒色にふけったが、崋山はそれをいましめ、蘭学の勉強を勧めたのである。

友信自身、素直で向学心があったのであろう。

オランダの使節が、将軍家への献上物を持って江戸へ出府するたびに、崋山の助言に従って大量の蘭書を購入した。

「(崋山は)僕をして資を傾けて購(あがな)はしめ、一室蘭書充棟に及べり」

友信自身が「崋山先生略傳」で書いているように、部屋が蘭書でいっぱいになってしまうほどであった。残っている自筆蔵書目録によると、兵書だけで蘭書の総数が二百十九冊、三図面に及ぶ。

巣鴨別邸の蘭書コレクションは次第に有名になり、蘭学者の羨望の的になった。

しかし、それらの貴重な書物も、いまは友信の無聊(ぶりょう)を慰めるだけに過ぎなかった。

「この蘭書が、いつか役に立つ日は来るかの……」

友信は、ぽつりとつぶやいた。

「立ちますとも。いずれ諸侯が争って、殿の蘭書を拝借しに参ることでしょう。人びとの目が覚めて、西洋の学問を学ぶようになるでしょう。そう遠いことではございませぬ」

崋山は声をはげまして言った。

友信は、崋山が持参した蘭書を開いて見はじめた。

崋山はふと、ある男のことを思い出した。

川路聖謨や幡崎鼎から噂は聞いているが、まだ会ったことはない。開明的で勉強家で、西洋砲術にも関心があるという。竹を割ったような真っ直ぐな気性で、会うとすがすがしい気持ちになると、川路は言っていた。老中や勘定奉行のあいだでは、西洋軍船による海軍を創設すべしという、その男の建議が話題になっているらしい。

(会ってみたいな)

崋山は軽く首をかしげ、うつむき加減に障子を眺めた。

いつのまにか日はだいぶ傾いて、障子は明るいのに部屋には暮色がたちこめている。

崋山は、もしかしたら何かが動き出すかもしれないと思った。それが何なのか、男に会えばはっきりするような気がした。

老中水野越前守忠邦は、いつものように江戸城の御用部屋に従容（しょうよう）として端坐していた。

気色深沈として、常に姿勢正しく、肘を張り、いささかも浮薄なところを見せない。

近侍する奥右筆は緊張して咳（しわぶき）ひとつせず、身じろぎもせずに控えていた。部屋には紙をめくる音か、筆を走らせるかすかな音しか聞こえなかった。

「明敏、卓識、眼居深く、神彩人を射る」

『遺老閑話』ではそう評している。

「外記はまだか」

忠邦は書類から目を離さずに問うた。

「は、ただいま」

奥右筆が立とうとしたが、

「まだならよい」

忠邦に制され、ぎこちなく座りなおした。

家康の母、伝通院の家系に連なるこの貴種は、幼弱のころから経世の志強く、幕府を腐敗堕落から救い、行政改革を成し遂げるのは、自分しかいないと信じていた。

もとは肥前唐津藩主であったが、長崎御固筆頭の唐津藩主は閣老になれないのが慣例だったため、敢えて遠州浜松藩への国替えを志願した。

敢えて、というのには訳がある。唐津藩は公称六万石であったものの、内実は二十万石以上と言われ、しかも長崎警護のために幕府から諸役を免除されており、他藩の羨望の的であった。

水野忠邦は、幕府の中心で政治を動かしてみたいという己の宿願のために、実質二十万石の富裕な唐津から、名実ともに六万石の収入しかない浜松への国替えを希望したのである。

当然、老臣たちは転封に反対したが、

「将軍家の御外戚の家に連なり、譜代の席にある以上は、天下の政治を掌(つかさど)るこそ、徳川家への忠義ではないか」

と、忠邦は一喝した。

忠邦には、秘かに範としている先人があった。

有徳公には及ばずとも、守国公のお働きに近づきたいもの——忠邦はふたりの偉大な先達、享保の改革を成し遂げた八代将軍有徳公吉宗、寛政の改革を断行した老中首座守国公松平定信を賛仰していた。

なかでも定信の政治を敬慕し、若年の頃からその事績を学んできたのである。

社稷（しゃしょく）を支える身分となったいま、己の理想を実現する静かな興奮を、その怜悧な風貌の下に押し隠していた。

足音がふたつ、近づいてくるのが聞こえた。ひとつはせっかちであわただしく、ひとつは悠然と歩を進めているようであった。

忠邦はかすかに目を細めた。

（三左衛門もいっしょか）

「川路様と羽倉様がお着きになりました」

「通せ」

「失礼つかまつります」

入ってきたのは川路聖謨と羽倉外記である。

川路はこのとき勘定吟味役、通称三左衛門。せかせかした様子で座に就くと、もう人なつっこい笑みを浮かべている。

父、内藤吉兵衛歳由は豊後日田代官所の手代だったが、一念発起して江戸に出て御家人株を買った。

しかし、このままではうだつが上がらぬと、長男の弥吉、すなわち聖謨を小普請組の川路家へ養子に出した。

努力家の川路は勘定所の筆算吟味に合格し、幕府勘定所に出仕すると、次々と山積する事案をこなした。上司にも恵まれてとんとん拍子に昇進を重ね、寺社奉行調役として、老中松平康任まで絡んだ出石藩のお家騒動、仙石騒動を見事解決した。

その仕事ぶりは幕府内だけでなく、巷間でも話題になった。

川路は将軍家斉から直々にお褒めの言葉をかけられ、勘定奉行の次席である勘定吟味役へと異例の出世――幕府役人たちは十段飛びの役替えと噂した――を遂げたのである。

それだけではない。川路が仙谷騒動を解決したおかげで、直属の上司だった寺社奉行脇坂安董は西丸老中に出世し、老中水野忠邦は将軍家斉から殊勝の賞詞を戴き、老中大久保忠真は老中首座へと昇進した。

自身のみならず、上司をも出世させる、敏腕の役人だったのである。

羽倉外記、号は簡堂、若き日に古賀精里や広瀬淡窓に学んだ儒学者であり、旗本として上毛、房総、駿河など代官職を歴任した。剛直で責任感の強い能吏として知られており、川路とは対照的に、ゆったりとかまえて大人の風があった。江川英毅・英龍父子とも親交があり、趣味の広い教養人である。

外記にはこんな逸話が残されている。

文化年間、八丈島の高橋与市という島民が、海神の住むという荒地を開墾して麦畑にした。おかげで麦の収量が増え、島民は喜んだが、天保に入って海難や飢饉がつづいた。これは与一が神領を荒らしたからだという声が上がった。島民は麦畑を元の荒地に戻したいと、支配代官だった外記に訴えた。

「島民が飢えないように、土地はもっと開墾すべきである。神が愛するのは人であって土地ではない。

西山のいい場所に神居を移したらよい。責任は代官である自分がとる。神罰があるなら自分に与えよ」

外記はそう諭して、経緯を記した石碑を建てさせた。その後、災いは起こらなくなった。

外記の父、羽倉秘球は豊後日田代官であった。少年の頃、日田代官所の手代だった内藤吉兵衛の息子弥吉が、幕府勘定吟味役に大出世して江戸で再会したときは、外記も驚いたであろう。

しかし、共に談ずるにしたがい、その知識と見識に敬服し、改革の同志として深く交わるようになった。川路より十一歳の年長である。

有能な実務家で人間的にも愛嬌のある川路と、豪胆、廉潔で洒脱な風情のある羽倉は、忠邦の数少ないお気に入りの幕臣だった。

忠邦は、部下が阿呆に見えて仕方がない。

多くの幕臣はかれの前に出ると、世辞や追従ばかり口にした。そういう輩を忠邦は心底軽蔑した。そんななかでこのふたりは、気難しい上司の性質をよく心得、忌憚なく意見を述べた。ただし癇症の忠邦を怒らせないよう、十分に気を配ってではあるが。

「下がってよい」

忠邦は奥右筆に声をかけた。御用部屋は三人だけになった。


「大御所さまは西丸で落ち着かれましたか」

外記がさりげない風で訊いた。

先ごろ十一代将軍家斉が退隠し、家慶が第十二代将軍となった。

家斉は西丸に移り、家慶は本丸御殿に入ったのだが、実情は大御所家斉が政治の実権を握ったままであった。

忠邦は本丸老中御勝手掛を命じられたが、目指す改革は家斉の側近たちに阻まれて、思うように動けなかった。

「何も変わらぬ」

忠邦は吐き捨てるように言った。

「相も変わらず、例の三人が御政道を壟断（ろうだん）しておる。困ったものよ」

三人とは家斉の寵臣、若年寄林肥後守忠英、側衆水野美濃守忠篤、小納戸頭取美濃部筑前守茂育（もちなる）である。家斉の側近として、まさに虎の威を借る狐の如く、賄賂をとり、親戚縁者を要職に抜擢し、酒色にふけり、幕府の三佞人と呼ばれていた。

「さりとてこのまま手をこまねいていては、恐れながら御公儀の病が深くなるばかり。改革に備えて有為の人材を集めておきませぬと」

羽倉も川路も、忠邦が己の才と力を恃みにして、信頼できる腹心や誠忠の部下が少ないことを心配していた。

川路は大まじめな顔を作って身を乗り出した。この男はひょうきんな顔をして謹厳な忠邦をしばしば笑わせたが、まじめな顔をしてもどこか可笑しいのだった。

「いま必要なのは、佞人どもの横紙破りに屈しない剛の者でござる。そういう者を、二十人、いや十人でもお揃えになれば、堅城となって公の改革をお助け申しましょう」

「そちの言う剛の者がそれほどいるか」

「もちろんでございます。剛といえば、まず矢部駿河守殿、万難を排して事を成すにはもっとも相応しい御仁です。清廉にして誠実な人物は、岡本忠次郎殿。かの人がおられるだけで役所の空気も清らかになりまする。さらに村田矩勝殿も宋の名臣魯宗道に比すべき硬骨漢でござる」

忠邦は黙ったまま、あいまいな顔をしている。矢部や村田のような、ずけずけと物をいう部下は、ほんとうは好きではない。

忠邦が浮かない顔をしているのを横目に見ながら、外記が言い添えた。

「下々の事情に詳しいのは遠山左衛門尉殿でしょう。町人たちの生活や裏の実情は、遠山殿に訊くのがいちばんでございます」

この遠山は父の景晋ではなく、息子の金四郎景元のほうである。西丸小納戸頭取から小普請奉行、作事奉行と順調に昇進を重ねている。ゆくゆくは勘定奉行か町奉行かと、もっぱらの噂であった。

羽倉の言葉にも、しかし忠邦は表情を変えなかった。かれらの能力、人物は承知している。もっと新しい人選や情報はないのかと言いたげであった。

川路は膝を進めて、思い出したかのように膝を打った。

「そうそう、かねてお話のありました海防の件、われらより詳しい者を推挙いたしたく」

そこで川路は胸を張り、満面に笑みをたたえた。

「韮山代官江川太郎左衛門は西洋の砲術にも詳しく、人物も確かな者にございます。支配地に伊豆、相模、駿河と海岸線が多いため、かねてより海防に心を砕いているそうで」

忠邦は、ようやく愁眉を開いた。

江川なら韮山から出府するたびにあいさつに来るので、顔はよく知っている。大柄で眼の大きい男だ。立ち居振る舞いが美しく、言葉も慎み深いので、気に入っている。

「あの者の海防についての建議は読んだ。西洋式の軍船による海軍を創設しろとな。大胆なことを言うやつよ」

忠邦は笑みを含んで言った。

これは脈がある、そう羽倉も川路も判断した。

「太郎左衛門は自分で大砲を造りたいと申しております。酔狂と申されますな。本人はいたって本気でございますぞ。大砲だけではござらぬ、大慶直胤（なおたね）なる刀匠に入門しまして、自ら刀も鍛えております。なんでも自分でやらぬと気が済まぬ男で……」

川路が言うと、羽倉もうなずいて、

「剣のほうも神道無念流免許皆伝の腕前でござれば、決して蘭学一辺倒の男ではありませぬ。民政にも心を砕き、自ら質素な生活をして民の範となっております」

「そうそう、夏も蚊帳を吊らず、冬も袷一枚にて暮らし、食事は一汁一菜。本所の江戸役所の畳は長年張り替えぬので、そそけだっております。立ち上がるときに裾をはらわぬと、畳のケバがついて大変でございますぞ」

「わかった、もうよい。江川のことは考えておく」

忠邦は笑いながら制した。

「ところで、鳥居耀蔵を知っておるか」

川路も羽倉も、はっとして息を止めた。しばしの沈黙の後、羽倉が言った。

「大内記殿のご子息ですな。松崎慊堂（こうどう）先生より、すこぶる秀才の由、聞いております」

「あれはなかなか使える男だ」

忠邦はそう言うと、ふたりの様子を眺めながら心持ち顔を上げた。

「言いたいことはわかっておる。あの男には癖がある。しかし、有能だ」

癖があっても自分なら使いこなせる。いかにも忠邦らしい自信の表れだった。鳥居を西の丸目付に抜擢したのは忠邦かもしれない。

このとき川路と羽倉は、かすかな不安をおぼえた。

天保八年七月、英龍は江戸に出府した。

前年の甲斐郡内騒動で迅速に支配地を巡視し、飢饉の村には食糧や救金を与えてひとりの餓死者も出さなかったことが、幕府要人のあいだで評判になっている。

また、粗衣粗食を自ら実践し、賄賂や過剰な接待を厳禁していること、さらには海防や国際情勢についての建議、西洋船による海軍創設の提案も話題となり、新しい韮山代官はおもしろい男だと、名前が知られるようになっていた。

そのせいか、江戸で面会を求める申し出が数多く来ている。

今度の出府で、英龍にはやらねばならぬ課題がいくつかあった。まずは長崎から江戸へ護送されてくる幡崎鼎への援助である。これは弥九郎に頼むつもりだ。

さらに、長女の亀の縁談がある。相手は榊原鏡次郎。妹のみきが嫁入りした榊原小兵衛の嫡男である。ただし鏡次郎は養子である。みきは子宝に恵まれなかった。

それでも亀を嫁に迎えようとしたのは、小兵衛が英龍の人物に惚れ込んでいたからである。交渉役は弥九郎に頼んだ。縁談はまとまりつつある。あとは結納の日取りを決めるだけだ。

さらに上総で不正の内偵があり、これも弥九郎に行ってもらうことになっている。

この頃、弥九郎は英龍の相談相手であり、重要な相手との交渉役であり、隠密でもあった。練兵館の道場主として剣と兵学を教えながら、八面六臂の活躍である。

ひととおり挨拶回りを終えた七月十九日、英龍は練兵館を訪れた。道着の弥九郎が出迎えた。

「道中無事で何よりだった。また、忙しくなるな」

「榊原家とのこと、世話になった」

「なんの、みき様にもお会いした」

——弥九郎が榊原家を訪ね、用人の山下瀧之進と結納の日取りを相談していると、みきがいきなり顔を見せた。山下はあわてたが、みきは素知らぬ顔で、

「斎藤殿、お久しぶりです。練兵館はたいそう評判になっているそうですね」

「これも兄上、太郎左衛門様のおかげです」

「奥様は斎藤殿をご存じで」

「斎藤殿はわたくしの剣の先生です」

「剣を？　奥様が……」

山下は驚いて、ぽかんと口をあけた。

みきは相変わらずだった。旗本の奥様然として座っているが、挑むような強い眼で弥九郎を見つめている。

「道場は近くですのに、お目にかかりませんこと。また、剣術を習いに伺おうかしら」

山下は、隣で眼を白黒させるばかりであった――。

「息災のようであった」

弥九郎は、みきの顔を思い浮かべながら微笑した。

「幡崎の件だが」

英龍は顔を曇らせて言った。

「九月には江戸に着くらしい、」

揚屋に入る前に金を渡しておきたい。その世話は弥九郎にしかできまい。

「その折は頼む」

「承知した」

英龍は七月二十八日に将軍家慶に謁見し、老中や若年寄らに御礼回りをすませ、翌二十九日には勘定奉行の矢部駿河守らに目通りした。その後、川路聖謨を訪ね、夜四つ（午後十時）に帰ると、手代の長尾才助が留守のあいだの報告に来た。

「鳥居様の御使者、永江弾右衛門殿がお出でになりまして、御逗留中にぜひ御入来いただきたいとのことでございます」

「鳥居殿が？」

「昨年のお世話にいたく感謝しているそうで、久々に拝面して物語りなどいたしたい、と」

鳥居耀蔵は大学頭林述斎の四男で、鳥居一学の養子に入った。鳥居家は、関ヶ原の前哨戦ともいえる伏見城の戦で、石田三成の大軍を相手に戦死した鳥居元忠の血統を引く、石高二千五百石の名門旗本である。

昨年の飢饉で、伊豆にある鳥居家の知行地が危機に陥ったため、英龍は自ら出向いて領民に扶食や薬餌を与えた。そのお蔭でひとりも餓死者が出ず、一揆、打ち毀しの被害もなかったのである。

おそらくその折の礼がしたいというのであろう。

林家の一門とは、父英毅の代から交際がある。耀蔵とも面識はあるが、深い付き合いではない。秀才で詩文にも巧みだという評判だが、その一方で芳しからぬ噂が多いのである。

かつて羽倉外記が話してくれたところによると、鳥居家へ養子に入ってまもないころ、家付きの奥方が耀蔵に悋気がましいことを言った。怒った耀蔵は、厳冬の夜に奥方の衣服を剝ぎ取り、裸にしてひと晩じゅう庭樹にくくりつけた。

その折檻が原因で奥方は病気となり、長患いの末に亡くなったという。

それを聞いた父の述斎は大いに怒り、一時、耀蔵の実家への出入りを禁じた。

「林家の出だし、学問はできるのだが、酷薄で情のない男らしい。まあ、あまり近づきたくない人物だな」

外記は、そう言って渋い顔をした。

老中へのごますりもはげしい。

「以前は水野出羽のところへ足しげく通っていたが、出羽が亡くなると、大久保加賀守殿に取り入ろうとした。加賀殿が亡くなられると、今度は水野越前殿にすり寄った。その甲斐あって西丸目付に昇進したというわけさ。最近は勘定奉行の矢部駿州の評判がいいので近づこうとしているが、矢部はあの通り潔癖な男だから相手にされず、かえって逆恨みしていると、もっぱらの噂だ」

英龍は着替えをしながら、外記のそんな言葉を思い返していた。

外記の言う通り、深い交わりをしたい相手ではないが、招待を断れば無用な恨みを買うかもしれない――。

「来月の二日か三日の夕はご都合いかがでしょうか、と申されておりました」

才助は言った。

英龍は二日の昼過ぎに、下谷長者町にある鳥居家を訪ねた。

通された客間から、宏大な中庭が一望できる。庭には大きな池があり、姿のよい松や奇石が見事に配置されていた。

時をおかず、鳥居耀蔵は現れた。このとき四十二歳、英龍より四つ年上である。中背だが太り肉（じし）で、座る姿も堂々としている。

顔には常に笑みを湛えているが、目に相手を値踏みするような、あるいは見下すような表情が、ときおり表れた。愛想良く振舞いながら、自分の方が格上であることを、それとなく見せようとしていた。

「夕餉でも差し上げようと思うておったが、先約がおありでしたかな」

鳥居は残念そうに言った。

「久しぶりの出府ゆえ、挨拶回りが多うござる。せっかくのご厚意、痛み入ります」

英龍はにこやかに応え、軽く頭を下げた。

「去年の飢饉のときは、御骨折りかたじけのうござった。お蔭で事なきを得申した」

「たとえ支配地でなくとも伊豆はわが庭のようなもの、領民の面倒をみるのはそれがしの務めです」

鳥居は、大きくうなずいて膝を打った。

「さすがは江川殿、そこもとの働きは、御老中はじめ奉行衆のあいだでも評判になっておる。世話になったついでというと厚かましいようだが、今後ともお付き合いをお願いしたい」

鳥居は終始上機嫌であった。小半時ほど話に興じた後、英龍は暇乞いをした。

鳥居は、わざわざ式台まで見送りに来て言った。

「江戸にご滞在のあいだに、またお会いしたいものだ。次は酒でも飲みながらゆっくりと歓談いたしたい。いずれご都合をお聞かせくださらぬか」

英龍は再会を約し、辞去した。

いつしか表は雨が降っていた。そのまま和泉橋のほうへ足を伸ばし、刀鍛治の荘司次郎太郎の家に寄って、頼んであった脇差を受け取った後、近くの羽倉外記を訪ねた。

「鳥居に会ってきましたよ」

「どうだった」

「ほんの挨拶だけですので」

日を改めて再訪するつもりであると、英龍は言った。

「そうか、よく人物を確かめてくれ」

外記は、急に笑顔を見せて言った。

「式部殿を訪ねる件だが、いっしょに行こう」

林式部は林述斎の六男で通称梧南、耀蔵の弟にあたる。親族の林図書守琴山の養子に入り、御書物奉行を勤めている。外記と英龍は式部宅に招待されており、英龍は林家の嫡男である林檉宇(ていう)からも招かれていた。

林家としては、英龍の建議の内容を仄聞して、蘭学や西洋の文物にかぶれていないかどうか、真意を確かめようという意図もあるのだろう。

「林家の兄弟と続けさまに会うことになるな。ひとつ月旦するか」

外記は軽口をたたいた。月旦、すなわち兄弟の人物批評をしようというのは、林家の特殊な家内事情が頭にあったかもしれない。

林述斎は、生涯正室を置かなかった。したがって男女十八人の子どもたちは、すべて妾の子である。側室の前原氏から三男の皝（ひかる）（檉宇）と四男の耀（耀蔵）が、佐野氏から六男の韑（あきら）（梧南）が生まれた。息子たちの諱（いみな）は、すべて光の字が入った一文字であるのが特徴で、述斎のこだわりがうかがえる（耀は後に忠耀（ただてる）と改めた）。

長男と次男は早逝し、三男の檉宇が嫡子となっている。耀蔵は名門の鳥居家へ養子に行き、梧南は第二林家の養子となった。

述斎は大学頭という幕府儒官の最高位にある。現在で言えば東大総長と文部科学省大臣を兼ねたようなもので、道で老中とすれ違っても駕籠を降りず、中からあいさつしたという。本人は老中と同格だと思っていたのであろう。

しかし、儒教道徳の総本山というべき存在でありながら、正室を置かなかったというのは、興味深い。一説には、正妻が権力を持ち過ぎて、表のことに口出ししたり、妾に嫉妬するのをきらったからだと言われるが、部屋住み時代に手を付けた妾の前原氏の悋気が激しく、正室を持てなかったとする説もある。

ともあれ林家は、たんなる学者の家ではない。幕府内に隠然たる勢力を持つ政治家であり、儒教以外の思想や学問、とくに蘭学を忌み嫌い、排斥する一大派閥を形成していた。

「ところで、間宮林蔵を知っているだろう」

「間宮殿はそれがしの師匠です」

英龍は少年の頃、本所の屋敷で偶然会った話や、その後の交際について話した。

代官に就任してからは、測量法について聞くため、何度も深川の家を訪ねた。

林蔵は伊能忠敬に測量法を学び、忠敬が作成した日本地図の蝦夷地の測量も行なった。英龍は海防についても意見を乞い、蝦夷や樺太での貴重な体験談を聞いた。

林蔵は英龍より二十歳年長である。英龍が訪ねると、あの不愛想な林蔵が、顔をほころばせて喜んだ。自分の知る限りのことをお伝えしたいと、忠敬から譲り受けた測量器具を持ち出してきた。

距離を測る間縄(けんなわ)や量程車、方位を測る杖先羅針盤、星々の位置から緯度経度を測る象限儀、天象儀。

狭い室内で量程車を引っ張って歩き、羅針盤で方角を測ってみせて、倦むことなく話し続けた。

英龍が帰ろうとすると、ひどく淋しがった。

「また来て下され。それがしの方はいつでもかまいませぬ」

林蔵は玄関の外まで出て、英龍を見送った。

最後に会ったのは、昨年の夏である……。

「間宮殿に何か?」

英龍が訊くと、外記は顔を曇らせて言った。

「どうもよくないらしい」

病名は湿毒（梅毒）であった。

体力が極端に落ちているのは、蝦夷や樺太を探検したときの過酷な体験が、後遺症となって表れているのかもしれなかった。

英龍は林蔵の家に、見舞いの鮨や菓子司舟橋織江のカステラを届けさせた。

鳥居耀蔵、林櫻宇、川路聖謨らには、天城名産の山葵二十五根を送った。

一方、弥九郎のほうも忙しい。門人が増えて道場が手狭になったため、四日に飯田町から番町へ引っ越すことにした。九段坂下は町場だったため、町人の家や商店も多くて雑然としていたが、今度は旗本屋敷が居並ぶ閑静な三番町の一角である。

「まあ、ご立派な御屋敷ですね、ずいぶんとご出世しましたこと」

岩の正直な感想に、弥九郎は苦笑いして言った。

「中身は変わらぬ」

道場が広くなるのはよかったが、このあたりは同じような武家屋敷が立ち並んだ通りが縦横に交差しているため、道に迷う通いの門人が続出した。

「先生、まるで迷路のようでございますな」

本所から来る代官所の手代、山田慎蔵が疲れ果てた顔で言った。

「九段坂を上って、壬生（みぶ）藩鳥居丹波守様の御屋敷の斜向かいだ。間違えるな」

何度言っても迷子になる者が絶えなかった。

翌五日は風の強い日だった。

昼から英龍は榊原家を訪ね、友人の小野田熊之介宅へ寄って、七つ（午後四時）ごろ帰宅した。

「田原藩士の渡辺登という方が、お見えになりました。お約束はないとのことで、お帰りになりました」

「渡辺？」

英龍には心当たりがない。応対した山田慎蔵も、初めて見る顔だという。

（もしかして）

渡辺崋山だろうか。弥九郎は尚歯会で面識があるようだ。田原藩の家老だが、藩の海防を担当し、「蘭学にて大施主」と言われるほど西洋事情の第一人者だという評判である。

幡崎鼎とも親しかったそうだし、川路によると人物識見ともに優れているという。以前から話を聞きたいと思っていたが、向こうから訪ねて来てくれたのかもしれない。

川路は言っていた。

「巣鴨の別邸にいる三宅老公にすすめて、蘭書を買い集めている。崋山は貧乏だが、老公のおかげで高価な書物も入手できるのだ」

老公もわかったうえで蘭書を買っている、苦労を共にした君臣だからこそできることだな、と川路は付け加えた。

（会おう）

そう決めると、もう英龍は崋山に聞くべきことを考え始めた。

崋山はシーボルトの弟子だった高野長英や小関三英とも親しく、オランダ人ビュルゲルと対談したこともあるという。入手した蘭書は高野、小関のふたりに翻訳させており、世界情勢について聞くには、もっともふさわしい人物と思われた。

韮山へ帰る前に、ぜひ会いたい。かれに会って話を聞けば、新たな知識だけでなく、これまでと異なる見方ができるようになるかもしれぬ。

幡崎が長崎で捕縛されてから曇りがちだった胸の内に、一条の光が射したような気がした。

十二日は肥前平戸藩前藩主松浦(まつら)静山を、本所の平戸藩下屋敷に訪ねた。実は四日にも静山を訪ねたのだが、忌明けということで会えず、再訪である。

静山はこのとき七十八歳。四十七歳で家督を三男の熈(ひろむ)に譲ってから、この下屋敷で日誌「甲子夜話」を執筆したり、浮世絵を蒐集して過ごしている。

常稽子岩間利生に心形刀流を学び、隠居する前年、印可とともに常静子という号を与えられた。「常」と「子」の字の号は、心形刀流道統の継承者であるというしるしである。

静山の剣は、殿さまのお遊びではなく本物であった。

静山は銀鼠の薄物をまとい、書院の間に端坐していた。いくぶん背を丸くしているが、白髪をきれいに結った顔は赫みを帯び、大きな目は力に満ちている。老いてはいても、気力が全身に漲(みなぎ)っていた。

静山は、先日不調法で会えなかったことを詫び、話に入った。

「先だっては蘭船のひな型をお貸しいただき、かたじけのうござる。和船とは造りが違うのがよくわかりました」

「西洋船は大きいだけでなく、丈夫に出来ています。帆の数も多く、風を利用するのが巧みです」

英龍が静山に貸したオランダ船の模型は、徒士隠居の本岐道平のものであった。本岐は蘭学を学び、洋式銃を造ろうとするなど西洋の兵器兵学に詳しい。

　英龍が西洋船建造の建議を出したため、元岐の蘭船模型はにわかに注目を浴び、いまは川路聖謨に貸してある。

　大筒は何門備えるのか、西洋の銃砲の威力はどうか、蘭船は何艘造ればよいか、静山はつぎつぎと質問を発した。英龍は知る限りのことを、よどみなく答えた。

「和船は小さく、造りも貧弱です。大砲も西洋のものに比べれば、口径が小さく飛距離も短い。西洋人から見れば、子供だましでしょう」

「ふむ、戦う前から勝負は決まっていると」

「大砲も銃も、関ヶ原の頃からほとんど進歩しておりません。さしあたって船に装備するホーウィッスルと、打城砲のカノンを備えるべきでしょう」

　静山は蘭癖大名である。西洋砲術や海防にも並々ならぬ関心をもっていた。

「剣の勝負でも、平服のときと甲冑を身に着けたときでは、まるでちがう。甲冑で身を固めれば、自ずから心身が引き締まり、威風が生じて、相手も軽々に挑むことはできなくなり申す。言葉の通じぬ異国人ならなおさらのこと、西洋の大筒で武備を固め、威儀を正すことが肝要ですな。犯すべからざる色を備えることでござる」

「お言葉、肝に銘じます」

　その後の話題は、もっぱら大塩の乱の消息である。残党の蜂起の可能性、生存説の真贋について、問われるままに話した。

「大坂での探索は、江戸役所の斎藤弥九郎が行ないました。詳しい話は弥九郎の方がよく知っております」

「ほう、ぜひ聞いてみたい」

「三番町にある練兵館の道場主でもあります。神道無念流のわが兄弟子です」

英龍は笑みを含んで言った。静山もかすかに喜色を浮かべた。もちろん、弥九郎の評判は知っている。

「そういえば近頃、柳原の土手に辻斬りが出るようですが、江川殿は何か聞いておられますかな」

「いえ、いっこうに」

静山はにやりと笑った。

「越前殿が言うのです、成敗してくれと」

越前殿とは老中水野忠邦のことである。

「それがしも加勢いたしましょうか」

英龍が冗談めかして言うと、静山はそれには答えず、笑いながらひらひらと手を振った。

ひと月ばかり後、夜の柳原通りに不思議な老翁が出没した。

脇差一刀だけを腰に差し、壊れた重藤弓を杖がわりにして歩いている。剣客が通りかかると、老翁が声をかける。剣客が怪しんで刀を抜くと、弓で突かれて悶絶する。気がつくと、腰の両刀が無くなっていた。

名だたる剣客が、その伝で老翁に刀を取られたのだが、むろん取られた本人は恥じて口外しない。

その中には中西派一刀流の高柳又四郎や浅利又七郎、富士浅間流の中村一心斎、神道無念流の渡辺邦造などもいた。

その年の暮れ、江戸府内の剣客が揃った赤穂義士祭の集まりに、静山も顔を出した。会が終わると、静山は剣客たちに言った。

自分は老齢のため、これからは刀を筆に替えて過ごすつもりである。ついては粗品を差し上げたいので、帰るときに持ち帰られたい。

かれらが辞去するときに見たのは、柳原の土手で老翁に奪われた自分の佩刀であった。


翌十三日、英龍は林左近将監檉宇を訪ねた。二十日には羽倉外記と虎之御門近くの林式部邸を訪ねた。二十五日、ふたたび下谷の鳥居耀蔵を訪ねた。

「今宵はゆるりと話そうではないか」

鳥居はよく弁じ、よく笑った。

話すのはもっぱら、あの人物は今こそ顕職にあるがいずれ辞めさせられるであろうとか、かの男は自分が老中に誉めておいたので引き立てられるに相違ないとか、人事の噂話ばかりであった。

そういう秘密めいた話をすることで、自分がいかに幕府の枢要で仕事しているか、要人たちに気に入られているか、誇示しているようでもあった。

「ところで、海防についても建議をなされたようだが」

鳥居は自ら英龍の盃に酒を注ぎながら、上目づかいに聞いた。

「洋夷の輩など相手にせぬことだ。近ごろは蘭学にかぶれて危機を騒ぎ立てるものがおるが、西洋の書物をありがたがるなどもってのほか。われらは聖賢の道を学んでおればよいのだ」

「そうはまいりませぬ。白河侯の頃から海防は喫緊の課題。伊豆や相模、駿河が支配地のそれがしにとって、江戸へ入ろうとする西洋船を阻止するのは重要な使命です。敵を知らず己を知らざれば、戦うごとに必ず殆（あやう）し。西洋の情勢や兵器を知り、軍備を整えねば江戸を護ることはかないませぬ」

鳥居は目を剝いた。しばらく黙ったままにらんでいたが、英龍も目をそらさず静かにその目を見返した。やがて鳥居は笑顔を作ると、

「江川殿、そう申されるな、いずれおわかりになろう。悪いようにはせぬから。どれ、もう一杯いかがかな」

「いえ、それがしは酒量を一日二合と決めております。すでに今日の分に達しましたので」

英龍は真顔で言った。かれは家でも外でも、己に課した決まりを貫いていた。日頃の質実な生活が崩れるのを嫌ったのである。

「さようか」

鳥居は興ざめた顔で徳利を置いた。

すでに時は深更に及んでいた。英龍が本所に帰り着いたのは九つ（午前零時）を過ぎる頃であった。


「さて、林家の三兄弟と会って、いかがであったかな。式部殿はなかなかの人物だったが」

外記の問いに対して、英龍はこう評した。

檉宇は直にして温、式部は擾にして毅。

檉宇は、率直にして温和。良くも悪くも学者であり、仁を行ない徳を施せば、商品経済の発達で格差が生じ、社会が不安定になっているのも、正すことができると信じている。几帳面な性格と穏やかな風采が、いかにも林家の御曹司という雰囲気を醸し出していた。しかし、内外の多事多難に対応できるだろうか。

いっぽう式部は、一見もの静かだが芯が強く、論理でものを考える。話し方も沈着で、鋭く力強い

顔をしており、いかにも切れ者という印象だった。

「鳥居はどうだ」

外記は訊いた。

英龍は、しばし沈黙した。先のふたりとは、あまりにも違い過ぎる。

「いったんは高官の位にのぼるでしょうが、それを保つことは難しいでしょう」

弁舌が巧みで頭も切れ、風采も立派である。贈物に対して必ず礼状を出し、返礼の席を設ける如才のなさも備えている。仕事ぶりも、やや強引だが行動力があり、老中はじめ幕閣は評価しているらしい。時事を論じているあいだは、得るところもあり、感心もした。しかし、別れてから何とも言えぬ後味の悪さが残った。その場では愛想良くしているが、裏へ回ればいつ足をすくわれるかわからない、鳥居はそんな不気味さとしたたかさを感じさせた。

また、蘭学を毛嫌いし、旧套墨守に徹する姿勢が際立っていた。檉宇も梧南も蘭学を学問として認めていなかったが、鳥居は蛇蝎（だかつ）の如くこれを憎み、なかでも学問所で儒教を学んだ者が蘭学に傾斜するのを、裏切り者と呼んで敵視した。

外記は黙って聞いていたが、嘆息交じりに言った。

「越前殿が気に入っているからな」

「御老中が」

「鳥居はああいう男だから、お屋敷に日参して、何でも申し付け下さい、仰せとあらばどんな汚れ仕事でもやってみせますと言い続けているようだ。もっとも越前殿も敵の多い方だから、剛腕の鳥居は便利な道具だと思っているんだろう」

八月晦日、弥九郎が雨のなか、上総での任務を終えて帰ってきた。報告を聞き、英龍はねぎらいの言葉をかけた。

「頼む」

かれは紙に包んだ五両を、弥九郎に差し出した。

「幡崎殿が長崎から江戸へ護送されてくる。揚屋入りする前に渡したい」

揚屋、すなわち牢獄での生活は、すべて金次第である。役人や牢名主に金を払えば待遇はよくなり、払えなければ最下級の扱いを受ける。身体の弱い幡崎は、あっという間に病気になって、生命も危うくなるだろう。

「承知した」

弥九郎はうなずいた。

「道中隙をみてやろう」

「おぬしにまかせる」

報告では九月七日前後に江戸へ着くらしい。

弥九郎は顔や手に炭を塗り、丁髷(ちょんまげ)をほどいて蓬髪になった。さらに継ぎのあたったぼろぼろの衣服を役所で借りた。英龍の倹約指令のせいで、普通なら雑巾にしてしまうような衣服も、繕い合わせて取ってあったのである。

「斎藤殿、その格好で行かれるのですか」

手代の根本定吉は、いぶかしんで訊いた。どう見ても街道で物乞いする乞食である。

「なに、仇討ではないぞ、ただの変装だ」

「ご、ご冗談を」

根本は目をしばたたいて弥九郎を見送った。

弥九郎は未明に江戸を発ち、東海道を上って大森を過ぎたところで幡崎一行とすれ違った。

幡崎は籠に入れられ、番士が五人、厳重に警備しながら歩いていた。小判の包みを渡すなど、とてもできそうにない。

おりしも激しい驟雨が街道を襲った。

人の顔も見分けがつかぬような雨を避けて、幡崎と番士の一行は茶店に入った。

弥九郎はその後ろから、よろけながら店内に走り込むと、幡崎の入った籠にぶつかった。

「無礼者、気をつけよ」

番士は弥九郎をつまみ出そうとしたが、あまりに汚いので触れるのをためらった。

「ひでえ雨で」

弥九郎は黒い顔でにっこり笑うと、そそくさとその場を立ち去った。

鼎の膝のあたりに、先ほどの乞食が放り込んでいった紙包みがあった。

鼎は気づいて懐に入れた。

外を見ると沛然たる雨である。乞食の姿は、もうどこにも見えなかった。

伝馬町の揚屋に入牢した幡崎鼎は、もともと身体が弱かったうえに、劣悪な環境におかれたため病臥することが多く、英龍は金子を送ったり滋養のため鶏を差し入れたりした。

その後、水戸藩お預けとなり、翌年に軽追放、伊勢菰野藩預かりとなった。菰野では終始身を慎み、毎朝藩主の方角を遥拝し、藩医から漢籍や医書を借りて読書する静かな日々を過ごした。日常接した番士は、鼎が「資性謹厳、身を持すること極めて端正」であったと伝えている。

菰野藩は御三家水戸藩の旧臣ということで丁重に遇したが、四年後の天保十三年、鼎は全身に浮腫を起こした。藩医は脚気衝心と診断した。

死期を悟った鼎は、自分の遺体が腐乱して藩主に迷惑がかからぬよう、幕吏が到着するまで、遺体を漏水装置の施された棺に安置し、炒塩でまぶすよう指示した。

天保十三年七月二日、鼎は病のため死去した。

鼎の遺命のとおりに遺体を処置したところ、死後三十余日後に幕吏が到着したときも、遺体に腐乱は見られなかった。幕吏はその処置の確かさに感嘆し、無事に検死を終えたという。

享年三十六。墓は三重県菰野町如来寺にある。

九月二十三日は曇りがちだった前日から一転、雲ひとつない秋晴れとなった。金風颯々（さつさつ）として、さわやかな空気が役所内に立ちこめている。

この日の午後、田原藩家老の渡辺崋山が、本所の江戸屋敷を訪ねてきた。

英龍は書院の間に通し、先日の留守を詫びた。

「久しくお目にかかりたいと思っておりました」

「それがしのほうこそ、川路殿や斎藤先生からお噂はかねがね承っておりました」

崋山はこのとき四十五歳。身なりは質素だが穏やかな物腰に品があり、よく通るその声は、快い響きをもっていた。

画家としての名声に加えて、西洋事情の研究者として注目を集めはじめた崋山は、この時代を代表する教養人であり、誰にでも誠実に接し、自分の知識を惜しみなく与えた。会う人はかれの蘭学の知識だけでなく、人柄にも魅了された。

英龍はさっそく本題に入った。

支配地に伊豆、相模、駿河など海に面した地が多く、かねがね海防に心を砕いてきた、西洋人の考え方、政治制度や兵器、防衛と地理について教えてほしい――

崋山も即座に応じた。懐から矢立を取り出し、いつも携帯している写生帖にすらすらと図を描きはじめた。

「これがフランス国の首都パレイスです、こちらはイギリスのロンドン、こちらがトルコ……」

驚いたことに、崋山はヨーロッパ諸国の首都の地図を、その場で描いて見せた。

さらにプロイセンのケーニヒスベルク、オランダのアムステルダム、ロシアのペテルブルク、ポルトガルのリスボンと描き終わると、図を指で示しながら言った。

「西洋の国々の首都は、みな内陸の奥地に建てられております。都には大川が流れ、大洋に通じます。ポルトガルのリスボンだけ大洋に面しておりますが、ポルトガルは軍艦を多数備えていますので、これによって外敵を防ぐのでありましょう」

英龍は地図を見てうなった。ヨーロッパでは八方を敵に囲まれ、いつ攻め込まれるかわからないという危機感があるので、外敵に備えた都市づくりをしている。

ひるがえって江戸はどうであろう。江戸湾の大砲の備場も貧弱ならば、軍船などどこにもない。浦賀と富津を結ぶ線を越えれば、江戸はまる裸の状態と言ってよかった。

英龍の心中を察したように崋山は続けた。

「いま天下の五大洲のうちアメリカ、アフリカ、オーストラリーは、すでにヨーロッパの国々の所有となりました。アジアでも、ヨーロッパに侵略されていないのは唐山（清）、ペルシアと日本の三国だけです。その中でもヨーロッパ諸国と貿易、通信をしていないのはわが国だけで、まさしく飢えた虎狼にとって残された唯一の肉といえましょう」

崋山は江戸を中心とした日本の地形、城持ち大名の石高と兵力、予想される異国船の侵入ルートなどを的確に、冷静に指摘していった。さらには欧米各国の国民性、価値観、教育制度にまで話は及んだ。

「西洋は窮理を重んじます」

窮理とは科学技術のことだが、それだけでなく政治や経済、生活などすべてに実証精神がゆきわたり、西洋の繁栄の原動力になっている。

「養才造士」

が西洋の政治の基本だと、崋山は言う。

幼学院から大学校まで学校が整備され、教学、法学、医学、物理を中心に、組織的に教えることによって、人材が育ち、機械工業が発展した。才能によって職業が選択でき、身分にかかわりなく抜擢される。国土が狭く、資源も乏しい西洋諸国が繁栄している理由はここにある。

英龍は西洋の兵器や軍船についても質問した。

「田原藩も大洋に面しておりますので、鉄砲書を買い集め、長崎からバンヨネット銃を取り寄せたこともございました」

「バンヨネット？」

「さよう、剣付銃にございます。西洋の兵は銃で一斉射撃をした後、銃に短刀を付けて突撃します。バンヨネットは刀と鉄砲を兼ねた武器です」

崋山は田原藩の武芸刷新にも熱心で、練兵館の門人だった村上定平に頼んで弥九郎と杉山東七郎を江戸の田原藩邸に招き、実戦的な神道無念流を藩士に指導してもらった。

また、バンヨネット銃を使って藩邸で演練を行なったが、高価な西洋の銃を多数買い揃えることはできず、実用化までには至っていない。

英龍は、そのバンヨネット銃を見てみたいと思った。西洋の大砲も軍船も、ことごとく自分の目で見て構造を確かめ、実際に使ってみたいと思った。しかし、もちろんその希望はかなわない。

「それがしを弟子のひとりに加えていただきたい、お願いします」

英龍は頭を下げた。

「めっそうもない、好学の同志として、何でもお話しいたします」

崋山はうろたえ、赤面した。

「たとえ一字教わっても、師はすなわち師です」

英龍は真っ直ぐに崋山を見た。崋山はますます動揺した。

(この人は、こういうおひとなのだ)

英龍の真摯な強い眼を見て、崋山は胸の内が高揚してくるのを感じた。

崋山は画家、蘭学者として有名人だったから、多くの武士、学者と交友があったが、英龍のような人物は初めてだった。

英龍と話していると、自分がいつもより雄弁になるのを感じた。英龍の何気ないひとことが崋山の頭脳を刺激し、あれも話したい、これも伝えたいという思いが、奔流のようにほとばしり出た。

この人のために自分の知識が活かされるのであれば本望だ、崋山はそう思った。それに一緒にいるだけで清々しい気分になる。

夕刻になり、英龍は食事の支度をさせた。

「紹介したいお人がいます。崋山殿にお会いするのを楽しみにしております」

食事がすむと英龍は駕籠を用意し、崋山と共に浅草新堀端の松平内記を訪ねた。内記は石高三千石の旗本で、西洋式の銃に関心があり、元岐道平とも親しい。

英龍は内記に崋山を紹介し、ひとしきり話に興じた後、駕籠で崋山を田原藩邸に送った。別れ際、英龍は言った。

「もうじき韮山に帰らねばなりませぬ。在府のあいだに、またお話をお聞かせください」

「是非ともお願いします」

英龍は崋山に師弟の礼をとり、深々と辞儀をして駕籠を見送った。

ひと月後、崋山は英龍に手紙を書いている。英龍の直書に対する返書のようだが、自分の家族や画業について問わず語りのように綴っており、興味深い。

「私事、老祖母は九十六歳にて死去し、亡父は二十年の大病の末死去しました、当時私を含めきょうだいが八人おりましたが、母がひとりで祖母と病父に仕え、私共八人を養育してくれました。貧苦は骨の中に徹し、八歳より奉公して朝夕わずかな時間に画を学び、燈籠や絵馬の類を描いて貧乏を助けようと心がけました」

さらに自分の画業について書く。

「その志がついに風流韻事を面白く感じるようになり、士大夫とも交わり、士たるものはこういうものと分かった頃にはすでに初老近くなり、ついに一個の絵師のように成り果ててしまいました」

崋山は遠近法など西洋絵画の技術も取り入れ、独自の画風を築いて、誰もが認める一流の文人画家だった。このようにことさら卑下するのはなぜだろうか。

「風流韻事はただ淫盗のなかだちになるだけで、実はもう飽き果てました。(中略)英烈の御風度を拝し、御敬慕申し上げ、何卒折々は御雑談いたしたく存じます」

そして「これまで誰にも自分の過去について愁訴したことはありませんでした、ただ御教誨いただきたく、偽りや飾ることなくお話しした次第です」と、あたかも懺悔するかのように書いている。

この後、英龍が送った金子と山葵への礼、「異国船印の譜」借用の礼を述べ、安房でアメリカ船に乗っている大塩平八郎が目撃されたという風聞を伝えて、手紙は終わっている。

崋山は五年前、田原藩年寄役末席に就任し、海岸掛りを兼務した。その後、高野長英や幡崎鼎を知り、本格的に国際情勢や欧米の政治、科学技術、教育制度などについて学ぶようになった。日本の危険な状況を知れば知るほど焦りを感じ、その一方で陪臣としてできることの限界を痛切に感じたにちがいない。

英龍が年初に提出した海防建議について、崋山は川路から聞いていた。実際に会ってみて、ますます人物に敬服した。崋山は、画家としてではなく、国際情勢や海防について語り合う同志として英龍と交際したかったた。風流韻事でなく、国事を論じたかったのである。

崋山は、この国を変革する人物として英龍に期待をかけた。そして、その判断は間違っていなかった。しかし、それは崋山を思わぬ運命に巻き込んでゆく。

天保八年秋九月十五日、神田明神祭の山車(だし)が道を練り歩いていた。ちょうど将軍家慶が御座している吹上上覧所の前を、山車が通りかかった時のことである。

猿と鶏の山車から、鶏が折れて家慶の目の前に落ちた。

ひとびとはどよめき騒いだが、すぐに壊れた鶏は拾われ、行列は何事もなかったかのように進み始めた。

「酉年に鶏の折れ落ちたのは不吉であろう」

目撃してそう思ったのは、当時十歳だった田安家の徳川錦之丞、後の松平春嶽である。

家慶もこの変事が衝撃だったようで、

「乱兆」

ではないかと気に病んだ。

春嶽は、天下動乱の始まりはその年二月に起きた大塩平八郎の乱だとしているが、それだけではなかった。

江川太郎左衛門も関わることになるその「動乱」は、国際情勢、国内の政治情勢、人事、思想的対立など、様々な要素が絡み合って起きる。それは幕府、いや日本にとっての悲劇でもあった。

尚歯会

天保九年十月十五日、紀州藩儒遠藤勝助が主宰する尚歯会の例会が開かれていた。

もともとは、天保の飢饉で餓死者が続出したのを憂えた遠藤が、救荒食の確保や食糧の備蓄方法などの対策を話し合おうと始めた会合だった。

歯、すなわち年齢を尚ぶ敬老会という意味で「尚歯会」と称したが、会を重ねるうちに人が増え、西洋事情や海防など、新知識を求めて交流するようになった。

例会に集まるひとびとも多彩である。幕臣では川路聖謨や松平内記、松平伊勢守、下曾根金三郎、八王子同心組頭松本斗機造、儒学者では幕府儒官の古賀侗庵、二本松藩儒の安積艮斎、津藩儒の斎藤拙堂、高松藩儒の赤井厳三、水戸藩士の立原杏所。

田原藩士の渡辺崋山、村上定平、鈴木春山、蘭学者の高野長英、小関三英、徒士隠居の元岐道平、長英の弟子で伊賀者の内田弥太郎、同じく長英に測量技術を学ぶ増上寺代官の奥村喜三郎も常連である。

弥九郎も時おり顔を見せていたが、三月に道場が火災に遭い、建て直しに手間をとられたため、久しぶりの出席である。英龍は韮山にいることが多いため、例会には出席していなかった。

かれらはこの時代における、もっとも進歩的な知性の持ち主であろう。

なかでも崋山の世界情勢についての解説は、この会の白眉であった。誰もが崋山の話を聞きたがり、欧米の社会制度や政治状況、科学技術の知識に魅了された。

その知識の源泉は、巣鴨の老公三宅友信が買い集めた蘭書である。

この日も崋山による欧米の教育制度の話があり、内田弥太郎と奥村喜三郎が、航海用の経緯儀を紹介して座が盛り上がり、ひと段落ついたところだった。川路聖謨や松平内記ら幕臣は欠席していた。

そこへ遅れて、評定所記録方の芳賀市三郎がやってきた。市三郎は最近書いたという自身の紀行文を披露したが、赤井厳三や古賀侗庵から辛辣な批評を受け、かわいそうなくらいしょげてしまった。

「そういえば、評定所でこんな話がございました」

気を取り直したように、市三郎は話し始めた。

オランダ商館長ニーマンが伝えたところによると、昨年六月にモリソン号という英国船が、日本の漂流民七人を送り届けるために江戸湾へ近づいたが、浦賀の砲台から砲撃を受けて避難した。

その後、薩摩へ行き、役人と交渉したものの上陸できず、二、三日後には砲撃を受けて退散した。

モリソン号の真の目的は日本との交易だったが、漂流者を母国に届けるという人道的目的のため、大砲を外して非武装の状態であった。

もし、モリソン号が再び漂流民を送り届けに来たら、オランダ船に乗せて日本人を送還するよう取り計らうのでよいか、と長崎奉行久世伊勢守から幕府に伺書が届いた。

老中水野越前守は勘定奉行、大目付、目付、林大学頭らに意見を聞いたところ、おおむね久世の答申に賛意を示した。

「ところがです、その後、御老中が評定所に諮問したところ、漂民をオランダ船にて送還する必要なし、モリソン号が来たら再び打ち払うべしという意見でした。また、漂民を囮にして利を図るなど不届きである、イギリス船に限らず、南蛮西洋の船は有無に及ばず一図に打ち払えと」

市三郎は、評定所で筆記した答申案を手に取りながら言った。

それまで沈黙して聞き入っていた一座はどよめいた。

「漂民がかわいそうではないか」

「評定所には仁慈の心をもつ人はいないのか」

長英が、かん高い声で叫んだ。

「モリソンと言えば、漢学に詳しく『五車韻府』をつくったイギリスの高名な学者です。あれほどの人物がわざわざ来たということは、よほど重要な任務を帯びていたに違いございませぬ。それを大筒で打ち払うとは、日本人は無慈悲で残酷な民族だと思われてしまいますぞ」

長英は、長崎に留学してシーボルトに学んでいたとき、ロバート・モリソンが編纂した華英辞典『五車韻府』を使ったこともあり、モリソンの業績についてもよく知っていた。

市三郎はつづけて言った。

「大学頭殿は仁政の立場から、モリソン号が再来航した場合の打ち払いに反対されたそうですが、他の奉行や目付は打ち払いに賛成されたとか。イギリス船の長崎での狼藉や、宝島に上陸して野牛を奪い取った横行の振る舞いを、捨て置くわけにはいかぬということでございました」

「打ち払いなど自殺行為です」

崋山が顔を真っ赤にし、大声で言った。

「井の中の蛙とはこのことだ」

みな崋山の言葉に驚き、口をつぐんだ。温厚な崋山が、これほど激するところを見たことがない。

崋山はこの年の三月、江戸に参府したニーマンに会い、ヨーロッパ各国の最新情報や国民性について尋ねるとともに、モリソンの人柄やアジアに関する著書、訳書についても質問していた。

それだけに能天気な幕府の対応には、やりきれなさといら立ちを感じてしまう。

「このままでは日本は滅びますぞ」

無二念打払令に反対する点で、みなの考えは一致していた。

しかし、崋山とその他のひとびとには、ある違いがあった。

一座のほとんどは林述斎と同じく、儒教的仁政の立場からモリソン号への砲撃に反対した。

しかし、崋山は違った。

欧米の帝国主義に対して儒教の仁政論など通用しない。英国はじめ、欧米諸国が望んでいるのは開国と通商であり、その目的のためには今後もあらゆる手段を使って接触してくるだろう。

表面は紳士的に、しかし内面は獣心で……。いつでも武力を行使できるよう、虎視眈々（こしたんたん）と狙っている。

無謀な打ち払いで交渉を拒否すれば、かえって侵略の口実を与えることになる。ロシアやイギリスの軍船の武備、蘭書に記された大砲や銃の情報を見る限り、日本にとても勝ち目はない。

崋山はあせっていた。少しでも早く、あのひと——江川太郎左衛門殿に、欧米の脅威に備える方策をとってもらわねば。

そう考えると、かれはいてもたってもいられなかった。

弥九郎は、そんな崋山を冷静に見守っていた。

「渡辺先生、崋山に知らせないといけませせぬな」

崋山は大きくうなずいた。

崋山は田原藩邸に帰ると、机に向かい何かを書き始めた。書きだすと筆は止まらず、深夜に至っても書くのをやめなかった。

——欧米列強による危機がすぐそこまで迫っているというのに、典雅風流をとうとび、士気は猥薄に堕し、ついに国を亡ぼそうとしているようだ。大臣は貴族の子弟、要路の諫臣は賄賂の倖臣、儒臣は大事を措いて小事にあまんじ、みな当てにならぬ。

「今かくのごとくなれば、ただ手をこまねいて外敵を待とうとするのか」

ここまで書いて、崋山は我に返り、原稿を読み返した。

(筆が走ったか)

どこへ発表するというわけでもない。

しかし、やり場のない怒りと焦燥の念にかられ、幕政を批判する言辞を書き連ねてしまった。

崋山は深いため息をついた。

書いたことで怒りの半ばは散じていた。

その草稿の冒頭に「慎機論」と記すと、書物のあいだにはさみ、崋山宛の手紙を書きはじめた。

一日遅れれば、一日危機が早まる。英龍の顔を思い浮かべながら、すがるような思いで手紙を書きつづけた。


この日の芳賀市三郎の報告には、多くの間違いがあった。

そのことが、崋山や長英の運命を狂わせるきっかけになろうとは、誰も思わなかったであろう。

まず老中水野忠邦は、評定所の答申を採用しなかった。

モリソン号について評定所の答申を受けた後、ふたたび勘定奉行らに吟味させ、オランダ船による漂流民の送還を決定した。忠邦も打ち払いの危険性を認識していたのである。

モリソン号についても誤解があった。モリソン号はアメリカのオリファント商会の商船であり、イギリス船ではない。さらに言えば、崋山や長英も早合点してしまったが、中国学者のイギリス人宣教師ロバート・モリソンと何の関係もない。

モリソン号には、七人の日本人漂流民が乗っていた。

尾張の廻船宝順丸の乗組だった音吉、岩吉、久吉の三人は、天保三年、遠州灘で遭難した。漂流すること十四か月、そのあいだにほかの十一人の仲間は次々と息を引き取り、音吉ら三人だけが奇跡的に生き延びて、アメリカ大陸にたどりついた。

アメリカ先住民の奴隷のような境遇にいたところを、イギリスのハドソン湾会社のジョン・マクラフリンに助けられ、ハワイへ行った。そこから南アメリカ大陸西岸を南下してケープ・ホーンを回り、大西洋を横断してロンドンに送られた。その後、アフリカ大陸を南下し、喜望峰を回ってインド洋を横断し、シンガポールを経てマカオに送られた。

文字通り地球を一周してきたのである。

音吉、岩吉、久吉の三人は、マカオでドイツ人宣教師ギュツラフの求めに応じ、聖書（ヨハネ伝福音書）の日本語訳に協力することになる。世界初の和訳聖書『約翰(ヨハネ)福音之傳』はシンガポールで印刷、出版された。

その後、熊本沖で遭難してルソン島に漂着した九州の荷船の乗組、庄蔵、寿三郎、熊太郎、力松ら四人も、マカオに送られてきた。

マカオのイギリス貿易監督庁は、七人の日本人を母国へ送り届けて、日本との通商の糸口にしたいという計画を持っていた。しかし本国の外務省は、日本との交渉を認めなかった。

いっぽうアメリカの商社オリファント商会のチャールズ・キングも、漂流民の七人を日本に送り届け、日本と交易を開きたいと考えていた。

キングはイギリスに代わって七人を日本へ送還したいと申し出た。商船であることを示すため、敢えて大砲をすべて外し、長崎ではなく江戸へ入港しようとした。

しかし、キングの企ては失敗し、モリソン号はマカオに帰港した。砲撃によって帰国を拒否された七人の日本人は、ふたたび異郷の地で暮らすことになった。

七人のうち、音吉はのちに日本を訪れることになる。

そして、思いもかけぬかたちで英龍と対面するのだが、それはまだ先のことである。

江戸湾備場見分

英龍はまだ韮山にいる。

十月末に崋山からの手紙を受け取り、モリソン号の一件を知った。

(打ち払いなど愚かなことを)

英龍は心中で嘆息した。

幕府上層部は、一度決めた方針を変えることに消極的である。かれらにとっては、

「異国船を追い払う」

ということだけが目的であり、国際情勢の変化は頭にない。

十二月になって川路聖謨から手紙が届いた。

「内々に申し上げるが、近々、勘定奉行より貴兄へ御用の節これ有り」

異国船渡来に備え、房州相州の大砲備場が行き届いているかどうか取り調べる。貴兄ならびに御目付衆のうち一人を差し遣わすことになりそうだ、という。

「西城下の格別の御見込みにて貴兄を遣わすと風聞有り」

西城下とは、老中の水野越前守忠邦のことだ。手紙の文面からは、川路の方が喜び、はしゃいでい

るような様子が伝わってきた。

「御用につき出府するようお達しがあったら、心配に及ばず早々に出府するように」

まるで子供に言い聞かせるような書き方をしているのには、英龍も微笑した。日付は十二月三日夜となっている。

（ようやく動きだしたか）

英龍はすぐに出府の準備をととのえた。七日、勘定所から出府の通達が届き、八日に韮山を出発した。十日に江戸役所へ着き、十一日に登城した。

勘定奉行内藤隼人正から閣老水野忠邦の申し渡しとして、相州備場見分を命じられた。御目付鳥居耀蔵も遣わすので、相談するようにとのことであった。

正式には正使が鳥居、副使が英龍である。

見分の目的は大砲の備場新設と場所の選定である。相模は韮山代官所の支配地であり、英龍の海防についての建議を見れば、選ばれるのは当然と思われた。しかし、鳥居がなぜ備場見分なのか。

今度の見分は水野忠邦の肝煎りだから、忠邦の人選であろう。鳥居の、一を言えば先回りして十を行なうような腕力に、期待したのかもしれない。

川路の手紙では房州も見分の対象に入っていたが、勘定奉行の申し渡しは相州だけになっていた。翌十二日には早速、鳥居耀蔵から手紙が来て、相州備場見分について鳥居の屋敷で打ち合わせをすることになった。

鳥居は上機嫌である。恰幅のいい躰を脇息にもたせかけながら言った。

「そこもとが副使ということで安心つかまつった。相模は支配地でよくご存じであろうから、道案内をよろしく頼みたい」

かつての英龍ならここで、自分は案内人ではござらぬと言い返したであろう。脳裏に母の顔と念珠が浮かんだ。英龍は内心の火を鎮めるように、耀蔵を静かに眺めた。明らかに両者の考えは異なっていた。

鳥居は、正使の自分が見分を行ない、副使はその補助であると思っていた。英龍はむろん、独自に測量を行ない、備場や大砲の選定、兵力の配置、西洋事情の報告までするつもりでいる。

「測量士はだれに頼まれますか」

「小笠原貢蔵というのがおってな、小人目付だが蝦夷地で測量をやったことがある男だ。心配はない」

「測量士については、それがしも心当たりがござれば、人選を行ない随行させます」

鳥居は口をつぐんで英龍をにらんだ。

「正使はわしだ」

と言いたかったのであろう。しかし鳥居も、さすがに口にはしなかった。

英龍の背後には川路聖謨や羽倉外記がおり、水野忠邦もひいきにしているという。無用な争いをするより、この大仕事をきっかけに、さらなる昇進を遂げねばならない。

鳥居はうっすらと笑みを浮かべ、やさしい声を出した。

「さようか、それならそれでよい。江川殿とは仲良くやりたいものだ。打ち合わせを重ねて、遺漏の無いようにいたそうではないか」

出立は翌年一月九日と決まった。

心当たりがある、と言ったものの、英龍も間宮林蔵以外に測量に詳しい人材を知るわけではない。ただ、崋山に頼めば、西洋の測量術に詳しい者を紹介してもらえるという期待はあった。

鳥居は消えかかった燈心を見つめながら、半闇の部屋に座っていた。

(あの男を何とかしなければな)

晴れ舞台の前に、あの一件がばれてしまっては大事になる。何としても始末をつけておかなければならない……。

だれにやらせるか。

鳥居は瞑目した。うってつけの男がいる。長崎で悪事を働き、出奔して江戸で医師と称していたが、小金で手なずけておいた。密偵でも人殺しでもなんでもやる男だ。存外に腕も立つ。

数日後——鳥居は男を呼んだ。

「そのほう、ひと働きせぬか」

鳥居は男に言った。

大柄でもっさりしているが、顔つきは抜け目がなく、相手の言葉や表情に敏感だった。油断なく目を左右に走らせながら、男は上目づかいに言った。

「なんでござえますか」

「下谷車坂の井上伝兵衛を知っておるな。あの男を亡き者にせよ」

男は大袈裟に首を振った。

「とんでもねえ、井上様はてまえの剣の師匠ですぜ。いくらお世話になっている殿様のご命令でも、これぱっかりは」

「わしの命に逆らうつもりか」

「とても勝ち目がありませんぜ」

「よいか、伝兵衛は悪いやつなのだ」

鳥居は、男を威圧するように睨みつけて言った。

「伝兵衛を成敗することは、お上のためでもある」

「お上の？」

「そうだ、お上のため、天下のためだ」

「お上のためなら仕方がねえ、死んだ気でやらせてもらいましょう。うまくいったら、てまえを殿様の御家来衆に加えていただけませんか」

「考えておこう」

「ご褒美のほうも……」

鳥居は黙ってうなずいた。

「策を授ける。近う」

鳥居はすり寄ってきた男に何やら耳打ちした。男は前かがみの姿勢のまま、口をゆがめて薄笑いを浮かべた。

「なんとかやってみます」

（そもそもは矢部が悪いのだ）

鳥居は心中で悪態をついた。

鳥居は立身の糸口をつかもうと、英明果断な能吏として評判の高い勘定奉行矢部駿河守定謙に近づこうとしたが、邪心を見透かされて忌避された。鳥居は逆恨みし、瑕疵を見つけて追い落とそうとしたが、清廉な矢部にはその隙がない。

こういうとき、相手が仁徳を備えた立派な人物であればあるほど、鳥居ははげしく憎んだ。あらゆる手を尽くして報復しようとした――と言っても、矢部は鳥居に何もしていないのだが。

目を付けたのが、藤川近義道場の三傑と称され、下谷車坂に直新陰流の道場を構える井上伝兵衛であった。若き日の島田虎之助をさんざんに打ちのめし、弟子入りを願った島田に対して、同じ直新陰流の男谷信友のほうが自分より優れていると、男谷道場への入門を勧め、紹介状まで書いた話は有名である。

鳥居は伝兵衛に、矢部殺害を依頼した。

しかし、井上伝兵衛は先の島田虎之助との逸話でもわかるように、志操正しく、そして人の好い人物だった。

伝兵衛は鳥居に対して、懇々とその非を説いた。

「矢部駿河守殿は評判もよく、名士であります。何か不都合があったかもしれませぬが、御厚誼を結ばれた方が御身のためになりましょう。この話は堅く武士道を守り、決して他言いたしませぬので、ご心配なさいませぬよう」

と、矢部定謙暗殺の依頼を断った。

こうなると、次の憎悪の対象は伝兵衛に移った。鳥居は自身の悪謀が漏れるのを懼れ、昼も夜も安閑としていられなかった。

そこへ備場巡検の幕命が下ったのである。欣喜して拝命したものの、鳥居はますます焦った。

長崎から流れてきた破落戸(ごろつき)――本庄茂平治に井上伝兵衛殺害を命じたのは、こういうわけであった。

茂平治は伝兵衛の道場の通い弟子であったが、鳥居はそんなことに頓着しなかった。むしろ顔を知っているので、好都合だと思ったのであろう。

天保九年十二月二十三日夜、さる大名の茶会の帰りに、井上伝兵衛は上野の御成街道で何者かに襲われた。暗闇のなか、後ろから竹籠をかぶせられて、身動きがとれないところを刺され、なで斬りに斬りつけられた。総身に傷を負いながらも、伝兵衛は刀を抜いて斬り結び、何とか辻番所にたどりついて姓名と事の次第を語ったが、ほどなく絶命した。

暗殺者は一人であったとも、四人であったとも伝えられる。下手人は、しかし、挙がらなかった。


「そんなことは聞いておらぬぞ」

英龍は思わず大声を出した。

鳥居が相模だけでなく、伊豆、安房、上総の備場巡検も勘定所に申請し、内許されていたことが、鳥居の提出した書取によって分かったのである。そのことは英龍に一切知らされていなかった。

副使である英龍を無視しての抜け駆けである。

英龍は怒りを抑えつつも、勘定所に「御目付鳥居耀蔵は伊豆、相模、安房、上総を見分するそうだが、私儀は当初の予定通り相模のみを見分する心得である」と手紙を提出した。

このとき、かれは母から諭された「忍」の字を思い出すべきだったのかもしれない。見分地の問題以外にも小さな軋轢が重なり、たまりにたまった鬱積が、一気に胸の奥から噴き出してしまったようだ。

しかし、相手は鳥居である。英龍の怒りをむしろ歓迎し、それを利用して翻弄してやろうと、ほくそ笑んだにちがいない。

あいだに立った勘定所の役人は、さぞ困ったであろう。

英龍は勘定所から慰留され、改めて鳥居と同じ伺書を出すこととなった。英龍は伊豆、安房、上総見分のほか、伊豆大島への渡海、浦賀奉行所の砲術見分も、新たに伺書へ付け加えて申請した。

すると今度は、鳥居から英龍に手紙が届いた。

「大嶋渡海と浦賀奉行組火術見分は公の御独断」なので自分は伺わない、今日、そのことを川路とも話し合った、「官途の儀はとかく面倒のものにて毎々困り入り候」と皮肉交じりに書かれてあった。

しかし、鳥居の嫌がらせは、これで終わらなかった。

「崋山殿から返書が参った。なんとか間に合いそうだな」

弥九郎は英龍に、崋山からの手紙を差し出した。かねて依頼してあった測量術に優れた者を、ふたり推薦してきたのである。

「ふたりとも連れて行きたいが、認められるかどうか」

英龍は思案した。

崋山が推薦してきたのは、増上寺御霊屋(おたまや)領代官の奥村喜三郎と、伊賀組同心の内田弥太郎であった。両名とも高野長英の弟子である。

奥村は測量術に甚だ優れ、西洋の羅針盤に工夫して独自の経緯儀を作り、『経緯儀用法図解』という本も書いた測量の専門家である。内田は奥村より測量術では劣るが、算術に優れているという。

ただし奥村も内田も身分は低かった。

奥村は寺侍という武家社会末端の身分であるため、幕府の公的な仕事に携わるのは認められない惧れがあった。内田も留守居役支配明屋敷番伊賀者という、幕臣の中で最下級の身分である。

奥村を随行させれば、鳥居から横やりが入ることは十分予想された。相手に口実を与えないためにも、英龍は内田を選び、内田の上司である松平内匠頭に借り受けの交渉を始めた。

交渉は容易に進んだ。英龍は江戸城内で内匠頭と話をして内諾を得、内田もよろこんで応じた。

「不肖の身ではございますが、御役に立てるよう粉骨砕身お勤めいたします」

内田はこのとき三十四歳、幼年のころから学んできた天文数学の成果を活かす場が与えられ、張り切っていた。取りあえず韮山代官所手附として見分に加わることとした。

英龍は勘定所へ内田の随行を申し入れたが、「御目付方に打ち合わせて、御目付方から申し立てるように」との沙汰があった。

そこで英龍は、鳥居に内田随行の件を申し入れた。

鳥居側からは「弥太郎を召し連れる件は故障なし、ただし御目付方より申し立てるのは出来難い」と返事があった。自分から話を通すことはしないが、内田の随行は問題ない、というのである。

鳥居の承諾をもって、この件は通ったと判断した英龍は、正式の願書を勘定所に出した。

受け取った勘定組頭の村井栄之進は浮かぬ顔で言った。

「すぐに裁可とはならぬかもしれませぬぞ」

村井は歯切れがよくなかった。

「新例の儀だから」とか「奉行衆が揃っておらぬ」と言いつつも、同情するような目で英龍に言った。

「この件には裏の事情があるとも聞く。ご油断召されるな」

村井の言葉通り、八日になって勘定所は、内田の随行について「差し止め」と返答してきたのである。鳥居は、英龍には承諾の返事をしておきながら、裏では妨害の工作をしていたのだ。

出立は明日に迫っている。英龍は落胆のあまり言葉もなかった。もはや測量士不在のまま出発するほかない。

英龍は崋山に手紙を送り、内田の代わりの測量士の紹介と写真鏡の借用を依頼した。写真鏡とは、小さな穴から入る光によって、すりガラスに画像が映る光学装置の一種である。風景や人物の正確な寸法、比率が画像から測定でき、崋山はこの写真鏡を使って「大空武左衛門」などの画を描いていた。

一月九日早朝、正使鳥居耀蔵と副使江川太郎左衛門は、最初の見分先である本牧、浦賀へ向けて出発した。鳥居の一行は五十数人、人足もあわせれば百人以上と馬十七疋の大行列になった。対するに江川一行は十三人、人足十四人、馬四疋である。

人数に大きな開きがあるが、鳥居は供だけで三十五人も連れており、さらに小笠原ら六人の御徒士目付、御小人目付がそれぞれ供を数人連れてきているので、人数がふくれあがるのも当然だった。

英龍のほうは元岐道平など供が十人、ほかに斎藤弥九郎、松岡正平ら手代が三人だけである。弥九郎は下調べのため房州に先発していたから、いっそう人数の違いは際立った。

英龍は再び内田弥太郎の測量士採用の願書を勘定所に提出したが、「奉行衆は不承知のように見える、しかしせっかくだから出役に差し出したいのだが、奉行衆は今日明日登城しない」等と、はっきりしない返答であった。

浦賀に到着すると、鳥居は小笠原貢蔵を使って測量を始めたが、英龍は風邪と称して出てこなかった。そのあいだも内田弥太郎の認可を勘定所に求め続けた。


その頃、城内では――

「なに、太郎左衛門が困っていると？」

水野忠邦は、その秀麗な眉を片方だけ上げて、川路聖謨のほうを向いた。

「さようでございます。なんでも伊賀組同心の内田弥太郎という測量士を採用したいらしいのですが、御奉行衆の裁可が降りないそうで」

「内田という者は何か問題があるのか」

「身分は伊賀者ながら測量術に優れ、太郎左衛門はぜひにと懇望しております」

「ではわしが認める。書付を回せ」

弥太郎の件は即座に認められた。これまでの曖昧な、煮え切らない状態が嘘のようであった。

「なぜ勘定奉行は裁可しなかったのか」

忠邦は訊いた。川路は下を向き、口をつぐんだ。

(鳥居殿が認めないよう、勘定所にくぎを刺したのでございます)

とは口にできない。

「鳥居が何か言ったか」

川路は、はっとして顔を上げた。

「図星であろう」

忠邦は、何もかも見通しているぞと言いたげな顔で笑った。

「なにかあったら報告せよ。双方、存分に働いてもらう」

「かしこまりました」

川路は足早に退出した。

（早く浦賀に知らせてやらぬとな）


一方、崋山である。英龍から依頼のあった写真鏡を送った後、新たな測量士の人選に頭を悩ませていた。そこへ内田弥太郎から、老中水野忠邦の裁可によって派遣が認められたことを伝えてきた。できれば経緯儀などの測量道具を持っている奥村喜三郎も、内々に同行させたいという。

――それなら喜作もいっしょに行かせよう。

田原藩士の上田喜作は、一年ほど前から奥村喜三郎と内田弥太郎に入門して測量を習っていた。まだ半人前だが、手伝いくらいはできるだろう。

崋山は奥村とともに、内田の従僕として上田喜作を同行させることにした。


鳥居耀蔵と江川太郎左衛門の一行は、浦賀観音崎と平根山の大砲備場を見分した。かつてモリソン号を砲撃した備場である。浦賀近辺の測量は、鳥居方の小笠原貢蔵だけが行なった。

一月二十八日、一行は船で浦賀から上総国竹ヶ岡へ渡った。

先発していた弥九郎が英龍たちを出迎えた。

「浦賀は無事すんだのか」

英龍は首を振った。

「測量士が間に合わなかった。しかし、もうじき着くはずだ」

富津の備場を見分した後、南下して安房に入った。

二月三日、内田弥太郎、奥村喜三郎、上田喜作らが本郷村で合流した。

「測量のこと、そなたたちに任せた。頼んだぞ」

英龍は、ようやく会えた三人に期待を込めて言った。

奥村、内田のふたりは、この時代においてもっとも先進的な測量術を学んだ日本人といってよいだろう。これまでよりはるかに精密な地図が出来るはずである。

その三人を秘かに見つめている目があった。服装、顔つき、持っている道具、つぶさに観察していた。測量の器械だけ見ても、小笠原貢蔵の道具とは比べものにならない。

「あの道具は何だ」

奥村が持っている経緯儀や英龍が手にしている写真鏡が気になった鳥居は、小笠原に訊いた。

「あれは遠眼鏡でございますな、南蛮製でございましょう、なかなか手に入りませぬ」

小笠原はうらやましそうに言った。

「あの菅笠(すげがさ)の男が持っている道具は何だ」

「はて何でござろう……遠眼鏡が付いておりますな」

小笠原は首をひねった。

「知らぬのか」

鳥居はがっかりしたように言った。

（この間抜けを選んだのは失敗であったかな。しかし、あの者どもをどこから見つけてきたのか、調べねばならぬ）

鳥居は測量など少しも面白くなかったが、人間の裏調査をするとなると、血が騒ぐようであった。

（徹底的に調べあげてやる）

奥村と内田が精力的に測量を行なっている姿を、鳥居は執拗に見つめていた。

洲之崎に至ったときである。鳥居から英龍に異議が申し立てられた。

「不浄な寺侍が御公儀の御用向きを取り扱うなど、もってのほかである」

鳥居は江戸へ人をやって、調べさせたのである。

奥村の素性はもちろん、上田喜作が田原藩士であること、英龍が持っている写真鏡や遠眼鏡が、蘭学者として高名な渡辺崋山から借りたものであることまで調べ上げた。

さらに崋山が昌平坂学問所で佐藤一斎に教えを受け、松崎慊堂の門人であったこともわかった。崋山がかつて学問所の門人であったことは、鳥居に新たな敵愾心を呼び起こしたであろう。

英龍は奥村を江戸へ帰さざるを得なかった。

ただ、内田弥太郎は水野忠邦の裁可だったので、鳥居も文句は付けられない。奥村の測量道具を借り受けて、内田と上田に元岐道平が加わって、測量を続けることになった。

その夜、宿に帰った英龍は沈黙したまま座り、身じろぎもしなかった。

松岡正平はじめ供の者たちは、張りつめた空気に怖れをなして近づこうとしなかった。

弥九郎は、押し黙っている英龍に声をかけた。

「久しぶりに稽古でもせぬか」

英龍は怪訝そうな顔をした。

「主人に竹刀を借りてある」

英龍の顔が一瞬にして明るくなった。

「やろう」

宿は洲崎村の名主の屋敷であったが、名主は剣術に関心があったらしく、小さな稽古場を持っていた。

ふたりは防具も着けず、打ち込みをして汗を流した。

英龍の剣先は鋭く、激しかった。他の者なら、素面素小手をしたたかに打たれていただろう。弥九郎は英龍の鋭鋒をかわしながら、思う存分に打ち込ませた。

弥九郎は竹刀を置いて木刀を取ると、英龍に声をかけた。

「外へ出よう」

宿を出て浜のほうへ向かった。八日の月が鈍色（にびいろ）の海と岩場を照らし出していた。

弥九郎は英龍に向かって、木刀を斜めに差し出した。なつかしい構えを見た英龍は、軽くうなずいて、弥九郎の木刀を袈裟に打ち落とした。乾いた小気味よい音が、ほの白い月の浜辺に響き渡った。

ふたりとも、撃剣館での少年の日々に返ったかのようだった。

いつのまにか内田弥太郎や上田喜作、松岡正平に元岐道平まで表に出て、木刀の規則正しい音を聞いていた。硬質で光のきらめきにも似たその音は、これまでの積もりつもった鬱屈や不満を払いのけ、明るく澄み切った心地に変えてくれた。

ながい時間が過ぎて、いつまで続くのかと皆が不安に思いはじめた頃、英龍が笑って言った。

「弥九郎、もういい。気が晴れた」

翌日からは、何事もなかったように見分と測量が再開された。

ある日、英龍が鳥居と打ち合わせをして宿に帰ると、鳥居から一匹の鰈（かれい）が送られてきた。

「これは何だ」

鳥居から進物など妙である。しかも鰈一匹。英龍も弥九郎も不思議がった。

添えられていた手紙には、先ほどの来訪への礼とともに「鰈一尾進呈仕りそうろう」とあり、「これは養母の里から贈られたもので、不正の贈り物ではない、ご安心ください」と書かれていた。

英龍は苦笑いして、手紙を弥九郎と松岡に見せた。

英龍は巡検先の村々にお触れを出していた。

「休泊の宿村では、食事は一汁一菜、ありあわせの野菜で賄い、他所から魚鳥、青物、乾物を買ったりしないこと」

と、村の負担になるような饗応を禁じている。そのことは鳥居にも伝えてあった。

しかし、上総竹ヶ丘村、安房本郷村、白濱村、淵ヶ崎村では、鳥居一行の宿へ金子や酒、肴を差し出したという報告が上がっていた。鳥居や小笠原らは夜になると酒盛りをし、地元の女に酌をさせて、どんちゃん騒ぎをしていたのである。

「不正の贈り物にはこれ無く」

という手紙の一文は、他の人であれば冗談めかして書いたとも受け取れよう。

しかし、鳥居の言葉となると、清廉すぎる英龍への皮肉ともとれた。

「賄賂にしては安うございますな」

珍しく松岡が冗談を言った。

その後、鳥居、江川一行は房総の備場見分を終え、船で浦賀へ渡った。三崎、城ヶ島、伊豆東海岸を経て、二月末に下田へと到着した。英龍は大島へ渡り、三月十五日に江戸へ帰った。内田弥太郎は浦賀の測量を続け、四月一日に江戸にもどっている。


英龍は江戸へ戻るとすぐ崋山に会った。幕府に提出する復命書と、巡検に出発する前から頼んであった西洋事情の報告書について話し合うためである。

英龍と崋山の考え方は、ほぼ一致していた。

大砲備場の選定も重要だが、相模、安房、上総には小田原藩のほかに大きな城持ち大名がいないため、十万石以上の譜代大名を三侯、移封させて防衛にあたらせるべきだというものである。

幕府開闢以来、大名の配置は内政優先であった。街道の要地に譜代大名を置いて徳川家に反逆する大名を防ぎ、大船の建造を禁じて軍勢を海路で送り込めないようにしてあるが、異国船の江戸湾侵入は想定していない。

「欧米の首都の地図もお願いします。海防の参考になりましょう」

「承知しました。西洋事情書といっしょにお渡しします」

崋山にとっては、西洋事情書を英龍や老中など、幕府の枢要にいるひとびとに読んでもらうことが重要であった。西洋の帝国主義の脅威、陸海軍の兵力と装備、万物の窮理を尊ぶ性格、教育制度などを伝えたかった。

崋山の言う窮理とは、現象を科学的にとらえ、原理と法則を明らかにするという意味である。これこそ当時の日本人にもっとも欠けている資質であった。

ロシア、イギリスをはじめとする西洋諸国は、アジア、アフリカ、アメリカ、オーストラリアの国々を次々と植民地化するか、自国の領土にしている。その現状を幕府の要人に知ってもらわねばならない。

英龍と崋山はこのとき、気づいていたであろう。

かれらが指摘する海防の弱点は、そのまま幕藩体制の欠陥でもあった。

大名が割拠する封建制では、徳川家はもちろん、日本という国を護れないのではないか。

統一国家を成立させて強力な海軍を持たなければ、他のアジアやアフリカの国々と同様、欧米の植民地にされるかもしれない——。

この論理を突き詰めていけば、徳川幕府の体制を否定することになる。

これは、水戸学の尊王思想と同じく、封建日本の自己矛盾であった。


英龍は三月二十二日、崋山の「諸国建地草図」と「西洋事情書」等を受け取った。

読み終えた英龍は嘆息を漏らした。

「このままでは出せぬ」

崋山の「西洋事情書」は、現状を憂えるあまり幕政を批判する箇所があり、幕府に提出するには過激すぎた。

英龍は崋山に会い、書き直しを依頼した。外国事情書と内田弥太郎の測量図は後で提出することとし、備場見分の復命書を先に書き上げることにした。

鳥居はすでに復命書を提出している。英龍は四月十九日に復命書を勘定所に提出した。

ふたりの復命書の内容は、まったく異なっていた。

鳥居は異国船に対して危機感を抱いていない。

「近年、やってくる異国船の多くはアメリカより来る船で、漁猟船等であり、かの国でも名分と義理はわきまえており、みだりに軍船を差し向けることはするまい」

性善説、といえば聞こえはいいが、実父林述斎の儒教的仁政論と同じく、帝国主義による苛烈な世界情勢をまったく無視している。長崎のフェートン号事件やロシア海軍フヴォストフ中尉らの松前襲撃、宝島での英国船と薩摩藩士の戦闘など、さっぱりと忘れたかのような甘い論評であった。

江戸湾周辺の防備についても、小普請組や与力同心ら幕臣を増やして、浦賀奉行や代官の下に置くというものであった。要するに江戸を護るのは幕臣でなければならず、小手先の人事異動で事足れりとしている。

水野忠邦は鳥居の復命書に失望した。測量図も絵図面のようで古くさい。

江川太郎左衛門の復命書はさっき勘定所から届いたばかりだ。忠邦はさっそく目を通しはじめた。

「そのほうらに申し付けることがある」

鳥居は殿中で、小人目付の小笠原貢蔵と大橋元六を呼び寄せた。

「モリソンというイギリス人を知っておるか」

小笠原と大橋は、きょとんとして顔を見合わせた。

「存じませぬ」

「さもあろう」

鳥居は軽くうなずいた。

「『戊戌夢物語』という、異国を賛美し、我が国を謗る書が、世間を騒がせておるようだが、聞いたことはあるか」

「存じませぬ」

「よい、それでよいのだ」

鳥居は、部下が蘭学に染まっていないか思想検査をしたのだが、内心ではもの知らずどもめと小馬鹿にしていた。

「モリソンと、『夢物語』の作者について調べよ。田原藩の渡辺登だというもっぱらの評判である。これは」

と言って、鳥居は人目をはばかるようにその肥った躰をかがめ、小声で、しかし重々しく言った。

「御老中水野越前守様直々のご命令である」

小笠原と大橋は「ははあ」と言って平伏した。

鳥居の言葉には、ふたつ嘘があった。

『戊戌夢物語』は、尚歯会でモリソン号砲撃と幕府評定所の無二念打払政策継続を知った高野長英が、反論として書いたものだ。

イギリスの国柄や国民性、植民地、海軍力、そしてロバート・モリソンの業績と人柄を紹介しつつ、打ち払いを継続すれば礼儀の国の名を失い、災いがあるかもしれないから、漂流民は長崎で受け取り、イギリス人には交易の儀は御禁制だからと断ればよい、といった事柄が、問答形式で書かれてあった。いささか楽観的な内容だが、書き写されて秘かに読まれ、話題になっていたのである。

鳥居が『夢物語』の著者を崋山と勘違いしたのか、長英の本であると知りながらわざと崋山に結び付けたのか、真相はわからない。

もうひとつの嘘は、水野忠邦の直命ではなかったことだ。目付が小人目付に探索を命じるのはふつうのことだが、老中直々ということで命令に重みを加え、正統性を担保しようとしたのであろう。

鳥居は、あたふたと出ていく小笠原と大橋を冷たい目で見送りながら、心中でつぶやいた。

――これ以上、蘭学者どもの跋扈を許すわけにはいかぬ。

ひと月後、江川太郎左衛門の測量図が勘定所に提出された。

内田弥太郎、上田喜作、本岐道平が、最新の測量器具を使って心血注いだ地図は精細を極め、先に出されていた小笠原貢蔵の杜撰な測量図とは、雲泥の差であった。

水野忠邦も一見して驚いた。小笠原もずぶの素人ではない。しかし、出来上がった測量図はまるで大人と子ども、いやそれ以上の差であった。

これが欧米の測量器具や技術との差なのか。

復命書においても、幕臣の補強だけでよしとする現状維持派の鳥居と、大名の配置換えまで踏み込む改革派の江川との考え方の差は、歴然としている。江川はさらに、城のような堅固な大船を建造し、異国船の帆が沖合に見えれば、すぐに防戦できるようにせよとも書いている。

江川太郎左衛門の施策を採用すれば、ほうぼうで摩擦が起き、反対の声が上がるだろう。しかし、これから自分が目指す改革もそうだ。反対をおそれていたら何もできぬ。

忠邦は珍しく興奮していた。

（太郎左衛門を抜擢した自分の眼に狂いはなかった）

かれの視線はすでにその先にあった。なすべきは海防だけではない、奢侈の禁止、綱紀粛正、百姓の土着、物価の引き下げ、悪徳商人の懲罰。難問山積である。

旧弊固陋とはいえ、鳥居の腕力も捨てがたかった。とうてい無理だろうと思われることであっても、あの男は強引にやり遂げてしまう。

「御前のご命令とあらば、どんなことでも成し遂げてみせまする」

自尊心の強い鳥居が、畳に額を擦り付けんばかりに平身低頭した姿を、忠邦は今も憶えている。

癖はあるが使える……そう評価したのは、正しかったのか。

いずれにせよ、鳥居のようなくせ者を使いこなせるのは自分しかいない、と忠邦は今も信じていた。


その後、鳥居は忠邦の中屋敷に伺候した。備場見分の評価について聞きたかったのである。

鳥居は、配下の小人目付らに探索させたさまざまな噂や情報を報告し、さりげなく相模や安房での苦労話を添えた。

「備場の測量図も復命書も、江川のほうが優れておるな」

忠邦は無造作に言った。鳥居は膝の上でこぶしを握り締め、唇をかみしめた。

幕閣のあいだでも、英龍の報告と測量図は話題になっていた。誰も見たことがないような、詳細な地図だったからだ。海防に関する復命書も議論の的だった。

しかし、鳥居の報告書や測量図に言及するものは、だれもいなかった。

「器械の違いか？　測量だけでなく大筒や塞（とりで）も、西洋の優れたものを取り入れぬと立ち遅れるぞ」

鳥居は顔を真っ赤にして抗弁した。

「恐れながら、蘭学者どもの力は借りたくございませぬ。わが国には立派な砲術も石火矢もございますれば」

「そう向きになるな」

忠邦は、相手が興奮すればするほど冷静になる。鳥居の目の色や口の動き、握り締めた袴のしわを、静かな目で観察していた。

鳥居はこの屈辱を、けっして忘れないだろう。それを挽回すべく、仕事に邁進してくれればそれでよい。怒りを変な方向に向けなければよいが……。

「西洋の兵器を取り入れれば、西洋の思想に染まります。道具だけというわけにはまいりませぬ」

忠邦は優美に小首を傾げた。同意はしないものの、林家の一門が抱く危機感はそういうものかと納得したのである。林家にとって海防は思想闘争でもあったのだ。

忠邦自身は蘭癖ではないが、国際情勢の変化には敏感だった。内政では復古主義だが、欧米の技術の導入に消極的ではない。

「蘭学者は徒党を組んで、御政道を誹謗しているという噂もございます」

鳥居は上目遣いに妙な笑いを浮かべて言った。

「いずれご報告に参ります」

鳥居耀蔵は、目をつぶって小笠原貢蔵と大橋元六の報告を聞いていた。

小笠原は調子よくべらべらとしゃべっていたが、ときどき鳥居が薄目を開く。すると小笠原はどきっとして身体をこわばらせ、話を止めて唾を呑みこんだ。

「つづけよ」

鳥居がまた目をつぶって言った。

小笠原の報告はこうである。モリソンは印度亜の島国十八島を支配する総奉行で、漢字もでき、日本人漂流者七人を浦賀に連れてきて交易を願おうとしたが、もしかなわなければ海辺の官舎や民家を焼き討ちし、海上交通も妨害するつもりだった。

『夢物語』は、仙台生まれで蘭学、医術に詳しい高野長英（瑞皐(ずいこう)）が『アールド。レイキス。キュンデ。ウヲールテン。ブック』という地理政事人情を記した書を翻訳し、それをもとに渡辺登（崋山）が執筆したものである。

また、水戸藩士幡崎鼎という蘭学者は、長崎で捕縛され、伊勢菰野藩に預かりとなったが、松平伊勢守、川路聖謨、羽倉用九（外記）、江川太郎左衛門、内田弥太郎、奥村喜三郎らは鼎を尊信し、講釈を受けていた。幡崎は高野長英、渡辺登とも懇意の間柄である。

渡辺登は文武ともに秀で、書画も巧く、平常は質素な服を着て長剣を帯し、もの静かで、一度会うと誰とも親しみ深くなり、蘭学をもって世に知られている。三宅土佐守隠居にも蘭学を勧めている。

最近は御政事向きを誹謗し、浦賀に異国船を防ぐ備えがないため、江戸への廻船が妨げられて江戸が困窮する、いずれは異国と交易することになろう、と言っている。

昨年オランダ人のニーマンが江戸に滞在中、日本人とニーマンとの対話の内容を小関三英から聞き、登は『鸚鵡(おうむ)舌小記』という書物を著した、云々。

鳥居はそこで片頬をゆるめた。小笠原もそれを見て、ほっと息をついた。

——もっとも小笠原の報告は、噂話を集めただけで誤りが多い。モリソンは政治家ではなく学者だし、『戊戌夢物語』は高野長英の著作である。また、ニーマンとの対話を崋山がまとめた書は『鴃舌或問』であり、姉妹編として『鴃舌小記』というニーマンの経歴等を記した短い書もある。

「崋山は三月上旬から病気と称して外出せず、家の二階で何事かしていたようでございます」

「そうか」

鳥居は腕組みをし、また瞑目した。小笠原は、恐る恐る話を再開した。

「こんな話もございます。常州鹿島の僧、順宣、順道という親子が無人島へ密航しようと企てまして、公事宿山口屋彦兵衛、元徒士斎藤次郎兵衛、水戸郷士大内五右衛門らが参加しております」

鳥居は気のりがしないような様子を見せた。小笠原は鳥居の顔色を窺いながら、付け加えた。

「この企てには、使番松平伊勢守や渡辺登も関わっているそうでして」

「なに」

鳥居は目を大きく開いた。

「その順宣と順道とやら親子を調べよ。登との関係もな」

小笠原貢蔵は常州まで行き、鳥栖村の無量寿寺で順宣と順道に会った。話を聞いてみると、密航というより、無人島へ渡って奇岩や珍しい薬草を採集し、ひと儲けしようという計画だとわかった。最初水戸藩に願い出たが却下され、幕府の許可を得ようとしているところであった。

「納戸口番の花井虎一様にご相談しております」

順宣は言う。花井もこの無人島渡航の一員なのであった。怪しげな話ではあるが、許可を取ろうとしているのだから、違法ではない。

「田原藩の渡辺登も、そのほうらの一味か」

「渡辺様？　いえ、存じませぬ」

「松平伊勢守殿は？」

「めっそうもない」

順宣は大げさに首を振った。

小笠原はがっかりした。

（こやつはただの山師だな）

荒れ果てた貧相な寺を見回しながら思った。順宣の無人島渡航は、一獲千金を狙った儲け話だった。崋山のような教養人がからむ話ではなかったのだ。

小笠原は鳥居の仏頂面を思い出して憂鬱になった。

江戸へ戻ると、本所林町に花井虎一を訪ねた。花井は一人扶持十五俵の小人だが、蘭学者の宇田川榕庵（ようあん）門下であり、玻璃（はり）すなわちガラスの専門家であった。

小人は、城内の警備や運搬などを行なう、最下級の御家人である。小笠原も貧乏御家人だが、花井はそれに輪をかけた極貧だった。

見たところ四十過ぎの中年男だが、母ひとり子ひとりと聞いている。妻女もいないようだが、これでは嫁の来てもないだろう。

「常州無量寿寺の順宣を知っておるな」

花井は、ばつの悪そうな顔でうなずいた。

「御用で調べておる。知っていることをすべて話せ」

観念したかのように、花井はぽつりぽつりと話し始めた。

順宣から無人島渡航をもちかけられ、金になると聞かされて、つい加担してしまったこと、渡辺崋山にも無人島の開発をもちかけたが断られたこと、生活が苦しいこと……陰々滅々として、聞いているると気が滅入ってくるのだが、同じような境遇の小笠原にとって花井の心境はよく理解できた。

小笠原は家内を見渡した。貧乏といいながらも、蘭書や翻訳書など書物が山と積まれている。花井は小笠原の視線に気がついて言った。

「書を読むのはそれがしの愉しみでして、ついつい買い求めてしまいます。無人島の話に乗ってしまったのも、書物を買う金が欲しかったためで……」

書物のあいだに、小さな切子硝子の器が見えた。

「そなたは玻璃が専門であったな」

何気なく小笠原が口にすると、花井の顔がぱっと明るくなり、目が輝き始めた。

「さようです。これは、それがしが書いた『玻璃精工全書』の製法によって作られた硝子の杯でございます。ここに色硝子の作り方がありまして……」

花井は小笠原の袖を引き、顔を近づけ、自著を開いて説明を始めた。

小笠原は花井の急変ぶりに当惑した。先ほどまでは目も合わさず、つぶやくように話していたのに、硝子の話となると、人が変わったように雄弁明朗になる。

小笠原は、顔を近づけて一生懸命に話しかけてくる花井を持て余した。硝子の話を聞くために、ここまで来たわけではない。

「玻璃の話はもうよい。無人島の話を聞きに来たのだ」

花井は叱られた子どものように、しょげかえってしまった。

(御目付にどう報告しようか……)

当初、小笠原は花井をきびしく問い詰めて、鳥居が喜びそうな話を聞きだそうと思っていた。しかし、花井を悪者にするのは気が進まなくなっていた。

「今日の話は御目付にお伝えする。また話を聞かせてくれ」

鳥居は小笠原の報告を聞いていた。話が進むにつれ、不機嫌な顔になり、腕を組み、目をつむった。小笠原の顔からだんだん血の気が引いてゆき、声が小さくなった。ぶつぶつぶつぶやくように言い訳じみた話をしていると、鳥居が一喝した。

「違うであろう」

小笠原はすくみあがった。

順宣、順同の無人島渡航は金もうけの卑しい話だが、お上にちゃんと届け出ようとしている。渡辺崋山は無人島渡航には関係ないらしい。御納戸口番の花井虎一に確かめたが、崋山とは面識がある程度だという……そこまで話したところであった。

「よく考えよ」

鳥居は小笠原を睨んでいる。

「崋山は、御公儀を恐れぬ密航一味の中心人物なのだ」

小笠原はぽかんと口を開けた。初めて聞く話である。

「順宣､順同親子は、無人島に寄港する異国船から外国の事情を探索しようとして､渡航を企てたのだ」

鳥居は嚙んで含めるように、小笠原に話し始めた。

「田原藩の渡辺崋山、幡崎鼎、高野長英らは蛮国の事情を穿鑿(せんさく)し、当今の御政事を批判しておる。崋山はおそらく無人島へ渡航して、さらにアメリカ辺りまで行こうとしておるのであろう」

かれの頭の中からは、崋山や順宣たちの悪だくみが、泉のように湧いて出るようだった。

「羽倉外記や江川太郎左衛門、松平伊勢、下曾根金三郎、内田弥太郎、寺侍の奥村も、みな崋山や長英の一味だ。異国から日本を護れと言いながら、御公儀を軽んじ、儒教の教えを捨て、異国の文化を尊信しておる」

鳥居は気持ちよさそうに言った。小笠原は鳥居の話に頭がついていかなかったが、上司の機嫌がいいという一点でほっとしていた。

「そうそう、元岐道平を忘れておった。あの者も無人島からアメリカへ渡ろうとしているのだろう」

鳥居は自説にすっかり満足したようだった。

「いま言ったように告発状を書け」

「しかし……」

「しかし、とは何だ。わしに逆らうのか」

鳥居は不機嫌そうにさえぎったが、急に表情をゆるめ、やさしい声を出した。

「花井の自白として書いたほうがよかろう。そちは」

そう言って、うつむき加減の小笠原の顔を覗き込んだ。

「ずっと小人のままでよいのか」

小笠原は、はっとして顔を上げた。皮膚のたるんだのどぼとけが上下した。

「はたらきによっては、昇進の声がかかるかもしれぬぞ。花井にもそう言え」

小笠原はかん高い声で叫んだ。

「い、いそぎ、作成いたします」


水野忠邦は鳥居耀蔵が提出した告発状を読んで、思わず声をあげそうになった。

そこに、かれがもっとも頼りにしている羽倉外記と江川太郎左衛門の名前があったからである。ほかにも江戸湾備場巡検の測量に携わった田原藩の内田弥太郎と増上寺代官の奥村喜三郎、幕臣では御使番の松平伊勢守、小姓組の下曾根金三郎の名前が記されている。

かれらの嫌疑は蟠崎鼎を尊信し、蟠崎が菰野藩にお預けになった後は崋山、長英に師事し、異国の事情を探索して尊信したというものであった。

渡辺崋山の嫌疑については、さらに深刻で悪意に満ちていた。

外国事情を穿鑿して当今の政事を批判している、ロシアやイギリスの船印・旗印を造板して所有しており、順宣とは別に無人島へ渡航してアメリカまで行こうと企てている、『鴃鴂舌小記』なる著書の中でオランダ人の幕政批判を紹介している、という。

もちろん、アメリカへの渡航を企てているなど、鳥居の捏造である。ロシアやイギリスの船印・旗印とは、英龍に借りた「異国船印の譜」のことであろう。

いずれにせよ鳥居の標的が、羽倉外記や江川太郎左衛門ら開明派の幕臣と、江戸湾備場見分で太郎左衛門に協力した渡辺崋山であることは明白である。

告発状の訴人は、柳田勝太郎組御小人御納戸口番花井虎一であった。花井は当初、無人島渡航一味に加わっていたが、改心して訴え出たというのである。

告発状の末尾には、鳥居の添え書きがあった。

訴人の花井虎一は、年来蘭学を心がけているが、無人島渡海の儀が容易ならざることと気づいて、申し立てたのは奇特である。虎一は幼いころに父を失い、母ひとり子ひとりの孝行者である。その申し立ては、貞実の至情より出た過慮かもしれない。好事家の者たちが蛮国の事情を穿鑿するのに、邪心はないと思うが、虎一の申し立てた話をそのまま書き記した、とある。

巧妙である。

まず、花井が孝行者であるという本筋に関係ない話を挿入し、善人であるという印象を与えようとしている。次に、花井の訴えは思い過ごしかもしれず、蘭学好みの好事家たちにも邪心はないだろうと、名前の挙がった羽倉や江川など直参への配慮を見せているが、内容は明らかに開明派の羽倉・江川らを失脚させようとする告発である。さらに、花井が言ったとおりのことを書き記したとして、責任を花井だけに押し付け、自らの関与や指示がなかったかのように書いている。

もちろん忠邦は、鳥居の真の意図と、それを韜晦しようとする下手な言い訳に気づいている。

しかし、すでに書類が公式に受理された以上、ほうっておけば大事になるかもしれない。

忠邦は目付方とは別の、老中直属の隠密探索方に調査を命じた。ほどなく上がってきた報告は、鳥居の告発とはまったく違う内容だった。

まず、羽倉外記、江川太郎左衛門の両者は蘭学に志はあるものの、蛮国に通じ、尊信するようなことはない。また、松平伊勢守、下曾根金三郎についても同様。内田弥太郎、奥村喜三郎は、江川太郎左衛門の江戸湾巡検で測量に携わって貢献したことが書かれていた。

羽倉、江川らに関する告発は、根も葉もない創作だった。

渡辺崋山については、秀才であり、風儀俗事を広く研究して人望もある、画をよくし、書画に親しみ、学術も熟達しているが蘭学は不得手だ、とある。この場合の「蘭学」はオランダ語の翻訳という意味であろう。

もっとも本岐道平は、外記の伊豆諸島巡検に同行し、漂流したと言って蛮国へ渡航しましょうと外記に勧めたが、断られたという。軽口で言ったのかもしれないが、軽率のそしりは免れない、と書いてあった。

忠邦は安堵する一方で、告発の取り扱いについて考えた。

取りあえず羽倉と江川ら幕臣の嫌疑は晴れたが、他の者はどうするか。

順宣、順道親子を中心とする無人島渡航組は、詮議の必要があろう。本岐道平、高野長英、そして鳥居が標的にしているらしい渡辺崋山はどうか。

崋山は学識、人格ともに評判がよく、無人島渡航にも関わりのないことがはっきりしている。

しかし鳥居のことだ、却下しても決してあきらめず、二度、三度と告発を繰り返すであろう。

現に二通目の告発状が鳥居から出されている。そこには崋山が大塩平八郎と通信したと書かれていた。崋山から英龍への手紙にあった、安房でアメリカ船に乗った大塩が目撃されたという噂を、ねじまげて崋山に関連付けたのであろうか。

大塩という、幕府にとって悪夢であり、まだ傷の癒えぬ敏感な部分を刺激する名前を出してくるあたり、鳥居の執拗な悪意を感じさせる。

崋山は、譜代大名三宅土佐守家老である。直参ではなく陪臣だ。長英は町医師に過ぎない。本岐は御徒士だが、隠居の身で養子が跡を継いでいる。

忠邦から見れば、さほど重要な存在ではなかった。かれは迷うことなく、羽倉、江川、松平伊勢守ら幕臣を除いた、無人島渡航に関わる容疑者全員を捕縛し、取り調べるよう命じた。

この瞬間、歯車は動き始めた。もうだれにも止めることはできない。

練兵館では、いつものように竹刀の音と激しい気合がひびきわたっていた。弥九郎は厳しい目で、その様子を見守っている。

そこへ赤井厳三が、あわてふためいてやってきた。

「聞いたか、きのう渡辺登が捕縛されたぞ」

「まことですか」

「北町奉行所の手の者が、留守宅から蔵書や手稿の類も持ち去ったそうだ。江川殿はご存じだろうか」

弥九郎には思い当たることがあった。

数日前、本所の江戸役所に崋山が訪ねてきたと、英龍が言っていた。崋山が執筆した西洋事情書は、幕府に提出できそうかどうかを訊ねに来たそうだ。

そのとき崋山は、最近身の回りを探索されているようだと漏らしていたという。

三日後、崋山は北町奉行所に召喚され、揚屋入りとなった。同じ日、順宣、順道親子、斎藤次郎兵衛ら、無人島渡航計画の一味五人と元岐道平も投獄された。

あっという間に噂は噂を呼び、疑心と動揺が、蘭学に関わる者たちのあいだに広がっていった。

高野長英は失踪したが、逃げ切れないと観念して自首した。小関三英は自分も捕縛されると思いこみ、手首を切って自殺した。赤井巌三や安積艮斎、古賀侗庵ら崋山と親交のあった儒者たちは、累が及ぶのを懼れて沈黙した。

韮山代官江戸役所にも緊張が走った。弥九郎は親しい蘭学者、儒者たちを訪ねまわり、情報を収集した。

崋山の取り調べは、北町奉行大草安房守がみずから行なった。

崋山は田原藩の海防のために蘭学を学んだこと、御公儀の政事を論じたことは決してなく、聞かれれば外国の話をした程度であること、無人島渡航のことはまったく知らないと、明晰にこたえた。

そもそも順宣はじめ、渡航一味と面識がないのである。唯一、斎藤次郎兵衛だけは知っていたが、一度会っただけであった。

「そのほう、だれかに恨まれるようなことはないか」

そう訊いた大草の、これは本音であったろう。

どう見ても崋山は無実である。何より蘭学を藩のために勉強したという、正当な理由がある。その釈明も理路整然としており、態度も落ち着いて、いささかも乱れるところがない。大草安房守も、崋山の誠実な人柄に好感を持った。

順宣、順道親子も崋山を知らないと証言し、崋山の無罪釈放は時間の問題と思われた。

そんなさなか、鳥居耀蔵から英龍宛に手紙が届いた。

「海防見分復命書は先だって提出されたようですが、引き続き絵図と外国事情書もご進達されるべきところ、いまだ提出されてないとのこと、何か引っかかっておられるのでしょうか。遠からず提出されることでしょう。同じ御用を勤め、旧来のご懇意、腹蔵なく申し上げました。外国事情書は、なにとぞ下書きを拝覧いたしたく、お願いいたします」

と外国事情書の提出を促し、下書きを見たいと言ってきたのだ。さらに手紙の末尾にはこう記している。

「さて昨日聞いたところでは、渡辺崋山が揚屋入りとのこと、何の罪でしょうか。お親しい間柄ですから、きっとお聞き及びでしょう、驚愕しております」

英龍は手紙を弥九郎に見せた。

「これは罠ではないか」

弥九郎は低くつぶやいた。

崋山の捕縛を鳥居が知らぬはずはない。「何の罪に候や」「驚愕の至り」という言葉が、いかにも白々しく響く。

これこそが、鳥居という人間の本質だった。実際は鳥居が罪をでっちあげて崋山を陥れたのだが、平然と知らぬふりをして驚いてみせるのである。

「この件については、裏に鳥居の画策があったと聞いている。最初の嫌疑者四十人のなかには、太郎左、おぬしの名前もあったらしいぞ」

英龍は黙したままである。西洋事情書の執筆や、測量者の紹介を頼んだ自分のせいで、崋山に災いが降りかかったのではないか。

責任は自分にある——かれは自らを責めた。

「崋山殿のために何ができるだろうか。何とかして救わねば申し訳が立たぬ」

「いまは自重のときだ」

弥九郎は、自分が情報を集めるので、英龍は動かないようすすめた。

鳥居の手紙の日付は五月十七日である。崋山が捕縛されたのは十四日。同時に崋山宅が捜索され、多くの草稿や反古が押収された。

十四日の取り調べで崋山は潔白を主張し、大草も崋山の言い分を認めている。翌十五日には順宣、順道らの証言と突き合わせ吟味が行なわれ、崋山の証言に矛盾がないことが確認された。

その直後である。押収された書類のなかから、幕政を批判する草稿が見つかったのは。

鳥居は小躍りしてよろこんだ。

鳥居の手紙の、愚弄するかのような色には、新しい証拠で崋山の有罪を確信した、かれの勝ち誇った心理が反映されていた。

羽倉、江川は、水野忠邦のはからいでおかまいなしとなったが、公儀を批判する崋山の草稿と英龍を結びつけることができれば、かれの陰謀は完成する。

崋山は「御懇思の者」でしょう、と鳥居は書く。

大罪人の崋山と親しいおまえも同罪だぞ、というのが裏の意味である。

英龍の連座を確実なものにするには、崋山の草稿が英龍の依頼によるものであることを証明しなければならない。そのために英龍の手元にあると思われる、崋山筆の外国事情書の下書きを読みたかったのである。

英龍も弥九郎も、手紙の文面にその気配を感じ取っていた。

五月二十二日、大草安房守の表情は、これまでと違って厳しいものだった。

「話がちがうではないか」

大草は憮然として言った。「慎機論」浄書一枚、「モリソンのことを書いた乱稿十三枚」「西洋事情書」八枚が、崋山の家から押収された草稿のなかから見つかり、これらが証拠として採用されたのである。

大草は「西洋事情書」の初稿、すなわち英龍に頼まれて執筆したものの、幕政批判が過激なため崋山が自宅に仕舞っておいた草稿を、その場で読み上げた。

「雷を懼れて耳を塞ぎ、電を忌んで目を閉じるが如し、ああ井蛙管見、ともに談ずべからざるなり。また西洋四学ありて、その学校の盛んなること、唐土の及ぶところにあらず、とある。これは外国崇拝ではないのか」

さらに続けて「慎機論」と「モリソン」についての原稿を取り上げ、

「明末の典雅風流をまねて軽薄であるとか、辺境に大事があっても酣歌鼓舞して士気ますます猥薄と書いてある。大臣は貴族の子弟、権官は賄賂の幸臣だから仕方ないが、道を知るはずの儒臣も大事を措いて小事を取り、望みが浅いとあるのは、御政事の誹謗ではないか。そのほうがなんと申しても、虎一の告発の通りであろう」

崋山は、なぐり書きの草稿に過ぎないと弁解した。

「草稿のことはいちいち憶えておりませんが、去年の冬から今年の春にかけて外患について憤激のあまり、いろいろと書いてしまいました。言葉が行き過ぎたのは草稿だからで、発表するつもりはありませぬ」

しかし、崋山の論理は通用しなかった。

何度も尋問が繰り返されたが、信義に厚い崋山は、尚歯会や英龍の名前は一切口にしなかった。

英龍は獄中の崋山に、六月は二両一分、八月は一両二分、十一月は二両二分、十二月には五両の金子を送りつづけた。

また、崋山の留守宅にも物品や金子を差し入れた。すべて弥九郎が送り届けたのである。

崋山はのちに「御周旋、懇々篤々、御情筆紙に尽し難く、一生忘却つかまつらず」と礼を述べ、「松柏後凋の御志も深く感涙たてまつり候」と弥九郎宛てに手紙を書いている。

「松柏は後に凋（しお）れる」とは、人の真価は苦難の時にあらわれるという意味で、罪人となった自分を見捨てずに支援してくれた英龍と弥九郎に感謝しているのだが、英龍は崋山を救えなかったことに深い自責の念を感じていた。

かれはそのときの思いを、漢詩に託してこう記している。

人生如朝露　離別在眼前
攀丘直膽望　雲霧阻山川
蒲柳秋何早　落葉正蹁躚
思君腸中断　戚々送流年
慷慨不復道　佇立對蒼天

人生は朝露の如くはかなく　離別はすぐ眼前にある

丘に登って見ても　雲や霧に阻まれて山川が見えない
蒲柳の秋はなんと早いことか　落葉がはらはらと舞っている
君のことを考えると断腸の思いで　憂いかなしみながら日々を送っている
慷慨（こうがい）しても道は元に戻らない　立ち尽くして蒼天に対するのみ

英龍は失意のうちに韮山へ帰った。

交友関係も広く人望もある崋山が揚屋入りしてから、友人たちはありとあらゆるつてを頼り、救援活動を繰り広げた。藩主三宅康直を通して水戸の徳川斉昭にとりなしを依頼しようとしたが、うまくいかなかった。水野忠邦の侍講塩谷宕陰（しおのやとういん）に嘆願書を提出したり、寛永寺内の輪王寺宮にお声掛かりを期待したが、叶わなかった。

中心となったのは弟子の椿椿山（つばきちんざん）や鈴木春山、伊藤鳳山ら田原藩士だったが、崋山の儒学の師である松崎慊道も東奔西走した。

水野忠邦の用人小田切要助から、崋山の供述書に「別して不届き」という言葉があったと聞かされた慊道は、極刑を免れぬのではないかと驚倒し、老骨に鞭打って水野に助命嘆願書を差し出した。

関わり合いになるのを嫌う者も多かった。『言志四録』などの著書がある佐藤一斎は、崋山の儒学の師であったが、救援を依頼した椿蓼村（りょうそん）に対して「かえって当人のためによろしくない」として断った。

北町奉行大草安房守にも、川路聖謨や旗本の山口直温（なおはる）らが働きかけたが、はかばかしい反応はなかった。

そもそも大草は崋山に同情的だった。しかし崋山の件は、目付鳥居耀蔵が告発し、老中水野忠邦が裁可した案件である。もし、無罪放免となろうものなら、水野、そして幕府の権威が失墜する。町奉行の裁量で、どうにかできるものではなかった。他の幕府高官たちも、保身のために口をつぐんだ。

吟味掛かり与力の中島嘉右衛門も、崋山は冤罪だと考えていたようだった。罪状を記した口書に、崋山が事実と違うと反論したところ、

「御奉行の一存で勘弁はできません、くれぐれも気の毒千万です」

中島は言った。それが現実であった。

七月二十四日、崋山は「慎機論」「西洋事情書」の幕政批判、外国尊崇のかどで口書に署名させられた。

これで、有罪は確定したのである。この後、刑が決まる。

崋山は、何度も書き直して穏当な表現にした外国事情書が、幕府へ提出されることに一縷(いちる)の望みをもっていた。将来、日本が開国して欧米の先進技術を取り入れることまで視野に入れて書いたものだ。かれにとって自らの有罪無罪より、幕府の海防政策が変わることの方が重要だった。

英龍は勘定所から、外国事情書を提出するよう督促を受けた。五月二十五日、「外国之事情申上候書付」を提出したが、それは崋山が書いたものではなかった。崋山の「外国事情書」と「西洋事情書」を参考にしつつ、西洋の貿易の歴史を短くまとめたものに過ぎなかった。

天保十年十二月二十八日、判決が下り、崋山は在所田原藩での蟄居(ちっきょ)を命じられた。

また、徒士隠居本岐道平は、押込めの処分を受けた。高野長英は永牢となった。

なお、無人島渡航の罪に問われた五人のうち四人が獄死し、生き残った順宣は押込めの処分を受けた。

しかし、無人島渡航の企てに加わっていた花井虎一は、密訴の功績で無罪放免となった。

天保十一年一月十三日、崋山は江戸を発ち、三河国田原へ向かった。崋山の母と妻子五人も、三日後に江戸を発った。

崋山は田原で五人半扶持を給されたが、とても一家六人を養うことはできない。

崋山の窮迫を知った江戸の友人たちは、援助の金子を送り、画を注文した。崋山の名声と教養を慕って、田原を訪れるひとびとが増えた。

しかし、田原藩の狭量で小心な家臣は、これをよろこばなかった。本来は謹慎すべきであるのに、画を売って金儲けをしていると、江戸藩邸に密告した。

それを知った崋山は動揺した。罪を得ただけでも不忠であるのに、藩侯に迷惑がかかっては、武士として面目が立たない。

崋山は自裁を決意した。

礼式に則り、脇差で腹を一文字に切った後、喉を突いた。老母に悟られないように、作業小屋で切腹した。

天保十二年十月十一日、崋山四十九歳であった。

長男の立には「餓死（うえじにす）るとも、二君に仕ふべからず」と遺書を残した。

墓標として「不忠不孝渡辺登」と書き、「罪人石碑相成ざるべし」と付記した。

自分は罪人だから、墓碑は建てるなと言い残したのである。

後に蛮社の獄と言われる蘭学者への弾圧は、歴史の中でどういう意味をもつのか、考えざるを得ない。

崋山は鈴木春山への手紙で、憂うべきは西洋の脅威であり、西洋の学問を禁じれば日本との差はますます開き、自らを暗くするとして、「上暗く、下明らかなるは、上忌み、下激す、百年ののち、知るべきなり」と書いている。

危機の到来まで、百年の歳月を必要としなかった。幕府の枢要にいる一部の人間が蒙昧で、明敏な下級武士が激発するという構図は、気味が悪いほど的確な予言である。

蛮社の獄は、西洋の学問の導入を遅らせただけでなく、世界的な視点で日本と西洋の関係を見ようとする知性の成熟を妨げた。

尚歯会のように、飢饉対策から海外事情、医学、海防に至るまで、身分を越えた交友によって新知識を交換し、自由で闊達な議論をおこなう場は失われた。

そのことは、徳川幕府という巨大組織に、目には見えないが確実な打撃を与えた。

この頃の幕府の権威はまだ盤石である。しかし、硬直化した組織は脆(もろ)い。

その脆さは小さなひびわれのようなものだったが、しだいに組織をむしばんでゆく。

しかし、英龍も意地を見せた。「外国之事情申上候書付」と同時に提出した建議書が、

「伊豆國御備場之儀ニ付申上候書付」

である。

伊豆は山国であり、東に箱根山、西に眞城山(さなぎやま)、達摩山(だるまやま)がそびえ、下田へ行くにも天城の山々を越えなければならない。異国船が下田港に到来しても、小田原藩や沼津藩の兵は山越えに時間がかかり、間に合わない恐れがある。大船建造、大名の配置換えが上策だが、それよりも簡単な方法がある、と

書く。

農兵である。

これは英龍のかねての持論であり、はるか昔に大和から落ち延びてきたときの家臣たちが、いま百姓として田畑を耕しながら、いざというときには刀槍鉄砲をとって戦えるという自信に裏打ちされている。

地元の百姓に大砲、銃、槍などを貸し与え、武術の稽古をして上達したものには、一人扶持か二人扶持を支給する。異国船到来の折に働いたものへは御手当を出す。

正規の兵が期待できない以上、土着の百姓をふだんから鍛錬しておくのがいいという合理的な案であった。

しかし、江戸期は兵農分離が原則である。

幕府にとっては、百姓が武装するなどもってのほかであり、身分制による役割分担が崩れる以上、とうてい認められるものではない。

英龍の建策は、どれも時代を先取りしすぎていた。

天保十一年、英龍は三月七日に江戸へ出府したものの、水野越前守や羽倉外記、間宮林蔵を訪ねた後、同月十四日には早々と韮山へ帰っている。たった八日しか江戸に滞在しなかったのだ。鳥居のところへは、手代の新見敬蔵が代理であいさつに行っている。

韮山へ帰る英龍を、弥九郎は品川まで見送った。

「江戸で何かあったら知らせよう。それにしても、大事な時におぬしが江戸にいないのは惜しまれる」

弥九郎は残念がった。

「韮山にいるほうが、江戸がよく見えるのだ」

英龍は言った。これは本音であったろう。

幕府の中枢にいると、かえって物事が見えなくなる。外部の視点を持つことで、政治という人間の営みや時代の動きを客観的に見ることができると言いたかったのだ。

英龍は韮山に滞在するあいだ、支配地の内政に心を砕いた。

二宮尊徳を呼んで話を聞いたのはこの頃である。尊徳は七日にわたって韮山に滞在し、自らが実践してきた報徳仕法について話をした。

崋山と親しかった川路聖謨は、遠国の佐渡奉行を命じられた。水野忠邦の配慮で、しばらくほとぼりを冷ましてから江戸へ戻すという含みもあったのであろう。

開明派の俊秀たちは、いっきに表舞台から追い払われ、しぼんでしまったかのように見えた。

しかし、世界情勢は、英龍を放っておかなかった。

アヘン戦争である。

アヘン戦争

オランダ風説書というものがある。

二代将軍徳川秀忠から三代家光の治政にかけて、キリシタン禁令とともにスペイン人、ポルトガル人は日本から追放され、イギリス人は日本から撤退した。キリスト教の布教を行なわないと誓ったオランダのみが、長崎に商館を持つことを許されたのである。

ここに「鎖国」と呼ばれる体制が完成するのだが、海外への「窓」は完全に閉ざされたわけではない。李氏朝鮮との交渉を担当した対馬藩、蝦夷地アイヌを介してサハリンや大陸と交易した松前藩、琉球を支配して間接的に明、清（中国）との関係を保持した薩摩藩、そしてオランダ人や唐人（中国や東南アジア等）と交易した長崎、四つのルートがあった。

唯一西洋への「窓」となったのが、長崎だったのである。

オランダは、商売敵でもあるスペインやポルトガルについて、かれらは貿易を名目としてキリスト教の布教を行ない、やがては信徒を使って軍事行動を起こし、領土を奪い取ろうとするのです、と幕府にささやきつづけた。

幕府はオランダだけに貿易の特権を認める条件として、欧米諸国の情報を知らせるよう義務付けた。

寛永十七年から、オランダは鎖国で情報のない日本に、風説書というかたちで世界情勢を知らせてきたのである。

スペインやポルトガルの王位をめぐって兄弟が争っているとか、ジャワの近くで地震があったというような、日本にとってそれほど影響のないニュースもあれば、ロシア皇帝ニコライ一世がポーランドを併合し、反抗したポーランド高官をシベリアに流刑したという報告もあった。英龍も同様の話を幡崎鼎から聞いたことは、すでに書いたとおりである。

当初はカトリック対策として始まった風説書だったが、十九世紀に入って危機の内容は変質した。西洋近代という大きな時代のうねりは、風説書の内容も変えた。

天保十一（一八四〇）年五月二十六日、オランダ領東インド総督府は、新たな決定を下した。中国におけるアヘン問題が引き起こしている事件を、カントンやシンガポールの定期刊行物（新聞が主である）から抜粋して日本当局に報告せよ、というものである。

そしてこの報告書を、通常の風説書と区別して、別段風説書（Apart Nieuws）とした。

天保十一年六月の別段風説書には、アヘンをめぐる中国（当時は清だが風説書和訳は唐国としている）とイギリスの攻防が、詳細に記されていた。

アヘンはもちろん麻薬である。芥子（けし）の実から採取され、鎮痛、麻酔作用があるが、ほとんどの麻薬と同様、依存性がきわめて高く、中毒によって廃人同様になる。

十九世紀のイギリスではティータイムが定着し、中国産の茶葉の需要が急増した。まだインドのアッサムやセイロン島で、茶の栽培が始まっていない頃である。紅茶はイギリス人の生活必需品となり、大量の茶葉が中国から輸入された。

いっぽう中国人は、イギリスが輸出しようとした毛織物にも綿織物にも、興味を示さなかった。当然、イギリスは輸入超過になる。茶葉の買い付けで流出する大量の銀を回収するため、イギリスはアヘンに目を付けた。

モースの統計によると、一八一七年に三六九八箱だった中国のアヘン輸入量が、一八三八年には二八三〇七箱になった。グリンバーグの統計では、一八三八年に四〇〇〇〇箱を超えたともいう。すべて非合法の密輸である。

アヘン中毒者も激増する。十八世紀半ば以降、中国人男子の四分の一がアヘン常用者であったとも言われる。

欽差大臣林則徐（りんそくじょ）はアヘン取り締まりを徹底し、中国で唯一貿易を許可していた広東の外国船に対して、積み荷のアヘンをすべて供出するよう命じた。アヘンを持ち込めば、船も荷物も没収し、乗組員は死刑に処す。命令に服さなければ食料の供給を停止するという、強硬な措置をとった。

当時、アヘンの密売をしていたのはイギリスだけだった。デント商会、ジャーディンなどのイギリス商人たちは、およそ二万箱のアヘンを提出し、マカオに避難した。

林則徐は、マカオでもイギリス人と中国人の接触を禁じ、食料の供給を止めた。

一八三九年十一月二日、大砲二十八門を備えた英国軍艦ボレイジ号と二十門の大砲を備えたヒヤシンス号がマカオに到来し、川鼻（せんぴ）で二十九隻の中国軍船、十三隻の火船と一触即発の状態になった。

翌朝、先に砲撃したのはイギリスである。中国の水師提督が乗る船が接近してきたため、ボレイジ号が一発の砲弾を放つと、中国の軍船も大砲を四発撃った。

中国の旧式大砲と、破裂弾を使用するイギリスの最新式大砲では、まったく勝負にならない。

二時間の戦闘で、中国側の軍船はほとんどが破損し、三隻が沈没した。英国軍艦の放った破裂弾は、数隻の大船を木っ端のように噴き飛ばした。

四百人ほどの中国兵が死傷し、水師提督関天培（かんてんばい）も深手を負った。イギリス側も被害はあったが、負傷者が一名だけであった。

これを川鼻の海戦といい、アヘン戦争の前哨戦と位置付けられる。

別段風説書の末尾には、イギリスの政治的決断が記されていた。

「エゲレス国は勿論喜望峰、印度に於て専ら武器を用意し、唐国に仇を報せん為に数艘の軍艦を出張する」

中国の非道な振る舞いに対して、イギリスは軍隊を派遣する、アフリカ州のケープタウンや英領インドでも、兵と武器を集めて中国に報復しようとしている、というのである。

居直り強盗のような理屈であろう。イギリス議会では、不義不正の戦争として反対する意見もあったが、戦費の支出は九票差で可決された。

江戸時代の日本人、とくに儒教によって道徳や行動規範を学んだ武士にとって、中国は特別な存在である。いまだに唐国と呼んでいることからもわかるように、具体的な国というより、古典の教養によって形づくられた観念上の理想郷であり、孔子や孟子をはじめとする聖賢の聖地であり、ゆるぎない大国であるはずだった。

その中国が、たった二隻のイギリス軍艦のために大敗してしまった。

水野忠邦をはじめとする幕府の要人たちは、イギリス船による日本近海の無人島調査やモリソン号打ち払いなど一連の事件を思い起こし、動揺した。

詳しい情報を得るべく長崎に使いを遣ったが、中国からの船は到来しておらず、別段風説書以上の情報は得られなかった。

幕府がアヘン戦争とイギリスの動向について、恐れ、焦り、右往左往しているとき、あたかも天啓のように、一通の文書が長崎奉行田口加賀守から閣老のもとへ届けられた。

英龍も入門を熱望していた西洋砲術の専門家、高島秋帆による「天保上書」である。

天保十一年九月、長崎会所町年寄の高島秋帆は、長崎奉行田口加賀守に意見書を提出した。

要約すれば、こうなる。

「当年、オランダ船が提出した風説書に、イギリス人が広東で騒擾したとあるが、間違いないようである。これは国家の一大事なので、平生思うところを申し上げます。

西洋は火砲と船艦を武備の第一としている。とくに砲術は護国第一の術として習熟している。近年ヨーロッパでは戦争が続いたため、砲術は大いに発展した。

唐国（清）が、土地が狭く戦争の大義もないイギリスに大敗したのは、武器、とくに大砲の差による。オランダ人はかねて、唐国の砲術は児戯に等しいと嘲（あざけ）っていた。

日本の砲術は、数百年前に西洋が廃棄した遅鈍の術であり、無意味な華法に流れて、いたずらに美観を競うだけになっている。欧米列強がそれを知れば、軽侮して高圧的に要求してくるだろう。

長崎は異国通商の地であり、不慮のことがないよう、私共にも砲術師範を仰せ付けられている。国恩の万分の一でも酬（むく）いたく、（日本の）諸家の砲術を修業したが、満足できなかった。蛮夷を防ぐには蛮夷の術を学ぶのが肝要と、いろいろ探索したところ、彼らの砲術理論はもっともであり、戦場での実際はさもありなんと納得した。オランダ人が諸家の砲術を嘲笑しているのも、無理はないと考えた次第である。

願わくば日本も天下の火砲を一変し、近来発明されたモルチール砲を江戸表、諸国海岸、長崎表に備え付けられたい。

なお非常の場合は、当地長崎の奉行所手勢も少ないので、地役人へ武芸を励むよう申し付け、加勢するようにすれば人数も備えられる。

右、広東一件につき、年来の考えを申し上げた次第です」

こんな内容を、町人である秋帆が幕府へ建議すれば、ふつうなら厳しい処分を下されていただろう。しかし、いまは非常時である。また、長崎奉行の田口加賀守が秋帆のよき理解者であったことも幸いした。田口は、秋帆の提案をぜひ採用されたいと添え状を書いている。

水野忠邦は元来、西洋砲術に関心が深い。英龍の調査報告をもとに、江戸湾の防備体制を改革するつもりだったが、保守派の抵抗で未だ進んでいなかった。

忠邦は、さっそく目付一同に秋帆の上書を評議させた。その一方で羽倉外記を呼び、秋帆の上書の写しを読ませた。

「どう思うか」

外記の顔が引き締まり、かすかに上気した。

「まさしくこの者の申す通り、これを好機ととらえて武備を一新すべきでしょう」

「太郎左衛門にも読ませせよ」

「かしこまりました」

英龍は韮山にいる。外記はすぐに書状を送った。

鳥居耀蔵は、居並ぶ目付たちを見回した。

「おのおの方、この長崎町人の建議についてどう思われる。それがしは」

と言って鳥居は胸をそらし、語気を強めた。

「御採用にあたらないと思う。火砲で戦に勝てるなど、素人の考えだ」

すると隣に座った榊原主計頭（かずえのかみ）が、すかさず相槌を打った。

「まことに、長崎の町役人風情が、しゃらくさいことを言いおる。御公儀の政道に口出しするなど、もってのほかでござろう」

「オランダの風説書なるものは信用できるのか。唐国がイギリス船の二隻や三隻で大敗するなど考えられぬ。オランダには何か魂胆があるのではないか」

鳥居は不機嫌そうに言った。

鳥居にとって、オランダもイギリスも同じ洋夷であって、仲間としか思えない。日本をたぶらかそうとして、偽情報を送って来たのではないかと疑っている。

他の目付たちは、鳥居の顔色を見てうなずきあい、その場の空気は自然と鳥居の意見に染まっていった。

目付のひとりが、おそるおそる口を開いた。

「大筒や新式の銃だけでも取り寄せられて、御見分されてはいかがでござろう」

榊原は、その男を横目でにらみつけた。

「その必要はあるまい、わが国には砲術の伝統がある」

「されど、他家へ伝わっては不都合でござる。火砲だけ取り寄せて、使い方を工夫するのはよかろう」

鳥居はそう言うと、一座を見回した。

「あとはおまかせいただきたい。越前守殿には、それがしから申し上げておく」

下城した鳥居は、下谷の自邸に本庄茂平治を呼んだ。井上伝兵衛殺害以来、小金をやって探索などに使っている。

「そのほう、高島四郎大夫を知っておるな」

「へえ、長崎では知られた男でごぜえます」

「探ってこい」

「承知しました」

茂平治が退出した後、鳥居は独りつくねんと広座敷に座って、次の手を考えていた。

鳥居を長崎奉行に、という話が一年前あった。

結局、田口加賀守が赴任したが、鳥居はどす黒い憤懣を抱く一方で、きっと幕府中枢で出世して奉行になってみせる、と心に誓った。そのためなら何でもやる。越前が殺せと命じれば人殺しもしよう、死肉を喰らえと言えば、肉をかじり骨を噛み砕こう。

しかし、高島秋帆の西洋砲術は、何としても阻止しなければならぬ。越前は秀才だが、己の才に溺れて本質を見誤る。豪胆なようで夷狄に敏感すぎるのだ。そのせいで、ちゃちな西洋砲術や蘭学の浅はかな思想に頼ろうとする。あくまで幕府中心、儒教の道徳中心であると、教え導いてやらねばなるまい――。

目付衆の答申が忠邦に届けられた。

目付衆、と言っても、署名が鳥居耀蔵になっている通り、ほとんど鳥居の作文である。内容は予想されたとはいえ、きびしい――というより的外れな論難であった。

「西洋のモルチール筒は命中を第一にしたものではなく、多人数が群れているところへ猛烈な火薬を打ち込むだけのものである。西洋諸国は礼儀の国と違い、厚利を謀って勇力を闘わせるだけで、我が国のように智略をもって勝利を得るという軍法とは異なる。西洋で利用されているからと言って一概に信用はできない。そもそも俗情はとかく新奇を好み、とくに蘭学者は奇を好む病が深い。火砲のみならず行軍布陣、風俗習慣までも西洋流に染まっては害が少なくない。

広東での騒乱も、唐国は二百余年の泰平で文華に流れ、武備が廃れていたのに対し、イギリスは戦争に熟練していたため勝利したのであって、火砲の優劣によるものではない。

つまり護国の備えは、平生から文武の道を厚く指導し、軽薄の士風を一変して節義をもっぱらにすることが大事である。

火砲の利を頼みにして、わずかの地役人を指揮するくらいで、一方の備えと考えるような、微賤の者の偏った意見など一切採用する必要はない。

しかし、火砲は元来蛮国伝来のもので、これからも発明があるかもしれず、万一諸家のみに伝わっても如何なものかと思われるので、その火砲をお取り寄せになり、井上左大夫、田付四郎兵衛など鉄砲組師範に見分を仰せ付けられてはどうかと、同役一同評議仕りました」

これが天保十一年十二月、鳥居耀蔵による答申の要旨である。

忠邦には、鳥居の思考法がよくわかっていた。

林家出身である鳥居にとって、西洋流の合理主義を排除し、儒教の教えによって節義正しくすることのほうが重要なのだ。大砲のような武器の性能より、精神論で戦争に勝てると主張するのである。

二百余年の泰平で文華に流れ、武備が廃れているのは日本も同じなのだが、そういう現実は無視している。

しかし、鳥居は愚かなのではない。確信犯でそう言っているのである。

西洋の武器を取り入れれば、蘭学者が大きな顔をしてのさばるようになる。思考法や政治にまで西洋の思想が入り込んでくる。それは絶対に阻止しなければならぬ。

そもそも長崎の町役人のような、身分賤しき者の意見など取り入れてはならないのだ。林家の儒教による思想統制を強化し、幕府による秩序を保つのが肝要である。

それが鳥居の、頑として譲らぬ態度であった。

しかし、幕府以外の諸藩にのみ最新の武器が伝わっても困るから、モルチールを取り寄せてはいかがか、と最後に言い添えているのは、幕府中心主義の鳥居らしい結論であった。

忠邦はこの答申を受けて考えた。西洋式の火砲を取り寄せることには、目付衆も賛成している。

しかし、自分の考えは海防の備えを一新することだ。西洋式の火砲を取り入れ、江戸湾など重要な海岸に配備して、唐国の轍（てつ）を踏まぬようせねばならぬ。無二念打払令も廃止すべきだろう。

これらの施策は幕府が主導するべきである。しかし、独断でそう決めるには忠邦にもためらいがあった。

それにはあの男しかあるまい。
（違う意見を聞いてみたい）

さて、ここに面白い文書がある。先の鳥居の答申に対する反論なのだが、「金令山人識」と署名が入っている。これは江川太郎左衛門が鳥居耀蔵に対する反論を書くにあたって、参考にした文書と思われる。ではだれが書いたのか。

「鈴」の字を分解した署名から類推するに、鈴木春山であろう。斎藤弥九郎を通して、英龍が春山に意見を求めたと思われる。鳥居の矛盾だらけの論を、完膚なきまでに論破していて痛快である。

以下、要約である。

「文中に『西洋諸国は礼儀の国と違い、厚利を謀って勇力を闘わせるだけで、我が国のように智略をもって勝利を得るという軍法とは異なる』とあるが、後半では『唐国は二百余年の泰平で文華に流れ、武備が廃れていたのに対し、イギリスは戦争に熟練していたため勝利した』とある。ではなぜ、唐国はイギリスに対して智略をもって勝利しなかったのか。

智略はだれにでもあるものではないし、だれもが思いつくような智略はお互い知っているから、兵法に熟練するしかない。『彼を知り己を知る』という名言は肺肝に銘じるべきだが、イギリス人のように風習も行軍用兵も異なる国と対戦するとき、彼を知らずしてどんな智略が生まれようか。紙上の空論では何とでもいえるが、唐国の敗戦もそんな空論によるものであろう。

地役人を指揮するくらいの微賤の者の偏った意見、と言うが、長崎表の防御について触れたから地役人と言ったまでで、（秋帆の）本心は、この方法を採用すれば日本全国の海岸防御に使えるということである。それなのに『地役人』という一語をもって微賤の者の意見だというのは、高所から好きなことを言っているだけで、事の是非や得失を差し置いて、身分の貴賤を理由に口をふさぐ根源である。

そもそも鉄砲は西洋より伝わったのであり、そのときは新来の物であった。異国のものを採用したからと言って、好奇ということはない。儒教も仏教も異国から渡来したものだし、便利で重宝している異国の品も数多くある。無用の玩物ならともかく、有用な事物を用いるのは決して好奇ではない」

英龍の意見書は、この鈴木春山の文書を参考にしながら、さらに踏み込んで自らの高島秋帆への入門と、江戸での西洋砲術演練を提案していた。

水野忠邦は英龍の意見書を一読して、思わずにやりとした。

忠邦が期待した通りの内容だったからだ。

鳥居と一緒に江戸湾の巡検を行なった江川太郎左衛門の意見書であれば、幕閣に反対意見があっても説得しやすい。忠邦の独断ではなく、砲術に精しい江川の意見を採用するというかたちにすればよい。

「高島四郎大夫を出府させて、西洋火器を見分したい」

忠邦は、羽倉外記に言った。

江川太郎左衛門の意見を採用して、江戸で高島秋帆に西洋砲術を実演させ、その威力と効果を確かめようというのである。忠邦は決断が速い。

「早速手配いたします」

「太郎左衛門にも出府を命じよう」

西洋式の大砲や銃の専門家は日本に高島秋帆ひとりしかいない。その性能や威力を実際に確かめられる絶好の機会であった。

高島四郎大夫秋帆について触れておきたい。

秋帆は寛政十年、長崎会所調役だった高島四郎兵衛の三男として生まれた。

長崎は豊臣政権のころから直轄地となり、江戸時代には幕府の天領となっている。幕府は二名の長崎奉行を置き、代官もいるが、じっさいの行政は町年寄が交代でおこなっていた。町年寄は苗字、帯刀を許されたが、身分は町人である。

オランダ、中国との貿易は、幕府直轄の長崎会所が管理したが、運営は町年寄から選ばれる会所調役がおこなっていた。

「日本に三長者あり、六条に下妻あり、長崎に尉あり、大坂に富商あり、殊に長崎を長となす」

かつて江戸人は、こうもてはやした。尉とは、町人でありながら奉行所の内臣として実務を取り仕切った会所町年寄を指す。

長崎の富はすべて華蛮、すなわち中国とオランダからもたらされる。貿易には本荷と脇荷があり、絹、砂糖、薬品などの本荷は幕府が直轄した。脇荷はいわば私貿易である。これは長崎特有の習慣であり、会所の特権であった。

蘭癖といわれた舶来品好みの大名、豪商たちは、町年寄を通じて袂時計、遠眼鏡、オルゴール、ワイングラスなど、高価な輸入品を買い求めた。

これが長崎の行政と貿易を実質的に運営する、会所調役や町年寄たちの莫大な収入源になった。

その長崎の有力町人の息子として生まれた秋帆が、なぜ西洋砲術に傾倒したのか。

高島秋帆の原体験には、文化五（一八〇八）年に起きたフェートン号事件があった。当時、かれは数え十一歳の少年である。

その年の八月十五日、長崎港にオランダ国旗を掲げた西洋船が入港した。出島からオランダ商館のホゼマン、スヒンメルの二人と、日本人通詞三人が小船で近づいた。国籍を聞くとオランダであるという。

西洋船からボートが下ろされ、二人のオランダ人に乗り移るよう告げた。このとき、ホゼマンらには違和感があったようだ。乗船を拒否すると、ボートの乗員は剣を抜いて、ホゼマン、スヒンメルの二人を強引に連れ去った。三人の日本人通詞はなすすべもなく、海に飛び込んで逃げたのである。

長崎奉行松平図書頭康英は激怒した。

「紅毛人といえど在留の者なら日本人同然、ただちに取り戻せ」

この一言から、松平図書頭が高潔な人物であったことがうかがわれる。

かれは警備の佐賀藩に、蛮船焼き討ちの準備をさせた。

松平図書頭は、薩摩、肥後、筑前など十四藩にも増援隊の出兵を命じた。砲術師範薬師寺久左衛門には、各砲台の整備、弾薬の配布を命じた。

ちなみに出島の砲台は秋帆の父、高島四郎兵衛の受け持ちだった。

しかし佐賀藩は、本来なら警備要員千人以上のところ、百人足らずしか配置していなかった。平和な時代が続いたため、ひそかに兵員を減らしていたのである。

日が暮れた。陰暦八月十五日は仲秋の名月である。西洋船から三隻のボートが降ろされ、月明の港内を一周した。出島を襲撃するのだと噂が立った。

翌朝、西洋船は堂々と英国旗を掲揚した。オランダ船ではなく、イギリス軍艦だったのである。

当時、オランダはナポレオン戦争によってフランスの支配下にあった。オランダ総督ウィレム五世はイギリスに亡命したため、イギリスとオランダは交戦状態にあったのである。

世界最古の株式会社であるオランダ東インド会社は解散し、イギリスはオランダの旧植民地の接収を進めていた。フリートウッド・ペリュー大佐を船長とするフリゲート艦フェートン号は、オランダ船捕獲のために長崎の出島までやってきたのである。

フェートン号はホゼマンを乗せたボートを降ろし、「飲料水と食糧を供給してくれれば、もう一人のオランダ人も解放する。今日中に食糧を得られなければ、明朝に日本船、唐船を焼き払う」という船長署名の手紙を差し出した。

松平図書頭は、手紙の文面が不埒千万として、佐賀藩と筑前藩にイギリス艦焼き討ちを命じた。

しかし、焼き討ちしようにも人がいなかった。佐賀藩だけでなく筑前藩も、警備要員を定員より大幅に減らしていたのである。イギリス艦は砲列が二段になった大型の軍艦であり、とうてい勝負にならない。

やむなく食糧を提供し、八月十七日正午、フェートン号は悠々と出港した。

その夜、長崎奉行松平図書頭は、異国船の狼藉を許して日本の恥辱となり、御公儀の御威光を穢したとして、不調法を詫び、切腹した。

肥前佐賀藩主鍋島斉直は幕府から逼塞を命じられ、家老等重臣七人が切腹した。

少年秋帆は、フェートン号が長崎港内をわがもの顔に航行し、なすすべもなかった有様に、強烈な印象を受けたであろう。

その後、父四郎兵衛とともに荻野流砲術を学び、さらに現役の陸軍大佐だった新任のオランダ商館長スチュルレルに西洋砲術を学んだ。

たった一隻の西洋軍艦によって長崎は壊滅するかもしれない、という危機感からだった。

脇荷貿易で得た利益で蘭書や大砲、銃、弾丸を輸入し、みずからモルチール砲を鋳造するまでに至った。

高島秋帆は、鎖国日本で西洋帝国主義の暴力性をもっとも知る男であった。同時に、西洋砲術と用兵術の合理性を、もっとも理解していた。

採用しなければ、長崎どころか日本が危機に瀕するだろう。

天保上書には、秋帆のそんな思いが託されていた。

徳丸原

天保十二年閏正月晦日、第十一代将軍徳川家斉の逝去が公にされた。在位五十年は徳川将軍の中で最長だが、退位後も大御所として西丸に君臨し、林肥後守や水野美濃守、美濃部筑前守ら側近を重用する二重政治によって幕政を混乱させた。

水野忠邦にとって、老中首座として思う存分腕を振るえる時が来たのである。

四月には林、水野、美濃部のいわゆる三佞人を御役御免とし、寄合や甲府勝手、小普請などの閑職に追いやった。

高島秋帆はこの年、輪番で江戸出府の予定だったが、幕府から西洋の銃砲を持参して、西洋砲術の演練を行なうよう内命を受けた。

秋帆が長崎から大坂に到着したとき、前長崎奉行久世伊勢守家臣の金子敬之進から書状が届いた。秋帆を諸組与力格に取り立て、一代限りの七人扶持を給し、長崎会所調役頭取への任命が内定した、というのである。

もちろん、まだ内密の話である。西洋砲術の演練だけでも名誉であるのに、一介の町人が、一代限りとはいえ、幕臣に取り立てられるというのであった。

しかも長崎会所調役は、町年寄の秋帆の上席にあたる。新たに調役頭取という役を作り、秋帆を任命したというのも、大抜擢であった。

喜んだ秋帆は、長崎に手紙を送って知らせた。

江戸に到着すると、将軍家慶に拝謁を許すという破格の待遇を受けた。

そして秋帆が長崎から持参したモルチール砲、ホーウィッスル砲、ゲヴェール銃、馬上砲などの演練が、五月九日に武蔵国の徳丸原で行なわれることになった。

後に徳丸原のあたりは、東京都板橋区高島平となる。高島秋帆による演練にちなんだ地名である。

英龍はさっそく江戸出府した。四月十日、御肴代金五百疋と御上下地一端を束脩として、高島四郎大夫方へ入門している。

演練に参加する斎藤弥九郎はじめ、弟の斎藤三九郎、韮山代官所の柏木総蔵、山田熊蔵、岩島千吉、岡田万蔵、大原安兵衛、大原俊七、秋山粂蔵ら計九名も入門することとなった。

英龍はその後で、秋帆への入門と演練の見学を幕府へ願い出た。

またしても当日の演練と前日の予行演練の見学は、なかなか許可がおりなかったが、再三願い出てようやく許可された。しかし、高島流砲術への入門許可は、演練が近づいても音沙汰なかった。

この背後には鳥居耀蔵の妨害があったという説もある。真相はわからないが、高島流砲術伝授についてのその後のごたごたを見ると、何らかの力が働いたことは否定できない。

英龍、弥九郎ら韮山代官所の一行は、五月七日早朝、江戸役所を出発し、本陣となった赤塚村の曹洞宗松月院へ向かった。

松月院には高島秋帆、浅五郎父子をはじめ、長崎から同行した門人や地役人、江戸在住の演練参加者たちが参集していた。

英龍は秋帆に面会した。

「この日を心待ちにしておりました」

「わたくしもです」

秋帆は居住まいをただした。

「明日は高島流のすべてを見ていただきます」

英龍は秋帆に対して師礼をとった。秋帆はとまどい、手を上げるよう懇願したが、英龍はあくまで門人として恭しくふるまった。

演練を行なうのは、高島秋帆を隊長とする九十九名。長崎から連れてきた門人がもっとも多かったが、韮山代官所の九名のほか、水戸藩から九名、佐賀藩から五名、その他、岩国藩、高崎藩、薩摩藩、松山藩など諸藩から人を出していた。

見渡すと、知った顔が見える。

田原藩の村上定平、崋山の弟子で武田耕雲斎に請われて水戸藩士となった剣客の金子武四郎もいる。隅の方で落ち着かぬ顔をしていたのは、なんと老中水野忠邦の用人、秋元宰介であった。

「秋元殿も演練に参加されるのですか」

英龍はあいさつに行った。

「主人の命でして」

秋元は緊張した顔で応えた。

忠邦は、西洋砲術がいかなるものか自分の眼で確かめたかったのだが、筆頭老中が府外の徳丸原まで出かけるわけにはいかない。浜松藩も西洋砲術を導入したいので、実際に大砲や銃を撃って、その真価を確かめてこいと、秋元は命じられたのであった。

秋帆は演練部隊の編成を行なった。

モルチールやホーウィッスルは高島父子が扱うとして、その他の隊員は砲隊と銃隊に分かれることになった。韮山組は全員銃隊に入れられそうになったが、弥九郎だけ頼み込んで野戦砲の担当にしてもらった。銃は練兵館でも訓練していたが、大砲を扱うのは初めてである。

前日の予行演練では、岩国藩の有坂淳蔵と野戦砲を扱うことになった。有坂は秋帆が西洋流砲術を創始したときからの門人であるという。長男の井下彦四郎、四男の有坂隆介とともに参加していた。

ちなみに、維新後、有坂砲を発明した帝国陸軍中将有坂成章は淳蔵の孫である。

有坂淳蔵は野戦砲の点火者となり、弥九郎は投火薬者となった。

弥九郎は野戦砲を初めて見た。砲はカノン砲で砲身は細長く、口径は比較的小さいが、車輪が付いているため、馬や人力で戦場を素早く移動できる。ナポレオンが好んで使用したため、ナポレオン砲ともいう。

この日は大砲、銃の撃ち方から銃陣の変形に至るまで、何度も繰り返し練習した。

五月九日、たんに砲術というだけでなく、西洋近代の技術をその目で見られるという、この時代にあっては稀有な体験を、多くの日本人が共有することになる。

徳丸原の南隅に按察使、幕吏、大名らのための幕舎五張が設けられた。

按察使は目付の水野舎人(とねり)である。幕府鉄砲方の井上左大夫、田付四郎兵衛が見分役として居座った。

松浦静山も、たっての希望で参観した。英龍は松平内記や下曾根金三郎らとともに、留守廠内周旋執行者として立会人をつとめた。

見学者の中には、後に海舟と称する勝麟太郎と島田虎之助もいた。麟太郎は島田道場で剣を学んでいる。

「これからの戦は大砲と銃だ。西洋の本物の大砲を見る機会など、めったにあるものじゃない。いっしょに見に行こう」

島田はそう言って、麟太郎を誘ったのである。

「おおぜい集まったなあ」

麟太郎が驚いたのは見物人の多さだった。武士だけでなく百姓、町人らしき者も交じっている。かれらは国防に関心があるわけではなく、珍しい見世物を見るために来たのだろう。遠くに演練を行なう隊員たちの姿が見えた。

「島田先生、演練の隊員たちは、おもしろい格好をしていますね」

「奇(かわ)った笠をかぶっているな」

そのときだった。

ほら貝の音が徳丸原に響き渡った。

高島秋帆以下、隊員たちが配置に着いた。その異様な装束に、見物人たちからどよめきが上がった。

秋帆は銀月の紋を付けたトンキョ帽をかぶり、淡紅の筒袖、筒袴を着て両刀差し、手には采配を持っていた。

トンキョ帽は秋帆の考案になるもので、陣笠のツバをなくして小銃の操作がしやすいようにした円錐形の帽子である。革に漆を塗ってあるので真っ黒だった。

隊員たちもトンキョ帽をかぶり、黒い筒袖、股引、脚絆、黒足袋と黒づくめの服装に脇差を差し、弾薬袋と銃剣を腰に下げていた。

活動しやすく実用的な服装であるが、保守的な人間から見れば、武士にあるまじき奇妙な風体であったろう。

「ヒュール」

秋帆がオランダ語で「撃て」と命令を発した。

オランダ製のモルチール（臼砲）が、ボンベン（破裂弾）を三発、轟音とともに発射した。

これが始まりだった。

続いてブラントコーゲル（焼夷弾）二発、ホーウィッスルが八町先の小旗に向けてガラナート（榴弾）二発、四町先の小旗にドロイフコーゲル（葡萄弾）一発を発射した。

幕府要人や大名たち、見物の武士や百姓たちは、西洋の大砲のすさまじい音に驚いて声を上げた。

ボンベンやガラナート、ブラントコーゲル等、着弾して爆発したり火を発したりする砲弾を見るのは初めてであった。

続いて騎兵射撃である。

秋帆のオランダ語の命令とともに、長崎の秋帆の門弟である近藤雄蔵が、一騎がけで馬上射撃を行ない、往還した。

次に銃と野戦砲である。銃は火縄銃でなく、オランダから輸入した燧石（ひうちいし）式のゲヴェール銃である。

四小隊が両翼と中央に三門の野戦砲を配置して現れた。

まず横隊を組み、左右へ射撃、続いて後方へ射撃、次いで左へ陣形を変えて射撃した。見る間に方形陣と変じて射撃。そこで銃に着剣し、二重陣を作る。そのまま突撃して射撃。さらに三重陣に変じて退却、横隊となった。

野戦砲が列の前に出てきた。弥九郎は真ん中の大砲の側にいる。野戦砲一基につき隊員が四名、人足が四名付いていた。

号令とともに三門の野戦砲がいっせいに咆哮し、銃隊は突撃して射撃した。

その後、後退輪形陣を作って、射撃しながら横隊に戻った。

大砲には一発の不発弾もなかった。隊員たちも一糸乱れぬ美しい動きを見せた。

こうして、徳丸原での西洋砲術演練は終わった。

オランダ語による命令、トンキョ帽や筒袖股引という武士とは思えぬ異様な風体、長短大小さまざまな大砲、剣付銃で一斉に突撃する隊員たち――これらは見るものに強烈な印象を残したに違いない。

この日から、日本の近代への胎動は始まったといっていいだろう。勝麟太郎は、徳丸原の演練見学をきっかけに蘭学の勉強を始めた。

しかし、反応はひとつではない。

西洋の技術に希望を見出した者もいれば、己の領分を侵す危険物とみなした者もいる。異国の言葉と装束に単純な嫌悪感を抱いたものもいれば、新しい時代の幕開けと感じた者もいた。

これらの反応は複雑にからみあいながら、人を走らせ、謀事を生み、政治を動かしてゆく。

鳥居耀蔵は、つばを飛ばしながら不平をこぼす井上左大夫と、黙ったままうなだれる田付四郎兵衛を前にして、腕を組み無表情に聞いていた。

水野忠邦は高島秋帆の西洋砲術を出色の出来栄えとして賞し、採用する心づもりであるらしい。永年ご奉公してきたわれらの面目は丸つぶれである。御目付様のお力で何とかなりませぬか、と泣いたり怒ったりしながら、延々と憤懣を述べつづけているのであった。

鳥居は、いつまでたっても終わりそうにない左大夫の愚痴をさえぎった。

「高島とやらの砲術は、それほど見事であったのか」

左大夫は目を吊り上げ、憤然として言った。

「モルチールなど重くて、不便で、御用には立ちませぬ。我が御秘事の虎の子なる筒のほうが、ずっと扱いやすうござる。ボンベンやら何やら、異国語で妙な呼び名を付けておりますが、日本でも刎割玉や焙烙(ほうろく)玉、火毬(かきゅう)など同じものがございます。こちらのほうが十倍も火勢が強うござる。馬上砲は乗り手が筒を一挺取り落としましたし、不出来で見ておられませぬ」

「そうか、それほど不出来か」

左大夫は、ますます調子に乗ってまくしたてた。

「銃も燧石の仕掛でございますが、引き鉄(がね)が堅くて筒が揺れるので、的に当たりませぬぞ。そこへゆくと火縄の銃は火の移りもよく、玉当たりもようござる。筒先に槍を付けるなぞ、刀槍を使うわれらには無用でござる」

「もっともだな」

「野戦筒なるものも八人がかりとは大げさにて、われらが多年調練仕った御秘事の筒ですと、打ち手ひとり、手伝いひとりで進退自在でござる。あんなものは不便不要。要するに」

左大夫は腰を浮かせて、声を張り上げた。

「西洋砲術など童子の戯れに等しきものでござる」

「よう言った。それなら、そう報告すればよいではないか」

左大夫は口をあけたまま、鳥居を見た。

「そのほうらは、いやしくも御公儀の鉄砲方であるぞ。見分役としての務めを果たせ」

井上左大夫は、すぐに「高島四郎大夫火術見分仕候趣」として報告書を幕府に提出した。それでも飽き足らなかったのか、書き忘れたと思ったのか、翌六月にも二通目の報告書を書いた。

井上という男は、短気で粗忽なところがあるらしい。

二通目もほとんど同じ内容だが、新しく付け加えたことがふたつあった。ひとつは、

「異体の衣服や笠（トンキョ帽）を用い、オランダ語で指揮するのは心得違いである。堅く差しとめ仰せ渡されるべきである」

という一条であった。これは保守的な幕府官僚の心理を突いており、技術の評価とは別の空気を醸成する可能性があった。

もうひとつは、西洋砲の上納である。

「モルチール筒とホーウィッスル筒については、前年オランダ製の筒を田安家より上納した先例もあるので、此の度も上納を申し付けられるのでしたら、業前を工夫して御役に立つと思われます」

上納させたら自分たちに引き渡してほしい、他の者には渡すな、というのが本音である。

この二通の報告書を、水野忠邦は江川太郎左衛門に送った。反論を書かせるためである。

そして提出された英龍の反駁書は、ますます緻密かつ大胆になっていた。このときも鈴木春山に意

見を聞いている。

「我が国で用いる刎割玉や焙烙玉というのは、中が空洞の銅の玉に火薬を入れて紙と布を貼ったもので、西洋の古い武器であり、朝鮮の役で明軍がわが軍に放ったものである」

　天保の今から二百四十年以上も昔、秀吉の文禄・慶長の役で明軍が使用したという焼玉を、後生大事に御秘事としているのが、幕府鉄砲方の現状であった。

　馬上砲や鉄砲備打についてはどうか。

「馬上で筒を一挺取り落としたのは、その者の過ちで筒の咎ではない。馬は日本の馬だったから、鉄砲の音に慣れていなかったのだろう。馬さえ慣れれば西洋の古法より新法の方が優れている。

　燧石式の鑓付鉄砲は、引鉄堅く筒が揺れ動いて的に当たらないというが、これは戦場を知らない者の論である。銃は的や鳥獣を射るものではなく、進退しながら敵軍へ撃ちかけて隊列を破るためのものである。狙撃はヤーゲル銃による別働隊を組織すればよい。火縄銃では雨天に使いものにならず、夜襲の折りは火縄の火が目立つし、臭いがして敵も用心する。千挺の火縄銃には、替えも入れて二千筋の火縄が必要である。二千の火縄に火をつけておかなければ急卒の場合に間に合わないが、火をつけておけば陣屋のなかが不用心になるうえ、煙が満ちて四方が見えなくなる」

　幕府鉄砲方の左大夫を「戦場を知らぬ者」と切って捨てた。

　異体の服や笠を身に着け、オランダ語で進退を指揮したのは、心得違いであろうか？

「備え打ちでは、びっしりと立ち並んで射撃の業もことのほか烈しいので、陣笠も小型にし、袖の細い服に短衣でなければ進退に不便である。山猟のときも同様の服装を着用する。便利だからそうするのであって、それを異体と言うべきだろうか。

オランダ語を使うことが心得違いで道理に合わぬと言うが、たばこは慶長の頃に蛮国から渡って来たもので、蛮語である。またたび、かっぱ、めりやす、さらさ、さんとめ、びろうど、らしゃ、みな異国語である。日本語には唐土、天竺、琉球、朝鮮、オランダ、南蛮、蝦夷の言葉が交じっており、それらをことごとく使わなければ意味が通じない。漢語にせよオランダ語にせよ、軍兵を指揮するときは、便利さを主として使ったほうがいい。和語に翻訳して不便になったら無益の事である」

そして最後に、こう啖呵を切った。

「かれらが百端の非難、一つもその肯綮に中るところなし。江川太郎左衛門、不肖なりと雖も、我が国従来の砲術においては、一歩たりともかれらに譲らないつもりである。軍法兵術においても一流の奥義を極め、習練してきた。しかし高島四郎大夫の洋式砲術と銃隊練習を見て深くその精練に感じ、遠く及ばないと自覚した。門人となって学ぼうというのはそのせいである。異論のある砲術家や軍法家に対しては、高島四郎大夫を煩わすには及ばない、不肖ながら高島に代わり、太郎左衛門が引き受けて対論するつもりである」

この英龍の反駁書が出ると、幕府内の反対派は、いっせいに沈黙した。だれも江川太郎左衛門とけんかして勝てるとは思っていない。完膚なきまでにやりこめられ、恥をかくのが関の山である。

水野忠邦は、西洋砲術の導入を正式に決断した。高島秋帆のモルチール砲とホーウィッスル砲を五百両で買い上げ、徳丸原での火術見分の労を賞して銀子二百枚を下賜した。

そして、火術伝来の秘事まで残らず、当地御直参のうち執心の者一人へ伝授し、その名前を届け出るよう、かつ外の諸家へは伝授しないように、という書付を水野越前守の名前で伝達した。

忠邦はもちろん、江川太郎左衛門を想定して、秋帆に直参への高島流砲術の伝授を命じたつもりだった。高島秋帆も、英龍に伝授するものと思っていた。徳丸原の演練は、英龍の尽力があって実現したことを、よく知っていたからである。

ところが、秋帆は下曾根金三郎に伝授し、その旨を幕府に報告した。

あわてたのは水野忠邦のほうである。「火術の秘儀は下曾根金三郎へ伝授せず、御代官江川太郎左衛門へ伝授せよ」と改めて高島秋帆に通達した。

これは単なる行き違いではない。

だれかが秋帆に、江川太郎左衛門ではなく下曾根金三郎に伝授するよう命じたのである。

「当地御直参」へ伝授せよ、という一文がある。

この「当地」を江戸在府と解釈し、韮山代官は江戸が本籍ではないと難癖を付けられたのである。

それが鳥居耀蔵なのか、別のだれかなのかは、わからない。

高島秋帆は、英龍に砲術をはじめ西洋兵制、操練をことごとく伝授した。

伝授を終えると、秋帆は英龍に向かって言った。

「西洋砲術は多くの人を殺(あや)めます。しかし、ただ殺すことを目的としてはおりませぬ。多殺を以て不殺をなさんとするものです。平時からこれを習い、常に乱に備え、軍威を以て敵を畏縮させ、侵略を防ぐのです」

英龍は、この秋帆の言葉を弥九郎にも話した。

「神道無念流の壁書と同じだな」

弥九郎は感心して言った。

「練兵館でも話そう、砲術も剣も武の本意は同じであると」

「高島流を学んだのは戦をするためではない。戦を避けるためだ。しかし、それを理解する者は少ないかもしれぬな」

英龍はそう言って、これから起こるであろう、さまざまな困難に思いを馳せた。

鳥居や幕府鉄砲方は、とうぜん反発するだろう。何らかの工作を仕掛けてくる可能性もある。攘夷派は、西洋砲術で欧米の船をことごとく打ち払おうとするかもしれない。高島流を学んで有名になり、ひと旗揚げようとする者も現れるだろう。

ともあれ、徳丸原の演練によって、歴史は動き始めた。

高島秋帆から皆伝を受けた英龍は、韮山へ帰った。

ほどなく江戸を発った秋帆は、英龍に告げずに韮山へ寄るつもりだったが、英龍の知るところとなり、支配地の宿で大歓待を受けた。

韮山でも秋帆を手厚くもてなした。

邸内には有名な韮山竹が竹林をなしている。

英龍は問わず語りに、韮山竹にまつわる逸話を秋帆に話した。

秀吉による小田原攻めのときである。

同行した千利休は、雪割れの生じた韮山竹を奇として珍重し、手ずから花入れをいくつも作った。

そのうち「尺八」と名付けた花入れは秀吉に献上し、「園城寺（おんじょうじ）」を養子の千少庵に、「音曲」を古田織部に贈り、「よなが」は自分で使った。

それを聞いて感じ入った秋帆は、筆を借りて「此君山房」と書いて英龍に贈った。「此君」とは竹のことである。

秋帆は書院の間に通されて、目をみはった。

江戸役所の畳は紙貼りだっだが、韮山の畳はほうぼう破けてそそけだち、障子は古紙を貼ってある。建物は室町時代創建の由緒ある屋形だが、中は貧乏御家人の長屋のようであった。

噂には聞いていたが、物凄い有様に秋帆が驚いていると、英龍が煙管を差し出した。

「それがしの手造りです」

煙管には「坦庵」と、英龍の号が小さく彫ってあった。装飾も何もない、いたって素朴な煙管である。

海外貿易を独占する長崎は、貿易による利が町を潤し、節制より消費で、町年寄の生活は十万石の大名に等しい、と言われるほどだった。

秋帆とて例外ではない。

人もうらやむ大長者の秋帆に、名家の直参である英龍が、破れ畳の座敷で手造りの煙管を贈るというのは、一幅の俳画のような何とも言えぬ風趣があった。

しかし、英龍は、ありのままの姿を見せていたにすぎない。

英龍にはかすかな危惧があった。すべてがうまくいった、こういうときこそ気を引き締めなければならず、自重が求められるのだが、秋帆にその自覚はあるだろうか。

手造りの煙管には、英龍の思いが託されていた。

「御畳より獅子が出そうに存じ奉り候、なかなか恐れ入り候」

長崎へ帰った秋帆は、可笑しげに英龍へ礼状を書いている。

帰途、秋帆は岩国で有坂淳蔵と会い、藩侯に招待されて手厚いもてなしを受けた。

下関では儒学者の広瀬淡窓(たんそう)に会った。

「行列の盛んなること殆ど郎君の如し」

十数人の供を引き連れ、槍を立ててやって来た秋帆の一行について、淡窓はそう日記に記している。

八月二十二日、高島秋帆は意気揚々と長崎に凱旋した。西洋砲術の演練は成功し、老中水野忠邦から褒賞を受け、直参として帰国したのである。かれの人生でもっとも華々しい瞬間であったろう。

しかし、運命は思わぬ方向に展開してゆく。

「江の字、息災か」

大手門から下城しようとしていた英龍が振り向くと、人なつっこい笑みをたたえた顔があった。

「金四郎ではないか」

「徳丸原の演練は、たいそうな評判だな」

金四郎こと、北町奉行の遠山左衛門尉景元が、改革について水野忠邦と意見が対立していることは、英龍も聞いている。

忠邦の目指すところは、享保、寛政のころの質実剛健な政治である。奢侈禁止、質素倹約を徹底しようと、寄席や芝居といった庶民の娯楽を徹底的に取り締まり、排除しようとしているが、金四郎は忠邦の鋭鋒をかわしながら、芸人や役者をはじめ寄席、芝居で生活している町人たちの生活を守るべく奮闘していた。

「芝居小屋の所替はどうなりそうです」

「まあ、なんとか折り合いをつけるさ」

そう言って笑ってみせたが、急に真顔になった。

「鳥居には気をつけろ」

顔を寄せ、小声で言った。

「おぬしと高島四郎大夫の風聞を探索しているとのうわさがある。おぬしはともかく、高島のほうは、叩けばほこりが出そうだからな」

実は金四郎も鳥居に目を付けられている。

金四郎と寺社奉行の松平忠優（ただます）が改革に反対するので、鳥居は密偵をつかって、ふたりにまつわる悪いうわさを集めて水野に報告していた。

「お互い因果なことだが、これも務めだ。官職に未練はないが、おれがやるべきことはやらんとな。これも世のため、人のため」

金四郎は、さわやかに笑うと、去っていった。

（まことに、役を果たすのみだ）

英龍は金四郎の、少し草臥（くたび）れたような後ろ姿を見送った。

陰謀

鳥居耀蔵は城内の御用部屋で、全身を耳にして水野忠邦が次に発する言葉を待っていた。

忠邦は不機嫌である。家斉の側近だった三佞人を排除し、長年あたためてきた改革を推し進めようとしたが、身内から反対の声が上がったからだ。

「奢侈（しゃし）の類はことごとく禁じて、質素の風俗を第一とせよ。商人どもが離散し、江戸の市中が衰微しても一向にかまわぬ」

というのが、忠邦の基本姿勢である。

ところが、北町奉行の遠山景元と南町奉行の矢部定謙がこれに反対した。

寄席の全廃と芝居町の所替に反対したのは、景元である。

「寄席を全廃すると、芸人が生きていけませぬ」

忠邦は啞然として口がきけなかった。芸人がどうなろうと知ったことではない。

「職人や棒手振（ぼてふ）りは、寄席を楽しみにしております」

「だ、だから、なんだと言うのだ」

忠邦は激すると言葉が出なくなる。顔を真っ赤にして景元をにらみつけた。

「市中がさびしくなりますと、下々に不満が生じましょう。公方様の御膝元は、やはりにぎやかにいたしませぬと、御威光にもかかわります」

景元は平然とそう言い、矢部定謙も賛同した。

当時、他国から流入する百姓、町人の数が増え続け、江戸の人口の六割ほどが、下働きの町人やその日稼ぎの職人、棒手振りなどになっていた。一両二両もかかる歌舞伎見物など高嶺の花のかれらにとって、四、五十文で見物できる寄席は貴重な娯楽だった。

そんなささやかな庶民の愉しみまで奪ってしまったら、かえって悪の道に入る者が増える、というのが景元の言い分である。

また、芝居小屋を移転させると、周辺の茶屋や芝居に関わる商売人がいっしょに引っ越すことになる。閑静な青山や四谷あたりに所替すれば、かえって山の手の質素な風俗が壊されるので、奢侈を改めるという趣旨に反する、と景元は反対した。

怒った忠邦は将軍家慶に直訴した。ところが家慶は、

「左衛門尉の申すこと、もっともである」

と、景元の意見に賛意を示したのである。

これより少し前、将軍家慶は三奉行の公事上聴を行なった。

公事上聴とは、将軍が奉行の裁判の様子を見学する慣わしで、八代将軍吉宗のころから始まった。このとき寺社奉行は阿部伊勢守正弘ら四人、勘定奉行は佐橋長門守佳富ら二人、町奉行は遠山左衛門尉景元と矢部駿河守定謙である。

上覧の後、将軍家慶は奉行たちに菓子と煮染めを振る舞い、時服が下されたのだが、景元について

はとくに「振舞格別之儀」であり、町奉行はこうでなければならぬ、と誉めちぎった。

家慶は景元の風采、尋問の仕方、裁判の進行、すべてが気に入ったようである。

ざっくばらんなようで、下々の者へのいたわりを見せる景元の意見に、家慶は政治的配慮ぬきに賛成した。

忠邦は呆然とした。

凡庸で扱いやすいと、たかをくくっていた家慶が、意見を言うとは――。

忠邦は、自分だけが頭脳であり、部下は手足になって動くものだと信じている。将軍でさえ、自分の政策に「諾」と言って、お墨付きを与えてくれればよいのだと考えていた。

だから、家慶が将軍として意見を述べたとき、まるで人形が口をきいたかのように驚いたのである。

いっぽう、株仲間の解散に反対したのは矢部定謙である。物価の上昇は株仲間の問屋が価格を吊り上げているからだとして、忠邦は解散を命じようとした。

しかし、定謙は異論を述べた。

「物価の騰貴は株仲間のせいではなく、幕府の貨幣改鋳にある」

と核心を突いたのである。

幕府は元禄期以来、何度も貨幣の改鋳で大判小判や銀貨に含まれる金銀の割合を減らし、銅銭も額面以下の質量にして、歳入不足を補ってきた。

額面の価値で流通しなかったのは、当然であろう。忠邦の発案とされる悪名高い天保通宝など、額面百文でありながら実際は八十文で取引された。

定謙はさらに言う。

悪いのは株仲間だけではない。一部の商人に上納金を出させて特権を与えるような、幕府の施策も間違っている。

また、諸国から大坂の問屋を通さずに物産が直送されるようになり、収入が減った大坂の問屋は、口銭、すなわち手数料を増やした。江戸の物価が高くなったのはそのせいである。

「江戸の物価を左右するのは大坂である」

と言い切ったのは、幼いころ堺で育ち、堺奉行、大坂町奉行を歴任した「上方者」の矢部らしい慧眼であろう。

定謙は川越藩、庄内藩、長岡藩の三方領知替えのときも反対した。忠邦には、定謙がことごとく自分の改革を邪魔しているように思えてならない……。

御用部屋でいらだつ忠邦の顔色を見ながら、鳥居は、この男にしては珍しく、ささやくような小声で言った。

「それがしにお任せいただければ、御前のお望みの通りに差配いたします」

忠邦は鳥居の顔を見た。うすい笑いを浮かべたその顔が、なぜか頼もしく感じられたのは、忠邦の怒りと不安のせいだったかもしれない。

忠邦は、ふと眩暈（めまい）のような感覚に襲われた。

「よきに」

とだけ忠邦は漏らした。

鳥居には、その一言だけで十分だった。

「それでは、さっそく」

鳥居は、踊りだしたくなるほどの内心の歓びを押し隠すように、静々と退席した。

「もそっと上じゃ、そうそう、そこを強く、押してたもれ」

「奥様、ここでございますな」

金田故三郎は慣れた手つきで、うつぶせに横たわった老女の腰を指の腹で押した。老女は気持ちよさそうにうめいた。

「最近、城内でおもしろい話はございましたか」

故三郎はさりげなく訊いた。

「さて」

老女、井関隆子はうつぶせのまま呟いた。

隆子は九段下俎板橋近くにある井関家当主親興の正室だったが、親興は他界し、現在は養子の親経が跡を継いで、家斉の正室広大院の広敷御用人を勤めている。孫の親賢も将軍家慶の小納戸を勤めており、城内の噂がいろいろと入ってくる。

小人目付の故三郎は、その噂を目当てに、隆子のところへしげしげと通いつめ、按摩をしながら情報収集するのであった。隆子から仕入れた情報は、御目付の鳥居耀蔵様に報告する。目付でも知りえぬ奥の話は重宝がられ、お褒めの言葉をいただいた。

「奥では御改革は不評であるそうな」

「さようでございますか」

「贅沢を禁じられて、奥女中たちはみな、越前殿を恨んでおりますぞ」

「困りましたな」

「そこへゆくと、町奉行の遠山殿と矢部殿の評判は上がる一方じゃ。あのふたりが頼みの綱と申すものもいると聞きますぞ」

「それはまた、どうしてでございますか」

「ほほほほ、好い男だからですよ」

「奥様、お戯れを」

隆子は、矢部定謙を秘かに気に入っている。雄々しく、私なく、世の僻事を正す人物だが、上役にへつらわないので、ほうぼうで差し障るようだと気にかけていた。

「そなたの上役は、御目付の鳥居殿であったな」

「……」

故三郎はあせった。情報収集という目的がばれていたかと心配になったからだ。

「以前、自慢しておったではないか」

「そんなことを申しましたかな」

故三郎はしらばっくれてみせた。

「鳥居殿は何を狙っておいでかの」

「……」

「町奉行の座か、それとも勘定奉行か」

「奥様、それをなぜ」

「なに、奥のうわさですよ、根も葉もないこと、ほほほほ」

隆子はうつぶせのまま、楽しそうに笑った。

「お、お庭の芒(すすき)が、よう育ってござりますな」

故三郎は冷汗をかきながら、裏声になって叫んだ。

隆子の部屋は離れになっており、庭には様々な草木が植えられている。いまは芒が穂を高くのばして微風に揺らし、山茶花(さざんか)が紅色の花を咲かせている。いずれも隆子が丹精したものであった。

花々の上に隣家の胡桃の大木が枝を差しかけている。その枝がうっとおしいと、以前から隆子は故三郎にこぼしていた。

「お隣は榊原隠岐守様でございましたな。たしか韮山県令の江川太郎左衛門殿と縁戚でございます」

「小十郎殿、そなた、詳しいの」

隆子は故三郎の名前をしばしば間違える。

しかし、故三郎のほうも慣れていたので、あえて指摘しなかった。

「江川殿は川路左衛門尉様、羽倉外記様とともに越前守様の御信頼厚く、改革の三人兄弟と呼ぶ人もいるほどで」

「さようか」

「蘭学にも造詣がおありで、もっぱら海防のほうがご専門のようですな。榊原様からは何かお聞きになっておられませぬか」

故三郎はそれとなく探ってみた。御目付は江川、川路、羽倉の三人を敵視しており、情報は何でもよろこぶはずである。

隆子はぷいと横を向き、吐き捨てるように言い放った。

「知らぬ」

隆子は蘭学嫌いである。国学を研究し、和歌を好み、大和心を愛する彼女は、西洋の学問も、それを研究する日本人もきらいだった。聡明な隆子のために言い添えれば、当時の日本人にとって、蘭学者は新知識をひけらかして人を脅かす厭味なやつ、というのが一般的な受け止め方だったのだ。

もっとも、隆子は強烈な愛国者でもあった。ロシアやイギリスの脅威に対して憤り、深刻な危機感を抱いていた。その危機感による反発が、西洋全体へ、そして日本の西洋研究者へと向けられたのである。

この時代の大多数の日本人の感覚は、隆子と同じようなものだった。

隆子はそれきり、うんともすんとも言わなくなった。こうなると押しても引いても返事は返ってこない。

故三郎はここが潮時と心得て、井関家を後にすると、鳥居の屋敷を訪ね、隆子の話に潤色をくわえて報告した。

御改革が不評であること、遠山、矢部の両町奉行は改革の悪口を触れ回っていること、大奥と結託して改革を潰そうとしているのではないか……。

この報告も鳥居はよろこんで聞いてくれた。よろこんでいたのは、しかし、故三郎の話が役に立つからというよりは、すでに鳥居の思惑通りに事が進んでいたからという事情もある。

御老中に話せば、おもしろいことになるだろう。鳥居は、怒りで唇をふるわせる水野越前守の顔を想像して悦に入った。

天保十二年十二月二十一日、矢部定謙は南町奉行を罷免された。代わりに南町奉行に就任したのは鳥居耀蔵である。就任とともに甲斐守を名乗り、鳥居甲斐守忠耀と称した。

一か月前の十一月五日、北町奉行の遠山景元は、矢部定謙と筒井政憲（まさのり）の「不正の取り計らい」について吟味するよう、水野忠邦から命じられている。

立ち会い目付は、町奉行就任前の鳥居耀蔵である。

遠山はその後、側用人堀大和守からこの件の心得について教諭され、御用取次の新見正路からも、吟味の仕方について申し含められている。

さらにその二日後、将軍家慶が直々に遠山を呼んで、秘かに話をしている。おそらく矢部と筒井の吟味についてと思われる。

この一連の動きは尋常ではない。二重三重に遠山をがんじがらめにしようとしていたのは、矢部定謙を罷免しようとする水野忠邦と鳥居の強い意思であろう。

台本は既に出来ている。あとは台本の通りに取り調べを行ない、矢部を有罪にすればよい。そう説得するために将軍までが駆りだされたのである。

五年前の天保七年に南町奉行所与力、同心が行なった不正について、南町奉行だった筒井が問われるのはまだしも、当時勘定奉行だった矢部がなぜ取り調べを受けるのか。

その嫌疑は、勘定奉行でありながら町奉行所の同心らに不正事件を調べさせたのは越権行為であり、町奉行に就任してからは事件を取り調べようとしなかったのが職務怠慢である、という奇妙な理屈だった。

しかも、筒井が御役御免差し控えだったのに対し、自分は無実だという手紙を知人に送り、同調する者に幕政を批判させたという罪を加えられた矢部は、町奉行を辞めさせられただけでなく、桑名藩主松平和之進へ永預け、養子の鶴松は改易、家名断絶となった。

五年も前の不正事件の取り扱いについて、町奉行という高い身分の幕臣に、これほど重い処分が出るのは尋常ではない。

桑名藩へ御預けになった矢部は、絶食して憤死した。

なお、北町奉行遠山景元は、株仲間解散令の御触れを遅らせたかどで、十二月十四日、将軍への御目通り差し控えという軽い処分を受けた。

将軍家慶のお覚えめでたい金四郎に、重い罰を下すわけにはいかないのである。

付け加えておくと、金田故三郎は出世した。十五俵一人扶持の小人目付から、百俵五人扶持の徒目付に栄進したのである。

その後も故三郎は、鳥居のために扮装して諸国をめぐり、揉み療治をしながら噂話や情報を集めた。その甲斐あって、さらに勘定組頭に大出世した。役高三百五十俵の、れっきとした旗本である。

昇進して情報収集の必要がなくなった故三郎は、隆子の腰を揉みに行かなくなった。

「心地そこねたる時呼寄せて、ここひねりてよとはえもいわれじ」

旗本となった今、家に呼びつけてここを揉んでくれとは言えなくなった。

隆子は残念そうに日記に書いている。

同じ頃、本庄茂平治が長崎から戻ってきた。

これまで何通もの手紙を鳥居の元に送っている。

そのすべてが、長崎で仕入れた高島秋帆の情報を、嘘と誇張でふくらませたものであった。

鳥居はそれらの手紙を、鍵付の手文庫に納めていた。いざというときまで、だれの目にも触れさせてはならぬ。

「よくこれだけ集めたな、褒めてつかわす」

「四郎大夫につきましては、まだまだござえます。長崎には、あれに怨みを抱く者が大勢おりますんで」

「何者だ、それは」

「町年寄もおりますし、役人もおります」

「ふむ」

鳥居は半眼になって考え込んだ。

「そのなかに、江戸へ呼び寄せられるものはおるか」

「へえ、元は会所の役人でしたが、いまはぶらぶらしております」

「その男を呼んで高島を告発させるのだ」

「ようござえます。しかし、その、それには何かと必要なものが」

「金か、それは出してやる」

「へえ、それと、これは御用ですな。手前は浪人でござえますので、殿様の御家来として言わねえと、先方も出て来にくいかもしれませぬ」

「よかろう、そちを家臣として召し抱えてやる」

順風満帆の鳥居は気前が良かった。

茂平治は、畳に額をこすり付けて礼を言った。

茂平治は長崎から河間八平次を呼び寄せた。八平次は長崎会所の通詞だったが、密貿易がばれて免職になった男である。

茂平治が長崎から鳥居に送った高島秋帆の罪状は、ほとんどが八平次と、やはり職務怠慢で長崎会所吟味役を辞めさせられた盛善右衛門が、まことしやかに仕立て上げたものだ。

ふたりとも秋帆のせいで会所をクビになったと思っている。そもそも自分が悪事を犯したのだから逆恨みというものだが、小人とはそういうものである。

手紙の束を前に、鳥居は訴状の書き方を茂平治に細かく指示した。

「高島四郎大夫は本宅ではなく、別宅に住んでおるのだな。それはなぜじゃ」

「本宅は火事で焼けました。別宅は高台にあって、高い石垣をめぐらせております。ここで西洋の砲術を門人たちに教えておりました」

「別宅は要害の地にあって、城塞のようであるそうだな。おそらく御公儀へ謀叛の意があるのだろう」

茂平治はその一言で、鳥居の意図を敏感に覚った。

「さようでごぜえます。あすこに立てこもれば、ちっとやそっとでは落ちません。四郎大夫は西洋の大砲や銃も、ようけ持っとります」

「大砲を買う金はどうやって作ったのだ」

「脇荷や俵物を扱っとります。蘭癖の殿様は金に糸目をつけません。いくら高うても払います」

「密貿易で暴利をむさぼっておるのだな」

「自分で大砲をこさえてもおります。それを売りさばいて大儲けしております」

鳥居は満足そうにうなずいた。これだけ罪状が揃えば、告発は容易である。

幕府の方針に、長崎会所の不明瞭な運営を解明するという目的もあった。その施策に高島秋帆を結びつければ、大捕物になるであろう。

「四郎大夫の罪状を書付にして差し出せ。訴状の名義は、長崎の河間とかいうものにせよ」

茂平治は峰本幸輔を呼んだ。峰本は、長崎代官所に勤めた経験があるため、茂平治の紹介で鳥居の家臣となっていた。

鳥居は、高島秋帆の一件のために峰本を雇い入れたのだろう。茂平治は抜け目なく、自分の妾の妹を養女にして峰本に嫁がせた。

茂平治は自宅に河間を泊まらせ、長崎で仕入れた高島秋帆の悪行を、河間とふたりで話し合った。と言っても、ほとんどがでっちあげ、こじつけである。それを口述筆記で峰本にまとめさせた。

河間八平次名義の高島秋帆、唐大通詞神代徳次郎の告発状は、四冊にも及ぶ長大なものになった。

水野忠邦は、鳥居が持参した文書を読んで驚愕した。

その顔を見ながら、鳥居甲斐守は神妙な面持ちで控えている。

「高島四郎大夫は謀叛をたくらんでおると申すのか」

「訴状にはそう書いてございます」

鳥居は表情を崩さず、厳粛に言った。

「これが真であれば天下の一大事、早々に取り調べをいたしませぬと」

「……」

その文書には高島秋帆の罪状が事細かに記されていた。

一、高島秋帆は私財を投じて西洋の大砲小銃を買い集め、訓練をしているが、実は謀叛を企てている。
二、その証拠に、長崎小島郷にある高島の別宅は大小の銃砲を備え、籠城の用意をしている。
三、高島は会所の金を流用し、肥後から米を買って兵糧米として貯えている。
四、高島は軍用金を得るために八幡（バハン）（密貿易）をしている。
五、高島は八幡のために数隻の早船を造った。

忠邦は口中に苦いものを感じながら唇を噛んだ。

幕府への上書で、あれほど西洋列強の脅威を説き、わが国の砲術の貧弱であることを憂い、西洋砲術によって国を護るよう主張した高島秋帆が、謀叛を企てるとは考えられない。

小島郷の別宅は高島流砲術の塾でもあり、秋帆はここで諸藩士に砲術を指南していた。大砲や小銃が置いてあるのは当然である。

また、肥後から米を買ったのは、天保の飢饉以来、凶荒に備えて食糧を備蓄していたのであり、謀叛のためではない。

密貿易、というのも的外れで、脇荷で大名やその奥方の嗜好品を買い入れていたのである。その利益は莫大であり、そこで得た資金でモルチール砲やホーウィッスル砲を購入していたのだ。

蘭学嫌いの鳥居が仕組んだ謀略であることは明白だった。

「幸い伊沢美作守（みまさかのかみ）が、新任の奉行として長崎へ赴任いたしますゆえ、任せてはいかがでしょう」

すでにそこまで手配していたか——忠邦は鳥居の策略が、そうとう前から準備されていたことに、今さらながら舌を巻いた。

鳥居の娘は伊沢の嫡子政達の正室であり、ふたりは姻戚関係にある。少し前に鳥居が、伊沢を田口加賀守の後任として長崎奉行に推薦したのは、意のままに操れるからであった。

そうとも知らず、忠邦はその人事をあっさり認めてしまった。

もっとも前浦賀奉行の伊沢が適材でないわけではない。忠邦は伊沢に、長崎会所の運営の実態を明らかにせよという、内々の指示を出している。

せっかく江川太郎左衛門に西洋砲術を伝授させて、海防を充実させるつもりだったのに、鳥居の思惑によってその計画が阻害されるのを忠邦は懼れた。

すでに忠邦は、高島秋帆の砲術伝授解禁を見据えて、浜松藩の山田丘馬を長崎へやって秋帆に入門するよう命じていた。

「これは重大事でございますれば、内密に進めとうございます」

忠邦は応えなかった。鳥居は粛然と退出した。

水野忠邦は、鳥居が持参した告発状について評定所に諮問した。評定所は、速やかに御吟味に及ぶべしという答申を出した。その内意が、任地に向かうべく準備をしていた新長崎奉行伊沢美作守政義に伝えられた。

歯車は鳥居が仕組んだ通りに動き出した。

英龍は、西洋砲術の実用化に向けて、着々と準備を進めていた。

高島流皆伝届を幕府に提出し、幕府が買い上げたモルチール砲一門、ホーウィッスル砲一門、野戦砲二門の借用と、剣付銃二十四挺の購入を申請した。

次に高島流の大砲と小銃を、自ら鋳造したいと申請した。

徳丸原の演練の前日に、大砲や銃をじっくり観察し、本番で実際に操作した弥九郎の報告も聞いて、これなら自分で造れると思ったのであろう。

二十一年前、兄の倉次郎を弔うために貞吉と観音像を造ったときのことを、かれは思い出していたかもしれない。

英龍はこの頃から、ものづくりへと傾斜してゆき、侍エンジニアとしての性格を深めてゆく。

大砲の借用と銃の購入は水野忠邦より許可されたが、鋳造のほうは不許可となった。

英龍は落胆しなかった。

不許可には慣れている。根気よく申請すれば、情勢が変わり、必ず時は来る。

しかし、大砲の引き渡しはいっこうに実行されなかった。モルチール砲とホーウィッスル砲は鉄砲方、野戦砲は玉薬奉行が保管している。

英龍は弥九郎に、このやっかいな交渉を頼んだ。

弥九郎は、赤坂牛鳴坂（うしなきざか）にある鉄砲方井上左大夫の屋敷を訪ねた。

井上家は大坂の陣で功を挙げ、一時断絶したものの百五十年以上、代々鉄砲方を務めている。とうぜん気位も高く、秘密主義である。

「ここに高島四郎大夫が納めた大砲の貸し渡し状がございます。主人江川太郎左衛門に、五箇年のあいだお貸しいただきたい」

左大夫は、小柄な痩せ細ったからだをこわばらせ、目を吊り上げてまくしたてた。

「ホーウィッスル砲はそれがしが管理し、モルチール砲は同僚の田付四郎兵衛が管理しておる。大砲の車台や附属器はみな矢倉にしまってある。そもそもわれらは下命によって大砲を管理しているのだから、試し打ちするつもりである。本年に鎌倉で試したいと思ったが延期した。そもそも閣老から、江川殿に大砲を渡せという命令は来ておらぬ。だから鉄砲方で試し打ちするのだ。たとえどんな命令が江川殿に下ろうと、渡すわけにはいかぬわ」

それだけ言うと、奥に引っ込んでしまった。

（この手合いは手間がかかりそうだな）

弥九郎は次に、鉄砲玉薬奉行の山内助次郎を訪ねた。山内は在宅鳥見から最近、玉薬奉行に出世した。鳥見は鷹狩のときの現場責任者だが、諜報活動も担う。

「先に高島四郎大夫が演練で試用した大砲の車台や附属器を、江川太郎左衛門に貸し渡しいただきたい」

山内助次郎は日に焼けた無表情な老人だった。

「たしかに御勘定奉行より江川殿に交付すべき命はありましたが、わが上司の留守居役からは何の命も受けておりませせぬ」

そう言うと石のように黙りこみ、首を横に振るばかりであった。

英龍は改めて、モルチール砲、ホーウィッスル砲、野戦砲の拝借願を勘定所へ提出した。昨年の九月以来、実に六通目である。

弥九郎は、ふたたび井上左大夫を訪ねた。前回より丁寧に、気をつけて話した。

「先日お渡しした大砲の貸し渡し書に、何か間違いがございましたか。上司の方より主人の太郎左衛門に大砲を貸し出すよう命令はございましたか」

左大夫は相変わらず、眉を吊り上げて言い放った。

「そもそも江川殿は筋違いだ、大砲下付を願うのなら、われわれにまず問うべきであろう。上司も上司だ、江川殿に申し渡す前に、われわれに訊くべきではないか。江川殿も上司も前例無視の専断であろう」

英龍の上司とは、大砲貸し渡しを許可した筆頭老中水野忠邦であるが、さすがに左大夫も名指しは避けた。

弥九郎は我慢強く接した。

「太郎左衛門は、どなたが大砲を管理しているか知らなかったのです。それがしも命を受けて、はじめて井上殿が管理していることを知った次第。太郎左衛門が在府しておりましたら、必ずご相談に伺ったでしょう。太郎左衛門は昨秋より韮山にあり、江戸役所のわれわれが諸事を行なっております。井上殿にご相談しなかったのはわれらの罪、どうかお恕(ゆる)しください」

左大夫は恕すどころか、顔色を変えて怒りだした。

「われらが鎌倉で試用するまで、たとえ上司の命令でも大砲を渡すことは相成らぬ」

「これほど謝っているのに、非難されるとは酷です。理不尽ではありませぬか」

左大夫は一瞬詰まったが、

「同僚の田付はおとなしい男だから、何を言われても、よかろう、よかろうと言うだろうが、配下の組与力はそうはいかぬ。大砲を江川に命じて試させるのは、越州がおれたちを忌み嫌っているからだと怒っておるぞ」

左大夫の本音は、自分が西洋砲の試し打ちを行ない、功を挙げたかったのである。

結局、左大夫がごねて大砲を渡さない始末を川路聖謨が水野忠邦に上奏し、忠邦から勘定奉行へお達しがあった。

徳丸原での演練からおよそ一年後の六月になって、モルチール砲一門は田付四郎兵衛から受領し、野戦砲二門と車台や附属器は竹橋の鉄砲蔵で受け取った。弥九郎は大砲三門を韮山へ送った。

しかし、ホーウィッスル砲は、相変わらず左大夫があれこれ言い逃れをして、渡そうとしなかった。

この頃、またしてもオランダから、イギリスに関する秘密情報がもたらされた。

六月十七日にオランダ定期船が長崎に入港し、アヘン戦争の終結後、イギリスは日本へ艦隊を派遣して、開国を迫るという風聞を伝えたのである。

ただし正式な風説書ではなく、新任の商館長ビツキがマカオで聞いてきた情報である。

「日本へ通商の許可を慇懃(いんぎん)に願い出て、そこで不都合な取り扱いを受ければ一戦すべし」

イギリス軍人がそう言っているという。モリソン号が理不尽に砲撃されたことも遺恨に思っている、とも伝えられた。

イギリス艦隊の来航は脅威であるが、水野忠邦にとって西洋砲術反対派を抑え込むための根拠ともなった。

天保十三年六月、幕府は高島四郎大夫秋帆に対して、直参だけでなく諸家への高島流砲術伝授を勝手次第と認めた。

これについては、すでに秋帆が九州や中国の諸藩士に高島流砲術を伝授していたからだという説もあるが、むしろ水野忠邦はじめ幕閣は、欧米の進出に対抗するには幕府だけが軍備を強化しても無意味であり、諸藩にも西洋砲術を取り入れさせて海岸線を防備するという政策に変更したのであろう。

その一方で、鉄砲方、御先手兼帯の井上左大夫に対し、「御先手御免、差し控え」という処分が下された。さすがに鉄砲方解任はされなかったが、英龍への大砲受け渡しの遅滞、西洋砲術導入へのあからさまな抵抗に、処罰が下されたのである。

七月二十三日、無二念打払令を緩和し、食糧や薪水を与えて立ち去らせるという文化三年の異国船取扱令に戻した。

さらに八月三日、川越藩、忍藩へ相模、房州、上総、下総沿岸の防備を命じ、江戸湾の防衛強化を行なった。九月十九日には諸藩に対し、西洋砲術を導入して海防を強化するよう命じている。

また、下田奉行所を復活し、羽田にも奉行所を設置した。江戸近郊の防備を幕府が直轄する体制を整えたのである。

八月、秋帆へ高島流砲術伝授勝手次第の達しがあったことを知り、英龍は出府した。そして、自らが砲術の弟子をとることについて、伺書を勘定所へ提出した。

これに対して、鳥居や鉄砲方の井上左大夫らは、強硬に反対した。銃砲のことは幕府鉄砲方に任せるべきだ、というのである。

忠邦は、英龍による西洋砲術伝授にこだわった。高島秋帆が長崎で教える以上、江戸で幕臣や譜代大名の家臣に伝授するものが必要である。

その背景には、鳥居による高島秋帆告発もある。もし、秋帆が捕縛されるような事態になったとしても、江川太郎左衛門が西洋砲術を引き継いでくれるなら問題はない。

忠邦にとって追い風になったのは、新しく老中に就任した松代藩主真田信濃守幸貫（ゆきつら）の存在であった。幸貫は、忠邦が崇敬する松平定信の長男である。庶子であったため、松代藩主真田幸専（ゆきたか）の養嗣子となったが、藩主に就任してからは殖産興業や藩士教育にも力を注いで、評判が高かった。洋学への関心が深く、英龍への敬意と親愛の情も強い。

幸貫が水野に賛同したため、事態は一気に動いた。

九月六日、英龍へも砲術指南の認可がおりた。

翌日、ある男がすぐに入門を申し込んできた。

松代藩士、佐久間象山である。

これよりひと月前、象山は高島秋帆に諸家への伝授が許されたことを知り、それなら英龍への弟子入りも許されるだろうと、八月五日に江戸役所を訪れ、入門願を提出した。

しかし英龍は、正式な認可が下りるまで自重していた。鳥居忠耀や鉄砲方の井上左大夫らは、ささいな手続き上の誤りを見つけたら、ここぞとばかり糾弾してくるだろう。

象山は翌日も江戸役所を訪ねた。英龍が登城して留守だったため、強引に束脩金百疋を置いて帰った。英龍は七日未明、柏木総蔵に命じてその束脩金を返却させ、入門は相成りがたいと伝えさせた。

象山は夕方、また本所を訪ねてきた。しかし、英龍は入門を認めなかった。

もちろん、嫌がらせをしているのではない。さりとて鳥居の名前を口に出すわけにもいかない。

翌日には真田家の用人、山岸助蔵と片岡十郎兵衛からも、松代藩士の入門を依頼する手紙が届いた。

「信濃守より申し付けられ候」とあるように、真田幸貫の命を受けての手紙である。象山の入門希望の背後に老中真田幸貫の意向があることを、手紙は指し示していた。

英龍は、真田家、川路聖謨、勘定所のあいだを奔走し、ようやく九月六日になって、砲術指南の認可が下りたというわけである。

英龍が韮山へ戻ると、象山は真田家の銅二百貫目、鉄百六十貫余、自分の机と布団を勝手に韮山へ送った。韮山代官所に前もって知らせることもなければ、承諾もとらず、英龍が幕府から借用した大砲の韮山への輸送に便乗して送ったのである。

なぜ銅と鉄を送ったのか。おそらく象山は、銃や大砲の鋳造も教わって、韮山で自ら鋳造するつもりであったのだろう。まだ鋳造技術を習得しておらず、師である英龍の許可も得ていないのに、である。

この後も、英龍と象山のあいだは、ぎくしゃくすることとなる。

象山に続いて、翌九月八日に川路聖謨、斎藤弥九郎と長男の新太郎、弟弟子の杉山東七郎、練兵館の門人百合元昇蔵も入門した。

弥九郎は、さらに三男の歓之助も入門させた。十五歳の新太郎はともかく、歓之助はまだ十歳である。

「ゆくゆくは練兵館で砲術を教えたい。そのためにも今から学ばせておきたいのだ」

「よかろう、手加減はせぬぞ」

この頃から英龍は、教師としての役割を強く意識するようになる。

ひとりの門人が皆伝を得れば十人の弟子に教え、その弟子たちが百人の孫弟子に教える。かれらが藩の垣根を越えて、日本の海防を支えてくれるであろう。

その後も入門を希望するものは跡を絶たず、十月二日に韮山へ帰るまでに九十八人の直参、諸藩士が入門した。

この年、英龍は新たな挑戦をした。

高島秋帆に剣付き銃を二十四挺注文したことはすでに書いたが、これはオランダ製の燧発式ゲヴェール銃である。

火縄銃に比べてゲヴェール銃は取り扱いが簡便だが、燧石を使うために発火時の衝撃が強く、命中精度が低い。敵陣を破るには有効だが、狙撃には向かない。

英龍は門人の松代藩士片井京助を呼んだ。

「西洋では雷管を使った銃や大砲が主流になっている。燧石の銃はもう古い。そこでだ、おぬしに雷管銃を造ってもらいたい」

突然言われた片井も、戸惑ったであろう。

雷管――と言われても、見たことも聞いたこともない。

しかし、かれは英龍と同じく、根っからの技術者であった。

元は信濃軽井沢の百姓である。鍛冶となって才覚をあらわし、松代藩御用鉄砲鍛冶となった。そのおかげで英龍の韮山塾に入門できた。

松代藩では「早打鉄砲」なるものを考案して製作した。新しいものづくりに挑戦するのは、三度の飯より好きなくらいである。

片井の職人魂が、むくむくと頭をもたげた。

「よろこんでやらせていただきます」

と言ったものの、手がかりは英龍に渡されたオランダ製の雷管銃と、尾張藩医吉雄常三の『粉砲考』という書物しかない。

雷管には雷汞(らいこう)を使う。雷汞は水銀を硝酸に溶かしてアルコール処理した、白い針状の結晶で、摩擦や衝撃でかんたんに爆発する。

吉雄常三は医学、天文学、化学に通じた蘭学者で、日本ではじめて雷汞の製造に成功した。しかし不幸なことに、英龍と片井が雷管銃の製作にとりかかってまもなく、天保十四年九月、吉雄は雷汞の爆発によって死亡する。

雷汞は、それほど扱いにくい薬品であった。

英龍は片井とともに、雷管の製作に没頭した。何度も何度も実験を重ね、ついに雷汞に硝石を混ぜることで、安定的に発火する雷管の製造に成功した。

「よくやった。おぬしの手柄ぞ」

英龍は片井の手をとってよろこんだ。

ふたりとも、作業のための粗末な木綿の衣服を身に着けていた。手も衣服も硝石の粉や土で汚れていたが、まったく気にしていなかった。

この雷管銃をドンドル銃と呼んだ。

韮山の屋敷の奥に銃の工場を建て、ドンドル銃、弾丸、火薬の製造を行なった。

後に英龍は、ここで造った護身用のピストルを川路聖謨へ贈っている。

秋帆受難

　久しぶりに花井虎一に会った小笠原貢蔵は思わず、

「おぬし、立派になったの」

と、うわずった声で叫んだ。

　月代もろくに剃らず、薄汚れた羽織を身にまとい、口を半開きにしていた虎一が、裃を付けたこぎれいな格好で現れたとき、その変貌ぶりに別人かと思ったほどだった。

　無人島渡航をめぐるあの騒動の後、渡辺崋山を密訴した功が認められて無罪となり、そのうえ昇進していたことは知っていた。十五俵一人扶持の小人に過ぎなかった花井が、五十俵三人扶持、役料三両の昌平坂学問所勤番となっていたのである。

　かくいう小笠原も、鳥居のはからいで一人扶持の小人目付から、小人頭裃格に出世していた。こちらは八十俵高である。

　ふたりとも異例の出世と言っていい。

　讒言（ざんげん）によって無実の崋山らを陥れたという罪悪感は、しばらくのあいだ微かな胸のうずきとなって残っていたけれど、それも昇進の悦びによって消し飛んでしまった。

そもそも自分たちは鳥居の指示通りに証言しただけで、下級官僚としては上官の命令に従うほかないではないか。そう開き直ってもいた。

装束から互いの出世を確認し、晴れがましい気分で笑みを交わした。

今日はふたりとも、大恩人の鳥居忠耀に呼ばれている。下谷の屋敷を訪ねると、鳥居が珍しくにこやかにふたりを迎えた。

「長崎へ行ってもらいたい」

小笠原は突然のことで、目を丸くしたままぽかんと口を開けている。

花井も不安そうな顔で、上目づかいに鳥居の表情を窺っていた。

「近々、伊沢美作守が長崎奉行として赴任する。そのほうらは奉行配下の組与力として、長崎へ参れ」

与力！

小笠原は頭がくらくらした。

なんという出世であろう。

長崎奉行付組与力の待遇は、百俵高、御手当金七十両、雑費六十両、引っ越しにあたって支度金百両が出る。かつて一人扶持十五俵だった小笠原と花井にとって、まさに夢のような待遇だった。

それだけではない。長崎はなにかと役得が多く、奉行はもちろん、与力でも一、二年勤めれば、一生食うに困らない貯えができると言われていた。

小笠原も花井も、よろこぶのを忘れて呆然としていた。

「長崎では会所の不正を明らかにせよ。あそこは洋夷と交わる魔窟のようなところだ」

鳥居はそう言って、二人の顔を交互に見た。

「会所調役頭取の高島四郎大夫には、御公儀へ謀叛という噂もある。そのほうらは奉行の手足となって、悪の根を断ち切るのだ」

小笠原と花井は鳥居の屋敷を辞去した。

「えらいことになったな」

小笠原が紅潮した顔で言った。

「われらは同輩になる。向こうでは知り合いもおらぬゆえ、仲良くやろうではないか」

栄えある現実がやっと理解できたのか、小笠原は多弁になった。

「長崎へは単身での赴任らしいから、不便だな。妾でもおくか」

そう言ってから照れ笑いをして、黙ったままとぼとぼ歩いている花井の身の上を思い出した。

「おぬしは、なにか、まだ独り身なのか」

花井はうなずいた。

「それはいかん、嫁をもらえ」

そう言って小笠原は、己のことを思った。子どもは女ばかりなので、長女の頼に婿をとる準備を進めている。急がねばなるまい。

「わしに任せぬか。心当たりがある」

小笠原は知人の娘を自分の養女とし、花井にめあわせた。虎一、四十半ばを超えての花婿であった。

密訴の縁で、小笠原と花井は親子になった。

ちなみに、小笠原の娘、頼の婿となったのは、普請役山口茂左衛門の次男、甫三郎義利である。

興味深いのは、山口茂左衛門は、あの奥村喜三郎と兄弟であるということだ。

甫三郎は少くして数学測量を好み、内田弥太郎と伯父の奥村喜三郎に従って学んだ。しかも英龍の江戸湾備場見分に当たり、日頃の勉強の成果を試そうと、師である内田と奥村に頼んで、測量を手伝おうとしていたのである。

残念ながら甫三郎が病気になったため、それは果たされなかった。しかし、江戸湾測量で使用された奥村の経緯儀は、甫三郎が表を作って製作を手伝っていた。

小笠原貢蔵は鳥居耀蔵方、内田弥太郎と奥村喜三郎は江川太郎左衛門・渡辺崋山方とすれば、甫三郎にとって岳父小笠原は敵方にあたる。まして小笠原は、崋山を誣告によって罪に陥れた張本人である。単純に考えれば、かつての仇敵の家へ養子に入るということになる。

しかし、そう決めつけるのは早計かもしれない。

養子縁組は当人の人物才幹と家の格式で決まる。甫三郎は数学、測量を学ぶ優秀な若者であり、小笠原家は長崎奉行組与力の家柄である。その意味では、申し分ない縁組といえよう。

小笠原家の履歴については「小笠原家文書」が横浜開港資料館に残されている。

鳥居忠耀は、河間八平次の名義で書かれた高島秋帆の告発書四冊を、新長崎奉行の伊沢美作守政義に貸し与えた。

名目は長崎会所の運営を明らかにするためだが、真の目的は高島秋帆逮捕にある。九月五日、新しく増員した小笠原貢蔵、花井虎一ら組与力五人と同心七人を従えて、伊沢美作守は長崎に着任した。

最初に逮捕されたのは、唐大通詞の神代徳次郎である。徳次郎は高島秋帆によく仕えて昇進を重ね、周りからもその側近のように見られていた。

「毎夜娼妓と遊び、毎朝妓楼から役所に登庁した」と「崎陽談叢」にあるように、徳次郎は派手な生活で人目を引いた。密貿易によって得た金によるものであろうと、ひとびとは噂した。懐に入れた袂時計数個を、唐館の門卒に見られて騒動になりかけたこともある。

徳次郎は九月二十九日、奉行所に拘引された。これは本命である秋帆の露払いのようなものだった。

十月二日、いつものように奉行所へ出所した高島秋帆は、奉行所与力から奉行じきじきのお尋ねがあると言われた。連れていかれた先は白洲であった。

長崎奉行の伊沢美作守、目付も同席し、すぐに吟味が始まった。

容疑は、与力格への昇進内定を、元長崎奉行久世伊勢守の家臣金子敬之進から内々に教えてもらい、正式な伝達前に長崎の神代徳次郎に知らせたこと、である。

このときの取り調べは、それほど厳しいものではなかった。西洋武器の収蔵や密貿易の話はまったく出なかった。

その後は何の取り調べもなく、揚屋に置かれたままであった。

そのあいだに小島郷の別宅へ与力同心らが立ち入り、車付野戦砲など大砲三十門余、小銃四百挺余、大量の刀槍、甲冑、蘭書等を押収した。

蘭書は、砲術、歩騎砲操典、射撃学、三兵戦術、築城、工兵、鋳造、冶金、医書、など兵書を中心に多分野にわたった。

息子の浅五郎は、町年寄薬師寺宇右衛門にお預けとなり、秋帆の妻香、浅五郎の嫁かつは謹慎となった。

秋帆は外で起こっていることを、何も知らない。おそらく、じきに釈放されると思っていただろう。人事を漏らしたことはたしかに悪かったが、御国のために自費でオランダの大砲や小銃を購入し、江戸で西洋砲術を披露して、筆頭老中水野忠邦から褒賞されたのだ。

重大な罪などない、そう確信していた。

しかし、伊沢が幕府に報告した罪状は、秋帆の想像を超えて、山のようにふくれあがっていた。

秋帆は会所の運営をほしいままにしている、与力格昇進のために長崎奉行とその家臣に賄賂を贈った、身分不相応の贅沢な暮らしをしており、甲冑類を多く所持し、江戸城内の詳細な絵図も所有している、倅の浅五郎の妻に身分違いの長崎代官高木作右衛門の娘をめとった、神代徳次郎に唐貿易を任せて勝手に取り扱うのを黙認している、抜荷の罪を犯して逃亡中の元通詞彭城清左衛門に、神代が出資して鯨漁業をやらせている、云々。

さらに、鳥居に送った書状には、容易ならぬ罪状が記されていた。

一、高島四郎大夫は幕府へ謀叛の疑いあり

二、肥後藩士池部啓太と共謀して肥後産の人参、煎海鼠(いりなまこ)、干鮑(ほしあわび)を唐人に密売している

三、外国へ我が国の秘密情報を漏らし、外国に有利な情報を国内で流布する利敵行為を行なっている

四、所持する蘭書には邪教の書が含まれている可能性がある

これらはすべて、本庄茂平治と河間八平次が鳥居の意を受けて捏造(ねつぞう)した、四冊の告発状の罪状と同じである。

鳥居の指示によって書かれた告発書の内容を、当の鳥居へ得意げに報告するとは、伊沢という男は、操り人形どころか腹話術の人形のようなものであった。

伊沢は、鳥居の意に沿うような書状を、長崎から頻繁に送った。

「オランダ船は、唐人向けの煎海鼠を積んでいる」

と伊沢は書く。

そして「これも唐国の騒乱が大したものではない証左であろう」と書き添えた。

昌平坂学問所で優秀な成績を収めた秀才の伊沢は、煎海鼠でアヘン戦争の戦況を判断しようとしたのである。

鳥居の権力がそれほど恐ろしかったのか、それとも煎海鼠で戦争の実態がわかると本気で信じていたのか。いずれにせよ、幕府中枢の秀才旗本はこの程度であった。

一方、高島秋帆の吟味も難航した。

長崎は高度の自治を保障された経済特区であり、そのなかでの利害関係、権力構造は複雑にからみあっている。二、三年で交代する長崎奉行が何もしなくても、事務作業は会所がこなしてくれる。貿易の利益は、江戸から来た役人たちにも配分され、その金は街をうるおし、長崎は繁栄を謳歌してきた。

高島秋帆を取り調べれば、過去の長崎奉行や代官など幕府役人にも累が及ぶ。

伊沢としては、そこまで踏み込む勇気はなかった。

書状では高島秋帆の所業を非難し、河間、小笠原、花井らを称賛しながらも、高島の吟味は自分の手に負えないので、江戸でやってほしいと頼んだ。

伊沢は、ろくに高島秋帆を取り調べもせず、河間八平次の告発状に沿って口書を書き上げた。

とうぜん、秋帆にとって身に覚えのない罪状が並んでいる。

「密貿易や謀反など、さようなことは決してございませぬ。このような口書に書判などできませぬ」

秋帆は怒るというより呆れ果てた。御公儀がこんなでたらめな書類を作るとは信じられぬ。

すると休憩となり、しばらくしてまた呼び出され、同じ口書が読み上げられて書判せよという。

その繰り返しであった。

「そちはそう言うが、おのれの昇進話を神代徳次郎に漏らしたのは事実であろう。倅の浅五郎に、身分違いの代官高木作右衛門の娘をめとったのもたしかであろう。違うか」

「それは……」

「たしかなれば書判せよ」

取り調べの常套手段である。

ずっと揚屋に入れられて、精神的にも肉体的にも疲れ切っていた秋帆は、早く帰宅したいばかりに書判した。

即座に書類が整えられ、秋帆は江戸へ送られる旨を申し渡された。


韮山にいた英龍に、本所の江戸役所から秋帆逮捕の報せが届いたのは、天保十三年の十月末のことだった。

さらに十一月には秋帆の門弟、横川喜野右衛門、西田竪吉連名で、秋帆が逮捕された時の様子や嫌疑の内容を知らせる長文の手紙が届いた。

手紙には、高島家の家族や家臣たちの窮状、本庄辰助（茂平次）が鳥居耀蔵に根拠のない罪を讒訴したこと、秋帆は囚人駕籠で江戸へ送られ、吟味を受けるらしいということも記されていた。

「またしてもか」

英龍は暗澹たる思いであった。

幡崎鼎、渡辺崋山、高島秋帆……。幡崎は不用意な長崎行きが招いた不運だったが、崋山にせよ秋帆にせよ、自分が教えを乞うたひとたちは、みな捕縛されてしまう。

——わたしのせいなのか。

英龍は「忍」の字を思った。

その一方で前向きな話もあった。

江戸在府中の九月二十四日に二度目の大砲鋳造許可伺を出しておいたところ、一か月後の十月二十三日に許可がおりたのである。これまでの遅々とした対応とくらべ、打って変わった速さであった。その背景には長崎での高島秋帆捕縛があったかもしれない。

待ちかねたように、水野忠邦、土井利位、堀田正睦（まさよし）、真田幸貫の老中四人は、英龍に洋式大砲鋳造を依頼した。

水野はハンドモルチール二挺、土井はモルチール、ホーウィッスル、五百目カノンを各一挺、堀田はホーウィッスル、モルチールを各二挺、五百目カノン、三百目カノンを各一挺、真田はホーウィッスルとモルチールを各一挺である。

このことは、海防についての幕府最高方針が西洋砲術に転換したことを示している。

さらに勘定所から英龍へ手紙が届いた。

布衣に列するので登城せよという。

父英毅も文政九年に布衣となったが、代官に就任して三十二年、五十六歳のときだった。英龍はまだ就任七年、四十二歳の若さである。

これには理由があった。

水野忠邦や堀田正睦など、西洋砲術によって海防の充実を図りたい老中は、英龍を鉄砲方に就任させるつもりだったのである。

その前段階としてまず布衣に列し、しかる後に鉄砲方に就任させせて、井上左大夫らの妨害で進まない軍備の改革を推進するつもりであった。

英龍は急遽出府し、十二月十六日に登城した。堀田備中守正睦より布衣を申し渡され、水野越前守、松平玄蕃頭、土井大炊頭らに御礼回謹をおこなった。

年が明けて正月元旦、英龍は登城して将軍家慶に拝謁した。老中、若年寄、林大学頭檉宇へ年賀に回り、最後に鳥居甲斐守忠耀のところへ挨拶に行った。

「これは江川殿、新年早々ご苦労でござる。布衣を授けられたとのこと、まことにめでたい」

鳥居は上機嫌だった。満面に笑みをたたえ、英龍を迎えた。

「高島四郎大夫が長崎で捕縛されたとのこと、四郎大夫はわが砲術の師でござれば、案じております。江戸で吟味を受けるとも聞きました。いかなる罪かは存じませせぬが、よろしくお取り計らいのほど、お願い奉ります」

英龍は深々と頭を下げた。

「なに、たいしたことはなかろうて。なにぶん長崎のことは、それがしもうといものでな、長崎奉行の伊沢美作の報告をもとに審議をするつもりじゃ」

もちろん、鳥居はすべてを知っている。自分が作り上げた罪状によって、台本通りに吟味は進むであろう。そして高島秋帆は有罪になるであろう。謀叛となれば死罪もありうる。

英龍も、鳥居の笑顔の意味を理解していた。しかし、秋帆のためにも、町奉行である鳥居に、礼を尽くしておかなければならない。


正月九日、斎藤弥九郎、下曾根金三郎、鈴木春山、佐久間象山らが本所の江戸役所に集まった。春山は前日から泊まり込んでいる。

英龍はみなに食事と酒をふるまった。三日前に将軍家慶の妹である泰姫が亡くなったため、料理は精進物である。

「実は、このような手紙を受け取った」

英龍は、高島秋帆の門人、横川喜野右衛門と西田竪吉から送られてきた手紙を手に取った。

「本庄辰助という者が鳥居に讒訴したらしい。鳥居の取次をしているというが、長崎で悪事を働いて、江戸へ欠け落ちてきたようだ」

「本庄茂平治ではないか、名前を聞いたことがある。車坂の井上道場に通っていたそうだが、伝兵衛殿が御成街道で刺客に襲われたとき、本庄茂平治が係ったというもっぱらの噂だ」

弥九郎は茂平治の悪い噂を語った。鳥居に金で雇われ、密偵のような働きをしている。それが認められて鳥居の家臣になったらしい。

「本庄はたしかに悪党だが、高島殿を訴えられるほどの男ではない。裏であやつっているのは御奉行ではないか」

みな、感じていた。巨大な権力の影が、ひたひたと押し寄せてきていることを。そのぬかるみに落ちてしまったら、とうてい抜け出すことができないことを。

「大砲や銃などの武具も、すべて取り上げられたそうだ」

英龍は沈痛な面持ちで言った。

水野忠邦の走狗となって、改革を強引に進めている鳥居であるが、西洋のこととなると、水野の施策であっても、あらゆる手を尽くして潰そうとする。

水野が評価している、川路や羽倉、英龍ら開明的な幕臣を敵視し、隙あらば足を引っ張り、罠にはめようとする。

その執拗さは、常人の想像を超えるものであった。

「これまで四郎大夫は日夜心魂をくだき、寝食も忘れて忠節に励み、雑費は手元から持ち出しで苦労してきたのに、こんな仕打ちを受けるのはひとえに西洋流砲術への嫉妬ではないか、と門人からの手紙にある。高島殿もさぞ無念であろう」

町奉行の鳥居自身が吟味を行なうとすれば、最悪の結果が予想される。茂平治の讒訴で証拠をそろえた鳥居にとって、極刑に持ってゆくのは確実であるように思われた。

しかし、案に相違して、高島秋帆の吟味は、遅々として進まなかった。

失脚

正月十二日、英龍は韮山へ帰るにあたり、水野越前守へ挨拶に伺候した。

「砲術指南のほうはうまくいっておるか」

「おかげさまで」

幕臣や譜代大名の家臣を中心に、門人が百人以上になったこと、韮山でも塾を開き、大砲の実射や山狩を行なっていると答えた。

「山狩？」

「糧食をもって伊豆の山々を歩き、オランダ製のゲヴェール銃で狩をいたします。猪や鹿など撃ちとめたものは、地元の領民に下げ渡します」

謹厳な忠邦が珍しく破顔した。

「なに、ゲヴェール銃で猪を撃つのか、それはおもしろい」

「実際に撃ってみませんと、実戦の役に立ちませぬ」

そして、静かな声で付け加えた。

「高島四郎大夫より買い求めた銃でございます」

英龍の言葉に、水野は顔を曇らせた。

「四郎大夫のことは、迂闊(うかつ)であった」

忠邦は、鳥居が執念深く高島秋帆の捕縛を準備してきたことに、気づかなかった。いや、気づいたとしても、防げなかったであろう。

それほど周到に証拠固めがされ、罪状も密貿易や謀叛の疑いがあるなど深刻であった。

五手掛かりの審議となり、長期にわたりそうな気配である。

「ますますそのほうの役割が重くなる」

忠邦はそう言うと、もとの怜悧な表情に戻った。

「聞いているであろうが、イギリスの軍船が通商を求めて、わが国へやって来るという話がある」

新任の商館長ビツキが、マカオでイギリス軍人から聞いた情報である。

昨年、一昨年の別段風説書には、アヘン戦争で無残なまでに破壊され、敗北する清の惨状が記されていた。

イギリス軍艦の砲弾は、清の砦を微塵に打ち砕き、四十艘の軍船が虚空に憤き飛ばされた。

イギリス軍の上陸部隊は広東を制圧し、さらにアモイ、寧波(ニンポー)も占領した。

その記述は、幕府上層部を震撼させるものであった。

まだこの年の別段風説書は日本に届いていないが、そこには連戦連敗の末、南京条約によって清が莫大な賠償金をイギリスに支払うことや、広東、アモイ、寧波、上海などの港をイギリスとの通商のために開くこと、香港をイギリスの領地とすること等が書かれている。

次は日本だ、と考えるのは当然であろう。

忠邦が顔を紅潮させて言った。

「打ち払いなどできるわけがない。これまでの古くさい大筒では異国と戦えぬ。薪水給与で時間を稼いで、そのあいだに西洋式砲術で備えを固めねばならぬ」

しかし、薪水給与は弱気な憐憫に過ぎず、わが国が通商を開くつもりなのだと異国に誤解される惧れがある、と反対する者もいた。

もとより幕府の大方針は、外国との戦いは避ける、ということである。

文政の無二念打払令は、強硬な方針を内外に誇示することによって、異国船が日本に近づかないようにし、物見高い日本の民衆が外国人と接触しないための方策だった。

水戸学の尊王攘夷思想にしても、危機に際して民心を統合し、国家の統一を強化するための方便であり、実際に外敵を攻撃しようという意図は、この天保期にはなかった。

しかし、アヘン戦争によって、状況は一変した。

薪水給与令の復活に対して、安易に国の大方針を変えるものだと反対する幕臣が多かったのは、水野忠邦が主導する改革への不満が背景にあったかもしれない。

衆議によって決したのでなく、少数の老中が専断したことも、反感を増幅させた。

しかし、忠邦は意に介さなかった。

幕府は、海に面した領土を有する諸大名に、海岸防御を強化し、異国船との戦闘に備え、大砲を製作して準備するよう通達を出した。

続けて忠邦は、英龍が予想もしなかったことを口にした。

「蒸気船を買おうと思う」

長崎のオランダ商館に対し、費用と入手方法について問い合わせるつもりだという。もちろん軍艦として使用するのである。

「それは……まことでございますか」

「蒸気機関車も買うつもりだ」

「ぜひ、訓練にはそれがしもお加えください」

英龍は思わず身を乗り出した。蒸気船に乗って自分の手で動かしてみたい。この目でその機械を見てみたい。想像するだけで、胸が高鳴るのをおぼえた。

「わかった、わかった。そのほうの建議にあったように、いずれは蒸気船の幕府海軍を造りたいものよの」

英龍は忠邦の決断力に舌を巻いた。

この日、忠邦は珍しく多弁であった。

「改革の総仕上げをやる」

すなわち印旛沼の干拓と上知令である。

「江戸を護るためだ」

忠邦は言い切った。

印旛沼干拓は、表向き新田開発のためとされていたが、忠邦にとってそれよりも重要な目的があった。物資輸送ルートの確保である。

異国船が房総沿岸の制海権を支配し、奥州からの物資を外洋から輸送できなくなった場合を想定して、銚子から利根川、印旛沼、掘割、検見川、品川という内陸の運河を造成しようというのであった。

運河の川幅も、従来の四十石積の小さな田船でなく、五百石積の高瀬船が通行できるよう、広く取るつもりでいた。

「水路が完成すれば、江戸が餓える心配はない。しかし……」

忠邦はそこで、悔しそうに唇を嚙んだ。

見積もりの四倍の工事費がかかるとわかり、鳥居が川幅を狭くするよう主張したのである。

「十間なければ大船が行き交いできぬのだ。それを七間にしろと言いよる。何もわかっておらぬ」

忠邦は吐き捨てるように言った。

かねて英龍も、下田港を異国船が押さえてしまったら、大坂からの物資輸送が途絶え、江戸が食糧不足で危機に瀕することを幕府に訴えてきた。

物資輸送の運河を造るという点では英龍も賛成なのだが、二宮尊徳に聞いたところでは、印旛沼の現場では士気が衰え、工事が難航しているという。

また、上知令については、発案者の羽倉外記からその壮大な構想を聞いていた。

江戸と大坂十里四方の私領をすべて幕府領とし、替地と交換するというこの政策は、幕府財政の安定化、江戸大坂の支配体制の強化、そして江戸湾防衛という三つの目的があった。

なかでも忠邦が重視したのは、江戸湾防衛である。

江戸湾は入り口が狭く、浦賀と富津を結ぶあたりは、巾着の口のようになっている。その第一線の防備を川越藩と忍藩に任せ、湾内の海岸防備は羽田奉行によって幕府が直轄する。

そのためには入り乱れた所領を整理し、素早い危機対応のできる組織と、人足や水主（かこ）を徴発しやすい環境を整える必要があった。

幕藩体制の下で、いかに機能的な海防を実現するかという意味では、現実的な対応である。

問題は、大名や旗本が素直に応じるか、であった。

忠邦は、領地の交換や加増、削減は当代の将軍の思し召し次第である、と考えている。

かれ自身、老中になるために、実質二十万石の唐津から六万石の浜松へと転地を願い出たくらいだから、だれもが自分のように御公儀への奉公を第一に考えるべきだ、と信じきっている。

その論理の危うさに、川路聖謨らは気づいていたが、忠邦の政治の根本原則であるだけに、異見を述べることなどできなかった。

英龍も、忠邦の前のめりな姿勢に、一抹の不安を抱いた。ことを急ぎすぎると、反発がより強くなるのではないか。

「恐れながら、替地の説得には、時間をかけられたほうがよろしいのでは……」

「せっかちなそのほうに言われるとは思わなんだぞ」

忠邦はかすかに笑いを浮かべ、驚いてみせた。

「こういうことは一気にやったほうがよいのだ。御公儀の威光はまだ衰えておらぬ」

自らを納得させるように言った。

その後、プロシアのブラント将軍の『三兵活法』オランダ語版を和訳してほしいという忠邦の求めに応じて、英龍は鈴木春山を紹介した。三宅友信が所有する『築城学書』を借用したいという要望に対しても、春山を通して申し入れることを約束した。

水野忠邦と鈴木春山の対面について触れておきたい。

忠邦は春山を、一夜、私邸に招いた。

邸内の長屋で、春山は水野家顧問の儒学者、塩谷宕陰と酒を飲んでいた。

そこへ突然、忠邦が現れた。

春山は忠邦に気づくと、酒杯を手にあぐらをかいたまま、軽く頭を下げて会釈した。

言うまでもないが、水野忠邦はこのとき老中首座という幕府の最高権力者であり、春山は陪臣の田原藩士である。

余人ならば平伏叩頭するところであろう。

しかし春山は、どうも、というふうに、その坊主頭を下げただけであった。

これを水野忠邦はよろこんだ。忠邦には、そういうところがある。

すっかり気に入って、忠邦は膝を進め、春山と兵学や国際情勢について話し込んだ。

春山のほうも遠慮せず、身振り手振りを交えて経世の大務を談じ、倦むところがなかった。

その様子を、宕陰は「王公大人と語るに交友の如く」と評した。

春山は水野忠邦の求めに応じて『三兵活法』の翻訳に取りかかった。

『三兵活法』は騎兵、歩兵、砲兵の用兵を論じた、日本で初めての兵学書である。

翻訳が完成すると、当時の知識人たちは筆写し争って読んだ。

三兵の連携、城砦の攻撃と防御、将帥の用兵術を論じた本書は、日本人の戦術に対する考え方を一変させたと言ってよい。

春山はさらに『海上攻守略説』、『兵学小識』等も翻訳し、西洋兵学の大家として重きをなした。

実は『三兵活法』や『兵学小識』は、脱獄中の高野長英が訳業を助けている。長英を麻布の隠れ家にかくまったのも春山である。

しかし、弘化三年閏五月、春山はコレラにかかり死去した。四十六歳であった。

春山の死後、長英は春山の忘れがたみと言えるブラントの著作の完全版を、『三兵答古知幾（さんぺいたくちーき）』として翻訳したのである。


天保十四年五月十八日、英龍は鉄砲方兼帯を命じられ、与力十五騎、同心五十名が配属された。

さらに大筒組という組織も新設された。こちらも一組につき与力十五騎、同心五十名として三組が創設され、英龍にそのうちの一組の指揮が任された。

水野忠邦の言葉通り、英龍を中心として西洋式の軍備を導入し、海防を再編成する計画がようやく始まったのである。

高島秋帆が捕縛されたいま、それができるのは英龍しかいなかった。

忠邦は、浜松藩の海岸防衛にも、西洋式兵器の導入を決めた。英龍の指導によってホーウィッスル砲を鋳造し、歩兵用の剣付銃の試作を英龍に依頼した。

もっとも、膨大な資金を必要とするため、浜松の家臣たちには不評であった。

六月、上知令が発布された。

当然のことながら、領地を交換させられる大名旗本からはもちろん、年貢が増えることを怖れた領民からも大反対が起こった。

さまざまな噂が乱れ飛んだ。

ある外様大名は、江戸大坂近辺の飛地を取り上げられたら、参勤交代を取り止めて国許に引きこもると怒っている。このたびの上知は将軍様の命令と称しているが、実は老中たちが勝手に決めたことだ。そのむかし武功により神君家康公より拝領した領地を、何の罪もないのに取り上げられては御先祖に申し訳が立たぬ。十八か国の外様大名が連名で幕府へ訴え出たそうだ……。

噂は、上知令に反対する大名たちを勢いづかせた。

島津家は、朝廷をお護りするために給わった領地を召されては、帝(みかど)の御守護ができぬといい、井伊家や藤堂家は、旗頭をつとめるために給わった領地がなければ、その勤めを果たすことができない、と憤懣を露わにした。

改革でいにしえのよき時代に戻すと言いながら、古き御定めを変えようとするのは矛盾しているではないか、という声も上がった。

二百数十年つづいた既得権益を守ろうとする諸大名と、それを毀して改革しようとする幕府が、真っ向から対立したのである。

幕閣の良識派――老中の土井利位、堀田正睦、大目付の遠山景元、勘定奉行の土岐頼旨、北町奉行の阿部正蔵、小普請奉行の川路聖謨らは、この動きを深刻に受け止めた。

このままでは改革が頓挫し、水野忠邦の政治生命も危うくなる。

そうなっては、これまでの努力が水泡となってしまう。

かれらのあいだで、上知令見直しの声が高まった。あくまでも改革を続けるために、いったん上知令をあきらめ、水野体制を存続させようとする苦肉の策である。

上知令を相変わらず支持していたのは、側用人堀親寚(ちかしげ)、南町奉行と勘定奉行を兼帯する鳥居忠耀、目付から勘定奉行に昇進した榊原忠義らである。

三人の立場は、微妙に色合いが異なる。

堀親寚は忠邦の縁戚であり、改革の良き理解者だった。あくまで幕府の財政強化と江戸防衛という観点から、上知令に賛成している。

しかし、鳥居は違う。

水野忠邦の政策を忠実に支持してきたのは、己の栄達のためであり、筆頭老中としての忠邦の歓心を買うためであった。榊原は鳥居の腰巾着だから、鳥居の言うことには何でも賛成する。

ここで鳥居は、損得を天秤にかけたであろう。

上知令にこだわって忠邦と心中するのか、それとも忠邦を捨てて身の安全を図るか。

鳥居は後者を選択した。

次席老中の土井利位に近づいた鳥居は、上知令の発案者である羽倉外記を非難した。

「上知令は東照宮様が定めた祖法に反する、諸藩や御旗本はこれほど反対している——」

鳥居は滔々(とうとう)と述べた。

土井は唖然とした。

つい先日のことである。鳥居は上知令に消極的な土井に対して、

「老中ともあろうものが、不見識でござろう」

と、嘲笑したばかりであった。

それなのに今日の鳥居は、口を極めて上知令を非難している。

かれは、鼻白む思いで鳥居の弁舌を聞いていた。

そんな土井の心中を見透かしたように、鳥居は笑みを浮かべながら、書類を差し出した。

「これを」

なんと水野忠邦の不行跡を探索した機密書類であった。

鳥居は上司である筆頭老中の醜聞を、配下の者に命じて調べさせていたのである。

土井は、心中うそ寒く感じると同時に、唾棄(だき)したいほどの苦々しさを覚えた。

しかし、古河藩主としての土井利位の心中も、複雑である。

大坂近辺に二万四千石余の肥沃な飛地を領し、そのうち一万二千石余を上知しなければならない古河藩は、これを痩せた関東の土地に替えられては、収入が激減する。

水野忠邦を支えてきた次席老中としての立場と、上知によって悪化する藩財政への懸念と、保身を図る鳥居の見え透いた策謀のあいだで、土井の心は揺れた。

同じ老中の佐倉藩主堀田正睦も、土井と同様に、上知による佐倉藩の収入減に、頭を悩ませていた。

さらに、御三家の紀州藩が、上知令反対の旗幟(きし)を鮮明にしたため、幕府内に動揺が走った。

四面楚歌の水野忠邦は、御三家の領地は幕府領と同じであるとして、紀州藩の飛地を上知令から外し、難局を打開しようとしたが、鳥居がこの動きに勘づいた。

鳥居は、将軍家慶の小姓中山肥後守にささやいた。

「紀州家を例外として上知令を断行したら、天下は動乱し、徳川家は破滅しますぞ。上様はご存じでござろうか」

素直で人を疑うことを知らぬ中山は大いに驚き、将軍家慶にそのまま報告して、忠邦の政策を採用しないよう諫言した。

このとき中山は、重大な禁忌を犯してしまったことに気づくべきであった。

将軍のお側に仕える小姓は、政事に決して口出ししないと、誓詞に血判している。将軍に特定の政治的意見を吹き込むことは、固く禁じられているのである。

御側御用取次の新見伊賀守は、中山を詰問した。

「なにゆえ、このようなことをなされた。そこもとは誓紙を差し出しておるはず」

生真面目な中山は、己の行動を愧じて、切腹した。

家慶は、信頼する中山の死に衝撃を受けた。

大奥も中山に同情し、鳥居ではなく忠邦を批判した。

流れは一気に変わった。

鳥居の裏切りが上知令に、そして水野忠邦に、とどめを刺したと言ってよい。

忠邦自身によって上知令強行を思いとどまらせ、そのまま水野体制によって改革を続けるという、穏便な決着を想定していた川路や遠山らは、苦い思いをかみしめた。

上知令は天保十四年六月に発令され、閏九月七日に撤回された。水野忠邦は同月十三日、雁の間詰に戻され、差し控えののち、老中を罷免された。

羽倉外記も、九月二十三日に御納戸頭、勘定吟味役を罷免され、四十石減俸のうえ逼塞を命じられた。

ここにおいて、水野忠邦の壮大な試みであった天保の改革は、終焉するのである。

質実な社会を実現し、苦しい幕府の台所事情を建て直し、迫りくる西洋帝国主義に対する海防を備えるという改革の精神に、鳥居は何の未練もなかった。

むしろ江川太郎左衛門が中心となっている、西洋流の兵器によって日本を防衛する計画がおじゃんになるなら、そのほうが好都合である。

鳥居は最後まで、辣腕であった。

新しく老中に就任した阿部正弘は、欧米列強のアジア進出に対して忠邦のような危機感を持たなかった。むしろ忠邦が始めた改革をすべて否定し、民心を一変させることを第一に考えていた。

英龍の海防計画にもその影響は及んだ。

鉄砲方に増員される与力が十五騎から五騎に、同心が五十人から二十五人に減らされたのである。

それはしかし、ほんの始まりに過ぎなかった。


翌弘化元年正月十五日、英龍は謹慎中の水野忠邦を三田の中屋敷に訪ねた。

「鉄砲方の与力、同心が減らされたらしいな」

忠邦は以前と同じ、怜悧な顔で言った。

「このままずるずると後退せねばよいが」

英龍は忠邦の心中を想った。

鳥居の裏切りによって老中を辞めさせられ、民衆が公邸に大勢おしかけて、投石などの狼藉を働いたという。

自尊心の強い忠邦である。平静を装っているが、内心は穏やかでないだろう。

「それがし、西洋銃陣や軍形について長崎のオランダ人に訊ねたく、留学を希望いたしました」

これには忠邦も、怪訝そうに表情を変えた。

「なに、そのほうが長崎へ？　いかがな返答であった」

「お許しは出ませんでした」

「あたりまえだ」

忠邦は真顔で言った。

「勉強熱心はけっこうだが、立場をわきまえよ。御公儀の備えはそのほうが中心になるのだ。いなくなっては困る」

「仰せごもっとも」

「海防は浜松でもやる」

忠邦の意気は衰えなかった。

「長沼流兵学を取り入れるつもりだ」

弥九郎も学んだ長沼流は、銃砲を重視するため、西洋流の砲術を導入しやすい面があった。田原藩でも村上定平が中心となり、長沼流兵学と高島流砲術を組み合わせた兵制を導入して、評判になっていた。

弥九郎も練兵館で『兵要録』を講義しながら、門人たちに徳丸原での演練の体験を織り交ぜて、西洋流の銃隊、騎兵隊、歩兵隊による兵制を論じていた。

「しかし、金がかかるな。そのほうが倹約している訳がわかったぞ」

兵も足りない。

藩士たちは、銃や大砲など武士が扱うものではないと思っているから、砲兵隊や銃隊を組織するのに難渋した。

「そのほうの昔の建議にあった、農兵をやってみようと思う」

英龍は驚いた。直参の英龍が下田で農兵を組織するには幕府の許可が必要だが、浜松藩なら藩主の忠邦の命令でできるのだ。

浜松藩は各村から屈強な百姓を選び、仮足軽として農兵隊を作った。農閑期に木砲で稽古をし、大砲隊本隊の補助とした。

さらに神社の神職も徴用し、農兵隊に参加させた。

忠邦は、保守派の抵抗のために幕府では採用できなかった英龍の建議を、浜松で実現したのである。もっとも浜松藩の重臣たちに、忠邦のような危機感はない。むしろ西洋流の軍制改革は、殿様の趣味程度に受け止めている。はやく熱が冷めて正気に戻ってくれないものか、と囁きあっていた。

「うまくいきましたら、下田の農兵もお認めください」

そう言ってから英龍は後悔した。老中を罷免された忠邦に権限はない。言うべきではなかった。

忠邦は黙って笑っただけであった。その笑いは少し寂しげでもあった。

翌日、英龍は間宮林蔵を見舞った。林蔵は床についていた。

英龍は林蔵の相貌を見て、愕然とした。精悍だった顔に生気はなく、頬がこけて別人のようであった。英龍の来訪を知って起き上がろうとしたが、できなかった。英龍は側にいる内妻に手で制してそのままにさせた。

「このところ、昔のことばかり、思い出されるのです」

林蔵は力なく笑った。

「はじめてお会いした日、あなたは背が高くて、くぐり戸にぶつかりそうでしたな」

「それがしは、まだ十七歳の若造でした」

英龍は、林蔵が持参した『暦象考成』を、いとおしむように読んでいた父英毅の姿や、本を手渡すと颪のように去った、林蔵の後ろ姿を思い出した。

あれから二十七年の月日が流れた。

あのころ英龍は、自分が韮山代官になって海防を担うことになるとは思ってもいなかった。

「測量については、間宮先生にずいぶん教わりました。おかげで江戸湾の見分でも役に立ちました」

林蔵はかすかに笑みを浮かべた。若き英龍に自分の知識や体験を教え伝えた日々は、かれの晩年のなかで、もっとも心休まる時間だったに違いない。

英龍は床に臥す林蔵に顔を近づけ、力を込めて言った。

「海防のこと、これからもご指導ください」

「それがしの役目は、終わりました……」

林蔵は、それきり黙ってしまった。

英龍はしばらく様子を見守っていたが、静かにその場を去った。

間宮林蔵は、この後、二月二十六日に死去した。享年七十。

弘化元年、六月十二日にふたたび出府した英龍は、品川で斎藤弥九郎や杉山東七郎らの出迎えを受けた。弥九郎は本所まで同行した。

「すでに聞いているかもしれぬが、水戸の中納言殿が隠居を命じられ、謹慎させられた。藤田虎之助も側用人を罷免されて、蟄居となった」

「何があったのだ」

「御老中にきびしくとがめられたらしい。水戸の門閥派が暗躍したとも聞く」

藩主就任以来、海防の充実、質素倹約、弘道館設立などの教育振興、老人や幼子の扶助、腐敗した重臣の罷免、と続けさまに改革を断行してきた斉昭であったが、能力主義で身分の低い藩士も抜擢したため、とうぜん既得権益を代々受け継いできた門閥派はおもしろくない。

結城寅寿らの門閥派と藤田虎之助、戸田銀次郎らの改革派は、事あるごとに衝突し、権力闘争を繰り返していた。

過激な虎之助は門閥派を「因循姑息な小人」と批判し、門閥派の要人は、虎之助の父幽谷の実家が古着屋だったことから、「古着屋の小倅めが」と陰口をたたいた。

きっかけは大砲と仏像であった。

大津浜事件に代表されるように、異国船が水戸藩領の海岸にひんぱんに現れるようになったため、斉昭は神崎に溶鉱炉を作って、青銅砲を鋳造しようとした。

しかし、失敗の連続で手持ちの銅が尽きてしまい、目を付けたのが寺院の仏像や梵鐘である。

神道を尊崇する徳川斉昭は、仏教を敵視し、寺院を整理縮小した。さらに寺の仏像や梵鐘を没収し、鋳溶かして大砲を鋳造した。

こうして造られた大砲は、金銅色の威風堂々たるものだったが、重すぎて運ぶにもたいへんな人手と金がかかった。一回転させるだけで金二分かかったというので、世間ではこの立派な大砲を「ごろり二分」と呼んだ。

さらに斉昭は、寺請による宗門人別帳の代わりに、神社による氏子制度を導入しようとした。

これが幕府の忌諱（きい）に触れた。

宗門人別帳は切支丹禁教のための戸籍である。それを廃止することは、幕府の基本政策に反する行為であり、看過するわけにはいかない。

全国の寺や僧侶からも、仏教への弾圧政策だとして、反対の声が次々と上がった。それが上野寛永寺、芝増上寺など徳川家菩提寺にも伝わり、大奥もそれを聞いて斉昭をきびしく批判した。

斉昭の隠居、謹慎が決まると、門閥派は宿敵である改革派の一掃を図った。

最大の標的であった藤田虎之助は、水戸藩上屋敷の長屋の八畳間に幽閉された。窓も戸も板張りされ、日も風も入らない。

「さすがの藤田も消沈しているであろう」

「小石川へ行って、差し入れをしておいた」

弥九郎は、酒好きの虎之助のために酒と肴を差し入れた。

虎之助ははじめ鬱屈したが、逼塞を天命と受け止め、執筆に専念した。「東湖随筆」「回天詩史」「常陸帯」などの著作は、この幽閉時代に書かれた。東湖という号も、このころ付けたものである。

弥九郎は、さらに驚くべきことを英龍に告げた。

「それだけではない。越前殿が老中に再任されるようだ」

「それはまことか」

「公方様じきじきの御沙汰であるらしい」

その頃、城内では暗闘が繰り広げられていた。

家慶のお気に入りである側用人堀親寚は、将軍の特命によって老中昇任を命じられたが、固辞した。

数度にわたって老中就任を打診されたが、その都度「自分の代わりにぜひ侍従殿に仰せ付けられますように」と繰り返した。

侍従とは水野越前守忠邦である。

理由を問うに、唐国がイギリスに攻められて惨状を呈しているのはまぎれもない事実。領土を割譲し、賠償金を払い、無残に降伏して条約を結んだことは、われらも肝に銘じなくてはなりませぬ。イギリスは、次に軍艦をもって日本に開国通商を迫るつもりでありましょう。先ごろ、フランスが琉球を訪れ、貿易を強要し、切支丹の宣教師を置いて帰ったと聞いております。この難局を乗り切られるのは、越前守殿しかおりませぬ。

切々と語る堀大和守の言葉に、将軍家慶は水野忠邦の老中再任を決断する。

しかし、土井利位はじめ他の老中たちには、寝耳に水の話であった。

ほんとうに水野越前が老中に返り咲くのか、またしてもあの改革が行なわれるのか。

疑心暗鬼のうちに、噂と憶測が城内の各所でささやかれ、城の外まで漏れ伝わった。

「越前殿を追い出した連中は、周章狼狽している。しまいこんでいた木綿服を出してきた者もいるようだ」

はたして弥九郎の言葉通り、六月二十一日、水野忠邦は老中に再任された。

その五日前の六月十六日、オランダの定期船が長崎へ入港した。

そして、オランダ国王から将軍宛ての親書を届けるために、近々軍艦パレンバン号が長崎に到着するであろう、と長崎奉行に伝えたのである。

いったい何を伝えようというのか。

動揺した長崎奉行伊沢政義は、すぐさま幕府へ報告したが、幕府からの返事が届く前に、パレンバン号が長崎に到着した。

江戸では、伊沢からの第一報を聞いた幕閣たちが、未だ届いていないオランダからの親書の内容を詮議し、大混乱に陥っていた。

英龍にも、その噂が耳に入った。

「親書の内容を聞いているか」

弥九郎が英龍にたずねた。

「まだ和訳が出来ておらぬが、通商の件であろう」

「オランダは、イギリスと交易せよというつもりなのか」

「いや、それだけではあるまい」

兵乱を避けるために、開国して西洋諸国と通商すべし——これがオランダの主意であろう。

オランダが日本との交易を独占できる時代は終わった。イギリスやフランスは、軍事力をちらつかせながら開国を迫るだろう。オランダとて、それを止めることはできないのである。

そして水野はこれを受けるかもしれない、英龍はそう考えている。

（越前殿が開国を決断すれば、蒸気船や機関車、西洋の機械、医薬が入手できるようになるかもしれない）

それは英龍にとって、夢のような世界であった。

「いよいよだな」

弥九郎は言った。弥九郎は別のことを考えている。

剣術や砲術の修業をしているのは、国を護るためである。安易に通商に応じれば、くみし易しと侮りを受け、西洋の半植民地になる可能性もある。対等に交渉するには、攘夷の気概を失ってはならない――。

あくまでも弥九郎の本意は、攘夷にある。

英龍はちがう。

西洋砲術を門人たちに教えているが、それは戦を避けるためである。あえて無謀な戦いを挑めば、民衆や村々に大きな被害が出るだろう。それだけは避けねばならない。

何より、新しい知識を吸収し、ものを作り、社会を変えていきたい――それが英龍の本心であった。

七月二十七日、英龍は鎌倉に新しく開く御鉄砲場用地を見分した後、韮山へ帰った。

ふたりの異なる期待と懸念をよそに、城内での評議は空転していた。

オランダ国王からの親書についての評議は、五手掛りで行なわれた。

水野と堀はアヘン戦争の轍を踏まないためにも、開国して通商を開くべしと主張した。

それに真っ向から反対したのが、町奉行の鳥居忠耀と林大学頭樫宇の兄弟である。

鳥居は、アヘン戦争の被害はたいしたものではないと主張した。その一方で、いま紅毛の説に惑わされて道を誤れば、後年の災いは恐るべきである、宋明の覆轍（ふくてつ）を踏まぬよう、断固拒絶すべきであると言いつのった。

同時代の清の悲劇を過小にとらえて、数百年の昔にモンゴル帝国や満州女真族に滅ぼされた南宋や明の例を引き合いに出すあたり、いかにも鳥居の思考法を表している。

その頭の中には、西洋帝国主義の脅威は存在せず、欧米の軍艦も最新兵器も恐れるに足りず、むしろ西洋の文物や思想によって人心が汚染され、外様大名が豊かになって幕府に対して謀反を起こすことを嫌った。

他の寺社奉行、町奉行、勘定奉行ら幕閣は、「祖法を守る」という現状維持しか頭になかった。何か新しいことを始める勇気は、持ち合わせていなかった。

開国通商は否決された。

もし、幕府の権威が万全なこのとき、開国を準備し、江川太郎左衛門や川路聖謨らの俊英が欧米との交渉にあたっていたら、歴史は大きく変わっていたであろう。

西洋列強から強制されて国を開くのではなく、自らの意思で西洋文明を取り入れ、強力な国家をつくると言えば、朝廷や諸大名からも大きな反対の声は起こらなかったはずである。

しかし、水野、堀以外の幕閣は、先送りを選んだ。

幕府は崩壊への道を、みずから歩み始めた。

勘定奉行から十一月一日に出府するよう御用状が韮山に届いたのは、弘化元年十月二十三日のことである。

夏の出府の後は、正月に登城して新年の挨拶をおこなうのが通例であり、この時期の出府命令は珍しい。

英龍は急遽、韮山を出立し、十月二十八日に江戸へ着いた。十一月一日、登城して出府を報告した。

十一月二日未明、英龍は耳痛のため目を覚ました。二日前、月代に薬を塗る発泡法という治療を受けたが、はかばかしい効果はなかった。

夏に出府したときも、足の痛みと耳痛に悩まされたが、韮山を出発するころから、また不快な状態が続いている。

英龍は、明け六つ（午前六時）に本所の役宅を出立し、登城した。

桔梗の間には、水野越前守、堀大和守が列座し、若年寄が侍座していた。

いつになく白々とした空気がただよい、奇妙な沈黙が部屋のなかを支配している。

「江川太郎左衛門、御代官、御鉄砲方兼帯のうち、御鉄砲方の御用を免ずる」

水野忠邦が抑揚のない声で申し渡した。

「去年以来御鉄砲方を兼ねて相勤めるにつき、時服をつかわす」

英龍は拝礼し、静かに退座した。

儀式は終わった。

英龍は、幕府の海防を担う職務から外された。褒美として下された、美しい時服二枚が、いかにも皮肉だった。

夏の終わりから、旧政権の粛清が始まっていた。

八月二十二日、勘定奉行榊原忠義が免職となった。九月六日、鳥居忠耀が町奉行、勘定奉行を免じられて寄合となった。勘定組頭の金田故三郎も免職となった。

御側御用取次新見正路、勘定奉行井上秀栄は御役御免。

川路聖謨は普請奉行に就任したが、二年後の弘化三年に奈良奉行に左遷される。

鳥居と榊原は、水野にとって裏切り者であるから当然だが、英龍を鉄砲方から外したのは、あきらかに幕府海防政策の縮小である。

水野忠邦は老中首座に再任されたものの、宙に浮いたような存在であった。

老中土井利位も阿部正弘も牧野忠雅も、西丸老中戸田忠温（ただはる）も、水野の再任に反対して登城しなかった。あまりにも露骨な嫌がらせだった。

上知令は撤回され、鉄砲方の増員は縮小され、羽田奉行、下田奉行はすでに廃止された。幕府による江戸湾防備と軍事改革は、忠邦が老中首座に返り咲いたところで、復活の可能性はなかった。

英龍の鉄砲方罷免も、先導したのは阿部、牧野ら老中と、井上左大夫らの保守派官僚だが、水野自身にそれを覆すだけの力とやる気が失せていたのは明らかだった。


四日未明、英龍は弥九郎を本所に呼んだ。弥九郎はすぐに駆けつけた。

「鉄砲方を罷免された」

英龍は穏やかな笑みを浮かべて言った。

「これからは韮山で塾に専念する」

弥九郎は一瞬、返答に窮した。しかし、やはり微笑で応じた。

「それはいい、韮山なら大砲の試し撃ちもできる。山狩も実戦の訓練になろう」

そして、真剣な面持ちでつづけた。

「水戸の藤田も、謹慎中に執筆をしているらしい。雌伏して時を待てば、必ずおぬしが必要になる」

人生は、不遇なときに何をするかで決まる。英龍は休みなく走りつづけてきた。これからは砲術に専念し、新しい技術の開発や、蘭書の研究にも時間が割ける。

「心残りは高島殿のことだ。差し入れを欠かさぬよう、役所の者にも命じておくが、なにか動きがあったら知らせてほしい」

「承知した。韮山まで知らせにいく」

弥九郎は、これが英龍にとって災い転じて吉となることを願った。また、そうなる予感もあった。

老中首座とは名ばかりで、他の老中が登城しないため、ひとり御用部屋に座っていることがほとんどであった。

持病の癪気のためと言われているが、忠邦自身、自分の時代は終わったと痛感したのであろう。

弘化二年二月二十一日、水野忠邦はふたたび老中を辞任した。

忠邦が辞職した翌日の二十二日、寄合の鳥居甲斐守が取り調べのため評定所へ召喚された。

さらに鳥居一派が次々と収監された。天文方の渋川六蔵、勘定組頭を免職となり小普請入りした金田故三郎、御金改後藤三右衛門らが揚屋入りした。

浜中三右衛門、石河疇之丞という、鳥居が便利にこき使っていた小役人が、あれほど尽くしたにもかかわらず、昇進するどころか甲府勤番に左遷されたため、鳥居一派の悪行を訴え出たのである。

いっぽう、高島秋帆の再吟味が、老中牧野忠雅の命によって評定所五手掛りで始まった。

秋帆は、鳥居が町奉行のときの吟味で死罪と決まっていた。しかし、老中土井利位は、死罪の伺書をしばらく差し控えるよう指示した。

みな知っていたのである。

鳥居がいかに陰湿な手段を用いて、人を陥れるかを。そのほとんどが冤罪であり、嘘の証拠やこじつけによって、罪を仕立て上げたものであることを。

しかも鳥居の標的になるのは、だれもが敬意を抱く人格者ばかりであった。

有罪となった渡辺崋山、矢部駿河守はもちろん、遠山左衛門尉景元、松平伊賀守忠優、そして江川太郎左衛門や羽倉外記についても、鳥居は常に身辺を探索し、失脚させようと狙っていた。

新見伊賀守、成島図書頭、井上備前守、梶野土佐守など、鳥居によって讒言されたのは、みな正義派と呼ばれていた優秀なひとたちである。

これは嫉妬などという単純な感情ではあるまい。

また、林家という名門の出なのだから、身分に劣等感を抱いていたわけでもない。

栗本鋤雲は「匏庵遺稿（ほうあんいこう）」で鳥居のことを「刑場の狗（いぬ）」に喩（たと）え、一度罪人の片肉を食べるとその美味が忘れられず、ついに人を見れば即ち噛み、快感をおぼえるようになるが、それでも欲望が満たされず、最期は撲殺される、と書いている。

鳥居は、密偵を使って噂や裏情報を収集し、はかりごとをめぐらして優秀な同僚知人を陥れることに、ある種の快感を覚える体質だったのかもしれない。

鳥居の悪辣さを知りながら罷免させられなかったのは、もちろん水野忠邦の後ろ盾があったからである。しかし鳥居の所業は忠邦自身の評価をも傷つけた。

最後は鳥居の裏切りによって、忠邦は煮え湯を飲まされ、老中を辞任した。

その後、忠邦は老中首座に返り咲いた。鳥居は町奉行を罷免され、これまでの所業を告発される身となったのである。

高島秋帆を讒言した、長崎会所調役の福田源四郎、盛善右衛門、河間八平次らは長崎で捕縛されて江戸送りとなった。本庄茂平治は逃亡して行方がわからなかったが、長州で召し捕られた。峰本幸輔も捕縛された。峰本は書類を書いたのは自分だが、内容はすべて本庄茂平治と河間八平次に指示された、と証言した。

再吟味となった高島秋帆は、弘化三年七月二十五日、中追放のうえ武蔵岡部藩安部虎之助に永預けとなった。

罪状は、身分違いの代官高木作右衛門の娘を息子の浅五郎の嫁にもらったことのほか、こまごまとした罪名を十箇条並べ立てたが、謀叛や密貿易については一切触れられなかった。

鳥居一派の処分はどうであったか。

前長崎奉行で西丸御留守居の伊沢政義は、御役御免、差し控え。

御書物奉行、天文方見習いの渋川六蔵は、家禄没収のうえ九州臼杵（うすき）藩にお預け。

小普請組の金田故三郎は、三宅島へ遠島。

甲府勤番の浜中三右衛門、石河疇之丞は、扶持取り上げのうえ召放ち。

御金改役の後藤三右衛門は、死罪。

福田源四郎は獄死していたが、処分は御役御免のうえ百日の押込め。

河間八平次も獄死していたため、所払い。

鳥居忠耀の処分は、弘化二年二月十三日に下った。家禄没収のうえ永蟄居を申し渡され、四国丸亀藩にお預けとなった。

ただし、鳥居は長命であった。薬を自ら調合して健康に留意し、明治の世まで生きた。

さて、長崎奉行所与力の小笠原貢蔵と花井虎一は、どうなったであろう。

小笠原は弘化元年、鳥居の町奉行罷免と時を同じくして江戸へ戻り、二の丸火の番を勤めた。六十俵高である。その後まもなく小普請組入りし、十五俵一人扶持となった。翌弘化二年十二月、死去。五十七歳であった。

小笠原と共に長崎へ赴任した花井虎一はどうか。

以前書いたように、花井は硝子の専門家であった。美術史家の由水常雄氏によると、花井の著書『玻瓈精工全書』や『硝子調合論』、訳述の『硝子製造』が、薩摩藩の島津家文書の中にあったそうだ。たとえば『玻瓈精工全書』には、和硝子の製作法が二十一の項目にわたり具体的、実際的に記述されており、ドイツで発明された最新の紅硝子製作技法も紹介されるなど、名著であるという。

薩摩藩の集成館硝子工場で、薩摩切子の名品を製造する際の、重要な参考文献になったのは間違いない。本書を管理していたのは、薩摩切子製造にかかわった宇宿彦右衛門のようだが、花井本人から入手したのか、江戸から呼び寄せた硝子製煉技術者が持参したのか、不明である。

花井も江戸へ戻って小普請組入りした。一人扶持十五俵。

小笠原も花井も、最後は元の身分に戻ったかたちであった。

しかし、著書が日本の硝子文化に多大な貢献をしたとすれば、花井本人は昇進よりもそのことに面目を施したであろう。

本庄茂平治は、遠島という処分が決まっていた。

ところが、ある日、牢屋敷の近くで火事が出た。他の囚人たちとともに、茂平治もいったん解き放たれたが、数日のうちに立ち戻ったため、罪科一等が減ぜられ、中追放を申し渡された。

これが茂平治にとって、運命の分かれ目となった。

弘化三年八月六日、本庄茂平治は牢屋敷を出所し、神田橋で追放された。

近くで月代を剃り、四谷の身寄りを訪ねようとした。永年の牢獄生活で皮膚病を患い、足腰が弱っていたため、四つ手駕籠に乗った。

茂平治の出所を待ち受けていたのが、伊予松山藩浪人熊倉伝十郎と、大和十津川浪人小松典膳である。

鳥居耀蔵の密命で茂平治が暗殺した井上伝兵衛には、松山藩士熊倉伝之丞という弟がいた。

伝之丞は兄の横死を知って敵討を決心した。子の伝十郎とともに主家を暇乞いし、江戸三奉行に敵討を届け出た。

血のにじむような探索の結果、鳥居の家臣である本庄茂平治が犯人とわかったが、茂平治のほうでも熊倉父子に付け狙われていることを知った。

茂平治は人を雇い、先手を打って熊倉伝之丞を殺害させた。

井上伝兵衛の弟子に、小松典膳という十津川浪人がいた。典膳は武者修行で諸国をわたり歩いていたが、師が何者かに殺されたことを知り、敵討を思い立った。

江戸で熊倉伝十郎とめぐり合い、ふたりは茂平治を探し求めたが、杳として行方が知れない。弘化二年に至って、ようやく茂平治が長州で捕縛されたのは、前に記したとおりである。

敵討ちは届け出られていたから、茂平治の出所は奉行所から伝十郎と典膳に知らされていたのであろう。

熊倉伝十郎と小松典膳のふたりは、茂平治の乗った駕籠を尾けながら、機会をうかがった。

御曲輪内での刃傷は恐れ多いと、神田橋を出て一ツ橋御門前の護持院原二番明地にさしかかったあたりで、名乗りを上げた。

「本庄茂平治、われは松山藩士熊倉伝十郎なり。伯父井上伝兵衛、父熊倉伝之丞の仇、神妙に打たれよ」

敵討ちの口上に、駕籠かきたちは巻き添えを懼れて逃げ去った。

広大な護持院原に駕籠がひとつ、ぽつねんと取り残された。

静寂の時が過ぎた。

しばらくして、駕籠からのそのそと本庄茂平治が姿を現した。

すでに観念していたか、あるいは久しぶりに牢舎から出て、感覚が惑乱していたか。

「覚悟！」

一の太刀は伝十郎がつけた。すでに致命傷となったであろう。小松典膳がとどめをさした。

天保九年の井上伝兵衛暗殺から、七年七カ月余たっていた。

本庄茂平治四十五歳、熊倉伝十郎三十三歳、小松典膳四十七歳であった。

韮山塾

「撃て」

英龍の号令とともに、塾生たちのゲヴェール銃が火を噴いた。

五つの的のうち、壬生藩士友平栄、沼津藩士服部峰次郎、川越藩士岩倉鉄三郎の銃弾が命中した。

続いて二列目の塾生たちが発砲した。

轟音とともに、柴弘吉、望月大象、藤枝勇次郎、長澤鋼吉の銃弾が命中した。かれらは代官所の家臣たちである。

「担え、筒！」

英龍が号令をかけると、塾生たちはいっせいにゲヴェール銃を肩にかついだ。

「気を付け！　回れ、右。隊列、進め」

塾生たちは粛々と行進してゆく。

このとき英龍が発した「担え、筒」のような号令を「鋭音号令」という。今日一般的なこの号令は、英龍が高島秋帆と相談して、日本語に訳したものである。

そもそもオランダは、秋帆に西洋式砲術を教えるにあたり、軍における号令はすべてオランダ語で行なうよう命じた。これはオランダにとって、日本への軍事的、文化的浸透という点で、きわめて大きな意味を持った。

当時の日本人が西洋について知ろうとすれば、オランダ語の書物しかなく、当然オランダ語しか学ぶ機会はなかった。オランダは、他の欧米諸国に対する言語的優位性を、失いたくなかったのである。

しかし、徳丸原の演練で、徳川斉昭や井上左大夫から、オランダ語による号令や筒袖筒袴の服装を批判されたため、幕府は高島流砲術を認める代わりに、「蘭衣」の着用や「蘭語にて進退指揮」するのは心得違いとして差し止めた。

そこで英龍は、号令を日本語に訳して統一しようと考えた。

最初は、オランダ語の「レクツ・オム・ケールト」を「右へ回れ」、「オップ・スコードル・ヘット・ゲヴェール」を「銃を担え」、「バヨン・ネット・ヲップ」を「刀を付けよ」と訳した。

しかし、どうも締まらないのである。

そこで、語順を変えて「回れ右」「担え、銃」「付け、刀」とした。

さらに語調を歯切れよくするために「銃」を「筒」、「刀」を「剣」とした。

英龍は下曾根金三郎や村上定平と相談し、号令の統一を図った。

おそらくこの鋭音号令は、江川太郎左衛門、高島秋帆、下曾根金三郎らの弟子から弟子へと教え伝えられたであろう。

韮山塾と呼ばれる塾で、英龍は家臣や諸藩から選ばれた藩士に、高島流砲術を教授した。

四千人といわれる英龍の門人は、おおまかにわけて三つのグループに分類できる。

ひとつは、老中阿部正弘や真田幸貫、若年寄本多忠寛、勘定奉行の川路聖謨、松平近直など、入門はしたものの実際に教えを受けてはいない名誉門人である。

ふたつめは、韮山代官所手代やその子弟を含む家臣団である。

手代の柏木総蔵はじめ、松岡磐吉（手代松岡正平の次男）、柴弘吉（同じく松岡正平長男）、肥田浜五郎（英龍の侍医肥田春安の子）、望月大象（望月直好の孫）、長澤鋼吉（手代長澤與四郎の長男）、藤枝勇次郎（後に鈴藤姓となる。蘭書翻訳方御用兼鉄砲方附手代）、石井脩三（蘭書翻訳方）、矢田部卿雲（蘭書翻訳方）、岩嶋源八郎（柏木総蔵の実弟、反射炉御用掛）、安井畑蔵（手代山田頼助次男）、森田留蔵（友平栄弟、韮山代官所書役見習）吉岡勇平（代官所手附出役）等々。

また、譜代の家臣ではないが、英龍に随いて学んだ小野友五郎、赤松大三郎等もいる。

かれらも他藩の韮山塾生といっしょに講義を受け、銃砲の試し打ちを行なうのだが、家臣や身内であるため、江川塾と呼んで区別する場合があるようだ。

三つめが、幕臣や他藩諸家から派遣された門人たちである。

弘化五年の韮山塾日記には、友平栄（壬生藩）、岩倉鋘三郎（川越藩）、稲垣源次兵衛（沼津藩）、三浦佐太郎（同）、服部峰次郎（同）、宮山千之助（同）、松国弥八郎（小田原藩）、別府信次郎（同）、深水鋘三郎（同）、金児忠兵衛（松代藩）、井狩作蔵（忍藩）、大村亀太郎（不明）、津田十郎（彦根藩）、一瀬大蔵（同）、一瀬豊彦（同）、堤勘左衛門（同）、馬場廉（不明）らの名がみえる。

伝授を受けて藩に帰る者もいれば、新たに入塾する者もいるため、塾生の数は一定していないが、四、五人から十人前後が常時在籍していたようだ。

塾生たちは、韮山の江川家玄関脇の、十八畳の塾の間で講義を受け、起居した。

塾での席次は伝授の順、入門順である。

伝授には幕内立入、皆伝免許、カノン伝授などがあり、塾生をまとめる塾頭がひとり選ばれた。明六つ（午前六時）から素読、続いて教学、兵学の講義がある。論語や小学、大学の購読も行なった。その後、剣術の稽古、小銃の射撃を行なう。銃は韮山で製作したゲヴェール銃やドンドル銃（雷管銃）、ヤーゲル銃（狙撃銃）が使われた。

課程が進むにつれ、カノン砲、ホーウィッスル砲、モルチール砲の試し撃ちが行なわれた。砲弾もボンベン、ガラナート、ブラントコーゲルなど様々な種類が使用された。

的を設えて撃つこともあれば、馬上砲、海岸での稽古、海上での船打稽古も行なわれた。

砲術稽古には、娘婿の榊原鏡次郎も参加した。鏡次郎はカノン砲の伝授を受けており、英龍が不在のときは代理で教えていた。

稽古の場所は一丁場、三丁場、五丁場、八丁場、十五丁場、十七丁場、とある。一丁（町）が一〇九メートルだから、もっとも遠い射程で約一八〇〇メートルだった。

それぞれ的をしつらえ、命中した数をかぞえる。

たとえば嘉永二年正月の大筒稽古始では、五町場において五百目カノン砲を稽古撃ちし、二十発のうち中り六ツ、星貳ツ、であった。

十七丁場では、八〇ポンドボンベカノンの稽古撃ちを行ない、実弾二発、ガラナート（柘榴弾）二発を発射した。

発射した砲弾は、人足を使って回収した。砲弾で畑を荒らしてしまったときは、その程度によって百文から五百文ほどを畑の持ち主に支払った。

英龍は韮山塾で、

「敬慎第一、実用専務」

と教えた。

「敬慎」とは、朱子の「持敬」と、大学の「慎独」を合わせた言葉であろう。

「敬」とは「慎む」ことである。「敬」の心を常に持ち、たとえ周囲にひとがおらず、誰も見ていなくても、「慎む」ことが至誠の道に通じる——そう塾生たちに教えたかったのである。

有名な「小人閑居して不善を為す」は、「君子はその独りを慎む」と対をなす。

「実用専務」のほうは、まさしく韮山塾の教育そのものである。理論や高説でなく、実際に役に立つことを教える。

英龍は砲術を門人に教えるにあたり、実践を重んじた。

なかでも重視したのが、数日から十数日かけて行なった山狩である。天城山や江梨山、奈古屋山などへおもむき、山野を駆けめぐって猪や鹿を銃で狩るのである。

書を読み議論するだけでなく、実戦に役立つよう射撃の腕をみがき、心身を鍛えるという、実用第一の訓練であった。

韮山塾は特異な塾だった。

江戸期は私塾がさかんであったが、ほとんどが儒教による経世の学を教えるものであり、江戸中期から蘭学塾が始まった。武芸の道場は剣術が主だった。

塾生を連れて山へ狩に行き、何日も掘立小屋で過ごすような塾など、ほかにはあるまい。頭でなく、身体に覚えさせるという教育である。

韮山塾では銃砲の撃ち方だけでなく、火薬の作り方まで教えた。修善寺の小川家に残された史料には、鉄の鍛え方や十数種類の火薬の製法が記されている。武士に技術教育も行なったのである。

英龍は山狩について、こう語っていた。

「人は持っている力の八分出せば成功する。しかし、いざとなると五分しか出せぬものだ。訓練では的に当たっていても、獲物が突然目の前に現れると、身体が痙攣（けいれん）して照準が狂ってしまう。それを防ぐために、狩猟を行ない、山野を駆け、心胆を練り、筋骨を鍛錬するのだ」

実用専務を端的に表した言葉であろう。

しかし、その精神を理解しない者もいた。

「江川氏は兵法を教えずに、家人や門弟をして飛脚か猟師の真似をさせる」

と言って非難したのは、佐久間象山である。

天保十三年九月に最初の門人として入門した象山は、塾に一年足らず在籍したが、弘化元年六月十八日に江戸役所を訪ねた後、まったく姿を見せなくなった。

もっとも弘化元年二月の韮山塾生の記録にも名前がないので、もっと前から出席しなくなっていたかもしれない。

象山は入門して半年もすれば、高島流砲術の皆伝免許を許されると思っていたのだろう。

自分はすでに一家をなした学者である。しかも、主君は老中真田幸貫であり、その後ろ盾のもとに入塾した自分は、特別扱いを受けると期待していたようだ。

弥九郎も象山のそんな気配を察し、注意を促した。

「象山は凡人ではないが、自己の推薦ばかり考える男だ。その挙動には、ゆめ油断するまいぞ」

英龍は、弥九郎の言葉にこだわらず、象山に幕内立入の免状を与えた。

しかし、象山は不満だった。一年以上在籍しても幕内立入だけで皆伝がもらえぬとはどういうわけか。嘉永三年には、母への手紙で不満をぶちまけている。

「江川にてはけしからず伝書などを惜しんで、三年五年くらいでは皆伝を許さない様子です。私は大いなる了見があるので、並の者のように鉄砲を撃って一生を送るつもりはありません」

「敬慎」という韮山塾の精神は、象山とは水と油のようなものであったかもしれない。

韮山塾での山狩も、日頃身体を鍛えていない象山にはきつかったようだ。あまりのきびしさに音をあげ、一日で江戸へ帰ろうとしたが、三日分の兵糧として持参した握り飯を一日で食べてしまい、それでは戦に勝てぬと英龍から指摘されて、塾生たちの笑いものになった。

自己肥大的人格で、自分のことを特別な人間だと信じている自尊心の強い象山にとって、耐え難い屈辱だったろう。

その後、象山は英龍の悪口をほうぼうへ言いふらした。

「江川殿は西洋の学問にはうとい人で、砲術も高島秋帆に学んだものに工夫を加えただけである」

松代藩士高田幾太宛ての手紙で批判し、雷管を製造した同じ松代藩士の片井京介についても「ただの職人であって道具の細工をするだけだ、西洋の物理学については何ひとつ心得ていない」とこきおろした。

片井への批判の裏には、かれの出自への軽侮があったかもしれない。

「学問も何もなく、からくり細工だけがわかる男」とあからさまに貶(おとし)めながら、「近来西洋の大砲に使用される四通りの合金を片井に教えてやったところ、片井も大いに喜んだ。韮山に二年いるより、私のところに一朝来た方が有益であろうと言った」と自慢している。

もちろん英龍は幡崎鼎、渡辺崋山らに師事したのちは、矢田部卿雲や石井修三、田那村松郎、西脇寅之助ら蘭学者たちに命じて『和蘭国製鉄論』『陸用砲術全書』といった科学書、兵学書を翻訳させ、研究を重ね、韮山塾で講義をしている。

象山は小銃、大砲についても「自身の器用さで工夫しただけで、西洋書を研究したものではない」と英龍の大砲鋳造をけなした。

その後、象山自身も大砲を設計し鋳造した。

中津藩の依頼で象山が鋳造した六ポンド砲は、試射のときに破裂した。同じく中津藩の依頼による一二ポンドカノン砲は、嘉永四年十一月、上総国姉ヶ崎で試射し、砲身が破裂した。さらに薩摩藩の依頼により象山が鋳造した八〇ポンドボンベカノン砲は、大森で試射を行ない破裂した。

松代藩は動揺した。

象山に大砲鋳造を任せるわけにはいかないと判断し、韮山塾の門人で高島流皆伝を許された松代藩士の金児忠兵衛に、五〇ポンドモルチール砲を鋳造させた。

江戸藩邸では英龍にも大砲の鋳造を依頼した。

象山は吠えた。

「江戸表で江川殿にお頼みになったそうだが、その銃身をはじめとして尺度が法に当たらず、道具も揃っていない。一、二製造したのも江川殿の杜撰(ずさん)のせいか御側衆の臆案のせいか、まったく無法のことで、私の愚眼から見ればまことに笑止千万である」（竹村金吾宛ての手紙と思われる）

象山はまた、いかなる利器を揃えても、使用する人間が撃ち方を心得なければ役に立たない、として「打放の真法」を心得ているのは自分以外に誰ひとりいない、と自慢した。

さらに、松代藩江戸藩邸の韮山塾門人たちは、高島江川の誤伝を信じて「真法」を心得ないが、最近になって象山の「真法」をうらやみ、盗み取ろうとしている。しかし「真似しても正しい規則を知らないから笑止なることが多いばかりだ」としているが、はたしてどうであろう。

象山は嘉永四年二月、松代でかれの主張する「真法」によって、金児忠兵衛が鋳造した五〇ポンドモルチール砲を試射した。ところが砲弾は的をはるかに通り過ぎて、ひと山越えた天領の小島村満照寺に落下した。松代藩はこの不調法を詫びに行かなければならなかったが、象山はこのときも「砲弾はそこに落ちたのではなく、その辺りの下人が持ち去って置いたからだ。弾道のことなど弁えない百姓や出家の言葉を信用して、樽代（金銭）を渡して砲弾を取り戻したら恥辱になる」と開き直って強弁した。

象山というひとは、書物で仕入れた知識と現実が、そうとうに乖離していたようである。しかし、いつの時代でもそうであるが、不幸なのは、こういう大言壮語を、そのまま信じてしまうひとたちがいることである。

英龍が象山を批判した記録はない。かまっている暇などなかったであろう。


これより前、英龍がパンを製造した逸話に触れておこう。

以前から英龍は、兵糧としてのパンに関心をもっていた。米の飯は腐りやすく、軍食としては扱いにくい。一度、韮山塾の山狩にパンを持参したところ、簡便で実用的であったため、作り方を学ぼうとしたのである。

パンは戦国時代にポルトガルから伝わったが、米食を好む日本人には普及しなかった。忘れられた存在だったパンに注目したのは、子どものころから母が作ったカステラを食べて育ち、西洋の食物に抵抗のない英龍らしい。

韮山にいた英龍は、天保十三年四月二日、江戸役所の柏木総蔵に、長崎から江戸に出てきている作太郎という青年にパンの製法を学ぶよう、指示を出した。作太郎は高島秋帆の門人であり、出島の蘭館で料理方を勤めた経験もある。

さっそく柏木は、日本橋駿河町の長崎屋で作太郎に対面し、パンの製法を詳しく聞いた。長崎屋はオランダ商館長や通詞、長崎の町役人たちの江戸での定宿である。

柏木と作太郎は、長崎屋の台所で実際にパンを作ってみた。柏木は、切石による竈（かまど）のしつらえから、使用する薪の数まで作太郎に質問し、詳細なレシピを英龍に送った。

材料は、うどん粉とまんじゅうの元（酵母）である。それを塩水でこねる。厚さ三分（約一センチ）、長さ三寸（約一〇センチ）の扁平な形にしたパン種を、焚火で焼いて熱くなった石竈の中に置いて密閉するという、本格的な製法だった。

こうすれば焦げもせず、真中まで「フックリと」火が通り、一年は保つという。

「それを一度に一つ半、大食の者は二つも食べ、湯茶水を呑めば、腹中で殖え候」

現代の柔かなパンと異なり、堅く焼いた乾パンのようなものであろう。空腹をしのぎ、腹もちをよくするための、純然たる兵糧であった。

英龍は、このレシピにもとづいて、四月十二日、韮山代官所でパンを焼いた。

パンを焼くのに差し渡し二尺七寸、深さ二寸の鉄鍋を使った。この鉄鍋はいまも韮山の江川邸に残されている。

前の晩から発酵させておいたパン種を平べったく丸め、油を引いた鉄鍋に並べて焼いた後、熱い石竈の中に入れてさらに乾燥させた。

柏木総蔵がパンの灰を落とし、かごに入れて差し出した。

まず英龍が出来たてのパンを試食した。ゆっくりと嚙んでいたが、やがてうなずいて笑みを浮かべた。

「悪くない」

続いて弥九郎が口に入れた。石のように堅いパンを、頑丈な歯で強くかみしめた。

「うまいな」

弥九郎は顔をほころばせた。

手代の松岡正平が、おそるおそる齧った。

「うっ」

がっという音がした。松岡はあごを押さえている。

「か、堅うございますな」

「堅いぶん、日持ちする。嚙めぬなら水を呑むとよい」

このパンを一度に半年分焼き上げ、韮山塾で山狩をする際の兵糧として用いた。

後世、この出来事をもって江川太郎左衛門は「パン祖」とされ、四月十二日は「パンの記念日」になった。

マリナー号

嘉永二年閏四月八日巳の上刻（午前九時）、城ヶ島の沖七里ほどに異国船が現れた。異国船は悠然と浦賀に近づいた。二本マストに大筒十三挺を備え、全長二十間ほどの船体は、瀝青で黒く塗られている。

浦賀奉行所は、ただちに千代ケ崎砲台へ人員を配置し、浦賀防衛を担当する彦根藩、川越藩、会津藩、忍（おし）藩に連絡、江戸表へも急報した。

翌九日、浦賀奉行所の与力、同心とオランダ通詞が、退帆を促すべく異国船に乗り込んだ。船はコルベット型のイギリス軍艦「マロナ」（正しくはマリナー号）で、艦長は「マテスン」（マセソン中佐）と判明した。

不思議なことにマリナー号には、流暢な日本語を話す男がいた。

男は唐国上海の通詞で、林阿多（リンアトウ）と名乗った。年の頃は三十五、六歳、丸襟の黒っぽい羅紗の上着に白いズボンをはき、「大黒天の頭巾」のような丸い帽子をかぶっている。日本語も堪能で、地方訛りのある日本人より、ずっとわかりやすかった。イギリス人たちはかれを「オトサン」と呼んだ。

通詞アトウは、赤い紙に漢字で書かれたマセソン中佐の手札を出して、浦賀奉行への面会と水、野菜の供給を求めた。

「このたび、唐国、琉球国、日本国へお見舞いにまかりこした次第、御奉行にお目にかかりたいのですが、上陸をお許しくだされますか」

応対したのは浦賀奉行所与力田中信吾である。田中はマセソンの手札を、国法によって受け取れないとして返却した。

「水と食料は望みのものを与えよう。されど上陸はあいならぬ。御奉行も面会はできぬ」

このとき、無二念打払令が撤廃され、薪水給与令が復活していたのは、双方にとって——とくに日本にとって——幸せだったというべきだろう。

与力たちが船を降りると、マリナー号はさらに浦賀へ近づき、バッテイラに乗った乗組員たちが、八分儀で浦賀周辺の測量を始めた。

船の位置を計り、水深を測り、風景を写生した。近くの小島に上陸して、江戸湾への入り口にあたる浦賀水道の測量を行なった。

しかし、奉行所の役人たちは遠巻きに観察するだけで、とくに制止しなかった。

浦賀奉行所の記録には、測量を行なうイギリス人たちは、みな「剣付鉄砲を持参」し、その行動は「飛鳥より早く御座候」とあるが、言い訳のように読めなくもない。

要するに、なすすべもなく見ているだけだったのである。

マセソンは本国に、江戸は物資の供給を海上輸送に頼っており、多数の戦艦を使わなくても、江戸湾を封鎖することは可能である、と報告した。

翌日も退帆の交渉が行なわれたが、マリナー号側からはっきりした返事はなかった。

軍人は階級を重んじる。奉行が面会しないという時点で、マセソンは与力らの指示に従うつもりはなかったし、かれらのことなど眼中になかった。

浦賀奉行所の与力たちは自らを役人（マンダリン）と称したが、マリナー号のほうでは兵卒（ソルジャー）ではないかと疑っていたようである。

ただし、日本側も無策ではなかった。

浦賀奉行戸田伊豆守氏栄（うじよし）は、マリナー号と交渉する田中信吾に船大工を同行させ、西洋船の構造をつぶさに見学させたのである。

船大工は精力的に働いた。船の寸法を測り、絵図を描き、船上のあらゆるものを筆記した。田中信吾も、通詞のアトウを通して大砲の弾の重量や火薬について訊ね、船の構造や仕組みについて聞きこんだ。

実は、弘化四年に就任した浦賀奉行の戸田氏栄と浅野長祚（ながよし）は、浦賀の防衛が貧弱であることを憂え、幕府に三本マストのスループ型洋式戦艦の建造を提案していたのである。

しかし、阿部正弘政権の海防掛は井上左大夫ら保守派が中心になっており、洋式軍備の導入にはことごとく反対した。

それならと戸田と浅野は二本マストの小型洋式軍船を提案したが、またしても海防掛によって却下された。

温厚な阿部正弘も業を煮やし、浦賀奉行に一本マストのスループ型軍船の建造案を提出させ、海防掛に審議させずに承認した。

それが嘉永二年二月、マリナー号が来航するふた月前のことであった。

マリナー号は、洋式軍船を建造するにあたって、よいお手本となったのである。

田中信吾はアトウに、水と野菜はほどなく持参するので、受け取り次第出帆するように要請した。

アトウは艦長室へ報告に行き、戻ってくると、牛か鶏が欲しいと告げた。田中は、日本では牛は荷物を運ぶために使っており、鶏も時を告げるためのもので、食用ではない、と断った。

奉行所は、飲料水のほか大根六十把、ふき六十把、卵三籠（三百個）、平目、鰤等の魚を用意した。

マリナー号は、上海で四十日分の食糧を買い求めており、とくに不足していたわけではなかったから、交渉の糸口として希望した可能性もある。

食糧についての相談がすんだところで、田中はアトウに礼を言った。

「世話になった。かたじけない」

アトウはほんの少し目を細めた。かれは小柄で柔和な男だった。手足が小さく、内またで歩き、声も控えめだった。なぜ、これほど親切なのか、田中は不思議に思った。

「おぬしはほんとうに唐人か、日本人のように見えるが」

冗談半分に言ってみた。

一瞬、アトウの顔がこわばったように見えたが、すぐに元の静かな表情に戻った。

「十二年前、浦賀を訪れた外国船は、どのあたりに船掛かりしましたか」

突然、アトウが聞いた。

田中は面喰らったが、丁酉の年に打ち払いを行なった船かと記憶をたどった。

「あの辺りであったかの」

野比村沖のあたりを指さした。

「どこの国の船でございましたか」

「それはわからぬ」

するとアトウは、真っ直ぐに田中を見つめて聞いた。

「その折、外国船にてっぽうを撃ったのはなぜでございますか」

田中はますます当惑した。なぜこの唐人はそんなことを知っているのか。いったい何を聞こうとしているのか。

「それは……」

その頃は多くの異国船が日本の海岸で悪さをしたため、大砲で打ち払うことになっていた、その後、害意のない船には、水や食糧を与えて帰帆させるように決まったのだ、と日本の政策の変更について説明した。

田中の話を聞くアトウの目は、真剣なようでもあり、少し哀しげでもあった。聞き終わってからも、しばらく黙っていた。

アトウ、すなわち音吉は、それ以上問いかけはしなかった。

十二年の歳月の後に、今度はイギリスの軍艦に乗って、ふたたび浦賀を訪れた音吉の胸には、様々な思いが去来していたことだろう。

あのとき音吉は、モリソン号に乗って故国へ帰ろうとしたが、砲撃によって拒絶された。そしていま、イギリスの手先となり、唐人の通詞だと嘘をついたことで、永遠に日本へ帰れない予感がしていた。

田中はもちろん、十二年前に平根山砲台の大砲で打ち払った異国船が、モリソン号であったことを知らない。目の前にいるアトウが、少年の頃遠州灘で遭難し、アメリカに漂着してから、地球を一周してアジアにたどりつき、マカオからモリソン号に乗って、日本へ送り届けられようとしたことも知らない。

音吉も、モリソン号の打ち払いがきっかけとなって、多くの蘭学者が処罰されたことを知らない。

音吉は、今回も故国の土を踏むことはなかった。

安政元年、音吉はふたたび、イギリス極東艦隊の旗艦ウィンチェスターの通訳として長崎を訪れる。このときは本名とこれまでの経緯をあきらかにして、日英和親条約の締結に貢献した。

かれはその後も、日本に帰国することはなかった。上海からシンガポールに移住し、日本の遣欧使節がシンガポールを訪れた際には、福澤諭吉や森山多吉郎と会っている。一八六七年、その地で没した。享年五十。

十日の午後になって、マリナー号は出帆する様子を見せ始めた。船影は次第に浦賀を離れ、奉行所の小舟も追尾して退帆を見届けた。

浦賀奉行所は胸をなでおろしたことだろう。

布告の通り薪水、食糧を給与した。測量はされるままに傍観していたが、浦賀への上陸は許さなかった。

異国船はすでに去った。それでよいではないか。

しかし、マリナー号は日本から去ったわけではなかった。

二日後の閏四月十二日、マリナー号は下田港に姿を現した。下田の町は騒然となった。

下田奉行は、水野忠邦の最初の老中辞任と共に廃止されていた。下田には大砲や銃の軍備がなく、まったく無防備な状態である。

駐在しているのも、浦賀奉行支配組の同心ふたりだけというありさまであった下田詰の同心福西啓蔵と臼井藤五郎は浦賀奉行所に注進し、奉行所は小田原藩主大久保加賀守、沼津藩主水野惣兵衛、掛川藩主太田摂津守に出兵を要請した。

奉行所はその旨を江戸表に知らせると同時に、下田支配の韮山代官所へは、小田原藩と沼津藩の軍勢が支配地を通行するので、御心得いただきたいと急報した。

同心ふたりは小船で近づいて検問したが、マリナー号側は仮泊であるとつっぱね、バッテイラ二隻で湾内の水深を測り、やがて柿崎村へ上陸した。畑の麦をかき取り、網で魚を獲った。さらに犬走島、大浦、鍋田浜へも上陸すると、民家を覗き、農家の婦女を追いかけるなどの狼藉も働いた。

あきらかにマセソン艦長は、浦賀で対応した与力よりも下の階級である同心を軽く見ていた。天然の良港である下田が、まるはだかであることも一目瞭然である。

いっぽう、韮山にいた英龍は即座に反応した。浦賀奉行所からは出張を要請されなかったが、韮山代官所の家臣を集め、さらに金谷村の足軽に召集をかけた。

「たったいま下田港にイギリス軍船が来航したとの知らせが入った。下田はわが支配地であり、下田の民と港を護るのは、われらの務めである。江戸役所からも人数を出し、急ぎ下田へ向かうゆえ仕度せよ」

十三日四つ（午前十時）に韮山を出立し、網代港から押送船で下田へ向かった。手代、家臣、足軽等総勢四十四人である。そのほか、江戸役所の手勢が十五人、下田に向かった。

足軽は、金谷村の百姓、すなわち農兵である。

軍備は剣付銃三十四挺、野戦砲一門、大砲四門。

下田に到着したのは、十四日の暁八つ（午前二時）である。英龍は、浦賀奉行がマリナー号艦長との面会を断ったいきさつを聞いていた。下田では自ら退帆を促すつもりでいる。

翌十五日早朝、英龍は持参した大砲と銃を準備し、交渉用の衣装を着用した。

このとき英龍は、金糸銀糸で縫われた錦繍（きんしゅう）の野袴と陣羽織を身に着け、腰には黄金造りの太刀と脇差を差した。同行した数人の手代たちも、新調の割羽織に袴で後に続いた。浜辺には、やはり立派な衣装の家臣たちがドンドル銃を担い、整列した。野戦砲一門と大砲四門も配備された。

下田の住民たちは、英龍を筆頭に壮麗な衣装の韮山代官所手勢が、粛々と進んでゆく姿に目をみはった。

英龍はかねて「状貌雄偉、音声高朗、応対明弁」と言われている。

身の丈六尺の堂々たる姿と絢爛（けんらん）たる衣装は、周囲を圧倒するほどの威厳と迫力があった。

英龍は元締め手代の松岡正平とともに、小舟でマリナー号に乗りつけると、朗々たる声で告げた。

「それがしは江川太郎左衛門、この地方で十五万の人民を支配する者が罷り越したと伝えよ」

通詞のアトウは、驚いた様子で船室に戻った。

イギリス人水兵たちは、あわてて甲板に散らばった物を片付け、掃除を始めた。

しばらくしてマセソン艦長がアトウとともに出迎え、艦長室に案内した。マセソンもこのときばかりは笑みを浮かべ、愛想がよかった。

英龍と松岡は上座の席に案内された。見渡すと、台の上に肉、パン、氷砂糖、塩等が美しい器に盛られていた。硝子の瓶に入った酒を勧められたが、英龍は断った。

するると錫のティーポットから、艦長がまず自分のカップに紅茶を注ぎ、それから英龍のカップに注いだ。

「茶にござります」

アトウが言った。

英龍は紅茶を飲んでみたが、あまりお気に召さなかったようだ（極下品なる茶に御座候、と書いている）。

アトウの通訳で、なぜ日本を訪れたかを訊くと、先年日本近海で漂流したイギリス船に、御仁政の御対応をしていただいたお礼のためだという。弘化二年に長崎へ渡来したサマラン号のことらしいが、もちろん表向きの理由であろう。

「今日中に出帆するつもりですが、お越しいただいた御礼として、艦長は殿様がお泊まりの宿へお伺いし、ご一緒に山で雉撃ちをいたしたいそうでござります」

「それはならぬ」

きっぱりと言った。

「上陸がわが国の国法で禁じられていることは承知していよう。それがしが到着する前に港内を小舟で乗り回し、水深を測量し、海岸の様子を捜索したと聞いている。礼を言うために異国を訪れながら、許しを得ずに無法のことをなすのはどういう所存か、伺いたいものだ」

大声を出さなくとも、英龍の声はよく通り、船室内に響き渡る。堂々とした態度と理路整然とした話しぶりに、マセソン艦長はじめマリナー号の上級航海士たちは、明らかにこれまでの日本人とは違うと感じたであろう。

この男には詭弁や策略は通用しない。ましてアジアの他の国々のように、恫喝すれば言うことを聞くような卑屈な態度は微塵もない。

わが国で言えば、勇敢な先祖を持つロード階級に当たるのだろう。(マセソンは英龍のことを「船上で対面したミオマキ(ニラヤマの聞き間違いか?)の州統治者は、あきらかに a man of high rank である」と報告書 The Chinese repository v.19(1850) に書いている)

マセソンは態度を改めた。アトウに向かって軽くうなずいてみせた。

「承知しました。ただし本日は風浪ともに激しいので、おいおい準備し、出航いたします」

「その折は曳舟をお出しししよう」

マセソンは深くうなずいた。

控えていた炊事掛りに合図すると、パン、牛乳、軽い食事が供された。

パンを口にした英龍は、首をかしげた。

「それがしの役所でもパンを作らせたが、このパンは柔らかいですな」

「あなたはパンを食べるのですか」

「いや、ふだんは食べませぬ。戦の兵糧です」

「貴国では今でも戦争があるのですか」

英龍はその大きな目で、マセソン艦長を見据えて言った。

「わが国には常在戦場という言葉がある。いついかなるときも戦に向かえるように、備えているのです」

マセソンは英龍の言葉に込められた意図を覚って、気まずそうな笑いを浮かべた。

ここで英龍は、手土産として持参した魚と筍を差し出した。魚は受け取ったが、マセソンは筍を見て、不思議そうにひっくり返したり持ち上げたりしている。

「これは何ですか？」

「竹の子でござる。屋敷の庭から掘ってきたばかりです」

マセソンは首を振りながら言った。

「大英帝国では木の根は食べません。これはお返しします」

英龍は思わぬ反撃にあって困惑した。

「それでは代わりのものを何か差し上げよう」

「お言葉に甘えて、日本の漆器をいただければ、これに勝る喜びはありません」

英龍は松岡正平に命じて、下田の町から塗椀五組を取り寄せ、マセソン艦長に進呈した。このときばかりはマセソンも、顔をほころばせて喜んだ。

「日本の漆器は世界一だと聞いています。ありがとうございます」

マセソンは返礼として、額縁入りの水彩画、万国地図、洋酒、氷砂糖、紅茶、牛肉、パン、瓶詰の食塩の八品目を贈るという。

異国のものを受け取ることは国禁であると断ったが、それでは非礼にあたると思い直し、水彩の風景画だけを受け取ることにした。これも幕府に届け出てから、正式に受領するのである。

「艦内をご案内しましょう」

マセソンは、マリナー号の軍備を見せたい様子であった。

将官らしき者がいる。赤い服を着た者は、小銃を手にして防備を固めている。舳（へさき）には物見らしい者が、絶えず見張りをしている。それぞれが役割を分担して働いており、英龍はひそかに感心した。

船の構造もつぶさに観察した。西洋船の構造は模型で知っていたが、実際に見るのは初めてである。竜骨が背骨のように船底を貫き、何本もの肋骨が竜骨から横に張りだして船体を支えている。甲板が何層にもなって、水を防いでいるのがよくわかった。

甲板も竜骨もない和船とはまったく違う。軍艦は西洋式の構造で造らなければ用をなさないと、改めて思った。

備え付けの大砲が気になる様子の英龍へ、マセソンはにこやかに声をかけた。

「御国にはこのような大砲はありますか？　もし興味がおありでしたら、試しに撃ってみませんか」

あきらかに、示威を図ったものである。

マセソンは、日本の軍備が旧式であることをよく知っている。英国海軍の軍事力がどんなものか、ここで見せつけておくのは、今後の交渉で有利に働くだろう。

英龍は仔細に大砲を観察した。イギリス軍艦の大砲を調べる機会などめったにない。

カノン砲のようだが、砲身が短く、材質は青銅でなく鉄製のようだ。

(反射炉を早く造らねば)

来てよかった。この目で洋式軍艦の軍備を見られた収穫は大きい。

英龍は手真似で、乗組員の銃を見せてほしいと頼んだ。銃を受け取ると、慣れた手つきで肩に構え、照準を合わせた。

マセソンや士官たちは驚いた。この日本人高官は銃も扱い慣れているのか。

「それがしは常々カノン砲もホーウィッスル砲も、家臣や門人たちと稽古撃ちをしています。あそこに」

英龍はそう言って、浜辺の方角を手で示した。そこには野戦砲とカノン砲、ホーウィッスル砲が配備され、ドンドル銃を担った韮山の手勢が整列していた。さらにその両翼には小田原藩と沼津藩、掛川藩の軍勢が、旧式の大砲と共にずらりと立ち並んでいた。

「そのごく一部を持参しました。試し撃ちは無用でござる」

マセソン艦長は苦笑いをして黙り込んだ。

とはいえマリナー号の大砲は十三門。小田原藩や沼津藩の旧式大砲は戦力にならないから、マリナー号の戦力的優位は明らかである。

艦長室に戻ると、通詞のアトウが卓台のほうへ歩いていった。見ると卓台の上には、一尺四、五寸（四〇数センチ）四方、厚さ二、三寸（七～一〇センチ）の分厚い書物が、開いて置いてあった。

万国地図帳である。

ちょうど日本のところが開かれており、江戸、浦賀、下田の海岸図が詳細に描かれていた。先ほどマセソンからもらった小さな地図とはまるで違う。

「これは……」

地名はすべて英語で書かれているようだが、これほど詳細な地図を目にするのは、英龍もはじめてである。

英龍は食い入るように地図帳に見入った。

世界中の地図を本にして、一隻の軍艦が航海に持ってゆくというところに、西洋文明の合理性を感じざるを得なかった。

「この船は二年前に本国を出発し、十五、六日ほど前に唐国を出ました。最初は乗組が百二十人ほどおりましたが、十人が病で亡くなり、いまは百十人ほどでござります」

アトウが言った。

最初はこわごわと接していたアトウだったが、慣れてきたのか、人柄がわかってきたのか、しきりに英龍に話しかけた。

さりげなく、マリナー号の兵力を教えてくれたのかもしれなかった。

そのとき、浦賀奉行所から急報を聞いて駆け付けた、与力や通詞が入室した。

「これはこれは、ご苦労でござる。浦賀から何故下田に入津したのでござるか」

浦賀奉行所与力香山又蔵は薄笑いを浮かべ、イギリス人たちにおもねるような、なれなれしい様子で声をかけた。

アトウが通訳したが、マセソンは相手にしない。横にいた下士官が返事をした。

「風待ちしています。順風になれば出帆します」

あきらかに香山は、英龍を意識していた。

下田はきわめてあいまいな状態に置かれている。浦賀奉行所が同心を駐在させており、海は奉行所の管理下にあるが、下田の町は韮山代官所の支配地である。

行政権、司法権は韮山代官所の管轄だが、異国船への対応は、浦賀奉行所のたったふたりの同心に任されているのである。

奉行所としては、英龍に関わってほしくない。だからマリナー号が下田に来航しても出張を要請せず、小田原藩などの軍勢が支配地を通ることだけを伝えたのだが、海防の専門家である英龍は下田に急行した。

それが苦々しくもあり、さりとて文句も言えず、どうやって英龍の得点を減らし、手柄を浦賀奉行所のものにするか、算段しはじめている。

香山は奉行所の用人に、こう書き送っている。

「江川太郎左衛門は人数を引き連れて下田にやってきたが、(異国船との)応接には一向に携わらず、警備だけである」

もちろん、まったくの嘘である。都合よく粉飾して、上司に報告したのであろう。

英龍がマセソン艦長と交渉しているときのことも、

「異人に出帆を諭したが行き届かず、太郎左衛門が当惑して又蔵に跡をよろしく頼みたい様子だったので、又蔵が交代して申し聞かせた。すでに顔見知りなのでご苦労とあいさつを交わし、上陸はもちろん艀など一切乗り出さないよう申し聞かせた。異人はそんなつもりはない、今日はゆるりと滞船すると誓ったので、日本のしきたりは変更ないので今日は安心して滞船するように言って引き取った。浦賀の印のついた船が出張してからは、異人たちは小船を下ろさず、浦賀に滞船していたころのようにおとなしくしている」

と、「留書」に記して、あたかも浦賀奉行所と香山又蔵の働きのおかげで、マリナー号が急に友好的になったかのように書いている。

これは香山という与力の個性なのか、役人の縄張り争いは常にこういうものなのか。

同じ与力の田中信吾による記録は写実的、客観的なので、おそらくは前者であろう。

ともあれ、マセソンはしぶとい男だったが、出帆を受け入れた。

十六日は向かい風だったため出港できず、翌十七日早朝、マリナー号は曳舟に引かれて外洋に出た。

英龍にとっては収穫の多い体験だった。そして幕閣のあいだでは、その果断な行動と堂々とした交渉が評判になった。

ふだんは質素な衣服を着ているが、このときばかりは日本橋越後屋に作らせた高価な蜀江錦(しょっこうにしき)の野袴と陣羽織を着て、身分の高い武士であることをイギリス人たちに印象付けた。

体格も西洋人にひけをとらないし、声も大きくてよく響く。西洋人は大柄なので小柄な日本人はついつい気圧されてしまうが、太郎左衛門ならば負けずに渡り合えるだろう。

賞賛の声が大勢を占めたが、もちろんそんな単純な話ではない。

この時代、外交は軍事力とセットになっている。

下田港に、英龍が持参した洋式大砲や、ドンドル銃を担った家臣たちがずらりとならんで見せたからこそ、マセソンも敢えて無理はしなかった。

マセソンはアトウ、すなわち音吉が、モリソン号で帰国しようとしたものの砲撃によって拒否されたことを知っていた。マセソンの任務は日本の開国や通商ではない。浦賀と下田の測量と地勢、軍備の調査であり、本国政府から軍事行動を禁じられていた。お互いに手の内を見せあって、平和裏に別れたのである。

英龍もマリナー号をじかに観察して、イギリスの軍事的脅威を思い知らされた。

大砲の数も、その性能も、たった一隻のマリナー号にまったく及ばなかった。

たとえ軍艦一隻でも、下田のような無防備な港は、なすすべもなく占領されてしまうであろう。

この後、英龍は六通の建議書を、続けざまに幕府へ提出する。

「豆州下田港御備向之義ニ付申上候書付」を皮切りに、異国船の取り扱いや打ち払いの是非について訴えた。

「打ち払いは不可。薪水食糧を与えて退帆せしむるべし」が、その骨子である。

西洋では戦乱が続いて実戦に慣れており、武器も発達している。しかるに諸藩の兵は山坂の奔走すらできないほど柔弱至極であり、武器も時代遅れである。先だって下田港に異国船が渡来した折も、小田原、掛川、沼津の諸藩が兵と大砲を出したが、異国船に対して効果のある大砲は一挺もない。

容赦なく切って捨てた。

そして、七月の「存付之趣申上候書付」では、マリナー号の経験から、日本に必要な三つの防備、西洋砲術、船艦、城制について、詳細な報告を行なった。

八稜郭の台場を海岸に築き、そこに大砲百三十四挺、砲弾十一万二千九十六を備えるべきであるとし、城砦用の車台や架車、軽騎兵力、歩兵、棹船等に至るまで、必要な数を計算して記している。

さらに「農兵之儀申上候書付」を提出した。下田のように山に隔てられた半島の突端は、陸路で行くには時間がかかる。農兵制を採用し、ふだんから百姓に銃の訓練をさせて、いざというときに備えよという、かれの持論である。

しかし、建議はことごとく無視された。

下田警備の足軽に農兵が認められるのは、四年後の嘉永六年五月である。

幕閣はふたたび危機を先送りして、つかの間の平安に戻った。

反射炉

長谷川刑部は、じっと炉を見つめている。

炉の底の常磐炭は勢いよく燃えているが、鉄を熔かすだけの火力はない。

もう何度、ヒュゲエニンの『ロイク王立大砲鋳造所における鋳造法』（一八二二年）を読み直したことだろう。そこには鉄を熔解する反射炉の図と、詳しい解説が書かれている。

反射炉は二基四炉で出来ている。高さ五丈（約一五・五メートル）を超える巨大な反射炉は、その大部分が煙突である。鉄を熔かす炉は、いちばん下のごく一部であった。

設計図の寸法で造る前に、まず十分の一の模型を造り、さらに三分の一の大きさで実験炉を造った。三分の一とはいえ、煙突の高さは二丈近く（約五・五メートル）ある。四本の煙突が高々と聳（そび）えるさまは、実験炉でありながら威容堂々たるものがあった。

嘉永二年五月、韮山の実験炉に火がともされた。日本で初めての反射炉である。

江戸鍋町で、若き日の英龍と観音像を造ってから二十余年、貞吉は父の後を継いで長谷川刑部秋貞を名乗り、招かれて韮山へやってきた。

あのときと同じように、英龍は作業衣を着て、土や泥で汚れるのもいとわず、炉を設えて反射炉を築造した。

「自身もともに手を下し、竈内に火を点したる時は深夜まで製片熔解に意を尽くし、百敗しても挫け(くじけ)ず幾回も試験をいたたし」（江川坦庵言行抜書書）

とあるように、先頭に立って実験を行なった。

「百敗しても挫けず」

とは、まさに英龍の人生を象徴する言葉である。

しかし、鉄は熔解しなかった。

青銅による西洋式大砲は韮山でも鋳造した。しかし、鉄製の大砲を造る、というのが、長谷川刑部に与えられた課題である。

従来の熔解炉では、火炎が直接砂鉄や鉄鉱石に当たるため、炭素などの不純物が混ざりやすく、鉄が脆弱になる。火力も弱いので、熔けて出来た鉄の質にむらがあった。

いっぽう反射炉は、燃焼室の熱を熔解室の天井で反射して熔かす構造であるため、不純物が少なく、鉄の組織が緻密で粘度も高い。自然送風による酸素のせいで、軽い精錬がおこなわれるのである。

燃料は石炭を使う。炉内を高温に保つには、薪や木炭では足りないのである。

千三百度以上の高熱に耐える耐火煉瓦は、天城山中の梨本で見つけた白土で作った。これは悪くないようだ。

とすれば、やはり反射炉の大きさか、原料の鉄の性質か、その両方かであろう。

鉄は西国筋の砂鉄と江戸送りの岩鉄鉱銑が手に入ったが、砂鉄は大砲鋳造には向かないと江川様は申された。南部釜石の柔鉄(やわてつ)がもっとも性質がよいというので、取り寄せを算段している。

ヒュゲエニンによると、良質な鉄鉱石を高炉で熔解し、得られた銑鉄を反射炉でふたたび熔解することで、大砲の鋳造に適した良質な鉄が得られるという。

高炉がない日本では、反射炉で熔解するしかない……。

長谷川刑部は、悩みに悩みぬいた。背後の気配に、ふと振り向いた。

「明日、三島で鍋島殿に会う」

英龍の温顔があった。

「佐賀でも鉄の大砲を造りたいそうだ。負けられぬぞ」

「まことでございますか」

長谷川刑部は、バネにはじかれたように立ち上がった。

「教えることもあれば、教わることもあろう。何事も秘密にせず、話し合うつもりだ」

英龍には一年前の記憶がある。

嘉永元年三月二十四日、江川太郎左衛門と鍋島直正は三島宿で対面し、すぐに意気投合した。直正はこのとき三十四歳、佐賀藩主に襲封して十八年目であった。

三年前の弘化元年、直正は長崎に来航したオランダ船パレンバン号に乗り込み、大砲の操作や軍事調練を見学している。

パレンバン号は、日本に開国を促すオランダ国王ウィルレム二世の国書を持参していた。しかし、幕府はこれを拒絶した。

「それがしはオランダ船をじっくりと観察しました。攘夷などできぬ、西洋の技術を取り入れて大砲を鋳造し、台場を築き、大船による海軍を創らねばならぬと、決意しました。江川殿なら、それがしの真意をわかっていただけると思い、面会をお願いした次第でござる」

直正は腹蔵なく自分の思いを語った。

「まことに仰せの通りです。およばずながら、それがしの乏しい知識や経験を、すべてお伝えします」

英龍は、持参したヤーゲル銃、ドンドル銃、ダライバス銃（旋回銃）を直正に見せた。ダライバスとは、砲台を回転させる仕組みである。

直正は、初めて見る様々な用途の銃に、興奮を隠せないでいた。それぞれの銃の特徴を訊ね、自ら手にして確かめた。ヤーゲル銃、ドンドル銃、ダライバス銃を注文し、ランゲホーウィッスル砲の図面を所望した。

「鉄筒の鋳造書が五巻分だけ翻訳が終わっています。もしご入用なら、玄朴に申し聞かせていただきたい」

英龍が挙げたその本は、ヒュゲエニンの『ロイク王立大砲鋳造所における鋳造法』である。佐賀藩医の伊東玄朴や韮山の矢田部卿雲と石井修三が、苦心して翻訳しているところであった。

「それはかたじけない。ぜひ拝見したいものです」

直正は、いろいろ質問したいので、御家来衆の名前を教えてほしいと願った。家臣同士で現場の疑問をぶつけあい、情報を交換して、交流したいというのである。

これも直正ならではの発案だった。江戸期の藩は独立性が強く、閉鎖的で、ともすれば秘密主義に傾きがちなのだが、直正は素直に教えを乞うた。

英龍はよろこんで、松岡正平、柏木総蔵、八田兵助、矢田部卿雲、中村清八らの名前を挙げた。

現場同士の交流は、双方のためになる。

これは画期的なことと言ってよい。手さぐりで近代工業に挑む武士たちが、藩の垣根を越えて交流することは、英龍と直正という人柄の問題だけでなく、時代の変化を象徴していた。

佐賀藩には忘れられぬ恥辱がある。文化五年のフェートン号事件である。

イギリス戦艦フェートン号が、オランダ船と偽って長崎港に乱入したとき、長崎警護の佐賀藩は所定の警備要員を揃えていなかった。前藩主鍋島斉直は、幕府から百日の逼塞を命じられ、重臣七人が切腹した。

直正も就任以来、海防を心がけてきたが、斉直が浪費家だったため、借財が山積して破綻状態にあった。その苦衷は推して知るべきであろう。

英龍と直正は似た者同士でもあった。直正もまた、質素倹約が趣味のような男である。やりくりしたその金で、西洋式の軍備を調えようとしていた。

英龍はこの日の対面で、直正の人格、識見、海防への強い意思を知るに及んで、ようやくともに語りあえる大名に出会えた思いであったろう。

柏木惣蔵への手紙で、真田幸貫など同日の談にあらず、伊達遠江守（宗城(むねなり)）は深く話したことがないのでよく知らないが、と前置きして、

「自分の知る大名でこれほどの人物は見当たらない」

と英龍は書いている。

以来、一年半ぶりの再会である。

嘉永二年十月二十一日、英龍は騎馬で三島宿の佐賀藩本陣を訪ねた。

「またお目にかかれて恐悦至極にござる」

佐賀藩主鍋島直正は、喜色を満面に表して英龍を迎えた。

「お納めした銃は役に立ちましたか」

英龍も、この英明な大名に会うのを楽しみにしていた。

短い歓談の後、直正は話を切り出した。

「韮山の反射炉を見学させてほしい」

というのである。

もっとも韮山で築造したのは、三分の一の大きさの実験炉である。それでも将来反射炉を造りたい佐賀藩としては、参考にしたかった。藩士をひとり韮山に派遣したい、と直正は願った。

英龍は快諾した。

続いて直正は、思いもかけぬ話を口にした。

「江川殿は種痘をご存じですか」

この時代、天然痘は疱瘡（ほうそう）と呼ばれ、日本人の死因の第一位であった。しかし、一度かかって恢復すると、二度と感染しないことも知られていた。

嘉永二年七月、オランダ船スタート・ドルトレヒト号が、バタヴィアから長崎へ入港した。船にはある特別な薬が積まれていた。

牛痘の苗である。

伊東玄朴は、モストの『牛痘種法篇』を翻訳し、藩主鍋島直正に種痘の実施を建言した。

直正はこれを容れ、同じく佐賀藩医の楢林宗建が、出島の蘭館医モーニッケに牛痘の痘痂の取り寄せを依頼していたのである。

宗建は三男の建三郎とオランダ通詞の子どもたちの三人を出島に連れてゆき、モーニッケから種痘の接種を受けさせた。

三人とも善感したことを藩主直正に報告すると、直正は次男の淳一郎（後の佐賀藩主鍋島直大）へも接種させた。

直正は江戸への参勤にあたり、この痘苗を持参したのである。

「もし、ご入用であれば、玄朴にお申し付けください。お役に立てば幸いです」

「ぜひ、お願いします」

英龍は早速、伊東玄朴に種痘の実施を依頼した。

とはいえ支配地の百姓たちは、牛の痘漿を身体に植え付けると聞いて怯えた。

そこで英龍は、まず三男の保之丞と次女の卓子に種痘を受けさせ、さらに江戸役所内の子どもたちにも接種し、すべて成功した。

嘉永三年正月、支配地に告諭を発し、希望者を募った。お抱え医師の肥田春安は、伊豆国北江間村、武蔵国多摩郡横山宿、元八王子村、青梅村、楢原村、五日市村、相模国與瀬村、日連村、岩柳村、平塚宿、藤沢宿、大磯宿、駿河国吉原宿、江尾村、平垣村、大淵村、伝法村、大宮町、由比宿、蒲原宿、興津宿、辻村、甲斐国都留郡谷村、吉田村、猿橋村、などで種痘を行なった。

春安は、助手と共に支配地を巡回して種痘の接種を行ない、八丈島、三宅島へも渡って接種を行なった。

痘苗は、伊東玄朴から蘭医の大槻俊斎や桑田立斎らにも分け与えられた。後に彼らは、箕作阮甫や戸塚静海、三宅艮斎らと資金を出しあい、神田お玉ヶ池種痘所を設立する。立斎は蝦夷でアイヌのひとたちにも種痘を行なった。

長崎の痘苗は、京都の日野鼎哉や福井の笠原良策、大坂の緒方洪庵にも渡った。

それまで人痘による種痘は行なわれていたが、危険が高く普及しなかった。

ロシアの捕虜となった中川五郎治は、シベリアで牛痘による種痘を習得したが、帰国後は秘術として他人に教えなかった。

鍋島直正の決断と蘭医たちの奮闘によって、種痘は日本じゅうに広がったのである。

嘉永三年一月五日、寒風のなか、旅支度の武士が韮山の江川家屋敷を訪れた。

「佐賀藩士、本島藤太夫と申します」

本島は、松岡正平の取次で、使者の間へ通された。

英龍はふだん通りの木綿服である。畳はそそけだって、本島の袴に毛羽がまとわりついた。

本島は行儀よく、毛羽だらけの畳に手をついてあいさつし、鍋島直正の直書と進物、御肴料等を差し出した。

「主君の命により、反射炉の見学と、かねてお願いしておりましたダライバス銃を受け取りに、本日罷りこしました。また、弊藩台場の築造と大砲につき、ご教示たまわりますよう、お願いいたします」

「要件は承知しておる。せっかく韮山まで来たのだから、銃の稽古をしていかぬか。明日、山狩にでかけるゆえ、いっしょに参れ」

「山狩？　でございますか」

本島はきょとんとして、言葉に詰まった。

「朝、五つ半（午前九時）に出立いたす」

本島は、訳が分からぬままに辞去し、止宿する金谷村名主文五郎の家へ向かった。

翌朝未明、本島が江川家の屋敷に着くと、門外の枡形に珍しい装束の者たちが集まっていた。英龍と韮山塾の塾生、代官所の家臣たち、勢子や荷物持ちの足軽小者を含め十六名である。塾生と家臣は、筒袖の上衣に裁着袴をはき、脚絆に草履ばき、頭には韮山笠をかぶっている。肩には銃を携え、銃弾等の入った風呂敷包みを背負っていた。兵糧や雑具は馬で運んだ。

韮山笠は、英龍が考案した笠である。反古紙でこよりを編み、表面に黒漆を塗った円錐形の笠で、折りたたんで二つ折りにできる。前後に細長く防水性もあるので、山歩きにも射撃にも便利であった。

一行は韮山を出立して西へ向かい、沼津領の口野村から船で西浦の江梨村へ着いた。ここまでおよそ陸路三里、海上三里である。

江梨村から五町（五〇〇メートル）ほど山へ入ると、掘立小屋がある。狩のあいだはここで寝泊まりするのである。

小屋の中は、土間にむしろを敷いただけである。真ん中に穴を掘って炉が作ってあり、自在鉤に鍋をかけて味噌汁を煮た。飯は別の下小屋で炊いて、下男が運んでくる。おかずは大根漬、梅干、菜漬のいずれか一品が付いた。

食器は素焼きの茶碗を用い、炉を囲んで食べる。席は塾と同じく入門順である。狩のあいだ飲酒は厳禁である。また、食料や道具を買い求めることも禁じられた。すべて用意したものだけでまかなうのである。

明かりは焚火以外にない。外に出るときは、松の枝に火をつけてたいまつとした。初めて狩行に参加した塾生は大いに戸惑った。殿様の鷹狩りに随行することはあっても、これほど原始的な狩猟は体験したことがない。

本島藤太夫も、むしろの上で呆然としていた。なぜ自分がここにいるのか、忘れてしまいそうであった。

炉辺で英龍が、撃剣館時代の体験や弥九郎と研鑽を積んだ頃の思い出を語った。

「寒稽古では一日に千本以上の立ち合いをやったよ。疲れ果てて力が抜けたとき、よい打ち込みができるのだ」

練兵館の門人、友平栄が感心して訊いた。

「斎藤先生も御同門でございましたな。どちらがお強うございましたか」

「弥九郎は撃剣館の竜虎と言われておってな、ふだんは無口だが、竹刀を取ると人が変わったようになるのだ。かなうものはいなかったよ」

「先生でも勝てませんでしたか」

「終わりの頃には、三本に一本くらいはとったかな」

英龍は笑った。

寝るときは裁付の紐も解かず、それぞれ用意した布子にくるまって、むしろの上に寝た。風呂敷や羽織を敷いて、その上に寝ることは、厳しく禁じられた。

英龍は塾生たちに会釈し、お互い挨拶をかわして休んだ。行住坐臥、すべて簡素で礼儀正しかった。

本島藤太夫は、むしろの寝床に戸惑いを隠せなかったが、疲れていたせいかすぐに眠りに落ちた。

翌日は終日雨が降り、翌々日、朝飯をすませると、腰兵糧にて狩場に入った。英龍の指示で、塾生たちはそれぞれの持ち場についた。

待つうちに、足軽、下男、地元の狩人が、猟犬五、六匹を率いて山に入り、猪や鹿を追い出した。

「鹿が出たぞー」

声より早く、大鹿が踊るように、こちらへ向かって駆けてきた。

銃声とともに、鹿はどうと倒れた。仕留めたのは韮山代官所手代の長澤鋼吉である。

板札に「一番鹿　韮山　長澤鋼吉」と記し、帳面にも同様に書き留めた。

二番鹿は江川太郎左衛門、三番鹿は彦根藩の柳澤右源太であった。

それぞれ板札に藩と姓名を記し、狩倉に置く。ただそれだけである。獲物はすべてその地の狩人や里人に下げ渡した。

こうして十日から十数日のあいだ狩を続け、多いときは猪、鹿合計二十一匹の獲物を仕留めた。

英龍は、この山狩を一年に百日以上も行なったが、塾生たちが英龍の指揮の下、規律正しく行動し、獲物を置いていってくれるので、里人や狩人は次にいつ来られるのかと待ち望むほどだった。

最後の夜、食事を終えた英龍は、炉辺で塾生たちに話しかけた。

「はじめての者はさぞとまどったであろう。狩の目的は射撃の修練であるが、それだけではない」

塾生たちは、炉の火のはぜる音を聞きながら、英龍の話に耳を傾けた。

「われらは太平の世に生まれたおかげで、日ごろ暖衣飽食し、国恩を忘れてしまいがちであるが、これはもったいないことではないか。山中で日を過ごし、風雨霜雪を冒し、険阻の山を奔走し、日夜艱難辛苦を経て家へ帰れば、湯あみもし、食事も整い、安らかに眠ることで、太平の恩沢を思うのだ」

英龍は塾生たちを見回し、声を強くして言った。

「されど武士たらんもの、治にあって乱を忘れず、山狩で筋骨を練り、銃の技を試し、国家の干城たらん心がけをもちたいものよ」

慣れぬ小屋暮らしと粗末な食事、銃と荷物を背負っての山歩きで、疲れ切っていた塾生たちの顔が、さっと明るくなった。

「国家の干城」

という言葉が、塾生たちを鼓舞したことは言うまでもない。

かれらはそれぞれの藩から選抜された俊才である。藩の海防のため、名誉のためと思って砲術を学んでいるが、江川先生は国のためである、と言う。

韮山塾の塾法にも、

「めいめいがその主君より命じられて修行しているのは、主家の武備のためだけではない、国家の不容意事に備えてである」

と明記してある。

「国家」とは何か。

塾生たちにとって、まだその姿はおぼろげであった。

おぼろげではあるが、藩の垣根を越えてひとつにならなければ、西洋の脅威に対抗できないという意味で、統一国家の必要性は理解している。

しかし、藩に戻ってそんな説を唱えれば、何を寝ぼけたことをと笑われるのがおちである。下手をすれば、危険思想の持ち主として、排斥されるかもしれなかった。

その矛盾を胸の奥に感じながらも、塾生たちはひたすら厳しい稽古に耐えた。

むしろで寝るのには慣れたが、食事は常に一汁一菜であり、着替えもせず、身体も洗わず、戦場での働きはこういうものかと想像した。肉体も精神も限界に近かった。

それでも先生の言葉を聞いていると、不思議と元気になった。目が合い、声をかけてもらうと、勇気がわいた。

藩のためだけではない。

国のために——。

炉の火を消し、粗いむしろの上で眠りについても、英龍の言葉によって点いた胸の中の火は消えなかった。

朝方目を覚ました友平栄は、ほの暗い小屋の中に英龍がいないことに気がついた。外へ出ると、薄墨を刷いたような闇のなか、画帖に絵を描いている師の姿が目に入った。

友平が近づいて挨拶すると、英龍は絵筆を休めずに言った。

「富士を描いているのだ」

西浦の静かな海の向こうには、今まさにのぼりはじめた太陽の光を受けて、薄灰色の空に富士が聳えていた。弱々しい朝日は、次第に力強さを増してゆき、見る見るうちに富士は輪郭を明らかにして、その神々しい姿を現しはじめた。

「おお」

友平は息をのんだ。朝日に輝く富士は何という美しさであろう。そして自分がいる地上はなんと暗いことか。まだ、ここまで光が届かないのだ。

「一句できたぞ」

英龍は筆を走らせると、画帖を友平に見せた。

「里はまだ　夜深し　富士のあさひ影」

富士の絵の余白に、その俳句は書かれていた。

素直に読めば、夜明けの富士を詠んだ叙景の句である。

しかし、英龍のこれまでの苦難を思えば、深い哀しみと嘆息を読み取るのはむずかしいことではあるまい。

日本は近代へと夜明けを迎えようとしている。しかし、日本の危機を直視しようとしない幕閣は、いまだに暗闇の中で惰眠をむさぼっている。

真の夜明けは、まだ遠い。

山狩から帰った本島は、翌朝、改めて江川家屋敷へ挨拶に伺候した。

今日は鏡開きということで、塾生と家臣一同は裃着用、金谷村の足軽は具足着用であった。英龍も熨斗目(のしめ)裃姿である。軍令の読み聞かせなど儀式が終わると、汁粉もちと酒、肴がみなにふるまわれた。

英龍は本島を別室に呼んだ。

「山狩はさぞ難渋したことであろう」

「決してさようなことはございませぬ。珍しき山狩にお供つかまつり、本懐の幸せにて、主家へ戻りましたら物語りするつもりでおります」

英龍は微笑して、本島に厚い板のようなものを二枚差し出した。

サハルトの八菱型城塞の百分の一雛型である。フランスの軍事専門家サハルトには『築城技術の基礎』という書があり、矢田部卿雲が翻訳していた。

「砲台を築くにあたり、準則ともなろう。この要塞には百門の大砲が装備できる。七分がた出来ておるが、完成し次第、ダライバス銑と一緒にお届けしよう」

ちなみに韮山の江川邸には、六芒星の形をしたサハルトの六稜堡模型が保存されているが、これは全方位に十字砲火を浴びせるため、陸上や海岸に造られる要塞である。

英龍はこの種の要塞雛型を、多数手作りしていたようだ。


本島は退出すると、松岡正平、中村清八、八田平助らと懇談した。

「反射炉を拝見つかまつりたい」

本島が今回の最大の目的を告げると、屋敷の裏庭に連れて行かれた。そこにひとりの小柄な男がいた。長谷川刑部秋貞である。

その隣に、男の背丈の三倍以上もの高さの煙突をもった炉があった。煙突も炉も白っぽい陶板で出来ている。本島の視線は、四辺を圧するような反射炉の姿にくぎ付けになった。

男は腰をかがめてあいさつした。

長谷川刑部は、ヒュゲエニンの原書の図を見せながら、一生懸命に反射炉について説明した。燃料は石炭を用いる。炉の中で鉄は火炎や空気に触れて脱炭するが、速やかに熔解すれば過度に脱炭せず、鉄は緻密になり、適度に粘度をもつようになる。

ただ単に鉄を熔かすのではない。炭素などの不純物が混じらない、強くて柔軟な鉄をつくらなければならないのだ。

そのために燃焼室と炉床が別になっており、巨大な煙突も必要になる。

しかし、鉄は熔解温度が高く、強い火力でないと熔けない。何度も熔解すると、薄い灰色の細粒がそろい、錬鉄のような形状になる。これは銑砲の鋳造に使えるが、過度に熔解すると脆弱になる。

出来た砲身は、鑽開台（ボーリングマシン）で穴を開ける。水車を使って錐を揉みこむようにくりぬくのである。

「青銅砲ならたやすいのです。しかし、鉄を熔かすには、図面の通りの反射炉を造らねばなりませぬ」

長谷川は強い口調で言った。

設計図に記された煙突の高さは、五丈以上ある。かんたんに造れるものではない。

本島は、長谷川刑部の説明に、道のりの遠きを想った。

一月十一日、本島は英龍から、直正への手紙と江梨村で射止めた鹿一匹を土産にもらって韮山を後にした。十四日に日比谷の佐賀藩上屋敷へ帰り、直正に山狩の体験を含め詳細を報告した。

韮山の反射炉は実験炉であり、鉄を熔かすだけの火力はない。これまで青銅砲は数多く造っているが、銑鉄の大砲はまだ出来ていない。しかし、鉄は廉価で丈夫であり、強い火薬にも耐える。今後は鉄製の大砲が主流になるであろう。江川氏によると、長崎の防備には、少なくとも百門の大砲が必要である……。

直正は黙然と聞いている。

手がかりは一冊の本しかない。これでほんとうに反射炉ができるのか。

「江川殿は聞きしに勝るお人でございました」

本島は、清和源氏源満仲に発する江川家の由来や、大和国宇野から扈従(こじゅう)してきた金谷村の譜代家中の存在、先代が文雅風流を好み花奢に流れた雰囲気が、英龍の代官就任とともに一変したことを語った。

「平生より質素倹約をもっぱらとされて、衣食住の節倹たるや言語に絶するものがございます。その分、武備には厚く心を用いられています。文武を奨励し、忠勇義烈を重んじ、華美を恥とし、まことに質素質朴の風にて、支配地を巡検されるときも駕籠を用いないそうでございます。郷村の検見でも、役人へ出す食事は禁酒、一汁一菜を命じられ、他所で買い求めた肴を出しますと、かえってお叱りを受けるそうです。そのいっぽうで、窮民の助けは手厚くされております」

直正は、本島が懸命に語る報告を聞いて、呵々(かか)と大笑した。

「そちは、よほど江川殿に惚れ込んだようであるな」

「江川殿はじめ、家中はみな木綿服でございました」

「そうか」

直正も藩主就任以来、倹約のため率先して木綿服を着ている。

台場の築造、反射炉の建設のために、どう費用をやりくりするか、頭を痛めていた。

「反射炉が難題にございます」

本島は本題に戻った。

直正は、ふたたび沈黙した。

しばらくあって、おもむろに口を開いた。

「わが藩にも人材はおる。身分が低くとも才に優れた者を探せ。反射炉で鉄の大砲を造るのだ。どうしてもできぬことは江川殿に訊ねよ」

「はっ」

本島は平伏しながら、躰が小刻みに震えるのを感じた。

大砲の鋳造に慣れた鋳物師が必要と考えた本島は、韮山の長谷川刑部の助けを借りたいと直正に願い出た。

直正は英龍宛に、お抱えの長谷川刑部と弟子の職人を一、二人派遣していただきたい、という手紙を書き、嘉永三年三月二十四日、本島が韮山へ持参した。

本島は直正からの進物として、佐賀の刀匠忠吉の大小刀、御目録千疋、本島自身の土産として名産の陶器二品、御菓子一箱（英龍の三男保之丞（やすのじょう）宛て）などを差し出した。

しかし長谷川刑部は、幕府や大名から注文された青銅砲の鋳造で多忙である。そこで弟子の鋳物師惣五郎と下職の者ひとりを、佐賀へ派遣することにした。

本島は韮山からの帰路、韮山塾の塾生たちと浦賀、洲崎などの台場を見て回り、さらに藤沢で公儀の石火矢を見学することになった。

案内してくれたのは斎藤弥九郎である。

「本島殿でござるな、これから御鉄砲方の試し打ちが始まり申す。とくとご覧になられるとよろしかろう」

「どんな大砲を撃つのですか」

「大虎、小虎でござる」

弥九郎は真面目くさった顔で言った。

本島は面食らった――大虎とは何だ。

幕府鉄砲方の井上左大夫が、具足姿に軍配を手にした、ものものしい出で立ちで現れた。

御鉄砲方秘蔵の大砲は「虎の子」と称してめったに公開しないが、実は大鉄砲という旧式の銃である。日本では抱え筒として戦国時代に使われた。西洋諸国では、とっくの昔に絶滅している。

そんな骨董品のような抱え筒を、仰々しく披露しようというのであった。左大夫は大真面目だが、悪い冗談としか言いようがない。

五丁目（約五四五メートル）に角幕を立て、左大夫の命令とともに「虎の子」で五発撃った。砲弾は鉛である。この時代、大砲の砲弾は鉄製であり、鉛など使わない。

その後、十五丁目に角幕を立てて五貫目、三貫目の石火矢を早打ちしたが、最初の十発は十丁目あたりに落ちてしまい、あとの五発はかろうじて十五丁目まで届いたが、角幕には当たらなかった。これも鉛丸を使用した。

早打ちといっても、一発撃つたびに、検分役が遠方から走ってきて着弾の注進があり、改めて撃ち直すため、ひどく時間がかかった。

「これが御公儀鉄砲方の実情でござる」

別れ際、弥九郎は本島に言った。

「反射炉で鉄の大砲を造らねば、日本を護ることはかないませぬ」

直正の決断は早かった。

本島は江戸へ戻ると、直正に韮山での話を報告した。

本島藤太夫の報告をもとに、反射炉築造と大砲鋳造の担当者として、杉谷雍介（翻訳）、田中虎六郎（参与）、谷口弥右衛門（鋳物師）、橋本新左衛門（刀匠八代肥前忠吉、熔鉄師）、馬場栄作（数学者）、田代孫三郎（会計）を選び、本島を主任とした。

かれらは、御鋳立方七賢人と呼ばれた。本島以外はいずれも微禄の下級武士や士分の職人である。

佐賀藩はすぐに長崎砲台の増築、伊王島、神ノ島の砲台築造とともに、城下の築地に鉄製鋳砲局、すなわち反射炉の建設を始めた。

嘉永三年暮れには最初の反射炉が完成し、同五年にかけて四基を完成させる。

佐賀反射炉は幕末までに、青銅砲、鉄製砲あわせて二百七十一門を製造するのだが、その間の苦闘については、ここでは触れない。

西洋近代は鉄の時代である。

蒸気機関、鉄の大砲、鉄の船。鉄の文明は世界を一変させた。この流れは二十一世紀の現在に至っている。

天保七年、長崎出島に一冊の本が到来した。

英龍も直正も手にした、ヒュゲエニン著『ロイク王立大砲鋳造所における鋳造法』である。反射炉と高炉について詳細に記した本書は、日本の製鉄文化を育てた、ひとつぶの小さな種と言ってよい。たった一冊の本書をもとに、オランダ人の助けも借りず、部品や装置も輸入せず、韮山の実験炉を始めとして、佐賀藩、韮山代官所、薩摩藩、水戸藩、長州藩、幕府（滝野川）は反射炉を築造した。豊後佐田の賀来惟熊（かくこれくま）や、鳥取六尾（むつお）の武信（たけのぶ）佐五右衛門、備前岡山の尾関滝右衛門と塩見常蔵などは、民間人でありながら私財を投じて反射炉を造った。

ほんの短い期間に、日本全国で十一基もの反射炉が築造されたのである。

ほとんど手造りと言ってよい。

鎖国という事情はあるにせよ、一冊の本だけで、これほど多くの反射炉が築かれたというのは、ある意味できわめて日本的な風景であり、その努力と熱意はけなげというほかない。

江戸期には、西洋諸国のような近代工場も技術者も存在しなかった。にもかかわらず、これだけ多くの反射炉が築造できたのはなぜだろうか。

ひとつには高度な技術を持った職人による、ものづくりの文化が根付いていたことがある。

反射炉築造には、武士や蘭学者以外に、鋳物師、大工、左官、陶工、石工、刀鍛冶などの職人たちが、もてる知識と技術を総動員して、図面に記された巨大な反射炉をそのままに建設しようとした。

かれらは西洋の科学と接点をもたず、いわば個人の器用さに支えられた匠の技術であった。

しかし江戸時代の職人たちは、寺の鐘や大砲を青銅で鋳造する技術をすでに持っていたし、ふいご送風による砂鉄精錬にも習熟していた。一三〇〇度の高温に耐える耐火煉瓦は、各地の熟練した陶工が作り上げた。高さ一六メートル近い反射炉の建造には、築城や土木の知識を持つ大工や左官が対応した。

その技術を結集したのが、江川太郎左衛門や本島藤太夫のような、西洋の科学を学んだ武士である。経験によって培われた職人の技術と、自然現象を理論化した科学が、西洋から遠く離れた極東の島国で結びついたのだ。

もうひとつ注目すべきは、藩の垣根を越えて、人材の交流や情報の伝達がなされたことである。韮山と佐賀の交流を始め、南部藩、水戸藩、仙台藩、薩摩藩、鳥取藩、佐賀藩、肥後藩、土佐藩のあいだでは、工場の見学や翻訳書の贈与、技術者の派遣まで、さまざまな交流がおこなわれた。欧米帝国主義への危機感は横断的な連帯を生み、ゆるやかにではあるが封建体制を越えた国家意識を育てていった。

もっとも日本各地に築造された十一基の反射炉は、二百門以上の鉄製大砲と三門のアームストロング砲を鋳造した佐賀藩を別として、鉄の大砲を量産するまでには至らなかった。良質な鉄鉱石と石炭を入手できず、オランダ人から直接、技術的な助言を得られなかったことも原因としてあるだろう。ありていに言えば、大砲も蒸気船も、自分で造るよりイギリスやオランダから買った方が、安上がりで品質も良かった。

実際、幕末に西洋と日本の国力の差を目の当たりにした薩摩や長州はそうした。攘夷から討幕へと方針が転換したことも背景にある。

幕府も大枚をはたいて軍艦を購入した。技術の進歩が著しい機械や武器は、書物を頼りに自前で造ろうとしても、とても追いつかないのである。

しかし、反射炉の例に見るような、科学技術への情熱とものづくりの精神は、決して無駄にはならなかった。

日本には近代工業を学び、取り入れようとする熟練の職人が、多数存在した。佐賀藩の製煉方で蒸気船を製造した人形師のからくり儀右衛門こと田中久重は、その好例であろう。

そして英龍や本島のような侍エンジニアが、こうした優れた職人たちと共に、西洋の科学技術に手さぐりで挑戦した。それはやがて、自分たちの手で近代工業を育成するという、大きな流れへと発展してゆく。そのなかから、来るべき新時代の産業技術を担う、学者、技術者、経営者、事務職など幅広い人材も育っていった。

南部藩の大島高任(たかとう)は、良質な磁鉄鉱を産する南部釜石に高炉を建設した。南部藩の高炉は次々と増設され、明治維新後には十二基の高炉ができていた。釜石はその後、日本の製鉄業の中心地として発展してゆく。また、田中久重は明治八年に東芝の前身となる田中製作所を設立し、電信機や水車発電機を開発した。

幕末に鉄の大砲から始まった日本の挑戦は、自然科学全体の発展にも及んだのである。

西洋で生まれた近代工業は、日本の何もない土地に、西洋人によっていきなり植え付けられたのではない。最初は本から学んで格闘し、人材を育てた。そして、欧米と交流しながら技術を学び、在来の技術や産業に取り入れ、発展して、見事な花を咲かせたのだ。

吉田松陰と桂小五郎

嘉永四年十月四日早朝、練兵館にひとりの若者が訪れた。

「頼もう」

若者の名は松陰吉田松次郎（嘉永六年正月に通称を寅次郎と改名する）。この年の四月、藩主毛利敬親の参勤に随行して江戸へ出た。当年二十歳だが、十歳のときから長州萩の藩校明倫館で兵学を教えている。

案内されて道場の一室に入ると、斎藤弥九郎が兵要録の講義を行なっていた。三十人ほどの門人のなかには、長州藩士の顔もちらほら見える。

弥九郎のほうも松陰に気がついた。剣術を習いに来ている粗野な門人のなかにあって、行儀よく端座する若者の姿は、そこだけ静寂な空気がただよっているようであった。

（はて、だれであろう）

弥九郎は講義を続けた。話が進んで、練兵館で実践している西洋砲術の話題になった。

アヘン戦争における清とイギリスの兵器の差を論じ、いまだに火縄銃を使い続けている日本の現状を憂え、西洋式の軍備を調えるのは急務であると説いた。

さらに藤田東湖との交流に触れ、会沢正志斎の『新論』に話が及ぶと、若者の様子がそわそわして落ち着きを失った。そして、弥九郎が、

「国体」

と口にした途端、それまで静かだった白皙（はくてつ）の顔が見る見るうちに紅潮し、はげしく気を発散した。

講義の後、別室で新太郎や長州藩士と談笑している若者に、弥九郎は挨拶した。

「練兵館道場主、斎藤弥九郎でござる」

若者は座りなおし、礼儀正しく言った。

「長州藩士、吉田松次郎と申します。以後、お見知りおきください」

弥九郎は若者の静かな眼に見入った。

その眼はかすかに笑みを湛え、どこか羞（はにか）みを含んでいるようでもあった。

その優しい眼の奥に、自分でも制御しきれないほど狂的な情熱を秘めているのを、弥九郎は興味深く思った。

松陰は前の年、九州を遊学した。熊本で熊本藩兵学師範の宮部鼎蔵と意気投合し、一緒に東北へ遊学に行こうということになった。

出立日は、赤穂浪士討ち入りの十二月十五日と決めた。松陰は新太郎に、諸藩の知己を紹介してもらおうと、練兵館を訪ねたのである。新太郎は水戸藩の永井政介、会津藩の井深蔵人などへの紹介状を松陰に託した。

松陰はこの後も、しばしば練兵館を訪れるようになる。ただし入門して剣を学ぶことはなかった。あくまで学問の人だったのである。

これより前の弘化四年のことである。

水野忠邦政権から阿部正弘政権に替わり、世の中の空気も変わった。改革に疲れた武士たちは質素倹約にそっぽを向いた。海防の危機感は薄れ、武芸も廃れた。とうぜん剣を学ぼうとする武士も減る。武芸への関心を惹き、門人を増やすにはどうすればよいか、頭を悩ませていた弥九郎に、

「流派合同で交流試合を行なってはどうだ」

と、英龍は勧めた。

本所の江戸役所に府内の代表的な流派の道場主が集結し、顔合わせをすることとなった。

直心影流の団野源之進、同じく直心影流の男谷精一郎、北辰一刀流の千葉周作、鏡心明知流の桃井春蔵、柳剛流の岡田十内、田宮流の久保田助太郎、心形刀流の伊庭軍兵衛、一刀流の大久保九郎兵衛、同じく一刀流の近藤弥之助、直心影流の横川七郎、そして神道無念流の斎藤弥九郎である。

直参の江川太郎左衛門が後ろ盾とあって、名だたる剣客たちも賛意を示した。

後に剣客の松崎浪四郎が「位は桃井、技は千葉、力は斎藤」と称した三道場はじめ、男谷道場、伊庭道場も参加した。諸流試合姓名帳に記された名前を見ても、当時の名剣客が勢ぞろいして、壮観である。

二月八日、田宮流久保田助太郎道場で、練兵館社中三十八人が出張試合を行なったのを皮切りに、諸流派の対抗試合が始まった。

弥九郎の長男新太郎二十歳、三男歓之助十五歳は、千葉道場の千葉栄次郎や重太郎、男谷道場の榊原健吉、伊庭道場の伊庭惣太郎らと試合を行なった。

二月八日から三月二十八日にかけて、練兵館は十道場へ出張して交流試合を行なった。

さらに休む間もなく、新太郎は四月二日から、練兵館四天王の野原正一郎、細田泰一郎、山田惣次郎、清水牧太とともに諸国修行へと出立した。

日本列島を縦断して諸藩の道場を訪ね、練兵館の名を広めようという壮大な試みである。

下総古河藩を皮切りに奥羽路をたどり、笠間、白河、会津、伊達をまわり、仙台、盛岡、青森から蝦夷松前藩でも試合を行なった。さらに弘前から庄内、天童、山形、村上、越後を訪れて、いったん江戸へ帰った。

翌嘉永元年からは韮山代官所で稽古をした後、駿河田中、田原から大坂へと西上して四国へ渡った。松山、宇和島、高松などをまわり、中国に戻って岡山、広島、長府を訪れた。その後、九州では中津、熊本、久留米、肥前、大村、秋月などの各藩をまわり、嘉永二年六月、長州萩に到着した。

このとき新太郎ら五人は、新陰流や片山流門人の長州藩士三百九十八名と試合をして、ことごとく勝ちをおさめた。桂小五郎や前原一誠、来原良蔵も、新太郎らと試合をして、こてんぱんに打ちのめされている。

長州藩政府は、神道無念流の強さに驚嘆した。

というより、自藩の弱さに落胆した。型稽古中心の古い剣術では、激しい打ち込みで鍛え上げた江戸の流派には勝てぬ。そもそも実戦の役に立たぬのではないか。

藩は新太郎ら練兵館の一行を、萩に逗留させて歓待した。

松陰は撃剣など粗鄙（そひ）、野蛮で下品なものだと思い、このとき新太郎と面会しなかった。

諸流派による大交流試合の後、長州藩の来島又兵衛は藩に命じられて、藩士を入門させるにふさわしい剣道場を物色した。

鏡心明智流の士学館、北辰一刀流の玄武館、心形刀流の練武館などを訪ねた後、三番町の練兵館を訪れた。

まず稽古の様子を見学した。荒稽古で有名な練兵館のこと、弥九郎のきびしい指導と打ち込みの激しさは評判以上で、来島は大いに満足した。なかには剣で勝負がつかず、組打ちになって相手の面を取り、締め技で決める剛の者もいた。

来島の目の前で、昏倒（こんとう）した門人が泡を噴いている。

(道場剣法とはまるで違う)

来島は感心した。

しかしこの時、来島は連れてきた長州藩士たちが、同じような目に遭おうとは、想像もしていなかったであろう。

「貴道場の門人と試合がしたい」

来島は弥九郎に申し入れた。

新太郎も四天王も諸国修行で不在である。弥九郎は三男の歓之助を指名した。

「それがしがお相手つかまつります」

「なに、貴公が?」

歓之助はこのとき十七歳だったという資料もあるが、来島又兵衛が江戸にいた時期を考慮すると、おそらく十五歳か十六歳であろう。

（小童(こわっぱ)では相手になるまい）

来島は少なからず落胆した。

ただし歓之助は、先の交流試合でも男谷精一郎道場の榊原健吉や男谷の三男、武四郎らと試合し、見事な突きを披露している。

「鬼歓」という異名は、府内の道場に知れ渡っていた。

歓之助は、来島が連れてきた十一人の長州藩士と、順に試合をすることとなった。

ひとりめの長州藩士は、霞のかまえをとった。歓之助は平青眼である。

たがいに気合を発したかと思うや、目にもとまらぬ速さで歓之助の突きが決まり、相手は羽目板に叩きつけられた。

「次！」

うろたえた来島は、二人目の藩士のほうを向いて怒鳴った。

その男も、あっという間に歓之助の突きがのどに決まり、床の上で泡を噴いている。

この段階で勝負は決した。残った長州藩士たちは、戦う前から恐怖で畏縮し、歓之助に全敗した。

突きをまともに受けた者は、数日間、食事がのどを通らなかった。

試合後、来島は弥九郎と面談した。

「まことに面目なき次第」

自藩の無様な負け方を、来島はさかんに恥じた。

「剣の腕は打ち込み稽古をすれば強くなります。されど」

ここで弥九郎は、来島を慰めるかのように、長州人を持ち上げた。

「貴藩の方は剣品がよろしい」

「剣品？」

「さよう、邪心がなく、正しい剣でござる。当道場では、行ない正しからざる人の入門は認めませぬ。貴藩のようなかたがたこそ、剣技をみがいて藩のため、国のために尽くしていただきたい」

弥九郎としては、入門を促すための褒め言葉でもあったろう。しかし、来島は過剰に反応した。

「まことにそう思われますか！」

「もちろん、稽古は他の道場よりきびしいですが、剣だけでなく、兵学や教学も講じます。希望する門人には高島流の砲術も教え申す」

来島は膝を打ってよろこんだ。

弥九郎はさらに、江川太郎左衛門や藤田東湖も道場に関係が深く、これからは剣だけでなく、西洋の兵学を学んで蛮夷の脅威に備えるべきである、と説いた。

「水戸のかたがたも道場に来られますか」

「もちろんです」

練兵館の門人に水戸藩士は多い。

さらに弥九郎は、弘道館仮開館式に門人とともに招かれて模範試合を行ない、水戸藩士に稽古をつけたことを話した。

これは来島の急所を突いたかもしれなかった。

長州藩はもともと尊王の志が深い。藩主毛利氏の祖は大江広元と言われ、その上（かみ）をたずねれば奈良朝にまで遡（さかのぼ）る。大江氏は学問の道で代々朝廷に仕えてきた。

その血統と歴史を考慮して、幕府は長州藩だけに京都に藩邸をもつことを認めた。毛利氏は参勤交代のたびに京都を訪れ、伝奏家の勧修寺を通して年末年始の朝廷への貢物も欠かさなかった。それだけに長州藩士は、尊王攘夷の総本山である水戸藩への、欽慕の念が強い。

来島の肚は決まった。

「斎藤の塾風とその人となりに服し、おもうに彼はその技千葉、桃井に及ばずといえども、方今要するところは技に非ずして人にあり。子弟をして従学せしむべきもの彼に如かず」

と藩に報告した。

長州藩と練兵館の深いかかわりは、新太郎の萩での出張試合と、来島又兵衛の練兵館訪問から始まったと言えよう。そして、長州藩士の水戸学への傾倒は、練兵館においてますます濃密になってゆく。

嘉永五年暮れ、新たに長州藩士七人が練兵館に入門した。

この年の九月、弥九郎の指示で新太郎は萩を再訪し、「人物を選んで江戸へ遣り広く諸藩の士と闘試すれば、士気は振起し、識見は開け、人材養成の趣旨に適う」として、江戸詰めの藩士だけでなく、萩の藩士を江戸へやって練兵館に入門させるよう長州藩に勧めたのである。

当初、藩の剣術師範家から財満新三郎、河野右衛門、永田健吉、佐久間卯吉、林乙熊らが官費留学生として選抜されたが、私費でいいからぜひとも留学したいと願い出たのが、桂小五郎と井上壮太郎であった。

弥九郎は、そのなかのひとりに注目した。

長身である。英龍ほどではないが、五尺八寸（一七四、五センチ）ほどはあろうか。どことなくおっとりしたお坊ちゃん風で、目鼻立ちの整った秀麗な容貌をしていた。

剣の方は未熟で、先輩の門人はもちろん、一緒に入門した長州藩士のなかでも弱い方であった。

しかし、弥九郎はその男、桂小五郎に目をかけた。

資性温順で、朋友とよく交わり、人の話に耳を傾ける。他藩の門人がひとり病臥したときも、病人の淋しさをまぎらわすように、夜遅くまで枕もとで話し込んでいた。

新太郎とも仲が良く、よく飲み、よく談じた。

論じながら相手の揚げ足を取ったり、やり込めたりすることもなかった。

才気煥発であるとか、名論卓説の主というわけではない。平凡と言えば平凡である。

しかし、これは仁者ではないか。弥九郎は小五郎に、指導者となりうる資質を見た。

おもしろいことに、弥九郎の八歳になる三女象（きさ）が小五郎になついた。長女と次女は早逝したので、娘は象ひとりである。

五十五歳になった弥九郎にとって、象は孫のようにかわいい。

この武骨で厳格な男が、象にだけは甘かった。

弥九郎は夜、書斎で濁酒を呑みながら、新太郎や歓之助と談論した。肴は鰻の肝や鰯のヌタである。

小五郎もしばしばその席に呼ばれた。

話題は海防であり、兵要録であり、また天下の風習について論ずることもあった。

新太郎二十六歳、歓之助二十一歳、小五郎も同年の二十一歳。弥九郎を囲んで話し合う三人は、まさに兄弟のようであった。

そこへ、象が弥九郎に就寝の挨拶にきた。ふすまを開けて廊下に正座し、両手をついて言った。

「父上様、おやすみなさい」

象は小五郎を見つけると、目を輝かせた。

「桂様、おやすみなさい」

新太郎はすぐさまからかった。

「なんだ、象は兄には挨拶せぬのか」

象は「うーん」と首をかしげた。

「桂様はお客ですので先にしたのです。兄上様、おやすみなさい」

象は恥ずかしそうにそう言うと、ふすまを閉め、小走りに去っていった。

「小五郎はおなごにもてるのう」

新太郎がからかうと、小五郎は笑いながらかわした。

小五郎には、五歳下の妹治子が萩にいる。道場でたまに象を見かけると、幼い日の妹を見るようで、故郷での日々を思い出してしまうのであった。

小五郎は藩医をしていた和田家から、百五十石取りの桂家へ養子に入った。和田家の実父母と姉たちはすでに亡く、養子に入った桂家の父母も亡くなった。

江戸へ出てきたばかりの小五郎は、しばしば鬱屈し、もの思いに沈んだ。若者特有の感傷か、もともと気が滅入りやすい性格なのか。

家族や朋輩に対し人一倍情愛の深いこの青年には、人知れず孤独と寂寥に苛(さいな)まれる一面があった。

自分には兄弟がおらず、独り天涯一鈍生である、そう日記に書いている。

練兵館では、朝読書、弥九郎による兵要録の講義、午後は撃剣という毎日であった。

剣の方では転機が訪れた。小五郎は正眼にかまえ、対手に素早く小手を打たれて負けることが多かった。力はあるのだが、俊敏さと駆け引きにおいて、先輩門人たちに及ばないのだ。

「上段にかまえてみよ」

弥九郎に言われて、かまえを上段に変えた。

新太郎も上段が得意であったので、肘の位置や足の配り方を教わった。

「瞬息の間に打て」

新太郎は自ら範を示した。

すると、おもしろいように面、小手と決まるようになった。上背のある小五郎が真っ向から振り下ろす竹刀を、防げるものはいなかった。

強くなると、風格も備わった。小五郎がゆっくりと上段にかまえると、対手は圧倒され、後ずさりして間をとろうとする。

間合いを詰めながらひた押しに押してゆく。逃げ場がなくなり、羽目板を背にした対手が窮鼠のごとく打ちかかろうとすると、そこを小五郎に上段から打たれてしまうのである。

小五郎は、長州藩上屋敷（桜田御門に近かったので桜田邸と称した）にある有備館でも稽古をした。練兵館のきびしい打ち込みで鍛えた小五郎と、まともにたたかえる藩士はいなかった。

「撃剣思うが如し、心欣然とす」

自分でも強くなったと実感できたのであろう、五月六日の日記に記している。

さらに弥九郎の命で、撃剣が終わった後の夜に、西洋銃陣の習練が始まった。

本物の西洋銃はないので、竹の鞭を代わりに使う。

弥九郎は、英龍と高島秋帆が編み出した鋭音号令で指示した。

「担え、筒！」

弥九郎が号令をかけると、門人たちはいっせいに竹を肩にかついだ。

「気を付け！　回れ、右」

門人たちは戸惑いながらも、足を引いて後ろを向く。なかには回りすぎて一回転した者もいた。

「おどおどするな、胸を張れ！」

弥九郎が破れ鐘(わ)のような声で叱咤する。

門人たちは銃など扱ったことがないうえ、手にしているのは竹である。

なんとも締まらないのであるが、色に出せば先生の雷が落ちる。

毎夜、この習練を繰り返すうち、ようやく様になってきた。

ある日、弥九郎は小五郎を呼んで、西洋帆船の図面を見せた。

「西洋の船には甲板がある」

弥九郎は指し示した。

甲板が何層も造られているため、頑丈になるとともに海水の侵入を防ぐ。帆の数も多い。竜骨や肋骨が船体を補強しており、和船とは構造がまったく違った。

「これからの軍船は西洋流でなくてはならぬ」

弥九郎は小五郎に、噛んで含めるように言った。

五月十四日には大森で西洋流の大砲を見学することになった。幕府の大砲演習場が設立され、旗本や諸藩士の使用が認められたのである。

寅の刻（午前四時）に練兵館を出発し、水道橋で船に乗った。両国橋下を通り、浜離宮を過ぎて、初夏の明るい光を浴びながら大森に着いたのは、巳の刻（午前十時）であった。

ボンベン野戦砲やホーウィッスル砲を見学したが、もちろん試射はできない。

「わしは徳丸原でこの野戦砲を撃ったのだ」

弥九郎が小五郎に言った。野戦砲は車輪が付いているので、行軍の際に便利である。ただし異国船の防禦には、もっと射程の長い威力のある大砲が必要になる。

「今の大砲では江戸を護ることはできぬ」

「では、どうすればよろしいのですか」

「韮山で江川殿が鉄の大砲を造ろうとされている。完成すれば、江戸湾に備えられるであろう」

「ぜひ、その大砲を拝見したく存じます」

小五郎は真剣な顔で言った。

「そうだな」

弥九郎は答えたが、道半ばどころか、現状は反射炉築造にも至っていない。一代官所の予算では、とてもできないのだ。

高島秋帆の西洋砲術を採用した水野忠邦の頃と比べ、幕府の海防への関心は著しく低下した。もはや西洋式の大砲や要塞に、予算を割こうという幕閣はいなかった。

五月二十三日、斎藤弥九郎に率いられた練兵館の門人たちは、長州藩桜田邸を訪れた。

防具や竹刀を持った一行は、わざわざ遠回りして日本橋を渡り、人びとでにぎわう広小路を京橋、銀座と行進した。

防具の入った袋には、練兵館と書かれた布が縫い付けてある。

沿道のひとびとの好奇の視線を浴びながら、門人たちは並んで歩いた。

隊列が乱れると、弥九郎は振り向いて言った。

「練兵館の名を高めるためだ、堂々と歩け」

桜田邸に到着すると、門人たちは防具を付けた。邸内の馬場で撃剣の試合を行なうのである。

藩主毛利敬親(たかちか)も出座し、簾越しに観戦した。

小五郎は、弥九郎の四男斎藤四郎之助と対戦した。小五郎はいつもの上段である。

四郎之助は下段にとった。

間髪入れず小五郎は四郎之助の面に打ち込んだが、四郎之助は素早く受けて小手を狙った。

小五郎はかわしながら竹刀を回して逆小手を打ったが、浅いと見て一本にはならなかった。

小五郎は続けざまに上段から面を打ったが、四郎之助は引いてかわし、その隙に小手、胴を狙う。

激しい打ち合いが続いた後、四郎之助が先に小手を打とうとした瞬間、小五郎の面が決まった。

その後は、小五郎の上段からの打ち込みが面、小手に続けさまに決まり、五本のうち四本をとった。

藩主の前で、小五郎は面目を施したのである。

撃剣が終わり、続いて西洋銃陣の演練である。

門人たちは二手に分かれて整列、弥九郎の号令に従って、対戦の演技を披露した。

高島秋帆の演練のときほど大規模ではないものの、横隊から二重陣、方形陣と陣形を変え、射撃、突撃と見事な演技を見せた。長州藩の重臣たちからは、感嘆のため息が漏れた。

夜は練兵館に帰って酒盛りとなった。

風雲

老中阿部伊勢守正弘は、御用部屋でひとり小さく溜め息をついた。

「北亜墨利加合衆国より船を仕出し日本と交易を取結ハんため、御当国江参り申すべき由」

嘉永五年のオランダ別段風説書にはそう書いてあった。新任のオランダ商館長クルチウスも、書簡で同じことを伝えてきた。

アメリカは日本の漂流民を連れて国書を持参し、交易、一、二の港の利用、石炭置場の開設を願うという。来航する戦艦の数と船名、大砲と乗員の数も記されていた。

たとえば旗艦ミシシッピー号は蒸気フリゲート艦、千七百トン、大砲十門、乗員三百七十五名である。

クルチウスは、その前に日蘭でしかるべき条約を結んでおいた方がいい、と助言した。

オランダの有利な立場を守ろうという意図なのであろう。

しかし、そうなれば他の西洋諸国とも、同様の条約を結ばねばならなくなる。

それは避けなければならぬ。

このころ、マリナー号以外にも、英米船がしきりに渡来している。

弘化二年三月には、アメリカの捕鯨船マンハッタン号が浦賀に漂流民を届けにきたし、七月にはイギリスの軍艦サマラン号が、薪水給与と測量の許可を求めて長崎へやってきた。

弘化三年閏五月には、アメリカ東インド艦隊のビッドル司令長官が通商を求め、コロンバス号とヴィンセンス号を率いて浦賀にやってきた。

幕府からの親書を手渡すとき、正装して日本の船に乗り移ろうとしたビッドルを、川越藩士が突き飛ばしたらしい。抗議を受けて陳謝したが、まずいことをしてくれたものだ。

ビッドルは紳士的だったが、コロンバス号は大砲を九十二門積んでいた。

同じ年の六月には、フランスの艦隊が琉球から長崎へ来航して、水と食糧を求めた。

嘉永元年には、アメリカの捕鯨船ラゴダ号が松前沖で難破して、択捉に漂着した十五人の乗組員を長崎へ送還した。無礼で乱暴な連中であったらしい。

嘉永二年、アメリカのプレブル号が、かれらを受け取りに長崎へやってきた。このときの艦長は、「十五人を即刻釈放しなければ砲撃する」と威嚇した。

今度の米国船もこれまでと同じなのか、それとも違うのか。水と食料を与えて退帆するよう教え諭せば、言うことを聞くのか。

調整型の政治家である阿部正弘は、内政には抜群の手腕を示したけれど、外交については定見を持たず、経験豊かな相談相手も少なかった。

思い余って外様大名の島津斉彬に、別段風説書の極秘情報をもらして、助言を求めたほどだった。

そのとき川路聖謨の来着を奥右筆が告げた。

「返答はいかがであった」

阿部は、川路が腰を落ち着けるのもそこそこに訊いた。日頃おっとりした阿部には珍しいことである。

「外国奉行就任のこと、打診いたしましたが……」

「代官と兼ねることはできぬか」

「本人は昇進を求める様子はなく、むしろ下田に来航した異国船への対応で、御役に立てず申し訳なかったと、申しております」

「さようか」

阿部正弘は落胆した様子を見せた。

奈良奉行から大坂町奉行に転じ、今年勘定奉行に就任した川路は、この難局を乗り切るには、海防に詳しく、マリナー号来航の折にも見事な応対をした江川太郎左衛門しかいない、かの者こそ外国奉行に適任である、と阿部に具申したのである。

ただし世襲代官なので、幼い息子に代官職を継がせて、熟練の手代を補佐役とすべきである、と善後策も立てた。

しかし、英龍は自ら顕職を求めることはなかった。

幕府内でも、一介の代官を奉行職に就けることには反対の声が強い。

それだけでなく、水野忠邦の改革に対する反感が根強い現在の幕閣にとって、英龍は改革派の旗頭であり、その復権を歓迎しない空気がいまだに残っていた。

「ただし、砲術の儀については、いつでも何度でも、出府して力を尽くしたいと申しております」

阿部は少しほっとした様子を見せた。とはいえ、何か有効な解決策を見出したわけではない。

薪水給与令を続けるのか、打ち払いを復活するべきか、阿部はまだ迷っていた。薪水給与をためらうのは、諸大名が異国船への対応で疲弊するからという、まことに内向きな理由であった。

いっぽう打ち払いを復活させれば、外圧に対して人心を統一し、攘夷を主張する水戸の斉昭のような強硬派もなだめることができる。これもまた国際情勢に関係なく、内政のためだった。

阿部正弘は、西洋諸国と日本の軍事力の、恐ろしいほどの差について、深刻にとらえていなかった。それより大名たちの不満や異見を聞き、それを調整することで政治的安定を保とうとした。

オランダ国王の忠告を聞いて、日本に不利にならない開国の条件を提示するか、さもなくば戦の覚悟を決めて武備を整えるか。

選択肢はこの二つしかないはずだが、筆頭老中である阿部は何もしなかった。

「福相（阿部正弘）御度量広く、さりながら御決断これなく」

と評されたように、決断を先送りした。

そのあいだに、時間はどんどん進んでゆく。

当時の欧米諸国は、日本についてどう見ていたのであろう。

一八五二年に出版された、イギリスの歴史学者チャールズ・マックファーレンの『日本　その地理と歴史』（邦題『日本 1852　ペリー遠征計画の基礎資料』渡辺惣樹訳）は、「ローソンズ・マーチャンツ・マガジン」に掲載された記事を引用して、

「日本は良港と豊富な資源にめぐまれている、日本人の能力、エネルギー、企業家精神を鑑みると、アジア諸国の中で一頭地を抜く存在になる可能性が高い、鎖国で他国との交流を拒否してきた日本も、世界の交易の流れに抗することは難しいだろう、日本は極東のイギリスになる可能性が高い」

という内容を紹介している。

イギリスもフランスも、日本を植民地にしようという野心を持ってはいなかった。

イギリスは清やビルマ、シンガポール、マレー、さらにはインド、スリランカも植民地化するのだが、日本にだけは軍事的圧力を加える意図を持たなかった。

清をはじめ、他のアジア諸国の植民地経営に兵力を割かれたという事情もある。

しかし、もっとも大きな要因は、日本の軍事力、それも大砲や銃などの軍備ではなく、数十万人以上と推定される、勇敢で死を恐れぬ侍の存在であろう。

欧米の軍事的優位は明白である。

およそ五十年前の一八〇四年、通商交渉のために遣日使節ニコライ・レザノフと日本を訪れたアーダム・ヨハン・フォン・クルーゼンシュテルンは、『世界周航記』で日本の海防の現実について痛烈に記述している。

「日本の政府は武威によって政権を維持しているので、戦ってもし外国に負けたら威信に傷がつく。国民に危惧の念が生じ、内乱が起こる可能性がある。蝦夷をすべて失うよりさらに重大な危難が起こりうるのである。また取り返そうにも軍船はないし、海軍もない。もし、十六門の大砲を備えた帆船二艇に兵卒六十人を乗せ、攻撃すれば日本が大船に一万の兵を乗せて来たとしても一日で打ち負かせるであろう」

これは、あくまでもクルーゼンシュテルンという一軍人の、兵器と戦術による評価である。戦略としては拙劣で、現実的ではない。

もし、ロシアが単独で、正当な理由もなく日本の都市を攻撃すれば、日本と外交関係を結べなくなる。

マックファーレンの先の書でも、日本の軍事力について記している。

日本は、軍事構造物の建設法について知らず、銃は時代遅れの火縄銃であり、二百年の平和で軍人魂は失われたであろう、としながらも、

「彼らは武士であることに強い誇りを持っていて、侮辱に対しては毅然として決闘に訴える。ときには侮辱されることよりも腹を切って死ぬことを選ぶ。もしこれが本当なら、日本の兵士は強力で激しく戦うだろう。アメリカが侵攻した場合、まずこの国は敗れるに違いない。アメリカの兵隊は、かつてメキシコに進軍したときのようにこの国を打ち負かすだろう。ただ、その過程でどれだけの死者が出るかは想像さえつかない」

同じことは、八年後の一八六〇年に日本を訪れたイギリス陸軍将校E・B・ド・フォンブランクも指摘している。

日本人はアジアで例外的に勇気、愛国心、秩序や国家を重んじる気持ちが強固であり、外国の侵略を受けたら、国内は一致団結して共通の敵に立ち向かうだろう、そこには、日本と清国の大きな相違がある、としている。

「(欧米の軍隊は)日本の首都や港町を破壊したり、沿岸を荒らすことはたやすいことであろうが、国内に奥深く入っただけで、決定的な打撃を受けるのである」(『馬を買いに来た男』宮永孝訳)

帝国主義はコスト・アンド・リターンである。

そのようなコストを払ってまで、国内外で非難される可能性の高い軍事的選択を日本に対してとる必要は、まったくなかった。

通商条約を結び、友好関係を築いたほうが、貿易でも外交でも利益がある。

ただしその平和は、薄氷を踏むようなバランスのうえで成り立っている。

日本が欧米の使節に対して無謀な打ち払いを行なえば、母国の政府や議会の同意を取り付け、大義名分のもと軍事行動に出るであろう。

アメリカにはアメリカの国内事情があった。

メキシコ領だったテキサスに、メキシコの移民奨励策もあって、アメリカから不法移民が殺到した。アメリカ移民が多数派を占めたテキサスは、メキシコに対し反乱を起こした。

アラモの戦いである。

メキシコ軍の攻撃によって、テキサス側の拠点アラモ砦は陥落したが、その後のアメリカ軍の奇襲攻撃によって勝利したテキサスは、一八三六年にメキシコからの独立を宣言し、テキサス共和国を樹立した。

そして一八四六年、テキサス共和国はアメリカ合衆国に併合された。

アメリカはさらに、カリフォルニアとニューメキシコを金銭で買い取りたいと、メキシコに申し出た。もちろん、メキシコは同意しない。

ポーク大統領は、軍事的圧力によって交渉を有利に運ぼうとしたが、アメリカ連邦議会はメキシコとの戦争に反対である。

ちょうどその頃、リオグランデ川付近で、騎兵隊とメキシコ軍のあいだに戦闘が勃発した。アメリカ側に死者や捕虜が発生したとの報告が入り、連邦議会もメキシコへの宣戦布告を承認した。

メキシコは戦争を望んでいない。

しかしアメリカにとって、太平洋に面したカリフォルニアを領土とすることは、悲願であった。

その後は、アメリカの圧倒的な軍事力による侵攻の連続である。陸軍はカリフォルニアとニューメキシコを占領した。海軍は海上から大西洋岸のベラクルスを攻撃し、海兵隊を上陸させた。ちなみにミシシッピー号艦長としてベラクルス上陸作戦を指揮したのが、マシュー・カルブレイス・ペリーである。

一八四八年二月二日、グアダルーペ・イダルゴ条約によって戦争は終結した。アメリカは、カリフォルニアとニューメキシコを一五〇〇万ドルで手に入れた。これはメキシコの領土の約三分の一にあたる。

それまでアジアへの航海は、ニューヨークから大西洋を横断し、アフリカ大陸突端の喜望峰を経てインド洋を東進し、マカオやシンガポールに至る数カ月の旅だった。

サンフランシスコから太平洋を横断すれば、わずか二十日ほどに短縮される。

北米大陸横断鉄道やパナマ地峡での鉄道敷設、さらにはパナマ運河を造ろうという計画もあり、アメリカにとって、まさに地政学的革命ともいうべき変革が起ころうとしていた。

「日本の海がハイウェイとなり、大動脈となったとき、アメリカの捕鯨船や商船だけでなく他の国も平和的な商業的繁栄を享受できる」(『日本開国』渡辺惣樹著)

という、ニューヨークのロビイスト、アーロン・パーマーの「日本開国提案書」に見られる表現には、イギリスやオランダ、フランスに後れをとっていたアメリカのアジア貿易が、太平洋航路によって一気に逆転するという期待が込められている。

アメリカ海軍にも事情があった。

メキシコとの戦争は終わった。戦争が終わると必ず出るのが、軍の予算削減と艦隊の縮小・再編成の問題である。

アメリカ海軍は、世界に六つの艦隊を保有している。

そのうちメキシコ湾艦隊は、米墨戦争が終了した以上、多数の艦船を必要としなくなった。

にもかかわらず、メキシコとの戦争中に発注していた最新鋭の軍艦が、戦争終結後の一八五〇年、一八五二年に相次いで完成した。

それらの艦船をどこへ配備するか。

海軍の権益を確保するためには、メキシコ湾以外の地域に大艦隊を置かなければならなかった。

それは新たに獲得した西海岸の先にある、日本や中国を含む東アジアでなければいけない。この地域をカバーする東インド艦隊に、大型の汽走軍艦を多数配備すべきである。

メキシコとの戦争終結後、郵政長官に就任していたマシュー・ペリーは、一八五二年（嘉永五年）、東インド艦隊司令長官に転任した。

大統領はホイッグ党のフィルモアである。議会は野党の民主党が多数を占めており、いわゆるねじれ国会の状態であった。メキシコから得た領土の連邦編入など、国内の案件が山積みのため、議会は対外問題、とくに東洋の小国日本に関心はない。

たった五名しかいない国務省のアジア課は、貿易商社が駐在する中国の問題で手一杯である。

太平洋横断航路開設と日本の開国交渉を担うのは、国務省でなく海軍でなければならない。

アメリカは軍事力によってメキシコから土地を簒奪し、領土を拡大して太平洋岸の港を手に入れた。日本との交渉も、軍事力を背景に行なわれるであろう。

ただし、自衛上必要とされる場合でないかぎり、ペリーは軍事力の行使を禁じられていた。宣戦布告の決定は議会が行なう。大統領にもその権限はない。

フィルモア大統領は「使節は必然的に平和的性格のものである」とペリーにくぎを刺した。

そのことを日本側は知る由もない。

嘉永六年六月三日七つ半過ぎ（午後五時）、下田表より韮山に大急注進があった。異国船が渡来し、そのうち四艘は浦賀へ向かったが、二艘は下田沖に滞船しているという。

英龍は早速仕度をし、夜九つ時（午前零時）、下田へ出立した。

塾生たちも江戸表や相州御備場へ急行した。

英龍が下田に到着したときには、異国船はすでに浦賀へ向かった後で、船影は見えなかった。

その後も下田で警備にあたっていた英龍に、十四日、至急登城せよとの御用状が幕府勘定方より届いた。英龍はすぐに韮山へ戻り、江戸へ出府した。

翌日登城すると、老中列座のなか、筆頭老中阿部正弘が申し渡した。

「別段の訳を以て、御勘定吟味役格を仰せ付ける。御役料三百俵、ただし代官の仕事はそのまま相勤めよ」

続けて、江戸湾防備計画のため武蔵、相模、安房、上総の海岸見分を行なうよう内命が下った。

正使は若年寄本多忠徳、随行が勘定奉行川路聖謨、大番頭九鬼隆都（たかひろ）、目付戸川安鎮、江川太郎左衛門である。

英龍の登用は、阿部正弘と川路聖謨の意向である。

ほんとうは勘定奉行兼外国奉行に就任させたかったのだが、事ここに至っても、二階級も三階級も特進する人事を、保守的な幕閣は認めようとしなかった。

そこで、まずは勘定吟味役格にして、次の段階で奉行として腕を振るってもらおうということになったのである。

頼りになるのは英龍しかいなかった。海防の議論はかまびすしいが、西洋式要塞の築造、大砲の鋳造、洋式砲術の実践、すべてができる人物は他にいない。

人事の申し渡しが終わると、川路は手招きして英龍を御用部屋へ誘った。

「知っての通り、ペルリはすでに去った」

いつもは笑顔を絶やさぬ川路が、眉根にしわを寄せて言った。

「こたびはことのほか強硬でな」

英龍も情報を収集した。ペリーは、自分と対等の地位にある大官でなければ会わぬと主張したため、浦賀奉行所与力香山栄左衛門は奉行と偽って乗艦したが、応対したのはペリーではなく艦長や副官だった。

ちなみに栄左衛門は、マリナー号の折に対応した浦賀奉行所与力香山又蔵の養子である。

アメリカ側は、長崎へは絶対行かぬ、日本の最高位の役人が相応の礼儀を以て国書を受け取るべきだ、祖国が侮辱されるようなことがあれば、どういう事態になろうと責任は負えぬ、と恫喝した。

明らかに、これまでの異国船とは違っていた。許可を求めるのではなく、権利として当然のように要求した。

浦賀湾内を測量しているのを見て、それは日本の国法に背くので許可できぬと香山が言うと、浦賀の測量はアメリカの国法によって命じられている、われわれがアメリカの国法を順守するのは、貴公が日本の国法を守るのと同じであると、つっぱねた。

これは国際法に明らかに違反している。

領土および領海では、その国の法律を順守すべきであると、当時の国際法にも定められている。ミシシッピー号が江戸湾の奥へ侵入してきたとき、同じく浦賀奉行所与力中島三郎助が「内海に入るのは相ならぬ」と制したのも、国際法に照らして正しい。

軍事的優位による示威的行動であることは疑いなかった。

交渉はすべて、アメリカのペースで進んだ。

もっとも、香山とともにブキャナン艦長やコンティ大尉と交渉した三郎助は、サスケハナ号じゅうを遠慮なく歩き回り、最新式のペキサンズ砲の寸法を測ったり、射程距離を質問したりして、アメリカ人を辟易させた。

「栄左衛門はいつもの静かで、丁寧で、控えめな紳士だったが、三郎助の方は終始せかせかして、粗野で、でしゃばりだった」

許しも得ずに船のなかをあれこれ調べまわるので、スパイ行為をしているのではないか、と疑われている。

三郎助は、お行儀よく談笑しながら交渉する外交官ではなかった。アメリカ人にいやがられても、国益のために大砲や蒸気船をすみずみまで調べまわった。まさしくかれの面目躍如たるものがあろう。

もっとも、三郎助の大胆な行動については、英龍も知らない。わかったのは、アメリカの傲岸で妥協を許さぬ姿勢と、最新鋭のペキサンズ砲の存在であった。

しばらくして阿部正弘も部屋に入ってきた。

「ことは緊急を要する。そなたの働きに期待しておる」

「身命を尽くす所存にございます」

「ペルリは一年後にまた来ると申しておる。それまでに備えができるか」

「己亥の年に伊豆、相模、安房、上総の沿岸は、くまなく見分いたしました。残るはお膝元の大森、品川から両国、深川の海岸。出来うる限り堅固な防御策を講じます」

阿部は黙ってうなずいた。

差しで英龍と話すのは初めてである。

このとき、阿部は間近に英龍を見て、どれほど頼もしく思ったであろう。

川路が脇からささやいた。

「太郎左衛門殿、何か望みがござれば、この際じゃ、申されてはいかがか」

「されば、土佐の万次郎の召し出しをお願いします」

土佐中ノ濱の万次郎は、天保十二年、十四歳の時に漂流して太平洋の鳥島へ流れ着き、その後アメリカの捕鯨船に救われてアメリカ本土へ渡った。

捕鯨船の船長ホイットフィールドの養子となって学校へ通い、高等数学や測量術、航海術を学んだ。卒業後は捕鯨船に乗って働き、さらにゴールドラッシュのカリフォルニアで金を採掘して、帰国のための資金を稼いだ。万次郎はその金で船を買い、ハワイにいた漂流仲間を誘って、日本へ帰り着いた。

二年前の嘉永四年のことである。

万次郎を取り調べた長崎奉行の牧志摩守は、「万次郎は頗る怜悧にして国家の用となるべきものなり」と報告した。

アメリカで高等教育を受け、英会話も読み書きもできる万次郎は、欧米の圧力が厳しさを増すこの時期の日本にとって、貴重この上ない人材であった。

「万次郎からアメリカの政治や民情について詳しく話を聞き、対策を講じます。かの者の知識と英語は、交渉に欠かせませぬ」

アメリカの政治の仕組み、アメリカ人の暮らしぶりや価値観、そして何よりも蒸気船や兵器の質はどんなものか、英龍は尽きせぬ興味があった。

阿部は大きくうなずいた。

「承知した。土佐藩に申し付けよう」

「大砲の数も足りませぬ。鉄の大砲を造るために、ぜひ反射炉を築造すべきです」

「反射炉？」

「西洋の鉱炉にて、石炭の熱で鉄を熔かします。韮山で小型の実験炉を造りましたが、やはり熱量が足りませぬ。御公儀の力で本格的な反射炉を築造し、江戸湾に備える大砲を鋳造すべきでありましょう」

「よかろう、反射炉のことは検討する。建議書を出すように。費用のことは勘定方に相談せよ」

川路は一瞬、財務官僚の立場に戻って冷めた顔をしたが、英龍を見て小さくうなずいた。

このとき英龍は、もう一つの願いがのど元まで出かかっていた。

砲術の師、高島秋帆の赦免である。

秋帆が長崎で捕縛されてから十一年たつ。その後、武州岡部藩に永預けとなったが、義理に厚い英龍は、かたときも秋帆を忘れたことはなかった。五月に秋帆の赦免嘆願を川路に相談したのだが、慎重な川路は時期尚早としておしとどめた。

ペルリ来航は国難であり、こういうときこそ高島秋帆の智恵と見識が必要である、赦免が無理ならば、預け替えをして自邸に引き取りたいと言いたかったのだが、ここは我慢した。

三日後に江戸湾見分へ出立する。急がねばならない。

斎藤弥九郎は、明日の江戸湾見分の準備であわただしかった。

英龍に随行して、当分のあいだ道場を留守にすることになる。

そこへ桂小五郎が、深刻な面持ちで近づいてきた。

「先生も江戸湾の見分に立ち会われるのですか」

「そうだ」

「それがしも連れて行ってください」

小五郎は思いつめた表情で弥九郎に迫った。この男がこれほど興奮するのも珍しい。

長州藩は幕府から大森海岸の防備を命じられ、小五郎も何度か出張した。藩主警護の親衛隊にも任命され、張り切っている。これまでさほど興味を示さなかった、攘夷か和親かという問題についても、弥九郎や新太郎に質問してくるようになった。

弥九郎は、しばし迷った。

御公儀の見分に、外様大名の一藩士を同行させてよいものか。身分がばれれば大ごとになろう。

「ぜひ、ぜひとも、お願いいたします」

小五郎は両手をついて、弥九郎に懇願した。

これが他の門人であったなら、弥九郎も逡巡しなかったかもしれない。

しかし、尊王の志が強い長州の、なかでも目をかけている小五郎である。江戸湾見分について行きたいとまで願った門人は他にいない。

ふと、弥九郎のなかに、小五郎がどれほど成長するか、見てみたい気持ちが芽生えた。知識だけでなく、実地の見分によって得られるものは大きい。

何より江川太郎左衛門という人間に接する体験は、この若者を大きく変えるだろう。

「よかろう、ただし長州藩士としてではない、従僕としてだ。決して素性を明かすでないぞ」

六月二十二日早朝、英龍は本所の江戸役所を出立しようとして、玄関に法被（はっぴ）を着た見慣れぬ若者が、片膝をついて控えているのに気がついた。弥九郎のほうを見ると、

「道場で下働きをしている者だ、荷物持ちとして連れてきた」

若者は神妙な顔で、深々と頭を下げた。

一行は品川へ向かい、正使の本多忠徳や川路聖謨らとともに海岸を測量した。

英龍の海防構想は、十数年にわたる調査と研究が下敷きになっている。

すなわち防衛の第一線を観音崎と富津洲を結ぶ線に置き、第二線を本牧（横浜）と木更津、第三線を羽田沖、第四線を品川沖とした。四段の防衛線で外敵の侵入を防ぎ、さらに洋式軍艦による海軍を創設して、台場の備砲と連携するというものであった。

浦賀から船で対岸の房総へ向かった一行は、はるか遠くに渺茫（びょうぼう）とかすむ富津を臨んで当惑した。

川路は英龍に訊いた。

「富津までどれほどござるか」

「およそ二里（八キロメートル）」

本多や川路はため息をついた。

この時期の大砲は前装滑腔砲といい、砲弾は先込めであり、砲身内に施条のない旧式のタイプである。浦賀の明神崎台場や鶴崎台場には、西洋式の二四ポンドカノンや一八ポンドカノンが配備され、富津の台場には英龍が鋳造した一五〇ポンドボムカノンが配備されていた。ボムカノンは大口径の榴弾を発射できる最新式のカノン砲である。

旧式の和砲は論外だが、西洋式の大砲でも、有効射程距離は六〇ポンドカノンが約十三町（一四七四メートル）、二四ポンドカノンと一八ポンドカノンが約二十五町（二七九二メートル）、八ポンドカノン砲が約十八町（二〇三五メートル）程度だった。

米艦は悠々と、湾口の真ん中を通り過ぎるであろう。

本牧―木更津の第二線や羽田沖の第三線は、さらに距離がある。

軍船と連携しなければ意味がないという、英龍の意見はもっともである。

しかし、ペリーの再来航までに準備できるのか。

随行していた弥九郎と小五郎も、同じことを思った。

見分は七月まで続き、七月十四日には浦賀水道の正木ノ洲、沖ノ洲、亀ノ洲の三枚洲を測量した。

英龍は将来、水深の浅いこの三枚洲に台場を築造するつもりでいる。

さらに大森、品川を見分し、北品川に帰り着いたのは九つ半（午前一時）であった。

英龍は間をおかず、川路聖謨と連名で復命書を提出した。

「江戸湾の防衛については、本来なら浦賀の旗山崎と富津岬を結ぶ海上に九箇所の台場を築くべきであるが、費用も時間もかかるので、まず品川沖から深川沖にかけて十一基の台場を建造する。品川沖は水深が二、三間（三〜五メートル）と浅いので、埋め立ても容易である。

その後、三浦、鎌倉、安房、上総に砦を築き、海陸で防衛する。

軍船がなければ、これらの台場もまことに窮屈で、とても十分とは言い難い。早急に軍船を購入、あるいは製造すべきである。航海の技術を習得したら軍船で地球を一周し、オランダへ渡航すべきである」

英龍の頭の中には、開国、西洋への渡航、そして西洋の科学技術の導入、という構想がすでに出来上がっていたのであろう。

儒学者の安積艮斎は、英龍を「文武兼備、雄略絶倫」と激賞したが、かれは台場や大砲にとどまらない、開国後の日本の雄大な設計図を描いていた。

復命書を待っていたかのように、幕府はすぐさま七月二十三日、勘定奉行の松平近直、川路聖謨、勘定吟味役の竹内保徳、勘定吟味役格の江川太郎左衛門に、御台場普請取調方を命じた。

英龍にはとくに御台場の設計・建設と備砲の鋳造・調達が任され、八月六日には海防掛兼務を命じられた。さらに十月には、蒸気船の製造も命じられた。

台場、大砲、蒸気船、すべてが英龍に任された。

阿部正弘にとってかれは、まさに頼みの綱であった。

英龍らが江戸湾を見分していたころ、江戸城内の阿部正弘は狼狽していた。

六月二十二日、ペリー来航のショックでもあるかのように、将軍家慶が死去したのである。しかし病と称して、まだ公に発表してはいない。

七月一日、阿部は諸大名にアメリカの国書の内容を示して、意見を求めた。さらに幕吏や諸藩士にまで意見を述べるよう命じた。

これまで政事に関する意見を述べれば厳罰に処され、幕府の命令に従うばかりだった大名や藩士たちの多くは、かえって当惑したであろう。

徳川幕府は、圧倒的な武力を背景にした権威によって、政治的安定と平和を維持してきた。意見公募は開明的な阿部正弘ならではの英断であったが、幕府の動揺や不安を、自ら外に示す結果ともなった。

さらに幕府は、水戸藩前藩主徳川斉昭を海防参与に任命した。

ペリーの倨傲な振る舞いに怒る世論や攘夷派の大名をなだめつつ、戦争を避けるにはどうすればよいか。阿部正弘の結論は、世間的に人気のある斉昭を立てて腹蔵なく意見を交わし、避戦の政策に取り込もうとするものであった。

斉昭はさっそく、「海防愚存」なる十条五事にわたる長文の建議書を幕府に提出した。

ペリー艦隊の来航以来、武士だけでなく町民や百姓のあいだにも、アメリカの無礼なふるまいと、幕府の煮え切らぬ態度への不満と怒りが鬱積していた。

そこへ斉昭の登場である。

神国日本は武威の国である、傲慢な夷族は打ち払え。そう勇ましく宣言してくれることを期待した。

じっさい、表向きは、そうした。

「廟議が戦の一字へ決着すれば大名はじめ全国津々浦々に大号令をかけ、武家はもちろん百姓町人までも覚悟を決めて、神国惣礼の心力を一致させることが肝要である」

外夷船は銃砲が堅利であるが、神国には槍剣の技がある、と強調した。

「たとえば先方の軍艦に乗って話し合いながら歓待し、すかさず艦長を突き殺し、かかってくる船員を長刀太刀で切り殺せば、わずかの人数で大きな軍艦の船員も退治できる」

そうやって敵の軍艦を奪い取ればよい、という〝密策〟を提案している。

甲板の上で戦えば、大砲を内向きには打てないというのだが、小銃で撃たれたらどうするのであろう。だれが読んでも荒唐無稽な作戦であり、人心を鼓舞するためだとしても、あまりにも無謀である。

ただし斉昭の海防愚存には、〝付箋〟がついていた。

「太平が打ち続いた当世の状態では、戦は難しく和平は容易である。それなら天下一統戦を覚悟して、その後和平になればそれほどのこともない。此のたびは打ち払いの思し召しにて号令していただきたい、臍(へそ)の下に和のことがあると自然と漏れ聞こえてしまう」

したがって「和の一字は封じて、海防掛りのみが（和平の問題に）与ることにしたい。だから、本文には和の字は一切認(したた)めない」とした。

つまり、表向きは打ち払いを力説して士気を高め、内実は和平の準備をするという、ダブルスタンダードである。

付箋には、そう書いた。

斉昭も、開戦してアメリカに勝てるとは、思っていなかったのである。

これは一見、現実的な対応に見えて、危険な賭けでもあった。

幕府の中枢以外、ほとんどの人間が付箋の存在を知らない。斉昭の主張する通りに、打ち払いが実行されると信じている。

しかし実際の幕府の方針は、明確な返答を避けて時間を稼ぐ〝ぶらかし〟策を採り、そのあいだに武備をととのえながら、最終的には和親や通商もやむなしという、問題先送りである。

外交の本質は曖昧な状態に耐えることだが、庶民は明快で勇ましい解決を求める。表と裏の政策の違いも知らない。

すっきりした解決策が得られなければ、不満はすべて幕府首脳に向かうであろう。

斉昭の「海防愚存」を読み終えた英龍は、深い息を吐いた。

(どう対応したものか)

英龍は天保の頃、水戸藩邸で斉昭に対面したことがあった。弥九郎も同行し、後ろに控えていた。

話題は海防と異国への対応の問題となり、ふたりの意見は対立した。

斉昭は異国との通商不可、夷狄の船は打ち払うべしと主張した。

英龍は真っ向からこれに反対し、西洋砲術を始め異国の文物を取り入れて、海防を充実させるべきであると説いた。

斉昭は、日本は武勇に勝れた国であり、夷狄の銃砲など何ほどのことがあらん、わが刀槍にて切り捨てにしてくれる、と言って聞かなかった。

激論数刻にわたり、斉昭は興奮して目を怒らせ、佩刀の束に手をかけて、いまにも立ち上がらんばかりの勢いを示した。

しかし、英龍はまったく動じない。自説を堂々と主張し、臆するところがなかった。一触即発となったそのとき、斉昭は突然立ち上がると、部屋を出て行った。しばらくして戻ってくると、何事もなかったかのように着座して言った。

「太郎左衛門、長々と出府して国家のために尽力の段、大義である」

声も顔色も、すでに落ち着きを取り戻していた。

英龍は後々、ひとに語った。

「過ちを改むるに憚(はばか)ることなかれというが、尋常の貴人ではなしえないことである、烈公は非凡の人である」

斉昭はたしかに非凡な殿様であった。この時期の大名のなかで有数の器であった。しかし、「海防愚存」には、斉昭の変わらぬ姿勢が存分に示されていたのである。


登城した英龍は、御用部屋で阿部正弘と対面した。

阿部はいつもの柔和な顔で座っていた。

英龍が何を言いに来たか、おおかた察しがついている。水野忠邦なら、相手が口に出す前に、先んじて話題を振ってきたであろう。しかし阿部は、微笑を浮かべてじっと待っている。

「恐れながら、水戸の御老公の海防愚存につき、いささか存念がございますれば」

英龍は、その大きな目を阿部に向けて言った。

「御国の武勇が万国に勝れているのは御老公のおっしゃる通りですが、大砲を備えた軍船で戦った経験はございませぬ。二百年の平和で武備が廃れ、軍艦や大砲による武力を充実させるには、二、三年で行き届くとは思えませぬ」

英龍は、ここで大胆な提案をする。

ロシア一国にだけ暫定的に交易を許し、その利益によって海防の軍備をととのえるという計画である。

親露排英米論は大槻磐渓や川路聖謨も主張していた。傲岸不遜なペリーと異なり、おだやかで礼儀正しいプチャーチンに対して、幕閣は好感を抱いていた。

もっとも川路ら幕閣が好感をもったのは、プチャーチンをはじめとする全権使節に対してである。

ロシアという国については情報が不足していたことは否めない。

英龍には、ロシアによってアメリカやイギリスを牽制するという意図もあったようである。

さらに英龍は、身分を問わない人材登用と教育の見直しを強く主張した。

「昌平坂学問所のように、素読ばかりで実用の学問が少なく、詩文学をもっぱらにして、行状は並より劣る者もいる学校は、廃止すべきです」

阿部は顔色を変えなかったが、内心ひやりとした。

これでは学問所の大学頭を代々務める林家に、けんかを売るようなものだ。

「新しい学校は末永く続くよう法を定め、広く門戸を開きます。海防を学ぶには、西洋の風俗人情を知り、軍学や砲術を第一に西洋の学問の翻訳に力を注ぐのが急務です。槍剣も実用第一とし、流儀を一つに定めるべきでしょう。水軍（海軍）の修業も行ない、寄合など禄は高いのに役のない旗本御家人を組織すべきです。旗本だけでなく、真切に武芸を学ぶ浪人も抜擢して採用すれば、必ず御用に立ちましょう」

文武とも実用専務の教育を行なう学校を創設し、浪人も積極的に登用して、高禄でありながら暇な旗本は再教育するよう主張したのである。

そして最後に、年来の持説で締めくくった。

「全国の海岸要害の防衛策として、漁師を交えた農兵の組織化を諸国一体となってすすめるべきです」

英龍の建議は、後に創設される講武所、長崎海軍伝習所、さらには維新後の国民皆兵をも想起させる内容である。

昌平坂学問所廃止論は、林家はもちろん、学問所に縁のある儒者たちを激怒させたであろう。林大学頭一派から目の敵にされたであろうことは想像に難くない。

しかし、英龍は常に先を見ていた。何の偏見もなく、新しい知識や思想を吸収しようとした。

その生きた見本が、土佐の漂流人、万次郎である。

中濱万次郎

嘉永六年九月、土佐の漂流民万次郎は、江戸城内で阿部伊勢守、林大学頭、川路聖謨、松平河内守、江川太郎左衛門と対面した。

万次郎への聴取は数回にわたった。実際に聞きとりを行なったのは、川路聖謨と松平近直の両勘定奉行、そして江川太郎左衛門である。

「アメリカとはどのような国なのか、それを知りたい」

英龍と川路は、万次郎が緊張しないよう、笑みを浮かべながら聞いた。

しかし、アメリカ社会でながく暮らした万次郎に、そんな配慮は必要なかった。

「ノース・アメリカのユナイテッド・ステーツ国は……」

「待て待て、そのユナイテッド・ステーツ国とやらは、アメリカのことか？」

川路は面食らって聞いた。

「さようでござります」

「日本語に訳せば何となる」

「はて、何と申しましょう。アメリカはたくさんのステーツ、つまり州が集まって出来とります。政事は人民が行ないます」

「民が政事を行なうのか？」

近直が驚くと、英龍が言った。

「つまりは共和政治ということだな」

英龍が共和政治という言葉を使ったのは、幡崎鼎や渡辺崋山から、君主制をとらない政治体制について学んでいたからであろう。

嘉永六年十月に英龍が勘定所へ提出した「松平土佐守小人中濱萬次郎北亜米利加在留中様子相尋候趣申上候書付」では、アメリカ合衆国のことを「共和政治州」と呼んでいる。

「はい、共和政治州（アメリカ）は、北アメリカのうち（北緯）三十度より五十度のあいだにある国で、西は御国（日本）に対し、東は西洋諸州（ヨーロッパ）に相対し、南はメキシコに、また南アメリカは海峡を隔て、北はイギリス所属の国（カナダ）と接しております」

万次郎の日本語はまだおぼつかなかったが、話は理路整然としてよどみがなかった。

「南部はぬくいですが、北部は寒さがえろう厳しゅうございます。土地が広うて、野菜も五穀もぎょうさんあるもんで、人口も増えちょりまして、海外諸州との交易が繁盛して富饒の国でございます。制度文物は西洋諸州にならってつくられちょりまして、七、八十年前まではイギリスの所属でありましたけんが、人民がイギリスの奉行の政令に不服で、イギリス所属を離れ、独立して共和政治に移りました由にござります」

「アメリカの共和政治とはどのようなものか」

「国王はおりませんで、大政を掌（つかさど）るのはフラシデン、大統領と申します。国中の人民による入札で登職いたしまして、四年で交替いたしますが、人物が格別宜しき場合や戦など大事があるときは、八年在職することもござります」

「大統領とは公方様か、あるいは御老中のようなものか」

「大統領ちゅうは、政事の責任者でござりまして、ただひとりでござります」

「大統領は人民の入札で決めるというのか」

「さようでござります。大統領府はワシントンと申しまして、国中の役人の昇進罷免を沙汰いたします。どげなことも国法を重んじて、大統領と云えども国法を護らねばならぬ決まりになっちょります。ひとびとも法令を護り、国内はよう治まっております」

英龍も川路も近直も衝撃を受けた。門地家柄に関わりなく、人民が入札でフラシデンを選び、政治を行なうのか。民が中心となって有能な人間を選ぶとは、日本では考えられぬ制度であった。

また、大統領も国法を護らなければならぬということは、大統領の上に法があるということである。いちばん偉いのは法と人民ということになる。

「御国と親睦したいとはアメリカの宿願でござります。その訳は、これまでたびたび彼国の船が漂流いたしまして、松前に上陸したときの待遇がいかにも厳しゅうて、禽獣同様の取り扱いであったと、漂流した者が帰国してから申し立てたちゅうことでござります。いったいアメリカにては、自他の差別なく人はみんな同じという見識で、たとえ通信がない国の者でも難儀しておれば助ける風儀ですので、その処置を不快に思っとりました。通信がないのでこげな待遇になるんであろうから、両国の和親を取り結びたいと、常々アメリカ人は申しちょります」

「交易を望んでいるのではないのか、ペルリが持参したヒルモオレの国書には石炭や食料を買いたいとある」

「はて、そういう話は承ったことがござりませぬ。日本に石炭が産するゆう話を聞いておりませんので、石炭を交易したいちゅうのは、間違いではござりませぬか。石炭は南アメリカで格別安う買えますんで、不足しておりませぬ。ただ蒸気船は石炭を多分に使いますので、置場所を借り請けたいと、かねがね望んでいるそうでござります。それとペルリやヒルモオレちゅう名前はアメリカにはございません」

「アメリカでは何というのだ」

「大統領はフィルモア、使節はペルリではのうてペリーでしょうか」

「アメリカは長崎では交渉しないと言っておる」

「長崎は江戸からかけ離れちょりますので、諸事江戸へ伺いを立てて御下知を待つことになって、些細なことでもすぐには決まりませぬ。浦賀は江戸に近いので都合がいいと、アメリカ人はよう心得ちょります。アメリカでは大統領以下役人も、政治の立て方に上下の隔たりがのうて、平民でも大統領へ直談や文通をいたします。大統領はふだん、供の者をひとり連れて馬で往き来しちょります。あしも、たまたま大統領と行きおうて、立ったまま話をしたことがござります」

万次郎はアメリカ大統領と、道で立ち話をしたというのであった。将軍や老中が漁師と道端で立ち話をするなど、考えられぬことである。なんという国柄の違いであろう。

「戦の仕方はどうか」

「もっぱら大小砲を使い、大砲の操練もいたしますが、刀や槍は稽古いたしませぬ。オアフより帰る際、カリホルニアの海上にてアメリカの軍艦五、六隻がメキシコの海岸台場へ攻撃するところを見物いたしました。二里（八キロメートル）ほど離れちょりましたので、細かくはわかりませぬが、双方より大砲を撃ち合って、砲丸が空中を飛び交いました。かれこれ二た時（四時間）ほどの対戦で、メキシコが敗北いたしました。メキシコの国王は出奔いたし、領地は残らずアメリカが伐り取りましたが、その後メキシコが詫びを入れて和談が整い、地所を取り戻したそうにござります」

「アメリカの軍船について知りたい」

「彼の国では、軍船も漁船も造りは同じにござります。いずれも堅牢で、大砲でもなかなか打ち砕くのは容易ではござりませぬ。蒸気船は順風でも逆風でも自在に進退いたし、一日に百四、五十里（約六〇〇キロメートル）も進みます。平生は五百人乗りでも、戦となれば千五百人も乗り組みます」

「蒸気の機械についてはわかるか」

「蒸気の仕掛けは巧妙でわかりませぬ」

「軍船の構造はわかるか」

「船の打ち立て方は習っておりませぬが、捕鯨船に乗っちょりましたので、船の造りはよう知っております。洋船の図面があれば、軍船バッテイラくらいは船大工に指図して打ち立てられましょう」

「バッテイラは軍船としても使うのか」

「長さ十二間（約二二メートル）ほどの伝馬船へ、巣口二寸五分（口径七〜八センチ）ほどの大砲を載せて、遠浅のところへ乗り寄せます。船が軽いもんで、浅い海でも自在に進退しよります」

江戸湾の内海は遠浅の洲が広がっているので、小型の大砲を備えたこのバッテイラ対策をしなければなるまい。

「捕鯨船に乗って、どこへ参ったのか」

「御国の近海や、南北太平洋、大西洋、大南海などたびたび航海いたしました。天度の測量はもちろん、帆の使い方もわかっちょりますので、大船さえありましたら、いずれの国へも参れます」

英龍と川路は、思わず顔を見合わせた。このときふたりは、目の前の二十七歳の万次郎――日に焼けた精悍な顔は日本の漁師と何ら変わらない――の自信に満ちた言葉に、驚きと頼もしさを感じたに違いない。こんなことが言えるのは、今、日本で万次郎ただひとりである。

「銃や大砲のことは知っておるか」

「銃砲はアメリカの最上の利器ですので、平民でも小銃を二、三挺腰に差して旅をいたします。猟には雷管を使いますが、軍陣では燧式のようでござります」

「大砲は鉄か、青銅か？」

「大砲は鉄製にござります。台場に数十挺は据え付けられちょります」

「アメリカの都の防衛はどうなっておる」

「ヌヨウカ（ニューヨーク）の湊は広うて、台場では行き届きませぬもんで、大砲百挺を三段にして据え付けた大船が浮いちょります。これは外海へ航海するわけではのうて、もっぱら湾のなかを警護するためのものでござります」

「アメリカ人は江戸について、どれほど知っておるであろう」

「江戸は世界でもっとも繁華なところだと評判で、アメリカの者たちも見物いたしたいと、たびたび近海まで来ちょります。ただし異国の大船は大洋を恐れませぬが、浅瀬や暗礁を気づかって、まず不案内なところは測量をしてから船を進めるのが流儀でござります」

万次郎への聞き取りは数度にわたり、アメリカの産物、食事や飲酒の習慣、暦、貨幣の質など万般に及んだ。

日本の貨幣の質は世界一悪く、二朱金はハワイでわずか十二文程度にしかならないと酷評した。痛いところを突かれて、勘定奉行の川路と松平は渋い顔をした。

万次郎はワシントン伝や辞書、手紙文集、歴史書、算術書、測量術の参考書など書物もよく読み、日本に帰国するとき持ち帰った。

船乗りとしてハワイ、ルソン、台湾、ティモール（インドネシア）、グアム、チリなどを訪れて風土や民俗を見聞しており、知識だけでなく、体験に裏付けられた自信が窺われた。

「アメリカには何年ほど住んでおったのか」

「都合十一年になりましょうか」

「来年またペルリ、いやペリーが来る。その折は力になってほしい」

「学校で書物や文字を学びましたし、永年アメリカ人と相交わりました。通弁も応接も、いかようにもいたしますけん」

この言葉を聞いて英龍の肚は決まった。ペリーとの交渉に万次郎は欠かせない。通訳として、また知恵袋として、まさに百万の援軍を得た思いであった。

聞き取りが終わると、英龍は万次郎を本所の役所に招いて、さらに話を聞いた。

ますます万次郎の知識と素朴な人柄に惚れ込んだ英龍は、十月十五日に幕臣として登用したいと申請し許可された。万次郎は手附として江戸役所に住むことになった。

「そちは直参として御公儀に奉公することになる。それにあたり姓を付けねばならぬ。生まれ故郷は何というところだ」

「土佐の中ノ濱と申すところにござります」

「では、中濱万次郎としてはどうか」

万次郎は顔をくしゃくしゃにして喜んだ。

「ありがたき幸せに存じます」

十一月五日付で、万次郎は御普請役格御切米二十俵二人扶持として、直参に取り立てられた。

英龍は万次郎を江戸役所手附とし、長崎で取り調べの際に没収された書物、ピストル三挺、測量用の八分義の返却を要請した。

翌安政元年二月、英龍の差配で万次郎は結婚する。

相手は男谷信友や勝小吉の剣の師匠である、直新陰流の剣客団野源之進の孫娘、鉄であった。

団野道場は本所亀沢町にあり、江戸役所から目と鼻の先である。練兵館も団野道場と交流があり、以前から鉄のことを知っていたのだろう。

鉄は十六歳だったが、活発でよく気が利いた。結婚後もふたりは江戸役所に住み続けた。

英龍は万次郎との面談後、「民々亭」という号を使うようになる。

アメリカの民主主義が、よほど印象深かったにちがいない。

また、「黙座録」という英龍の秘密の覚書にも、近い将来の「共和政治」実現について記されている。

「御国（日本）は北アメリカと違い、急速には共和政治になることはできないが、さりとてこのまま放置すれば必ず国は乱れ、再び応仁の乱のようになる。おいおい幕政が一変し、政治改革が行なわれれば、北アメリカ同様、自他の差別なく、上下万民一体の社会となるだろう」

日本は民主政治を取り入れるべきだと予言したこの文章は、あまりにも時代を先取りしすぎていたかもしれない。
身分制の崩壊と平等な社会の実現は、幕府による封建体制の終焉を意味している。
しかし、英龍は間違いなく、万次郎に日本の未来を見たのである。
万次郎も、英龍の意気に感じ、その期待に応えたいと思っていた。

品川台場

いまも品川沖には、英龍が計画した十一の台場のうち第三台場と第六台場が現存する。第三台場は松やケヤキの木が植えられ、季節になれば水仙やアジサイが美しい花を咲かせる緑濃い公園となっている。

第三台場はひし形の方形堡（ほう）であり、第六はひし形の角を二か所切った角面堡である。他の台場もすべて方形堡か角面堡であった。

品川台場は間隔連堡という。

一定の間隔をあけて連続して築かれ、侵入する外敵の進路に対して、「迎打」「横打」「追打」を連携して行なうというものである。

一番、二番、五番、六番台場は、前部を切って正面方向に「迎打」を行ない、十一すべての台場は前面と左右に「横打」をして十字砲火を行ない、同様にすべての台場の背面には野戦砲を配備して、「追打」によって敵艦の迂回侵入を防ぐ。

英龍が築城にあたって参考にしたエンゲルベルツの『防海試説』には、「水路に対しておびただしい十字砲火を」しなければならないとあり、ジグザグに配置された堡塁は、備砲の射程距離を計算に入れて死角のない砲陣を形成した。

とはいえペキサンズ砲を備えた西洋軍艦の攻撃は脅威である。

台場の大砲でペリー艦隊を防げるのか――。

浅川道夫氏の『お台場　品川台場の設計・構造・機能』によれば、英龍はその点も計算して台場を設計した。

品川沖には大小多くの「洲」が存在し、遠浅の海が広がっている。水深五メートル以下の浅瀬が、台場の前方四キロメートルにわたって続いていた。

対するペリー艦隊のサスケハナの吃水は六・二メートル、いちばん浅いサラトガでさえ吃水五メートルある。

もっとも射程の長いサスケハナの九インチカノン砲が、射程三一〇五メートルである。主要な備砲の射程は一五〇〇〜一七〇〇メートルしかない。

すなわちペリー艦隊は浅瀬の海に阻まれて、艦載砲で江戸の町や台場を攻撃できないのである。

となれば、アメリカ側は吃水の浅いバッテイラ等の小型船によって攻撃しなければならない。

万次郎から話を聞いていた英龍は、小型の敵艦に対する攻撃を想定して、台場の間隔と大砲の射程を計算していた。

とくに重視したのが、ブリキ製の円筒に直径三センチの鉄弾子を詰めた「鉄葉弾」を使用する「霰弾(あられ)射」であった。

高島秋帆が徳丸原で披露した、ドロイフコーゲル（葡萄弾）に近いものだったろう。

この「鉄葉弾」は、目標となる船に散弾となって、アラレのように降り注ぐ。船を沈めることはできなくとも、生身の兵士の戦意を削ぐことおびただしい。

エンゲルベルツの築城書（『沿岸防禦に関する実証的論文』『防海試説』『築城技術の手引書』等）やサハルトの『要塞技術の基礎』、その他パステウル、ケルキヴィーク、スチルチース、ペル等の専門書（いずれも一八三〇〜一八五〇年代刊行）を参考にして設計された台場は、この時代のもっとも新しい知識に基づくものだった。

台場の図面とともに、英龍の説明を聞いた松平近直は、興奮を禁じ得なかった。

近直は、かつて英龍の外国奉行登用に反対した男である。よりによって水野忠邦のお気に入りだった代官ふぜいを、奉行に大抜擢するなど悪しき前例を残す、と阿部正弘に食ってかかった。

しかし、江戸湾見分のとき、多弁ではないが、聞かれたことに掌（たなごころ）を指すがごとく、よどみなく答える英龍を頼もしく感じた。

さらに台場の設計図の説明を受けて、かれがいなければ江戸の防衛はかなわぬ、心からそう思った。

近直は腕組みをしてうなずいた。

「これならばアメリカと戦になっても撃退できるな」

「恐れながら、目的は勝つことではございませぬ。戦わずにすむことにございます」

英龍は静かに言った。

近直は自らの不明を愧（は）じた。英龍に心服したかれは、門人として入門した。さらに子弟や家臣をも入門させて砲術を学んだ。

一流の海軍軍人なら、遠浅の海と台場の配置を見れば、その戦術は一目瞭然であろう。

じっさい、後に来日したイギリスの外交使節は「築造にも、また位置にも、築城学の相当の知識が示されていた」と報告している。

イギリス海軍も、攻撃を行なうには清にある砲艦すべてと重装備の軍艦を動員しなければならず、江戸の要塞を攻撃するのは多大の損害を伴うと、否定的な見方をしている。

しかし、課題は山積みである。

短期間で、これら十一の台場を築造しなければならない。費用、石材や土砂、そして難題は、この大工事に要する膨大な人手をどう集めるかであった。

「何とかならぬか」

英龍は、もう一度言った。

「それだけの人数を集めるのは容易ではございませんな」

甲斐境村名主天野海蔵は、首を振りながら言った。

海蔵は下田で廻船問屋を営んでおり、英龍とも面識があった。黒鍬の棟梁として人足の派遣も行なっているため、台場工事の人足の手配を英龍から頼まれたのである。

工事には石材も必要になる。石材と石工は海蔵が伊豆で調達することになった。

品川台場の工事には、一日ざっと五千人の人足が必要である。

その手配までは、さすがに海蔵の手にも負えなかった。

海蔵はそこで、わざとらしく咳払いした。

すると、それに応えるように、隣室から大男が入ってきた。

座っていても、海蔵より頭ひとつ分ほど大きい斜視の男が、やにわに口を開いた。

「脇から失礼いたしやす。その仕事、ぜひともやらせていただきます」

大男は背筋を伸ばして大声で言った。

「何としても集めます。この久八の首にかけても」

久八は目の前の英龍に、遠い昔に甲斐で見た光景を思い出していた。

その後、清廉な生活や民百姓をいたわる治政の風聞を耳にして、こんなお役人もいるのかと不思議な気がした。

久八は伊豆間宮村の生まれである。いまや侠客として名を知られ、東海一といわれるほどの大親分になった。兇状もひとつやふたつではない。

しかし、博徒の分をわきまえ、けっして素人衆に迷惑がかからないよう気をつけている。

久八がふだんから一汁一菜の食事を続け、木綿服を着るのは、韮山の御代官がそうしていると聞いたからだ。

御代官様の役に立てるなら、ひと肌もふた肌も脱ごうじゃねえか。

海蔵は英龍に言った。

「無調法の段、どうかお目こぼしのほどを」

意味深な海蔵の言葉に、英龍は黙ってうなずいた。

実はこの久八、博奕常習のために、韮山代官所から中追放の処分を受けている。

本来なら英龍に面会などできないのだが、人足の手配はおまえの手を借りずにはできないと海蔵に言い含められ、お縄覚悟で出てきたのである。

英龍の方も、それはよくわかっている。

建前からすれば捕縛すべきところだが、今はそれどころではない。久八の手を借りなければ、台場築造の人足は集まらないのである。

久八の縄張りは、伊豆を本拠として甲斐、相模、駿河、武蔵、上総から伊豆七島にまで及んでいる。配下の親分、貸元は八十人以上、その下に乾児（こぶん）が三千数百人いる。

ひと声かければ、無宿者の二千人や三千人ぐらい、すぐに集まるだろう。

この男は、一日で三島と江戸を歩いて往復するほどの健脚である。

八方話を付けて、あとは工事が始まるのを待つばかりとなった。


「手を休めるな、銭が待ってるぞ」

もっこをかついだ人足たちがひっきりなしに行き交うなか、久八は威勢よく声をかけた。

ここは一番台場。

周囲に杭を打ち、品川御殿山から切り出した土砂で、下埋め立てを行なっている。同時に着工した二番台場には下高輪の松平駿河守屋敷の土砂、三番台場は高輪泉岳寺の土砂が使われた。

次に地杭が打ち込まれ、角材の十露盤敷（そろばんしき）土台を取り付ける。

そこへ石垣を組む。大きな間知石を表側に積んでゆき、その裏に裏込め割栗石（わりぐりいし）がびっしりと詰め込まれた。石は伊豆湯河原や相州真鶴の小松石、すなわち輝石安山岩である。

これは在来の工法である。江戸は埋め立てで出来た都市だ。この種の工事はお手のものである。

ただし今回は工期が短い。ペリーが再びやってくるまでに完成させなければならぬ。

台場の面積は第一と第二が一〇二七六坪、第三が八五二六坪である。

久八は、伊豆、駿河、相模の石工の棟梁に頼んで鳶職人を手配したが、人足の数が足りない。

そこで東海道筋の雲助に声をかけた。雲助とは駕籠かきである。

「どうだ、ひと稼ぎしねえか。駕籠をかつぐのも土をかつぐのも同じだ」

間宮の久八親分に言われたら、断るわけにもいくまい。

街道から雲助が消えて、一時宿場は閑散となった。

「死んでしまうか　お台場行こうか
死ぬにゃましだよ　お台場の土かつぎ」

という俗謡が流行った。お台場へ行けば仕事にありつける。

「お台場のう土かつぎい、先きで飯食うて二百と五十」

とも唄われた。日当は三度の飯が付いて一日二百五十文。すなわち一朱である。

幕府はお台場の工賃用に、嘉永一朱銀を新たにつくった。それまでの文政一朱銀と銀の品位は同じだが、量目は七割しかない。

久八は雲助の性質をよく知っていた。

連中はすぐに飽きるだろう。仕事がきつければ逃げ出すし、酒好き女好き博奕好きで、長期間まじめに働かせるのは至難の業である。

そこで一計を案じた。

四斗樽に一文銭を詰めて、握りこぶしが入るくらいの穴を開けた。

一荷運ぶたびに樽の中へ手を入れ、銭をつかみ出すという仕組みである。

人足たちは、面白がって何度も往復した。

台場で稼いだ銭を持って品川宿へ流れたので、宿場は台場特需に沸いた。

人足たちは久八を「台場の親分」と呼んだ。いつの間にか「台場」は伊豆の地名「大場」と混同され、「大場の久八」と呼ばれるようになった。

英龍と弥九郎は、人足たちがもっこをかついで往き来する様子を見守っていた。

「よく考えたものだ」

弥九郎は腕組みをして言った。

「こういう仕掛けは、われらには考えもつかぬな」

「人足は間に合いそうだが、肝心の大砲が足りぬ」

英龍は、きびしい表情で言った。

「反射炉ができるまで、青銅砲を造る。おぬしにも手を借りたい」

「心得た」

築造中の第一、第二、第三、第五、第六、御殿山下台場に備える大砲の数は、八〇ポンドボムカノン二十門、六〇ポンドカノン九門、一五ドイムランゲホーウィッスル十八門など合計二百六十門。これを短期間に鋳造しなければならない。

英龍は、大砲の鋳造を指揮し、台場の工事を監督し、中濱万次郎とともに蒸気船の研究を行なった。さらに登城してそれらすべての進捗状況を幕閣に報告、説明する。

身体がいくつあっても足りない有様であった。

後日談がある。台場の完成後、数万両の請負金を手にした天野海蔵は、甲斐へ帰る途中、間宮村の久八の家に立ち寄った。

「世話になった礼だ。受け取ってくれ」

海蔵が久八に差し出したのは、千両箱だ。

しかし、久八は断った。

「お手当はじゅうぶんいただいてますぜ。この久八、余分な金を受け取るほど、根性は腐っちゃいねえ」

こうなると久八は頑固である。海蔵がどう言っても、千両箱を押し返した。

仕方なく持ち帰ったが、海蔵も千両をそのまま懐に仕舞い込むような真似はしなかった。

英龍のすすめもあって、海蔵は貧民救済のための金五千両を、韮山代官所に寄託した。

代官所管内の生活困窮者や商売の資金を必要とするものに、無利息無期限で貸し出された。世に言う天野金である。

貸し付けの審査は柏木総蔵がおこなったが、返済をせかされることもなく、返せなくともおかまいなしとされた。

天野金のおかげで年貢滞納を免れた貧農は、数百人に上ったという。

開国か攘夷か

英龍にはもうひとつ、なすべきことがあった。

砲術の師、高島秋帆の赦免嘆願である。

すでに阿部正弘や松平近直の内諾を得ていることを川路から聞いていた英龍は、八月四日、秋帆が預け替えや赦免になるようであれば引き取りたいと上申した。

すると八月六日、即座に許しがおりた。

夜半に秋帆が、永預けとなっていた岡部藩阿部虎之助の屋敷を出ると、門前に柏木総蔵と中村清八が迎えの駕籠とともに控えていた。

「主人、江川太郎左衛門の命により、お迎えに参上いたしました」

秋帆はしばし言葉を失い、立ち尽くした。

「かたじけない」

短く礼を言うと、駕籠に乗り込んだ。

十一年ぶりに、英龍と秋帆は本所の屋敷で再会した。

英龍は秋帆に対して師礼をもって遇し、上席に誘った。

「お互い頭が白くなりましたな」

「まことに浦島太郎のごとくでござる」

秋帆五十六歳、英龍五十三歳であった。

ふたりは深夜に至るまで語り合った。ペリー来航のこと、攘夷か和親かで揺れていること、反射炉で鉄の大砲を造ろうとしていること……。

英龍は秋帆の身体を気遣って早く休ませようとしたが、秋帆は聞かず、砲術の進歩や西洋軍船の導入、台場の計画など、驚きかつ嘆賞して次々に質問した。

「それがしが御赦免になったのも、天命でございましょう。余生は御国のために身命を投げうつ所存です」

赦免の喜びにちなんで、秋帆はこのときから名前を「喜平」と改めるが、本書ではそのまま秋帆と記載する。

さらに英龍の申請によって、秋帆は江戸役所の手代として召し抱えられ、御普請役格、御鉄砲方を勤めることとなった。

英龍は、ペリーが持参したアメリカの国書について、老中阿部正弘が幕閣や諸大名から意見を聞いたことを話した。

「多くは祖法を守り交易は不可、場合によっては開戦も辞せず、という意見でした」

十一年たっても、御公儀や諸大名の意識はその程度なのか。

いや、むしろ後退しているかもしれない……秋帆は落胆した。

「時間を稼いで武備を整えてから打ち払いをせよというのはよいほうで、アメリカ人を饗応で油断させ、そのすきに軍船を焼き討ちせよと主張する大名もおりました」

実戦から遠く離れた者の机上の空論である。刀槍で夷狄を討ち取って戦艦を奪い取れ、というような一見勇ましい意見は、実戦も兵器の質も知らないからこそ出される虚勢の声であった。

秋帆は切々と訴えた。

「命を惜しまず戦うのは御国の強みではありますが、命を捨てたからといって勝てるとは限りませぬ。異国の戦艦の弾丸が堅陣を打ち破れば、どうしようもありませぬ。たとえ一度は勝ちを得たとしても、アメリカは大国ですから、必ず二度、三度と攻めてまいりましょう。大砲を急いで鋳造し、数を揃えても、火薬や砲弾が底をつくかもしれませぬ」

「まことに」

英龍も同じ懸念を持っていた。

韮山塾で砲弾や火薬を手造りしていた経験から、鉄はもちろん硫黄や硝石、石炭、チャンなどが、どれほど必要かわかっている。

交易をせず、自国の資源だけで造ろうとすると、どうしても限界がある。

そういう現実の問題を、幕閣や大名は知らない。

いっぽう、通商を許可すべきであると主張したのは、佐倉藩主堀田正睦、村松藩主堀直央（なおひさ）、掛川藩主太田資始（すけもと）、忍藩主松平忠國、福岡藩主黒田長傳（ながひろ）、中津藩主奥平昌高、関白鷹司政通（まさみち）らである。

なかでも「商売、御許容」として「異国へ商売一統おゆるしになれば、日本繁昌疑いなし」と強調したのが黒田長傳である。

黒田はアメリカとロシアのみに交易をゆるし、イギリスやフランスを牽制する策を提案した。

諸大名に軍艦や蒸気船の製造、所有を許し、商売の船も西洋船にして大砲も備え付ければよい、いまや鎖国の時代ではない、交易とともに武備中興を図れば、

「皇国万全の良策この上なし、御美事にこれ有るべし」

と強調した。

いささか調子良すぎるきらいはあるものの、この時代にあって異色ともいえるほど開明的である。

黒田長傳と奥平昌高は、「ローマ字を書きオランダ語を話した」と言われる第八代薩摩藩主島津重豪の子である。幼いころから西洋の文化に親しみ、藩主になってからも蘭学を学んだ。

九州の大名は長崎が近いため、異国の文物やオランダ人とも接する機会が多く、開明的で柔軟な人物が多い。

とはいえ、開国通商は少数派である。

——このままでは国が亡びるのではないか。

英龍から話を聞いて危機感を抱いた秋帆は、二か月かけて長文の建白書を書き上げた。

「嘉永上書」である。

アメリカとの戦を避け、「開国通商」を行なうべし、というのがその骨子である。

以下は交易についての部分の概要である。

「西洋では互いに交易を行なうのが一般的であり、一国のみが得をするのでなく、お互いに利潤を得ている。もし交易を許可しても、欲しいものがわが国になければ、かれらは後悔することになる。遠洋を航海して来るのだから、莫大な利益を得られなければ、困るのである。

交易を一国に許したら他の国にも許可しなければならなくなり、際限もなく富を絞り取られると心

配する向きもあるが、わが国の購買力には限りがあるし、買い手がなければ値段も下がる。せっかく持ってきた積み荷も潰れ荷となり、そのうえ利益を得られる品も持ち帰れないとなれば、来てくれといっても来なくなるだろう。

オランダが今まで来ていたのは、交易に銅を渡してきたからであり、銅がなくなれば来なくなる。アメリカ、ロシアの交易願は本邦の治乱にかかわる問題で、許されなければ国家の安危はどうなるかと心痛する。

往古は金銀を渡し、その後は銅を渡し、その銅も少なくなって半減した。わが国は小国で輸入品の消化も十分でなく、オランダ人もこの事情をよくわかっている。

オランダ貿易で銅を渡すのは本荷に限っている。時計、硝子器、玩物類は脇荷とし、有用な薬品も脇荷である。

唐、オランダからの品々の中には国益になる品もあるので、有用な品ばかりを受け入れて無用な品を渡せば有利な交易となる。

わが国の人は他を学ぶことを恥としているが、かれらは他を学ぶのを国家のためと心得ている。諸国へ航海して善なるものを取り入れ、自国の欠けたところに補うのである。

かれらが交易で利潤を貪るのも、国を富ませ兵を強くするためであって、他を学び倣うことを恥としない。かえって他を学ばないのを固陋(ころう)だとして軽侮するほどである。

寛大な態度で許容し、三年間、交易をしてみて、不都合があればやめればよい。交易によって彼らの強みや弱点を知ることもできるし、利益が出れば、これを海防の費用にあてられる。

交易を許せば御国体にかかわるということは決してない。万一戦争になったら、実に容易ならぬことである」

この建白を読んだ英龍は、秋帆が攘夷派の攻撃を受けることを懸念し、幕府に提出するのを思いとどまらせようとした。

しかし秋帆は聞かず、強く言い切った。

「国家の危機に際して一身の安全を図るのは丈夫ではござらぬ。この言が御公儀に達するならば、死んでも憾（うら）みはございませぬ」

英龍も秋帆の志を重く見て、嘉永上書を阿部正弘に上程した。

秋帆の万斛（ばんこく）の思いが込められた建議が、幕府の政策にどの程度、影響を与えたかはわからない。しかし、ペリー来航で揺れるこの時期に、ここまで大胆に開国通商を主張した人物――かつて罪を得て中追放永預けとなり、釈放されたばかりである――がいたということは、明記されるべきであろう。

同じ頃、江戸湾防衛策をめぐって、さまざまな情報交換や駆け引きが行なわれている。

「これが例の図面でござるか」

藤田東湖は、江戸湾の詳細な絵図に見入った。そこにはこれから築かれる予定の台場の配置も描かれている。東湖は斉昭の海防参与就任を機に海岸防禦御用掛となっていた。

「これでペルリの侵入を防げるのですか」

「御公儀は、攘夷を行なうつもりはありますまい」

斎藤弥九郎は腕組みしたまま言った。

東湖は憤然として顔を上げた。

「なんと、そんな腑抜けたことを。あれほど辱めを受けて、まだ目が醒めぬとみえる」

弥九郎も、鬱然としてたのしまない日が続いている。

英龍の苦労を知るだけに、即座に武力で打ち払いをする時でないのは心得ているが、このままでは日本人全体が委縮し、覇気を失ってしまうのではないか。

「ぶらかしで時間を稼ぐつもりのようでござるが、ペルリはその手に乗りますまい。強引に和親、いや通商まで押し付けるつもりでござろう」

東湖は大きく目を見開き、顔を紅潮させた。

「それで皇国の正義は保たれるのですか。醜虜の侮りを受けて、唯々としてその言に従い、国を開くことになっては、国民は正気を失ったとしか言えませぬ」

東湖は幽閉中に様々な著作をなしたが、そのひとつに「正気の歌」がある。

南宋の忠臣文天祥の「正気の歌」に和して作ったこの詩は、神州日本の天地人に満ちる正義、忠節、倫理を「正気」として、尊王の精神をうたいあげている。

東湖にとって幕府の優柔不断と妥協は、まさに正気を失い、神州の正義を汚すものであった。

「藤田殿の申される通りだが、まずは台場を築いて大砲を備えねばならぬ。打ち払いはそれからでござろう」

「それがしに応接を任せていただければ、席上でペルリの首を刎ねる所存でござる。そしてその場で腹を切り申す」

弥九郎は、あっと息をのんだ。

神道無念流の壁書、平山子龍に教わったロシアの脅威……営々と鍛錬してきた武をあらわし、刀を振るうのはこの時なのか。

「国難に立ち向かうには、死して正気を取り戻すに如かず。それがしの死で皇国に正大の気が満ちれば本望です。さもなければ国を保つことなどでき申さぬ」

弥九郎は東湖の手を取った。

「たったいま、それがしも目が醒め申した」

東湖も堅く手を握り返した。

「ともに夷狄と戦いましょう。千万人といえども吾往かむ、です」

弥九郎は東湖と別れて練兵館に戻ると、桂小五郎と井上壮太郎に声をかけた。

「長州藩ではペルリの一件は、どう議論されているか」

「周布殿は、攘夷でなく和を以て交わるべしと申されております」

小五郎は言った。

長州藩政務役の周布政之助は、藩政村田清風の後を継いで藩の富国強兵に努め、ペリー来航の折は大森警備を指導した。

吉田松陰のよき理解者であり、思想的には尊王攘夷だが、攘夷といっても武威を示す程度にとどめ、しかる後に開国して積極的に西洋の知識を取り入れるという、現実的な考え方の持ち主である。

藩公毛利敬親は、先の阿部正弘の諮問に対して、「夷賊どもの心胆を打ち砕くほどに堅く断り、防禦の手当をすべし」と回答を寄せているが、これは周布の建言であろう。

この頃の長州藩は、まだ穏健な攘夷思想にとどまっていた。

「桂君と井上君はどう思うか」

小五郎と壮太郎は、しばし言葉に詰まった。

「それがしは浅学にて、諸士の意見を聞いているところでありますが、何より西洋流の軍艦と大砲を造り、軍陣も西洋式に改めるのが急務であると考えます」

小五郎は優等生的答えであった。

「断固として通商は拒否すべきです。必戦の決意を夷狄に見せなければなりません」

壮太郎は威勢のいいところを見せようとしたのか、胸を張って答えた。

「もっともである。されど軍船を造るには時間もかかる。大砲や銃を揃えても扱える人数は揃うのか」

弥九郎の言葉に、ふたりとも黙ってしまった。練兵館門人の自分たちは銃砲の扱いを習っているものの、他の藩士たちはまるっきり素人である。洋式銃など触れるのも嫌がる藩士もいるだろう。

「韮山の江川太郎左衛門殿は、天保の頃から農兵の採用を主張しておられる。百姓の二男、三男のうち屈強なものを選んで、銃や武術を教えるのだ。御公儀ではなかなかお許しが出ぬが、長州藩で審議してみてはどうか」

百姓は土地に生きる民である。土地を守るためなら必死になって戦うだろう。戦功があれば身分を引き上げてもよい。城下から遠く離れた海岸を守るには、地理をよく知る現地の者を使うのが理にかなっている。

弥九郎は、諄々（じゅんじゅん）と農兵の意義を説いた。

さらに水戸藩の藤田東湖と会って海防の論議をした、と話した。

「水戸の御老公は、攘夷を断行なさるのですか」

壮太郎は勢い込んで訊いた。

斉昭の動向に世間は敏感になっている。

弥九郎は斉昭の「付箋」の内容を知っているが、その話をかれらにするわけにはいかない。

「東湖殿は、ふたたびペルリが来たら、一刀のもとに切り捨て、その場で腹を切ると申された。自らの死によって、神州に正気を取り戻すのだと。攘夷はそれくらいの覚悟で行なうものだ」

ふたりは必死の形相になって、袴を握りしめた。

小五郎と壮太郎は藩邸に行って、弥九郎の話を松陰や周布に話すであろう。

これまでも小五郎は、大森で見た西洋流の大砲や、江戸湾見分に英龍と弥九郎に随行したときの体験を、周布と松陰に詳しく報告していた。

長州藩も大砲小銃兵制を西洋式に変えるべきであると説き、松陰は小五郎の説に大いに賛同した。

「この事（西洋式砲術）に力をつくすは桂小五郎一人有るのみ、斎藤弥九郎、本藩のため深く力を尽し申し候」

と、兄の杉梅太郎に書き送っている。

松陰は長州藩に「急務條議」という意見書を提出し、ペリー来航という国難にあたって執政の各官は天下の士に交わるべきであり、「斎藤弥九郎は交わりて益あり」と推薦している。

嘉永六年十二月、ペリー再来に備え、長州藩は熊本藩とともに相模国の海岸を警備するよう、幕府から命じられた。

長州藩は弥九郎と新太郎に対して、練兵館門人の桂小五郎、井上壮太郎、河野右衛門、林乙熊、財満新三郎、佐久間卯吉ら六名を、異国船渡来に備えて麻布龍土町の長州藩下屋敷へ引き取りたいと手紙を出した。

弥九郎は、それに対して返書を書いた。

「国家の御大任、武門の御威光恐悦至極」としながら、土佐国の漂流民万次郎に聞いたアメリカの情報として、

「建国わずか七十年にして国体ことのほか開け、火砲軍船に熟練している。我が国では異国人共は槍剣にいっこう未熟だと言い触らしているが、槍剣はもちろん柔術も稽古し、世界中と交易して年々歳々繁昌している」

と、アメリカが容易ならざる相手であることを説く。

「来年三月にふたたび軍艦を差し向けるとのことであるが、穏便に沙汰しようとしても、委細かまわず上陸して、陣屋でも構えれば自然と兵端が開かれるのは必定。ヨーロッパ式の台場を鎌倉由比ヶ浜より三崎までに数か所、城ヶ島、野比浦、久里浜へ数か所築造し、反射炉で鉄製の大砲八十門以上を造って備えるべきである。大軍艦も五、六十隻必要だが、西洋でも軍艦の建造に五、六年はかかるそうなので、絵に描いた餅で間に合わない」

軍艦も大砲も間に合わない。では、どうすればよいか。

「彼に十倍の人数を以て決戦するほかない。異人が火砲で攻撃してきたら、我が長芸である槍剣で接近戦を仕掛ける。それも彼らの戦法をよく知らなければ不覚を取るであろう。アメリカと戦争になって砲撃を受けることをよくよく熟察し、三月は必死の覚悟でのぞまれたい」

として、藩公出馬の際は、長男の新太郎や他の門人も軍勢に加えていただきたい、と結んだ。

文字通り必死の白兵戦による攘夷を、主張しているのである。

この手紙が長州藩にどれほどの影響を与えたかはわからない。しかし、攘夷という可燃性の高い思想は、幕府の対応のまずさやアメリカの傲岸な姿勢とともに、しだいにひとびとの心に広がってゆく。

剣術の一道場主でありながら、弥九郎は長州藩のみならず、諸藩のあいだでその名を知られるようになる。西洋砲術や軍陣に通じた兵学者として、そして水戸藩に人脈を持つ尊王攘夷の論客として、すでに一目置かれる存在であった。

ある日、弥九郎は小五郎を二階の自室へ呼んで告げた。

「塾頭になってもらいたい」

小五郎は当惑した。自分はまだ入門して日が浅く、技も未熟である。諸先輩をさしおいて塾頭になるなどとんでもない。

弥九郎は当然、かれが固辞することを予想していた。

最近、練兵館の厳しい塾法を嫌って守らない不埒(ふらち)な門人が増えた。前の塾頭は不満分子と徒党を組んで道場をやめてしまった。その次に指名した塾頭も門人をまとめきれず、早々に辞任した。

士道風儀をただし、規律を取り戻すには、強い塾頭による指導が必要である。

剣技においても、衆望においても、存在感においても、小五郎は練兵館の中で抜きんでていた。

江戸湾見分に同行しようとする熱意と海防への並々ならぬ関心も、弥九郎は評価していた。

小五郎が辞退しても、弥九郎は他の門人を塾頭に指名しなかった。

小五郎は三たび断ったが、弥九郎は強く言い切った。

「桂君、そなたしかおらぬ」

国難の折、塾の規律が乱れては、士として役目を果たすことができぬ。こういうときだからこそ、塾頭として門人をまとめていってほしい。

師にここまで言われては断るわけにいかない。

小五郎は、自分でよろしければ精いっぱい務めます、と応えた。

弥九郎は深くうなずいた。

「知っての通り、わしは越中の百姓の出だ」

弥九郎は意外なことを口にした。

「中濱万次郎が言っていたそうだ。アメリカは四民平等で、人民が入札でフラシデンを選び、政事を行なうのだと。江川殿は、御国もいずれそうなるべきだと申された」

松陰の影響もあってか、小五郎はじめ長州藩には、身分のへだたりなく、君、僕と呼び合う平等思想の持ち主が多い。

弥九郎は長州藩士のそういう部分にも興味を持っていた。

「御国を護るには四民が一体とならねばならぬ。当道場もひとつにまとまって、国難を乗り切るのだ」

小五郎は、師の言葉に強い印象を受けた。

もともとかれは、理想主義的なところがある。足軽や郷士出身の朋輩を軽んじず、むしろ敬重して交際してきた。

道場内では身分、長幼の序列は関係ない。

師の教えを守り、塾頭が門人をまとめていかなければ、規律は保てない。

「いったん師範代の命を預かったからには、未熟至極はもとより承知のうえ、士道の一端を相弁じ申したい」

塾頭に就任するにあたり、小五郎は塾法を厳守して、不義不正の風俗を禁ずる誓紙を差し出した。

弥九郎は、台場に備える大砲を造るために設立された、湯島馬場鋳砲場の大筒鋳造御用掛を英龍から命じられた。主任技師は長谷川刑部、高島秋帆（喜平）は監督に登用された。ただしここで造るのは青銅砲である。

湯島では八〇ポンドボムカノン二十門、二四ポンドカノン十門、一五ドイムランゲホーウィッスル十八門など、百十八門の西洋式大砲を造る計画である。

鉄の大砲はどうするか。

すでに佐賀藩が、日本初の本格的反射炉を嘉永四年に築造している。幕府は佐賀藩に鉄製の大砲を依頼するつもりであった。

しかし、佐賀築地に築かれた反射炉は、苦闘の連続であった。鉄の熔解がうまくいかず、熔けても不純物が混じったり気孔ができていて、大砲には使えない。

第十二次の操業までに鋳造した鉄の大砲は、すべて試射のとき破裂した。

和鉄の材質に問題があるのか、反射炉そのものに欠陥があるのか。本島はじめ御鋳立方の七人は、責任をとって全員切腹しようとまで思いつめた。

反射炉が機能しないため、同じ敷地にあるたたらで青銅砲ばかり造っていた。

そこへ幕府から、台場に備える鉄製大砲二百門の注文があったのである。

鍋島直正は本島藤太夫を呼んだ。

「できるか」

本島は苦悩した。

御公儀からの注文に応えられなければ面目が立たず、欠陥品を納めれば藩の恥辱となる。

しかし、築地の反射炉で鉄の大砲を鋳造することは、不可能であった。

直正の命により、本島と杉谷は長崎出島のオランダ商館を訪ねた。

佐賀藩はこの点、地理的、歴史的にきわめて有利な位置にいたと言えよう。

反射炉で使用していた和鉄の地金と、失敗して破損した鉄製大砲のかけらを持参して、カピタンに質問した。

「地鉄は白色剛に過ぎ、鋳鉄は黒すぎる」

と、カピタンは応えた。

鉄の性質については、分析しなければ分からないので、もう少し大きな塊を持参するように言われた。また、スウェーデンが良質の鉄鉱石を産して、鋳砲所は最上の大砲を製造しているなどの情報を得られた。

さらにペキサンズ砲をぜひ備えるべきであり、砲身の短いカロネーデ砲は海岸防備には向かない、六〇ポンド以上のペキサンズボムカノン砲がよい、ボム弾は一発で船を沈没させるほどの威力を持ち、八〇ポンドボム弾はそれ以上の威力である、と勧められた。

この日の面会をきっかけに、佐賀藩は多布施（たふせ）に新しい反射炉を築造することとし、材料も和鉄ではなく、オランダから輸入した銑鉄を使用するようになった。

多布施反射炉の完成を待って、鉄製の三六ポンドカノン砲二十五門、二四ポンドカノン砲二十五門、計五十門の注文を受けることとした。

いっぽう、嘉永六年十二月十三日、反射炉築造の幕命が英龍に下った。ようやく幕府も重い腰をあげたのである。

英龍は下田本郷村に反射炉を造るつもりであった。

重要なのが川である。近くを流れる稲生沢(いのうざわ)川に水車を作り、その動力によって鑽開台(ボーリングマシン)で砲身に穴を開ける。

そして完成した大砲を川船で下田港へ運び、下田港から品川台場へ船で輸送する。

この頃、台場では一部の大砲の据え付けが始まっていた。しかし、鋳造が遅れがちで、工程の通りに配備するのは困難であった。

英龍はこれから築く反射炉で、六〇ポンドカノン砲を九門、三六ポンドカノン砲を十三門、二四ポンドカノン砲を四十七門、一八ポンドカノン砲を十八門製造し、台場に配備する計画を立てている。

一刻も早く反射炉を造らねばならない。

英龍は急ぎ韮山へ帰った。

ペリーとプチャーチン

嘉永七年正月九日、下田沖をアメリカ艦隊が通過したとの急報が韮山代官所にあった。下田に入港するかと続報を待ったが、艦隊は江戸へ向かったと判断し、英龍は急遽出府し、阿部正弘ら幕閣に面会した。

「早くもペルリが来た。そのほう、しばらく江戸に詰めるように」

阿部正弘以下幕閣には、昨年六月の悪夢のような光景が記憶に残っている。

久里浜でアメリカ大統領の国書を受領し、すべてが終わったと胸をなでおろした後、アメリカの四隻の軍艦は、横隊となって江戸湾の奥深くまで侵入した。艦隊は金沢沖に停泊し、バッテイラを出して測量を始めた。

翌日はさらに神奈川（横浜）まで進み、アメリカ人たちは上陸して日本人から水や桃をもらったり、いっしょに煙草を喫ったりしていた。

浦賀奉行所の香山栄左衛門らは、サスケハナ号へ抗議に行ったが聞き入れられず、逆にウイスキーやパン、ハムを御馳走になって、真っ赤な顔で帰ってきた。

ペリーは何をしでかすかわからない。そんな警戒心——というより恐怖があった。

浦賀の与力では力不足、貫録不足なのではないか。阿部や松平近直、川路聖謨らはそう思い始めている。

来春にふたたび訪れると言って、昨年六月に日本を離れたペリーの艦隊が、予告より早く来たのには理由があった。

ロシアのプチャーチンである。

プチャーチン提督率いるロシア艦隊は、嘉永六年の七月に続いて十二月五日、国境と通商を協議するため、長崎へ再来航した。

日本側全権は筒井政憲と川路聖謨である。

七月に来航したときから、プチャーチンの態度はあくまで温順であった。目的は和平であって通商ではないことを強調し、アメリカやイギリスと違って戦争など企てるつもりはない、と説いた。

この態度に日本側は好感をもった。ペリーの威嚇的で強硬な姿勢と対照的であったために、プチャーチンの礼儀正しさが際だったせいもあるだろう。

応対したのが筒井と川路であったことも幸いした。

プチャーチン提督秘書として日本を訪れた作家のゴンチャロフが、ふたりの風貌や会話を『日本渡航記』（井上満訳）で詳細に描写している。

ロシア側は、飄々とした好々爺（こうこうや）の筒井政憲が、口をもぐもぐさせながら、ゆっくりと話す様を、愛情と敬意をもって見守った。

「手前共は数百里の彼方から参りました。貴殿方は幾千里を越えてお出でになった。これまでお互に一度もお目に掛かったことがなく、まことに遠々しい間柄であったのに、今やこうしてお近づきになり、同じ室に坐って、話をしたり、食事をしたり致しているのです。まことに不思議な、そして愉快なことではありませんか！」

という筒井の言葉は、外交的にも申し分ない、人間味のある挨拶だった。

筒井は、返答を急かすプチャーチンに対して、懐紙を取り出して洟(はな)をかみ、その紙をそのまま袂に入れて、

「初対面の折には用件の話は普通あと回しにすることになっていて、これは礼儀と接客の作法からそうしなければならぬ」

と、はぐらかしてしまう、したたかさも持ち合わせていた。

聡明でユーモアのある川路聖謨も、ロシア人たちに愛された。

川路は、貿易の利を強調するプチャーチンに、

「昨日頂戴したような時計（月の満ち欠けを示す月齢表示や寒暖計の付いた卓上天文時計）を見ると手前共は目も眩んでしまうので、日本人は何もかも渡して素ッ裸になってしまうでしょう」

と言って、ロシア人たちを笑わせた。

「この話は笑ったままで打ち切りにした方がいいでしょう」

そうやって煙に巻いて、通商の話題をうやむやにしてしまった。

落語の一場面のようなこのやりとりは、いわゆるぶらかし策である。

しかし川路は、いつまでもぶらかしで、交易の問題から逃げることはできないと考えていた。

その頃、ペリーはマカオにいた。

厳冬の荒れる東シナ海を避け、春になってから日本を訪れようと考えていたペリーにとって、プチャーチンの動きは気になるところである。

——ロシアに先を越されないか。

という不安は、強迫観念となってペリーを苛立たせた。

しかも、プチャーチンの日本渡航に際して、ロシア艦隊に石炭を売ったのが、アメリカの商人であることが判明した。

ペリーは激怒した。

ロシアが日本と開国交渉をするらしいと聞いていたペリーは、プチャーチンの渡航を妨害するために、前もって石炭を買い占めさせたのである。

しかしペリーの目論見は、自国の商人によって裏切られた。

フランスの軍艦も先日、知らぬうちにマカオから姿を消してしまったが、行く先は日本だという噂がある。

急がねばならない。

しかし、香港に駐在する国務省のマーシャル弁務官は、太平天国の乱が拡大するなか、上海のアメリカ商人保護を優先するよう、ペリーに強く要求した。

日本との開国交渉と、清国在留のアメリカ人保護という二つの任務——すなわち海軍と国務省の対立構図である。

マーシャルは、中国で得られる利益に比べて日本には何も期待できない、軍艦を一隻中国に残して自由に使わせてほしい、とペリーに要求した。

ペリーは、日本との条約締結こそ自分に課せられた任務である、と信じている。

マーシャルの要求を拒絶して、ペリーは日本への早期渡航を断行した。

ペリーとしても、退路を断ったかたちである。

日本の開国と条約調印は、何としても自分が成功させなければならない。


正月十三日、英龍は出府してすぐに登城し、阿部正弘ら幕閣に面会した。

ペリーの艦隊は、ゆっくりと東に向かって進みつつある。今回は三隻の蒸気船と四隻の帆船、計七隻の艦隊であった。

十六日、ペリー艦隊は浦賀を通り過ぎ、江戸湾を遡上して金沢沖に集結した。

もう江戸は指呼の間にある。

「アメリカは会見場所について、浦賀はいやだと言っている」

という情報が伝わった。

例によってペリーは強硬で、浦賀奉行所は手を焼いている。

このままではさらに内海へ侵入してくるかもしれない。

二十三日、阿部正弘は英龍を城中に呼び、ペリーとの退去交渉を命じた。

「アメリカ船が江戸近くまで乗り入れるやもしれぬ。その際には、そのほう早速出船いたして、戻るよう精一杯申し諭(さと)すように」

浦賀奉行所与力では、らちが明かぬと考えたのであろう。マリナー号のときの働きを期待してのことだったが、ペリーはこれまでの異国船とは違う。

英龍は拝命後、福山藩邸に阿部を訪ねた。

「お願いの筋がございます」

「申せ」

「中濱万次郎を通詞として使いたく存じます。かの者は英語もさることながら、度胸があり、話も筋が通っております。アメリカの法にも通じており、その知識が交渉に役立ちましょう」

当然すぎる要求であって、これまで万次郎の能力を使わなかったことのほうが、不思議なくらいである。

第一回のアメリカとの交渉は、ペリーが連れてきたオランダ人の通訳ポートマンを介して、日本側のオランダ通詞と行なわれた。つまり英語からオランダ語、オランダ語から日本語という重訳である。会話でも文書でも、二度の翻訳のあいだに細部やニュアンスが異なる可能性がある。

嘉永七年の日本において、英語力のみならずアメリカ人の国民性や生活習慣、法律、社会について精通している男は、ひとりしかいない。

その万次郎を、交渉役に使わない手はない。

実はペリーも、ジョン・マン、すなわち万次郎を通訳として使うことを検討していた。万次郎がすでに日本へ帰国していたので、果たせなかったのである。

「よかろう、追って沙汰する」

英龍は本所の屋敷に戻ると、万次郎を呼んだ。

「そちの英語が役に立つ時が来た。ペリーとの交渉で通詞をやってもらいたい」

万次郎はよろこんだ。ようやく殿様にご恩返しができる。

「光栄なことにござります。あしでよろしければ、何なりと申し付けください」

ふたりは対策を話し合った。

アメリカ人は正直で率直であることを好み、偽善やごまかしをきらう。何事も腹蔵なく話し合い、諾否いずれにせよ早く結論を出した方がいい。駄目なことは駄目とはっきり言い、一度口にしたことは容易に変えない方が、むしろ信頼される。媚びたりおもねる男は軽蔑し、論争しても筋を通す人間には敬意を抱く。

口には出さなかったが、万次郎は英龍なら大丈夫だと思っていた。男らしく、真っ直ぐな気性と人柄の誠実さは、アメリカ人にも伝わるだろう。かれらの好む「ナイス・ガイ」だ。

風采も威風堂々として、体格の大きなアメリカ人に対しても、ひけをとらない。

ペリーが直接会うかどうかわからないが、副官たちは一目置いて対応するにちがいない。

とはいえ、国対国の交渉であるから、相手を説得する材料がいる。

「ペリーの艦隊が江戸へ近づくのを防ぐ方法はないか」

「インターナショナル・ローという法がござりまして、世界中どこの国へ行ってもこの法にしたがって行動いたします」

「そちは、その書を持っておるか」

「書は持っておりませんが、これをたてに領土や内海への侵入をとがめることはできようと思うちょります」

世界の海を航海した万次郎は、知識として国際法のことを知っていた。軍艦も捕鯨船も国際法に従って行動する。

ただし当時の国際法は、世界の国を「文明国」「半文明国」「未開」の三つに分類した。国際法は「文明国」である欧米先進国のためのものであり、「半文明国」（日本はこの分類に入れられた）の国内法は「文明の法」として認められず、「未開」は国としても認められなかった。

しかし、国際法の知識を示すことは、交渉のうえで十分効果がある。

英龍は万次郎の話を、一つひとつ紙に書きとめた。

そのときである。

阿部正弘の使者、伴早太が正弘直筆の書状を届けに来た。

先ほど会ったばかりなのに、と思いながら書状を開くと、

「万次郎の通詞採用は見合わせるように」

という内容である。

自分（正弘）は万次郎の採用に懸念はなく、御手前（英龍）を信頼しているが、水府老公や同列の中には、異国船に乗り込んだら万次郎が連行されるのではないかと、深く懸念する人びともいるので、今晩中は万一のことがあっても万次郎を通詞には使わず、明日登城したら相談して沙汰すべし、という。

英龍は愕然とした。

「万次郎が異人に連行される」というのは、実は万次郎が裏切ってアメリカ側に寝返るのではないか、と疑っているのである。

斉昭は万次郎に三度面会している。万次郎の知識や英語力、人柄についても知っているはずだ。

斉昭は愚かでもないし、単なる守旧派でもなかったが、御三家の殿様という身分にしては、すべてに細かく指示を出して確かめないと我慢できない性分であった。

翌朝、登城した英龍は阿部正弘と協議したが、結論は出なかった。

阿部政権の外交は、攘夷派と和平派の、微妙なバランスの上で成り立っている。

とくに斉昭には気を遣う。異国嫌いの斉昭の顔を立てつつ、大局は幕府の方針を貫くというのが、阿部正弘の戦略であった。

しかし万次郎の通詞採用は、ペリーとの交渉におけるもっとも重要な条件である。

またしても、英龍は耐え忍ばなければならなかった。

二十七日、韮山から三十名の手勢が江戸役所に到着した。鉄砲組二十四名を含むかれらは、金谷村の農兵が中心である。さらに斎藤弥九郎、柏木総蔵、中村清八らを加えた四十四名を率いて、英龍は浜御殿（現浜離宮）に詰めることとなった。

韮山で製作した最新式のドンドル銃を装備し、西洋式銃陣を訓練した、精鋭部隊である。

その頃、幕府応接掛は、アメリカ側の強硬な姿勢に打つ手のない状態であった。二十七日、晴れわたった青空の下、七隻の軍艦は錨を揚げて江戸湾をさらに遡上し、神奈川沖に投錨した。

しかし、浜御殿の英龍に、出張要請は来なかった。

ペリーの艦隊は、バッテイラを出して横浜村に上陸した。

船員のなかには村人の妻女を追い回し、暴行したものもいた。

現地で狼藉を働いたアメリカ人を、松平相模守は捕縛しようとしたが、林大学頭ら応接掛は、自分たちに一任するよう言い渡した。

「万一、こちらから手を出せば戦になる。そうすれば応接も水の泡となる。アメリカは武威を誇示して交渉を有利に運ぼうとしていると思われるので、それにかまわず、柔順に御国威を失わないよう応接する」

アメリカの戦術については、正しく分析している。「柔順に御国威を失わないよう応接する」という表現は、応接掛の外交方針を象徴していた。

つまり、警護にあたっている大名の軍勢に、見て見ぬふりをせよ、と言ったわけである。

この一件は老中にも報告された。

江戸表でも、アメリカに妥協する方針を容認した。

「異船が江戸に乗り入れると失体になるので、金川駅にて応接するように」

という書状が応接掛に届いた。

ここにおいて神奈川、正確に言えば横浜表応接が内定した。日本側の応接掛一同は、浦賀を出て神奈川宿本陣へ移動した。

アメリカ側も横浜案を受け入れた。

ペリーは意識して「理不尽な頑固者」を演じている。

かれは海軍長官に手紙を送り、自らの方針についてこう説明した。

「もし、私が最初にとった立場から少しでも後退すれば、日本人は優位に立ったと思うに違いありません。（中略）それゆえ、なにがあろうと意志を貫き、私が柔軟な性格の持ち主だと思われるよりは、むしろ理不尽な頑固者という評価を確立するのが得策だと思われます。（中略）私のとった頑固な態度に対し、また、それによって帝国（日本）の四人の諸侯が艦隊に追随せざるをえなくなり、政府に別の建物を建てる労と出費を強いることになった私の判断のすべてに対し、傲慢であるとの誹りを受けるかもしれません。しかし、私は熟慮の末に決定した政策を固く守ったにすぎず、それは現在まで十分な成果をあげています」（『ペリー艦隊遠征記　下』オフィス宮崎編訳）

二月一日早朝、英龍は騎馬で登城すると、阿部正弘、松平近直と協議した。

このとき、薪水給与のための開港をどこにするか、通商を認めるのか、などの問題が話し合われた。交易はできれば認めたくない。食糧や石炭を給与するだけなら、江戸から遠い港が望ましい。

すでに一回目のペリー来航の後から、その議論は始まっており、長崎、平戸、下田、鳥羽、函館、大坂、などが候補に挙がっていた。

八つ半（午後三時）に英龍は江戸城を退出し、浜御殿から羽田、川崎を経て六つ半（午後七時）過ぎに神奈川へ到着した。松平近直とともに幕閣の方針を応接掛に伝え、徹夜で協議を行なった。

このとき、英龍は万次郎を同行している。通詞採用は見合わせるよう阿部正弘から指示されていたが、万一の際の切り札になると考えていたかもしれない。

筆頭応接掛は、林大学頭である。述斎の跡を継いだ三男の檉宇、その息子の壮軒が亡くなり、昨年六男の梧南が大学頭に就任したばかりであった。

ひとしきり交易問題と開港の候補地について議論した後、英龍は訊いた。

「アメリカの軍船はペキサンズ砲を備えているそうですな」

「浦賀奉行所与力が確かめ申した。間違いないと」

井戸対馬守が言った。調べたのは中島三郎助である。

ペキサンズ砲、フランス語ではペクサン砲。フランスの砲兵将校アンリ＝ジョセフ・ペクサンが発明したこの砲は、信管の付いた炸裂弾を使用する。

砲弾は船や建物の中に侵入し、信管の働きで爆発する。その破壊力は、これまでのボンベン（破裂弾）やブラントコーゲル（焼夷弾）とは比べものにならなかった。

「黒船は吃水が深いので、内海の浅瀬には入れませぬ。ペキサンズ砲の砲弾は江戸の町には届きませぬが、油断は禁物です」

品川台場は、第一、第二、第三台場で大砲備え付けが始まったばかりである。

第四から第七台場は、一月末に工事が始まった。第八台場以降は着工すらしていない。深川方面の海岸はがら空きであった。

すべてが後手後手に回っていた。

「アメリカはバッテイラによって内海に侵入し、江戸の町を攻撃するつもりでありましょう。台場はその備えをしておりますが、決してこちらから戦端を開くべきではございませぬ。御老中のお達しは、あくまで戦を避けることです」

その点では、応接掛の意見も同じであった。

薪水、食糧、石炭の供与、難破船の救助などはもちろん認める。そのための港は、開かねばなるまい。交易についても認めざるを得ないであろうというのが、応接掛の意見であった。

協議の内容を報告すべく、英龍は翌二日五つ（午前八時）、神奈川から騎馬で江戸へ帰り、九つ（正午）に登城した。

報告を終えた英龍に届いたのは、徳川斉昭からの直筆の手紙であった。

中濱万次郎の通詞採用を諦めるよう、念を押してきたのである。

「アメリカは万次郎を幼年から見込んで教育を受けさせ、筆算を仕込んだのは計策がないとも言えず、万次郎も恩義があるからアメリカのためにならないことは好まないだろう。たとえ疑いがなくても、アメリカ船に連れて行くのはもちろん、上陸しても会わせないように」

英龍が万次郎を同行したことを、神奈川に詰めていた外国掛のだれかが、斉昭に知らせたものと見える。

ここにおいて英龍は、万次郎の通詞採用を断念せざるを得なかった。これが日本にとって大きな損失になったのは言うまでもない。

二月四日、幕府は林大学頭と井戸対馬守を江戸表に召喚した。この時の会議で林と井戸は、アメリカとの交易を認める他なしと主張し、議論はその方向でまとまった。

しかし、斉昭がこれに反対した。

漂流民救助と石炭、食糧、水の供与は認めるが、交易には絶対反対である。

六日、再び会議が開かれ、交易は認めないことに決した。

評議は二転三転した。

しかし、阿部正弘からの秘密の訓令で、もし交易を認めざるを得ない事態になったら、浦賀や神奈川では江戸に近すぎるので、長崎、下田を開港する、という譲歩案が林と井戸に伝えられた。

幕府の方針が伝わると、諸藩の大名や藩士のあいだに様々な反応を生んだ。

越前福井藩主松平春嶽の用人中根雪江は、日記『昨夢紀事』にこう記している。

「林祭酒（大学頭）は応接以前には、高の知れたる夷狄など何ほどの事あらんと蔑視広言していたが、応接後はにわかに臆病神に取りつかれて、アメリカ側の言うことももっともである、要求に応じなければ大事（戦）に及ぶであろう、東照宮（家康）が今おられても要求に応じられたであろう、と周章狼狽された」

この林大学頭の発言がどの程度正確かは、わからない。

噂は噂を呼び、城内から諸藩の藩士たちにも伝わっていった。

それは微妙な心理の綾となって、意識の底に沈殿していったであろう。

神奈川条約

二月十日、ペリーの一行が横浜村に上陸した。

日本側の応接掛は、林大学頭を筆頭として町奉行井戸対馬守、目付鵜殿民部少輔、浦賀奉行伊沢美作守、儒者松崎万太郎の五人である。

あの伊沢政義が応接掛をつとめていたのであった。

ペリーがポーハタン号から将官艇に乗り移ると、マセドニアン号が十七発の礼砲を打った。さらに艦載ボートの曲射砲が将軍への敬意を表して二十一発、主席応接掛の林大学頭に対して十八発、初めての日本上陸を祝して十八発の祝砲を打った。

応接掛は、沈黙してその祝砲を聞いていた。

ペリーは最初から強気だった。

アメリカは人命尊重を第一とする政策だが、日本は近海の難破船を救助せず、海岸に近づけば発砲し、漂着した外国人を罪人同様に投獄する。日本人の漂流民をアメリカ人民が日本へ送り届けても受け取らない。いかにも不仁の至りである、として日本を非難した。

「カリフォルニアと日本は太平洋を隔てて相対している。貴国が国政を改めないなら、国力を尽くし、戦争に及び雌雄を決する。わが国はメキシコと戦争し、首都まで攻め取った。事と次第では貴国も同じことになるかもしれぬ」

明らかに脅迫である。ただし現実にはできないことを、ペリーもよく知っている。

会談の二日前にも、浦賀奉行組頭の黒川嘉兵衛と通詞の森山栄之助に対して、ペリーはこう言い放った。

「開国を承知しないなら、やむを得ず戦争を準備する。もし戦争になったら、近海へ軍艦を五十隻待機させており、カリフォルニアには五十隻の軍艦があるから、二十日ほどで百隻の軍艦が集まることになる」

百隻の軍艦などアメリカ海軍は持っていない。嘘の数字に基づく威嚇である。

ペリーの脅迫めいた言辞について、林大学頭は報告を受けていた。かえってペリーの脅しが、戦術的なものであることに気づいたであろう。

林大学頭は、ペリーのブラフに対して正攻法で切り返した。

「場合によっては戦争に及ぶことがあるかもしれぬ。しかし、貴官の言い分は事実と異なることが多い。我が国の人命尊重は世界に誇れるものである。この三百年近く太平の時代が続いたのも人命を軽んじなかったからである。外国船の救助ができなかったのは、国法で大船の建造と外国への渡航を禁止していたからだ。他国の船が近海で難破したら薪水を給与し、長崎を経由して漂流民を送還した。貴国の民もすでに送還済みである。我が国の国法を犯した場合は、暫く拘留し送還後に自国で処分してもらう。貴国にても人命を尊重し、累年の遺恨もないのに、しいて戦争に及ぶ理由はないのではないか。よく考えてしかるべきと存ずる」

ペリーは相変わらず「理不尽な頑固者」を演じようとしたが、林大学頭の論理的な反論にあって返答に窮した。

ここでペリーは、あっさりと方針を転換した。

「薪水給与と他国の船の救助をされるということ、よくわかった。国政を現在のように改め、これからも薪水、食糧、石炭を給与し、難破船を救助されるのであればけっこうである」

ペリーは話題を通商問題に転じた。

「貴国は交易をなぜ認めないのか。交易によって国々は富強になっている。日本も交易を始めれば国益になる」

林大学頭は即座に反論した。

「日本国は自国の産物で足りており、外国の品がなくても不自由しない。交易は認められない。先に貴官は人命尊重と船の救助が今回の渡来の主意であると申された。交易は利益の論であり、さして人命に関係ないと思われる」

ペリーは無言のまま、しばらく考え込む様子であった。

「もっともである。貴国を訪れた目的は人命尊重と難破船救助であり、交易の件はこれ以上要求しない」

ペリーはなぜ、あっさりと交易の要求を撤回したのだろうか。これには様々な解釈がある。

国務省の要請と海軍省の思惑、大統領の指示が錯綜し、通商問題の優先順位がペリーの中で混乱していたという説。

清（中国）に比べて貿易の利益が期待できず、優先順位が低かったとする説。

開国が実現すれば、交易は時間の問題だと考えていたという説。

日本側の記録『墨夷応接録』（林大学頭編著）では、冷静で論旨明晰な林大学頭に比べ、ペリーはときに考え込み、沈黙し、あっさりと通商案件を取り下げている。

これをもってペリーの交渉能力が低かったというべきではないだろうが、『墨夷応接録』を読む限り、林大学頭はじめ応接掛は、よく健闘したと言えよう。

ただ別の資料によると、林大学頭らの態度はまったく異なる。

松平春嶽が応接掛の伊沢美作守に聞いたところ、実際はペリーが押し強く要求すると、応接掛は少しずつ後退して許すという次第だった。

さらに伊沢は声をひそめて「ペルリは容貌魁偉、威風堂々として、林・井戸の敵手にあらず、ふたりともペルリに対しては敬屈して口を開けなかった」と嘆息したという。（『昨夢紀事』）

どちらが真実を伝えているのか。おそらく両方とも正しいのだろう。見る視点によって、事象は異なって見えるのである。

開国に向けての条約交渉にこぎつけた段階で、ペリーの使命はかなりの部分が達成された。本国政府から禁じられている軍事的オプションを、ことさらに誇示して威嚇する必要もなくなった。

もちろん、交渉を有利に運ぶために、軍事的示威は続ける必要がある。しかし、圧力をかけるだけでなく、友好的態度を交えながらスムーズに交渉を運ぶ段階に、移りつつあった。

一回目の交渉が終わった後、アメリカ側は、日本国皇帝（将軍）へのお土産として四分の一サイズのミニ蒸気機関車、客車とレール等一式、電信機、ライフル銃、メイナード・マスケット銃、軍用ピストル等武器ひと箱、望遠鏡、農具、蔬菜の種子、ウイスキー、ワイン、リキュールなどを贈呈した。

ほかにも応接掛一人ひとりに贈呈品が用意された。

これらの贈呈品の検分は英龍に任された。

日頃冷静なこの男が、珍しく興奮した。ミニサイズとはいえ蒸気機関である。この機械によって蒸気船は世界中を航海するのだ。

二回目の交渉が一段落した後、横浜村の麦畑に六十間（一〇〇メートル）ほどの円周のレールを敷いて、蒸気機関車、客車、炭水車をその上に乗せた。機関士のゲイとダンビーが、小さなスコップで石炭を入れた。

日本の高官たちは、われもわれもと機関車に乗りたがった。もちろん客車の中には入れない。林大学頭の塾頭河田八之助が、アメリカ人が止めるのもかまわず、喜色満面で屋根にまたがった。

機関車は汽笛を鳴らし、白煙を吐いて走り出した。

河田は歓声をあげて客車の縁につかまった。長い袖や袴が風に吹かれて、ひらひらと舞った。

時速二〇マイル（三二キロ）の速度で、機関車は円周軌道を走りつづけた。

電信機のために電柱も立てた。

条約館の一マイル先まで電線が張られ、英語、オランダ語、日本語で通信が行なわれた。

(電線でつなげば、江戸と韮山が瞬時に連絡できるのか)

英龍は、すぐに実用化について考え始めた。これは、この男の習性のようなものである。

かれにとって機関車も電信機も、人を驚かす珍しい玩具ではなく、社会を変革する実用品であった。

小銃やピストル、銃弾も調べた。当然のことながら、ペキサンズ砲やその砲弾は贈り物の中にはなかった。

英龍は、無邪気に笑いながら小さな蒸気機関車にまたがっている河田や、周りで見物する高官たちを見た。

かれらも西洋文明の魅力にとらわれたであろうか、あるいはその底力に畏怖しなかったであろうか。

英龍はこのとき、大砲や銃、軍艦だけでない、蒸気機関車や電信機の背後にあるであろう、西洋文明の巨大さに思いを馳せていた。

しかし、西洋文明は大砲だけではない。

反射炉が完成すれば、鉄製の大砲は造れるようになろう。炸裂弾も工夫すればできるかもしれない。

国中にレールを敷いて蒸気機関車を走らせ、電線を張り巡らせて電信機で遠方へ連絡する、それだけの予算と組織と国としての意志を持っているのだ。

西洋文明は兵器だけではない。様々な産業の総合力である。

(交易によって国を富ませるほかない)

改めて、そう思った。

蒸気機関車や電信機などは、竹橋門内の御鉄砲玉薬方小屋に収蔵され、英龍に管理と研究が一任された。かれは毎日のように竹橋へ通い、中村清八、中濱万次郎、矢田部卿雲らとともに機械を調べ、試運転を重ねた。

電信機については、さすがの英龍も要領を得ず、途方に暮れた。

「万次郎、そちはテレガラープを知っておるか」

テレガラープとは電信機のことである。

「はい、アメリカで扱い方を習いましたけん」

「それはありがたい。教えてくれ」

万次郎は図を描いて見せた。山を隔てた家と家のあいだに、電柱が立ち並び電線が張られている。

「テレガラープは、かみなりの気で物事を伝える器械にござります」

「かみなりの気」という言い方は、いかにも万次郎らしい。

電信機のキーを打つと隣の発信機に伝わり、その電気信号が電線を通って遠い場所の家の受信機に届く。ダイヤルで調整しながら、信号の音を聞き取るのである。

テレガラープについてのオランダ語の本を卿雲に解説させながら、万次郎に配線や打ち方について説明を受けた。

「わしはこのテレガラープを、江戸の主な役所に置きたいのだ。そうすれば人を遣らずとも即座に連絡ができよう」

卿雲も万次郎も、英龍の構想に驚いた。すでにそこまで考えているのか。

「蒸気機関車の線路も敷設したい。大手前から東海道へ出て、品川、神奈川、小田原あたりまで機関車が走ったら、さぞ便利になろう」

万次郎は大きくうなずいたが、清八や卿雲は目を丸くして口をあんぐりと開けた。殿様の考えにはとてもついてゆけない。

安政元年七月、英龍は竹橋御門内において、将軍家定や老中、幕府高官数百人の前で自ら蒸気機関車を運転し、電信機を打って見せた。

勘定奉行が英龍に会釈して合図すると、英龍は汽笛を鳴らし、機関車はゆっくりと動き出した。

まず三周走らせ、次に屋形（客車）を切り離して二周した。さらに四、五周、今度は速度を上げて走らせた。石炭をくべるのは、勘定組頭の後藤一兵衛である。

家定は、汽笛を鳴らして走る機関車を見て、手を打って喜んだ。

群臣たちも驚き、どよめいた。

このとき、英龍は「鉄道」という日本語を使っている。万次郎の翻訳であろうが、日本人として初めて機関車を運転し、鉄道という言葉を使ったのは、江川太郎左衛門であった。

かれは試運転を披露した後、鉄道敷設とテレガラープの実用化を建議したが、勘定所の中堅役人たちはこぞって反対した。

もちろん理由は費用である。

豪商から資金を募り、官民共同で鉄道と電信の施設を経営すればよいと提案したが、当時の役人にはとても頭がついていかなかった。

蒸気機関車と電信機の試運転は、幕府高官にとっては珍しい余興に過ぎなかった。勘定所の役人にとっては、警戒すべき金食いの玩具だった。

東京・横浜間に電信柱が建てられて電信が通じるのは十五年後の明治二年、新橋・横浜間に鉄道が開通するのは十八年後の明治五年である。

英龍の構想は常に早すぎた。

通商の問題は、ペリーみずから取り下げた。薪水、食糧、石炭の給与と難破船の救助は、日本側が了承した。残るは薪水等を渡す港の選定である。

日本側は長崎にこだわり、アメリカは長崎を拒否して、浦賀、神奈川、鹿児島、松前、那覇など数か所の港を定めるよう要求した。

最初の来航で持参した大統領の国書では、一港のみの開港要求だったが、ペリーは今や五港を要求している。かれの常套的戦術であろう。

林大学頭は一週間後に回答すると応じた。

江戸で阿部正弘や徳川斉昭と内密に相談した林と井戸は、横浜へ戻るとペリーに「箱館を開港する」という約書を送った。

翌日の面会で、林大学頭はあっさりと答えた。

「南方の下田港、北方は函館港の二か所を開港する」

函館が松前に近く、良港である情報をペリーは得ていた。バンダリア、サウサンプトンの二隻を下田に派遣し、これも良港であるとの報告を受けて、この二港を了承した。

函館、下田の開港が決まると、日米のあいだにほっとしたような穏やかな空気が広がった。

ペリーにとって、所期の目的は達成できたのである。あとは細部の詰めだけだ。これ以上、軍事的威嚇は必要ない。

三日後、応接掛の林、井戸、伊沢、鵜殿、松崎らをはじめとして総勢七十人ほどの日本人が、ポーハタン号の祝宴に招待された。

ペリーの準備は周到だった。交渉が順調に進んだら即座に饗宴を催すため、生きている去勢牛、羊、猟鳥、家禽を取り置いていた。特上のワインと魚、野菜、果物も用意された。

日本人が身分の差に厳格であることを考慮して、高官のためには提督用の船室に豪華な食卓をしつらえ、その他の役人のためには後甲板に宴席を設けた。

船内は隅々まできれいに片づけられ、甲板には様々な旗が飾り付けられた。

林大学頭は昌平坂学問所総教らしく、行儀よく控えめに食したが、他の日本人たちは遠慮しなかった。シャンパン、マラスキーノ、マデイラ、パンチを何杯もたいらげ、理由を見つけてはアメリカ人と乾杯を重ねた。上機嫌な幕府役人の歓声で、軍楽隊の音楽も聞こえないほどだった。

正餐のコースなどおかまいなく、魚と獣肉、スープとシロップ、果物とフリカッセ、漬物とジャムをいっしょに食べた。

腹いっぱい食べても、残った御馳走を半紙にくるんで持ち帰ろうとした。アメリカ人も侍たちのこの習慣に慣れていたが、大きなローストチキンを懐に入れようと苦労している高官には、さすがに目を丸くした。

アメリカ側は、日本人の公式の場での謹厳で儀式ばった姿と、宴席で見せる開放的な姿の落差に驚きあきれる一方で、交渉が山を越えたことを実感した。

泥酔した応接掛の儒者松崎満太郎は、ペリーの首っ玉にしがみついて、

「日米同心」

と、涙を流しながら何度も繰り返した。

その意味がかれに通じたかどうか、定かではないが、

「条約が成立するならキスさせてもよかった」

ペリーは述懐している。

この滑稽なシーンは、戦争を避けられた日本と、任務を果たしえたアメリカの本音を表していると同時に、太平洋をはさんで一気に狭まった両国の困難な未来を、暗示していたかもしれない。

この後、日米和親条約の草案作りになるのだが、ここで史上有名な「誤訳」事件が起こる。

条約の素案は、アメリカ側から英語の原文をオランダ語に翻訳した条文で示された。オランダ語による交渉が通詞によって行なわれ、合意された蘭文を和訳し、さらに漢文に翻訳した。

そして、この漢文原案によって日米双方が細部の詰めや訂正を行ない、合意された漢文を日本側は和訳した。

この複雑でまわりくどい翻訳と交渉により、英語版、日本語版、オランダ語版、漢文版の日米和親条約条文が出来上がった。

正確に言えば、オランダ語版にはアメリカ側のポートマンが署名したものと、日本側の首席通訳官森山栄之助が署名した二通がある。

同様に漢文版はアメリカ側のウィリアムズが署名したものと、日本側の松崎満太郎が署名したものがあった。

日本語版は林大学頭ら応接掛四人が署名し、英語版はペリーだけが署名した。

つまり日米和親条約は六通の版があった。

しかし、日米双方がサインした条文はひとつも存在しない。

「署名は別紙に認(したた)めて交換する」

と、林大学頭が強く主張したからだが、ペリーがよく受け入れたものである。

どの版ひとつとっても単独では成立せず、六通全体でひとつの条約として成立しているのである。

なぜ、このようなややこしい手続きが必要になったかといえば、日米双方に相手の国語を翻訳、通訳できる人間がいなかったという単純な事実に尽きる。

大通詞森山栄之助は、長崎でラナルド・マクドナルドに英語を学んだが、通訳や条文の翻訳を任されるほどの英語力はなかった。

アメリカにも日本語の通訳がおらず、オランダ語と中国語の通訳、翻訳官を用意していた。

双方とも外国語のオランダ語と中国語で条文を検討したのである。

オランダ語版と漢文版は細かい点での差異はあっても、日米ほぼ同じ内容である。

しかし、英語版と日本語版では、なぜか重大な違いがあった。

日米和親条約第十一条は、日本語版ではこうなっている。

「両国政府において拠所(よんどころ)なき儀これあり候模様により、合衆国官吏のもの下田に差置候も之あるべし、もっとも、約定調印より十八ヶ月後にこれなくてはその儀に及ばず候こと」

つまり両国政府が認めた場合、調印の十八ヶ月後以降に、下田にアメリカの官吏を置いてよい、となっている。

しかし英語版では、こうなっている。

「もし両国政府のいずれかが必要と考えた場合、条約調印の十八ヶ月後に合衆国政府はいつでも下田に駐在する領事あるいは代理人を任命できる」

英文は「provided that either of the two governments deem such arrangement necessary」である。

「either」である以上、「どちらかの政府」であることは明白である。

ちなみにオランダ語版では英語版と同じく「どちらかの政府が必要と認めた場合」になっている。漢文版では「両国政府が均しくやむを得ない事情がある」と認めた場合となっており、日本語版と同じである。（以上『ペリー提督と開国条約』今津浩一著より）

この初歩的なミスはなぜ起きたのか。

日本側通詞の誤訳、アメリカ側通訳の誤訳、あるいは国内の攘夷派に騒がれないよう、阿部正弘が条文の違いを意図的に黙認したなど諸説あるが、真相はわからない。

後に初代駐日領事としてタウンゼント・ハリスが下田へ来航したとき、この条文の違いによって駐在を拒否されるが、そもそもの原因は、この複雑でいびつな条文作成過程にあった。

ハリスは日本側通詞のオランダ語力について、その用語は二百五十年前のオランダ語であり、国際公法上の述語は一切知らず、こちらが作成したオランダ語の文章を理解できなかった、と酷評している。

もし中濱万次郎を通訳兼翻訳官として採用していれば、誤訳は起きなかったであろうし、英語による交渉がずっとスムーズであったことは間違いない。

結局、英龍と弥九郎に、ペリーと退去交渉する機会は訪れなかった。

実はこのとき、手柄を取られるのを恐れた外国掛の某が、わざとペリーとの交渉日を遅らせて英龍に伝えた、という説も残っている。

英龍が教えられた期日に神奈川へ到着したときには、一回目の条約交渉はすでに終わっていた。

しかし、林大学頭編著の『墨夷応接録』では、英龍の手勢による応接所の警護を大学頭らが断ったことになっている。「応接のために神奈川へ出張した者たちはみな、交渉が決裂したら討ち死にする覚悟でいる。異人が江戸の海に乗り込んで戦争になったら、江戸のお膝元に一人でも多くの決死の士（英龍の手勢）を差し置いたほうが忠勇の戦功もたてられると考えて断った」というのである。

どちらが真実を伝えているのか。謎というほかない。

林大学頭のような文人学者にとって、完全武装した英龍の精鋭部隊は、「柔順に御国威を失わず」という応接掛の方針にそぐわない、目障りな存在だったのかもしれない。

江戸へ戻った弥九郎は、慨嘆して言った。

「あのとき、おぬしが退去を諭しても聞き入れなかったら、その場でペルリを刺殺する覚悟でいた」

英龍はまじまじと、長年の友の顔を見た。その言葉に偽りも誇張もない。

弥九郎は平山子龍に教えを受けた若い頃から、筋金入りの攘夷主義者なのだ。

英龍にとって、友であり、腹心であり、もっとも頼りにしてきた片腕のような弥九郎とのあいだに、このときほど深い溝を感じたことはなかったであろう。

しかし英龍は、あえて指摘しなかった。

「ペリーを諭すなどできようか。その期に至って聞き入れないようであれば、語気を察して一刀両断になそうと思っていた。おぬしに先は越されまいぞ」

英龍は笑って応じた。

もちろん英龍に攘夷の意思はない。いまは西洋の技術を学び、力を蓄えるべきだ。

弥九郎や東湖が主張するのは、攘夷を行なって、たとえ戦争に敗れても、人心がひとつになって臥薪嘗胆、むしろ国勢は振るうであろう、という論である。

——清の林則徐の決断を見よ。清はアヘン戦争に敗れたが、上下奮発振起して国威は盛んである。

攘夷の気概を失わずに交渉することと、じっさいに攘夷を行なうことには天と地の開きがある。しかし、あやういバランスを保ちながら成り立っている和平の均衡を、あえて壊すことによって日本人の奮起を促すという論理が、攘夷派のひとたちに支持されていたのも事実である。

日米和親条約は締結された。ペリーは去った。

しかし、台場の工事も反射炉の築造も、まだ続いている。

品川台場は、第一、第二、第三が安政元年（嘉永七年）四月に竣工し、大砲の配備が始まっていた。その後、台場に詰める武士たちの陣屋（休息所）、火薬庫、火薬置所、玉置所、玉薬置所、井戸や雪隠などの設備を、それぞれの台場に造ってゆく。

第四、第五、第六、第七と御殿山下台場は一月から工事が始まっているが、完成までにはほど遠い。さらに第八、九、十、十一台場を、隅田川の河口へ蓋をするように築造しなければならない。

ともかく金がかかる。安政の頃、幕府の年間収入は百四十万両前後である。

台場の総予算はおよそ九十八万両、そのうち台場築造予算が七十六万両余である。そのほか大砲と砲弾の製造費約十六万両、軍船の建造費が約六万両となっている。

幕府は台場築造のために大坂の豪商はじめ、代官所や名主へ御用金賦課を命じた。

その結果、大坂町人が五十四万七千五百五十三両、江戸町民が二十九万七千五百八十五両を献金した。韮山代官所支配地でも「御国恩冥加」として、下田町ほか四村から二千六百八十七両、駿河、伊豆の村々から二千二百七十七両が納められた。

こうして全国から集まった献金が九十六万三千九百六十七両に上った。この海防献金によって品川台場の建造費を捻出したのだが、予算に計上されていない費用が増えている。

今回も幕府は弛緩した。

台場はもう造らなくていいのではないか、と言いだしたのは勘定奉行の川路聖謨である。勘定所としては少しでも出費を減らしたい。二年前の嘉永五年五月に江戸城西丸が失火で炎上し、その普請に百万両かかった。幕府の台所は火の車である。

「条約を結んだからには、ひとまず危機は去り申した。これから不意の出費があるやもしれぬので、台場の予算は減費したいのだが、いかがでござろう」

これに英龍は猛然と反対した。

当然であろう。品川台場だけでは用をなさない。浦賀―富津に始まる四段の防衛線に、軍艦を多数配備して、台場と連動して防衛にあたるべきであるというのが、かれの海防策である。

軍艦建造はペリー再来航に間に合わないということで、品川台場だけを急ぎ築造することにしたのは、既にして苦肉の策である。

その台場の計画まで縮小してしまっては、何の意味もない。

これまでに築造した台場までが無駄になる。中途半端な軍備など用をなさないのである。

「国家の危機に際して、費用を惜しんではなりませぬ」

川路は、しかし、退かなかった。かれの本質は財務官僚である。

「江川殿、俗に言う、無い袖は振れぬ、でござるよ」

英龍は、憤然として言った。

「失礼な申し分ではござるが、それでは竹へ縄を付けて品川の沖に立て置いたも同様、つまり砲台建築の費用は、多少にかかわらず国家無益の費(つい)えになると存ずる」

勘定所内は水を打ったように静まり返った。

書記は筆を止めた。

算者は算盤から手を放した。

役人たちは、ひそひそとささやき合った。

「日頃、湯呑所で湯も自由に飲まないほど遠慮深い太郎左衛門殿なのに、今日はふだんの太郎左衛門殿とは別人でござる」

勘定所内は川路の意思で統一されている。英龍は孤立無援であった。

台場の予算は大幅に削られた。

第四、第七台場は工事が中止になった。第五、第六、御殿山下台場は続行したが、北東の防衛線にあたる第八、第九、第十、第十一台場は、建設そのものが取りやめになった。

隅田川の河口はがら空きである。

英龍は、またしても耐え忍ばなければならなかった。

しかし、勝海舟が『陸軍歴史』で書いているように、完成した台場が、幕末維新のあいだ一度も使用されなかったことは、日本にとって幸運だったと言えよう。

第一第二第三台場は四月に完成し、五月十八日、将軍家定に上覧した。

閏七月には大森の大砲打場で、試作した破裂弾をシケープス・モルチールという臼砲で試射を行ない、将軍家定に上覧した。

家定は大喜びして賞詞を賜った。

しかし、英龍自身はこの破裂弾に満足していなかった。飛距離でも破壊力でも、ペキサンズ砲の炸裂弾に及ばない。それに信管が付いていないので、着弾と同時に破裂するということができない。

この時点で、かれも信管の知識はまだなかった。

英龍は幕府に長崎留学を願い出た。名目は砲術、航海術、蒸気船製造の習得である。

ふだんおだやかな阿部正弘が、これには顔色を変えた。

「いま、そなたがいなくなったら、どうするのです」

その通りである。台場、軍艦、大砲の鋳造、すべて英龍が中心になって取り組んでいる。さらに阿部は、外交交渉も任せたいと、ひそかに根回しを進めている。

一刻を争うときに、長崎へ長期の留学など認められるわけがない。

「では、家臣を長崎へ派遣いたしたく存じます」

この願いは認められ、柏木総蔵、望月大象、矢田部卿雲の三人が長崎へ行くこととなった。

「よいか、知りたいのはガラナート（破裂弾）のことだ。的中すると同時に破裂するのは、従来の砲弾とは違う仕組みなのであろう。長崎へ赴き、蘭人にその仕組みについて聞いてくるのだ」

三人は重責に顔をこわばらせた。

「おそらく雷管に工夫を加えたものであろう。その仕組みさえわかれば、ガラナートを自力で作れようぞ」

三人は長崎に着くと、オランダ軍艦スームビング号の艦長フハービウス（ファビウス）に面会を申し込んだ。

ちなみにスームビング号は、翌年、長崎海軍伝習所の練習艦として幕府に贈呈され、観光丸と改名される。

「われらが主人江川太郎左衛門より、ガラナートが的中と同時に破裂する仕組みにつき、よくよく質問するように申し付けられておりますれば、教えていただきたい」

フハービウスは感心して、手を打って見せた。

「あなたがたのご主人は真に非凡のひとであります。ガラナートはスームビング号にも三十六弾積み込んでいますが、国王の封印がなされ、実戦のときでなければ開封できない規則になっております」

三人は失望した。しかし、ガラナートの件は丁寧に、何度も聞くようにと命じられている。

そこで長崎奉行水野筑後守を訪ね、ガラナートの製造法について伝授を受けたい、もしそれが無理ならせめてガラナート弾をひと目見たい、と頼み込んだ。

しかし、フハービウスの答えは同じであった。

「教えたいのはやまやまですが、国王の封印がある秘物なので、戦争でないときにこれを開封するのは国禁であります。どうかお察しください」

三人はいたしかたなく、蒸気船や砲術についての質問をして韮山へ帰った。

報告を受けた英龍は、三人を責めることもなく、言った。

「彼も人なり、我も人なり。オランダ人にできたことを、我にできないことがあろうか」

困難に直面することも、それに立ち向かうことも、英龍にとっては日常茶飯である。

百敗しても挫けず――いつものように書を読み、実験し、日夜努力するのみだ。

この後、英龍は着発弾の原理を解明したが、試験をする暇がなかった。

あまりにも多くの公務が、かれを押しつぶしていたのである。

八田兵助は、重苦しい不安にさいなまれていた。

昨年末、下田に反射炉を築造するよう英龍に命じられ、韮山代官所の松岡正平や岩嶋源八郎、山田熊蔵、市川来吉とともに取りかかった。

ところがである。二月末に浦賀奉行所組頭の黒川嘉兵衛と下田町で会ったとき、意外なことを聞いた。

「下田町に黒船が参ることになった」

というのである。

すでに下田反射炉の工事は進んでいる。地突きをして地盤をならし、耐火煉瓦も田那村松郎が製造を開始した。大工の米蔵、鋳物師の半次郎も到着し、松岡正平は黒鍬の幾蔵らと敷地内に小屋を建て始めた。

その折も折、幕府は下田を開港し、アメリカ人の上陸と下田町七里四方の見物を許したのである。

反射炉は、言うまでもなく軍事機密である。アメリカ人に大砲鋳造の様子を見られるわけにはいかない。

さらに、三月二十六日、廃止されていた下田奉行を復活し、伊沢美作守が就任することになった。

下田は韮山代官所の支配地ではなくなったのである。

英龍はこの後、鉄砲方に再任された。海防に専念せよということだろう。

いずれにせよ下田が支配地でなくなった以上、反射炉の建設地は韮山の近くに変更しなければなるまい。

そして翌二十七日、恐れていたことが起こった。

アメリカ兵が、山道を越えて本郷村までやってきたのである。

反射炉の築造地を徘徊し、木戸を乗り越えて小屋に入ってきた。

アメリカ兵は、上機嫌で市川来吉に英語で話しかけた。

来吉は返事のしようもない。

憮然として黙っていると、アメリカ兵は来吉の丁髷をいじり、引っ張った。

「これ、何をする」

来吉は慌てて丁髷を押さえた。

来吉は練兵館門人である。本来ならアメリカ人の無礼を許さないところであるが、元締め手代の松岡から、アメリカ人に乱暴してはならぬと、きつく言い含められている。

来吉はぐっとこらえた。

アメリカ兵は炭小屋のカラン車を見た後、鍛冶小屋へ入って半次郎といっしょに相槌を打つ真似事をした。耐火煉瓦をもの珍しそうにさわり、水車の輪板を見てうれしそうに手をぐるぐる回してみせた。八田兵助の机に置いてあった眼鏡をかけてみたが、合わなかったと見えて顔をしかめた。そして来吉の硯箱から筆をとると、紙に自分の名前を書いて出て行った。

おそらく、ここがどういう場所かは理解しなかったであろう。しかし、いつまたアメリカ人士官や水兵が、不意にやって来ないとも限らない。

報告を受けた英龍は、ただちに田方郡中村地内への所替えを阿部正弘へ願い出た。

中村は韮山代官所から二十町、古川の清流が近くを流れ、そのまま狩野川に合流する。港は沼津の三津浦で少々遠いのが難点だが、いたしかたなかった。

韮山反射炉の工事監督は八田兵助と松岡正平、石工が仕事師の新助、鋳物師に久能山下の助左衛門、煉瓦職人が江尻の平次郎、左官が沼津の由五郎と亀五郎であった。他に人足が五百人動員された。

反射炉二双。一双に煙突が二つ。高さ五丈二尺（約一六メートル）である。

人足たちが白い耐火煉瓦を積み上げ、手造りで築いてゆく。

「伊豆の韮山、お手当ァよいが、煉瓦積み積み夜が明けるヨォ」

職人や人足の歌声が聞こえてきた。

すでに工事は大幅に遅れている。

突貫工事を続けて、十月には東南炉が竣工した。西北炉も順調に築造が進んでいた。

そのとき、惨事は起きた。

ヘダ号

安政元年十一月四日、五つ（午前八時）過ぎ、ロシアとの条約交渉のため下田泰平寺で用談していた川路聖謨は、突然の震動に腰を浮かせた。あっという間もなく、激しい揺れで部屋の壁が破れた。表へ出ると、寺の石塔や燈籠がみな倒れている。

「津波がくるぞ」

という声がして、勘定組頭の中村為弥が、あわてふためいてやって来た。

「はやくお立ち退きくだされ」

川路は六、七町ほど逃げて大安寺山に上った。

下を眺めると、大津波が飛ぶが如く田面に押し寄せ、土煙を立てて火事かと思うほどである。やがて津波は引いてゆき、こわれた人家や人を海へさらっていった。

川路は呆然として声を失い、その光景を見つめていた。

その後、九つ（昼十二時）頃までのあいだに、九回も津波が来ては引いて行った。

同じ日、西暦一八五四年十二月十一日土曜日、ワシーリー・マホフ司祭は、下田湾に停泊するディアナ号のプチャーチン提督の部屋でお茶を飲んでいた。

この日は朝から晴れわたり、明るい光が船室に満ちあふれていた。

午前九時頃、突然、船が激しく揺れた。テーブルが動き、椅子は倒れて部屋の中をころげまわった。

甲板に出てみたが、海上に異変は見られなかった。

しばらくすると海面が三サージェン（約六・四メートル）ほどの高さに盛り上がり、釜の中で沸騰するかのような大波が、異常な速度で海岸に向かって行った。

怒り狂う大波は岸を侵し、家並みを倒して洗い流した。

大波はやがて、満足したかのように素早く海の方へ戻っていった。

下田湾には、丸太や小船、材木につかまって漂う人々があふれた。ディアナ号は木端（こっぱ）のように波に翻弄されて回転し、左右に傾き、打ち砕かれた。

ディアナ号は錨鎖（びょうさ）を切断し、漂流して犬走島付近で座礁した。舵機と副竜骨を破損して浸水激しく、いつ沈没してもおかしくなかった。

マホフ司祭やロシア人乗組員たちは、恐怖のあまり身動きすらできなかった。

江戸にいた英龍は、地震が起こると急ぎ韮山へ戻った。

支配宿村の見分を命じ、被害を受けた家々の救済と御手当金を手配した。

十八日、下田へ向かい、川路と会った。

安政の大地震と呼ばれる推定マグニチュード8・4の大地震で、下田港は大きな被害を受けた。

下田の総家数八百七十五軒のうち八百七十一軒が被害を受け、津波によって流出した家が八百四十一軒。半壊した家が三十軒。破損船が三十艘。九十九人の住民が津波によって流された。

「地獄さながらでござった」

川路は憔悴した顔で言った。

「ディアナ号も艦底に損害を受けたようだ。プチャーチンは修理を要請しているので、しかるべき港を探さねばならぬ」

相州野比村海岸、長浜村海岸、久里浜海岸などを提案したが、港ではなく海浜であるため、軍艦の修理には向かない。プチャーチンは難色を示した。

ロシアとしては、クリミア戦争を戦っているイギリスやフランスの艦船に、見つかりにくい港がいい。日本にとっても、江戸にそれほど近からず、秘密が保てて静かな港が望ましい。

「西伊豆はいかがでござろう。戸田(へだ)港は静かな入り江で、修理にも好都合です」

英龍は、西伊豆で大砲の船打ち修練をしたので、よく知っている。

「さようか、ではさっそくプチャーチンに打診しよう」

そこで川路は、ふと思いついたように顔を上げた。

「後学のために、江川殿もディアナ号を見分してはいかがであろう。西洋造船の諸法を得られるのではないか」

「仰せのとおり、ぜひとも見分に立ち会うつもりです」

川路は英龍の顔を見て、心配そうに言った。

「江川殿、顔色が悪いようだが」

「なんの、たいしたことはござらぬ」

品川台場の築造と大砲の試射、韮山反射炉の建築、湯島馬場鋳砲場での大砲鋳造、そしてこの大地震である。

そのあいだにも蒸気機関車と電信機の上覧、炸裂弾の研究と、不眠不休の作業が続いている。疲労は確実に蓄積していた。

しかし、そんなことを言っている暇などない。

さっそく手代の松岡正平に戸田港の調査を命じ、その結果をロシア人に伝えた。レソフスキー艦長、ヒョートリュワーナ技官も戸田港を視察して賛成した。

ディアナ号は船長一七五フィート（約六〇メートル）、船幅四六フィート（約一四・五メートル）、甲板から竜骨上までの船の深さ四〇フィート（約一二・七メートル）、搭載砲五十二門、二〇〇〇トンのフリゲート艦である。蒸気船ではない。

当時の木造艦としては世界最大級であり、前年の一八五三年に建造されたばかりだった。

英龍はディアナ号に乗船し、破損個所を見て回った。

大砲は外され、積み荷もほとんどが降ろされていた。津波によってマストが折れ、舵と船底が破損しているため、日本側が提供した補修材料で、応急処置が施されていた。

（本格的に修理するとなれば、われわれの手でやりたいものだ）

西洋船の構造を知るには絶好の機会である。

十一月二十六日、プチャーチン乗船のディアナ号は、戸田に向けて下田港を出港した。

日本側は万一の場合に備え、下田で六百石船を用意した。エングスト大尉、ミハイロフ少尉、韮山代官所手代らが同乗し、ディアナ号の荷物も積み込まれた。

この処置が、後にロシア人を救うことになる。

英龍は韮山へ帰った。まだ江戸での仕事が山積みである。

すぐに江戸へ向けて出立したが、途中の小田原宿で、江川太郎左衛門を取締役としてロシア船の修復を戸田で行なうようにという、幕府からの用状を受け取った。

英龍は急遽、引き返して戸田へ向かった。しかし、箱根山中にさしかかったところで、ディアナ号が風浪のため宮島沖まで流された、との急報を受けた。

英龍は川路にも報せて、宮島へ急いだ。

ディアナ号は戸田に向かう途中、ずっとポンプで排水をしなければならなかった。修理した舵もまもなく使えなくなった。風浪はげしく、駿河国富士郡宮島沖（万葉集にも歌われた田子の浦のあたりである）まで流された。

高波のため海岸にも近づけず、ディアナ号は岸から五十間（約九〇〇メートル）ほどの地点で座礁した。荷物を積んだ六百石船は一本松海岸に乗り上げた。

英龍は近辺の漁村に命じて、救助の船を出させた。

多くの漁船が救助に向かったが、波が激しくディアナ号に近づくこともできない。

そこでディアナ号から浜まで大縄を張った。ランチで脱出するロシア人の腕や胴を細縄でくくって大縄につなぎ、ひとりずつ水中に飛び込むところを、大縄で浜へ引き揚げるという荒業を行なった。

おりから寒風すさまじく、ロシア人たちは真っ青な顔で天を仰ぎ、十字を切っている。

「神は勇気あるものを助く！」

ロシア人水兵が叫んだ。

真冬の海は凍りつくような冷たさだったが、何とか全員を大縄で引っ張り上げて上陸させた。浜では日本人が火を焚き、湯を沸かしてロシア人たちに与えた。

マホフ司祭は、早朝の浜辺に集まった千人もの日本人が、ロシア人を救助しようと走り回っているのを見て、こう記している。

「善良な、まことに善良な、博愛の心にみちた民衆よ！　この善男善女に永遠に幸あれ。五百人もの異国の民を救った功績は、まさしく日本人諸氏のものであることを！　あなた方のおかげで唯今生きながらえている私たちは、一八五五年一月四日の出来事を肝に銘じて忘れないであろう！」

ディアナ号乗組員の死者は、倒れた大砲の下敷きになった水兵と、戸田に移ってから病死した水兵二人だけであった。

救助されたロシア人は、宮島付近の寺や急造の長屋に収容された。英龍自身も、夜中に近くの鮫島村へ出張して、寺院や人家を探した。

翌日、英龍はプチャーチン提督と対面した。

このときかれは陣羽織を着用し、「韮山」と書かれた旗を立てた。

プチャーチンは、敬意を表して乗組員たちを整列させた。通訳は日本側が森山栄之助、ロシア側はオランダ語のできる副官のポシェットである。

「不自由なことがあったら、名主に申し付けていただきたい。何でも用立てます」

「ありがたい」

プチャーチンは礼を言った。乗組員たちも涙を流して喜んだ。

「御心配召されるな。船の修理に協力は惜しみませぬ」

ディアナ号は空船になった。

何度も座礁したディアナ号は浸水がひどく、そのままでは沈没を待つばかりである。

英龍はプチャーチンと協議した。自力での航海は不可能であり、小船によって曳航（えいこう）するしかない。

英龍は支配勘定の上川伝一郎に命じて、曳航用の船を各宿村に出させた。沼津、原、田子の浦、戸田、蒲原、由比などから、櫓船、帆船など種々様々な船が集まった。その数、百隻とも二百隻とも言われる。

曳舟はディアナ号に大綱をかけ、枝綱を張った。プチャーチン提督とレソフスキー艦長らは乗艦して曳索を繰り出し、開口部を閉鎖した。

安政元年十二月二日は朝から快晴であった。

ただ、富士山に笠雲がかかっていた。

笠雲が東に流れると風になり、大きくなると雨になるという言い伝えがある。

浜辺で日本人とロシア人が見守るなか、傷ついたディアナ号はゆっくりと動き出した。

正午ごろ、五露里（約五キロメートル）ほど進んだところで、曳航は順調と判断してプチャーチンらは別の船に移った。

その直後である。空に一朶（いちだ）の白雲が現れ、不吉な南西の風が吹き始めた。

ひとりの船頭があわてて引き綱を切り、いっさんに海岸へ向かって漕ぎ始めた。

他の船も同様に、綱を外して逃げ出した。

ディアナ号は独り、海に取り残された。

プチャーチンやレソフスキーは目の前の光景が信じられず、呆然としていた。

やがて強風とともに、猛烈な驟雨が南から近づいてきた。荒波が起こり、ディアナ号は元の位置にどんどん押し戻された。

日本人もロシア人も、みな宮島の浜に戻った。

風と波に翻弄されてディアナ号は旋回し、大鷲の紋章を付けた船尾を上に向けて、船首から海に沈んでいった。

英龍は豪雨のなか、陣羽織を着てその様子を見守った。

プチャーチン提督、副官のポシェット、レソフスキー艦長も、運命を共にしてきた船の最期を目に焼き付けようと、ずっと見つめていた。

ロシア人乗組員たちも浜辺に出て、沈みゆくディアナ号を見て号泣した。

「御心中、お察し申す」

英龍は言った。

「新しい船を造って本国へ送り届けるので、ご安心いただきたい」

「そのお言葉に感謝します」

プチャーチンは言った。

宮島村の住民たちは、ござや敷物、毛布、綿入れをロシア人に差し入れた。

なかには目の前で上衣を脱ぎ、冷え切って震えている水兵に着せた住民もいた。

米、酒、蜜柑、魚、卵などを持参した住民もいた。

差し入れた蜜柑を皮ごと食べるロシア人を見て、住民はびっくりしていた。

「宮島村では、地震のために破損されなかった家は一軒も残っていない有様だったが、彼らのわれわれへの人間愛的心労のほどは、とうてい称賛しつくしがたいものがあった」

プチャーチンは、本国への「上奏報告書」にそう記している。

宮島で数日休養した後、プチャーチン以下五百一人のロシア人乗組員は、二隊に分かれて出立した。東海道を歩いて沼津に出、西浦海岸を経て戸田港に到着した。

ロシア人たちは、破れた衣服や海から流れてきた衣類を着ていた。代わりの衣服を調達しようと申し入れたが辞退された。

下士官や水兵は各自食料を携帯し、三列になって道の片側を行進した。規律正しく威儀を保って、整々堂々の気色であると、宿村で評判になった。

英龍の手配で、戸田にはすでに宿所が用意されていた。

皇族のスリゲート公爵やプチャーチン提督らは宝泉寺、士官は本善寺、水兵らは新たに建てた長屋に宿泊した。宿所には使節の食卓、椅子も用意されていた。

英龍はロシア人たちを帰国させるため、ディアナ号の代わりの船を建造しなければならない。この機会に西洋船の構造を学び、将来の蒸気船製造にも活用するつもりである。

造船の場所は牛ヶ洞(ほら)である。

戸田湾は口の狭い壺のようなかたちをしており、牛ヶ洞はちょうど壺の底あたりに位置した。北、東、南の三方は山に囲まれ、外から見えない。西側が駿河湾に小さく開けているが、御浜岬が入り江を蓋うように突き出て、外洋からさえぎっている。季節風の西風が激しい冬でも、湾内は風浪が立たず、内側は砂浜の海岸だが水深は深い。新しい船の建造にも条件が揃っていた。

ところが、日露協力して西洋船を建造しようという計画に反対したのが、江戸から派遣されてきた幕府御普請役である。

「西洋の船を造るなど、聞いておりませぬ」

普請役たちは、あくまで慇懃に言った。

「和船でよろしいではござらぬか。船大工もそのほうが慣れております」

英龍にとって、予想外の反応である。

「ロシア人から新しい技術を習得し、西洋式の帆船を建造するのだ。それが御国のためでもある」

「はて、そのようなことは、上役から承っておりませぬが」

普請役は勘定奉行配下の建築や土木に関わる役職で、煮ても焼いても食えぬと言われるほど、典型的な下級役人であった。

かれらの頭の中には、国際情勢や海防の必要性など、かけらもない。あるのは縄張り意識と役得とメンツだけであった。そして、面倒なこと、新しいことはやりたくないという気質が濃厚である。

宮島で遭難したロシア人を戸田へ送る際も、普請役たちは船で行くように指示し、プチャーチンが激怒している。

津波と嵐であれほどひどい目に遭いながら、なぜ海路を選ばなければならないのか。プチャーチンはじめロシア人が怒るのも無理はないだろう。

陸路は人目を引くし、途中の藩役所や宿村に通達しなければならない。そんな面倒はご免だというのが、普請役の本音であった。

結局、英龍の手代たちや上川伝一郎が奔走して、東海道の宿村や沼津藩に連絡し、陸路を行く手配を整えた。

そのときも普請役たちは、手をこまねいて傍観した。そういう連中である。

英龍は激務と絶え間ない移動で疲労が重なり、体調がよくなかった。

ずっと母の「忍」の教えを守ってきたが、このときばかりは怒りを抑えられなかった。

「話にならぬ」

韮山に帰ってしまった。

家臣たちも付き従おうとしたが、英龍はとどめた。

「そのほうたちは残って造船の手配をせよ」

戸田には、反射炉築造にあたっていた松岡正平、八田兵助、山田熊蔵、市川来吉も呼び寄せ、柏木総蔵、柴弘吉、望月大象など、代官所の俊秀たちが、西洋船の構造、造船法を学ぶべく集まっていた。

せっかくの機会を逃してはいけない。おおまかな段取りを指示して、英龍は出立した。

あわてたのが川路聖謨である。

配下の普請役の不心得を詫びるとともに、勘定組頭の中村為弥を差し遣わすので、今一度戸田にご出張されて為弥と打ち合わせてほしい、と韮山へ急状を送った。

このとき英龍は韮山で臥せっていた。風邪の症状が悪化していたのだ。

――やはり西洋船建造の指揮は、自分がとらねばなるまい。

病軀をおして、ふたたび戸田港に出張した。

英龍の命で村方との交渉に当たったのが、造船御用掛の八人である。斉藤周助、勝呂弥三兵衛、秋元（維新後に松城と改姓）兵作、太田亀三郎、斉藤雅助、辻平兵衛、服部三左衛門、山田平左衛門らは、主に廻船業を営む戸田の旦那衆である。松城、太田は山持でもあり、造船用の木材も供出した。自家用の造船所を持つ者もおり、造船用材も多数所有していた。

造船の現場で指揮したのは造船世話掛、戸田村出身の船大工棟梁である。石原藤蔵、上田虎吉（後に寅吉と改名）、尾明（維新後に緒明と改姓）嘉吉、佐山太郎兵衛、鈴木七助、堤藤吉、渡辺金右衛門の七人は、まさに現場の最高責任者であり、実際に西洋船を建造する職人である。その配下に各地から呼び寄せた船大工、木挽（こびき）、鍛冶、水主、人足がついた。さて、ロシア側である。当初かれらも、日本で建造できる船の設計図を用意しているわけではなかった。

ところが、六百石船に積んだディアナ号の荷物の中から、雑誌「モルスコイ・ズボルニク」（海軍集録）一八四九年第一号が見つかった。そこにはクロンシュタット軍港の司令長官用ヨットとして設計されたスクーナー「オープイト号」（試作という意味）の設計図が掲載されていたのである。記事には、船体中央部の肋骨と満載喫水線の設計図、バラストや食糧庫の配置、主要な帆の面積、マストなどの寸法がすべて掲載されていた。

船長六九フィート（約二一メートル）、船幅二一フィート（約六・三メートル）、吃水部幅一九フィート（約五・七メートル）、総トン数七五トン、二本マストの小型船である。

ロシア海軍士官たちは、樽を逆さにして納戸の戸を載せ、急造のテーブル代わりにして、設計図をもとに製図を行なった。

その様子を見た英龍や中村為弥は、何をしているのか聞いた。

「ロシアへ帰国する船の設計図です。正確な製図を行なっています」

プチャーチンは告げた。

「それはいい、われわれも万全の準備をしてお助けしよう」

英龍はよろこんで言った。

図面が完成すると、木材の寸法、鉄、銅の必要量、建造に使う道具が日本側に知らされた。

柏木惣蔵らは江戸役所へ戻り、船体に張る銅延板千枚（七百二十六貫百六十目）、銅棒四十六本（七十六貫五百目）、同じく銅棒四十四本（三貫三百目）、鋲六百斤（九十六貫目）、地鉄百二十斤（九貫二百目）等を手配した。

木材は主に、千本松原の松や戸田村近辺の樟（くすのき）などが使われた。

さらに必要だったのが、コールタール（瀝青）である。

西洋船はコールタールによって船体に防水、防腐処置を施す。外板にコールタールに浸した厚紙を張り、その上から銅板を張っていく。船体だけでなく、縄も麻糸をコールタールに浸して造った。

ちなみに黒船という呼称は、コールタールを塗った船体が黒く見えることに由来する。

このコールタールは、いったいどこにあったのか。

実は、この年の五月、英龍はすでにコールタールを製造していたのである。

幕府から蒸気船製造を命じられた英龍は、造船にコールタールが必要なことを、蘭書によって知っていた。

嘉永六年、韮山に移築した反射炉の工場内で、石炭を乾留してコークスとコールタールを造った。コールタールは船体に塗り、コークスは反射炉の燃料に使用する計画であった。

おそらく日本で初めてコールタールを製造した例であろう。

十一月四日の大地震でタール竈は破損したが、急いで竈を築き直し、ふたたびコークスとコールタールを製造した。

英龍は韮山のコールタールを戸田に取り寄せた。

「日本にタールがあるとは知らなかった」

プチャーチンは驚いた。

コールタールは大量に必要だったので、足りない分は松の根を窯で焼いて造った。

必要な用材は徐々に揃いつつあった。


西洋船の設計は、技術将校モジャイスキー大尉が中心となり、工学士のヒョートリュワーナ、オロウドーチョ、コロボリチョフが行なった。

かれらの指導により、船を組み立てる台座、滑車などが、ロシア人と日本人の協力によって製作された。

日本の船大工たちは、熱心に新しい知識を吸収しようとした。手帖と矢立を持って、ロシア語の名前や図面、製作過程を克明に記録した。

通訳は幕府のオランダ通詞がおこなったが、オランダ語を話せるロシア人がポシェットしかいなかったため、身振り手真似でやりとりすることも多かった。

船大工たちにとって、人生ではじめての異文化体験である。かれらの職人気質はおおいに刺激され、何もかもを貪欲に取り入れようとした。その様子を英龍は満足げに眺めていた。

船大工たちの目の輝き、きびきびと作業する姿、ロシア人と真剣に話し合う様子は、我がことのように感じられた。

とくに目を引いたのが、戸田村の船大工上田虎吉である。

三十一歳の虎吉は、頻繁にロシア人の所へ行って質問した。

ふだん無口で仕事ひとすじの虎吉が、言葉もわからないロシア人とよく話をしている。

英龍は不思議に思って訊いた。

「虎吉、そちはロシア語がわかるのか」

虎吉は、御代官様に直接話しかけられて腰を抜かすほど驚いたが、はにかむような笑顔を見せて言った。

「とんでもねぇことっす。んだが、目を見て話すうちに、なんとのう通じるものずら」

虎吉とロシア人は、言語だけでなく、技術や道具を媒介として、心を通わせたのかもしれなかった。

後に虎吉は長崎海軍伝習所に学び、榎本武揚らと共に海軍留学生としてオランダに派遣される。幕府が発注した蒸気軍艦開陽丸の船匠長としてオランダに滞在し、開陽丸を運転して帰国した（このとき寅吉と改名する）。

維新後は横須賀造船所の初代工長（技師長）として多くの艦船を建造する。まさに戸田村での西洋船建造が、かれの人生を一変させたのである。

他の船大工たちの、その後の人生も記しておこう。

鈴木七助は寅吉同様、長崎海軍伝習所の一期生として、蒸気船機械製作を学んだ。

石原藤蔵、佐山太郎兵衛、渡辺金右衛門は石川島造船所へ迎えられ、戸田で造られたのと同型のスクーナー建造を行なった。

堤藤吉は、田原藩の村上定平が主導する順応丸建造に棟梁として活躍した。

尾明嘉吉の息子の菊三郎は、隅田川一銭蒸気で成功したのち、品川第四台場に緒明造船所を造った。

緒明造船所は四十隻ほどの西洋式木造船を建造した。

かれらはロシア人と共に、日本で初めて本格的な西洋帆船を建造した開拓者として、日本の造船界を牽引することとなる。


造船の手順は次の通りである。

まず造船台に竜骨を設え、そこへ船首材と船尾材を建てる。竜骨に添って肋材を植えてゆき、外板を張ってゆく。船首に鉄材を付け、吃水部を銅板で包む。甲板を張り、外装を施す、といった段取りである。

竜骨、船首材、船尾材は樫、肋骨と船梁（ふなばり）は松、外板、甲板、帆柱は杉、船倉口、ビット、檣座（しょうざ）（帆柱の台座）などは樟が使われた。

スクーナーの主肋骨は三十五本、副肋骨は十一本である。

船大工たちは、松の原木から手際よく肋骨を仕上げていった。三十人ほどの船大工は、一日に五本の肋骨を完成させた。

大工だけでなく、あらゆる職人がいきいきと仕事をした。

「日本の職人は四本の手で仕事をするかのようだ」

と、建造や試運転に関わったコロコリツェフ少尉が感心したほど、かれらの仕事ぶりは早かった。この新しい仕事は、職人魂を勢いづけたようだ。

「この知識欲から（船大工）全員が断固として、例え一本の肋骨であっても、最後まで自らの手で仕上げたいと熱望していた。白状せざるを得ないが、この仕事を、彼等は非常に迅速にかつ几帳面にやり遂げてしまった。即ち、取り付けられた肋骨は、あたかもキール（竜骨）と全く一体となっているかのごとく、やっと継ぎ目の線が見分けられる位に組み立てられていた」（アレクサンドル・コロコリツェフ「モルスコイ・ズボルニク」一八五六年六月号・北澤法隆訳）

ロシア士官たちは、初めての仕事であるにもかかわらず、見事な船材を造り上げてゆく船大工の技術を称賛した。

また、プチャーチンがアメリカのスクーナー船「カロリーナ・フート」に乗って、下田から戸田に帰ってきたときのことである。

プチャーチンは、日本製のスクーナー一隻では全員が乗船できないので、他の船をチャーターしようとしたのである。

「カロリーナ・フート」のアメリカ人船長は、上陸して目を丸くした。

牛ヶ洞一帯は、まさに海軍工廠となっていたのである。

船長は、造船場で働く日本人の大工や職人を思い出さなかったら、自分が日本にいることを忘れてしまいそうだった、と語っている。

プチャーチン提督は、アメリカ人船長の反応に満足した。

そして、完成しつつあるスクーナーの水線下の仕上がりについて、船長の率直な意見を求めた。

「これは立派な名人の作品であり、海上においては、私は彼らとは決して対戦したくない」

船長は言った。

外交辞令も含まれているだろうが、極東の島国の小さな漁村で、西洋帆船など見たこともなかった船大工たちの、高度な技術力に驚嘆したのは事実であろう。

いっぽう日本の船大工や職人たちのほうは、「カロリーナ・フート」に格好のお手本を発見した。かれらは毎日「カロリーナ・フート」に通いつめ、図面ではわからなかった細部について研究を重ねた。船内は日本の船大工や職人たちであふれかえった。これまでわからなかった、船首と船尾部分の固定方法を調べるなど、多くの成果があった。


英龍は予想以上に、西洋船の建造が順調に進んでいることに満足した。

日本の船大工や職人とディアナ号のロシア人たちが、これほど一致団結して新しいものづくりに挑戦するとは新鮮な驚きであった。

これは、かれの思い描く日本の未来像だったかもしれない。

ほんとうはかれ自身も、造船の作業を手伝いたいくらいであった。

実際にそんなことをしたら、船大工や御用掛は肝をつぶして止めたであろうが。

(あとはまかせてよさそうだ)

そんな折、老中阿部正弘から急信が届いた。

「至急、登城せよ」という内容である。

英龍は松岡正平と八田兵助を呼んだ。

「韮山へ戻る。あとは頼むぞ」

松岡と八田は、胸騒ぎを覚えた。状貌雄偉と評され、周囲を圧倒するような存在感を見せていた英龍が、このときは精気を失い、どことなく影が薄いように見えたのだ。

「韮山までお供いたします」

八田兵助が申し出たが、英龍は首を振った。

「目と鼻の先だ、案ずるな」

英龍は供の小者だけを連れて、韮山へ帰った。

ヘダ号

ヘダ号——戸田港で造られたスクーナーは、プチャーチンによって、そう命名された。この船のその後を記しておこう。

ヘダ号は総長八十一尺一寸（二四・五メートル）、甲板全長十二間（二一・六六メートル）最大幅二十三尺二寸（七・〇二メートル）、吃水線の深さ九尺九寸（約三メートル）、二本マスト三枚帆、重量八七・五二トン（一〇〇トンという記載もある）、五十人乗りのスクーナー型運送船であった。

荷物の積載量はおよそ四百石、使節と士官八人分の部屋も造られた。凪（なぎ）のときのために六挺の櫓も備えられた。ただしスクーナーは商船用であり、軍艦向きではないため、砲門は造られなかった。

建造費約三千百両。十二月二十八日の起工から、およそ百日後の三月十日、ヘダ号は戸田港で進水式を行なった。

ロシア人は船台に三樽の牛脂をひき、それでも足りずに正覚坊（海亀）やマンボウの脂が使われた。

朝の満潮になるや、合図の呼笛とともに支柱が外され、繋止索が切断された。

大勢の日本人とロシア人が見守るなか、ヘダ号はゆるやかに船台の上を滑り始めた。

日本人たちは驚いた。和船の場合、進水は一日がかりのこともある。弁当持参でゆっくり訪れた日本人は、進水の瞬間に間に合わなかった。

ヘダ号は次第に速さを増して、船台を滑り降りた。

静かな戸田湾に浮かんだヘダ号は、軽やかに海上を進み、たちまち御浜岬の陰に走り去った。

歓声が上がった。

建造に携わったロシア人と日本人たちは、手を取り合ってよろこび、涙した。

「この日を、おそらくこの時日本にいた全てのロシア人は、生涯忘れないであろう」

コロコリツェフ少尉は書き残している。

ロシア士官と日本側役人たちは、宿舎の寺で祝宴を催した。

「ヘダ号の完成と日露の友好を祝して」

プチャーチンが乾杯の音頭を取った。

別のロシア人は、中村為弥に向かい、

「日本の海軍創設を祝って」

と宣言して杯を挙げた。

ロシア人たちは、本気でそう思っていたかもしれない。

船を失ったロシア人と、西洋の技術を少しでも習得したい日本人の利害が合致し、日露両国民は協力してスクーナーを造り上げた。

本格的な西洋船としては日本初の船である。（その少し前の嘉永七年五月十日に、中島三郎助が中心になって浦賀奉行所の鳳凰丸が完成しているが、西洋船と和船の折衷様式であり、純然たる西洋式ではない。ただし、マリナー号やポーハタン号の観察記録を活かして、日本人が独力で造った記念すべき船である）

君沢郡戸田村で造られたため、このスクーナーを君沢形と呼んだ。小型で逆風でも航行可能な君沢形は、練習船、運送船として重宝され、その後も戸田村で六隻が建造された。

西洋の技術移転が、短期間でほぼ完璧になされた稀有な例といってよい。

日本人とロシア人の交流も見逃せない。

陽気なロシア人のなかには、日本語を覚えて「日本コンチワ、露西亜ズラッセ」とあいさつする者もいた。

人夫頭の辻次佐太夫は、ロシア人たちと日常的に接するうちに、お互いの言葉をおぼえ、すっかり意気投合した。

士官ミカーヨフは、佐太夫に常々言っていた。

「日本が万一外国と戦う時があったら、ロシアは日本を助けると約束する」

マホフ司祭は、日本人がよほど印象深かったとみえる。

「なかには横柄で不遜な人間、虚偽と偽善が見られる者もいるが」と留保しながらも、

「(日本人は）愛想の良い目つきをして、顔の表情はおだやかで、いつも微笑して親切である。思い

やりがあり、博愛心に富んでいる。かれらは客好きで善良である。オランダ人以外の外国人を入国させないという法を曲げてまで、私たちを愛想よく迎えて、住居を提供した。生活に必要なものをすべて持って来てくれた。かれらは友情に厚く、同情心に富む。私たちの滞在中、私たちは誰一人として侮辱を受けなかったばかりでなく、いつも私たち一人一人に対しても好意と尊敬を示し、私たちが日本を去るときにも友情を示し、別れを惜しんでくれた」

ながい日露関係のなかで、もっとも幸福な一瞬だったといえよう。

ロシア人たちは、三班に分かれて帰国した。

安政二年二月九日、レソフスキー艦長ら百五十九人が、アメリカのスクーナー船カロリーナ・フートでペトロパウロフスクへ直航した。

同年三月二十二日、プチャーチン提督、スリゲート殿下、ポシェット少佐ら四十八人が、ヘダ号で戸田港を出帆した。途中イギリス軍艦の追跡を受けたが、無風のなか日本式の櫓をこいで何とか振り切った。やがて追い風を受けて、アムール河口のニコライエフスクに投錨した。プチャーチンは馬でシベリアを横断し、四か月後にモスクワを経てペテルブルクにたどりついた。

残ったロシア将兵は、戸田で新たな君沢形スクーナーの建造に従事していたが、六月一日、最後の二百七十七人がドイツ・ブレーメン在籍のアメリカ人傭船グレタ号で戸田を出港した。

グレタ号は、ハバロフスクのアヤン港でイギリス軍艦パラクウタ号、サイビル号に拿捕（だほ）されたが、マホフ司祭と医師、病人はシベリアへの上陸を許された。残りの将兵は、クリミア戦争終結後に解放されて、ロシアに帰国した。

その後、ヘダ号はどうなったか。

安政三年十月十一日、中佐となったポシェットが、日露和親条約批准書交換のため、オリバーツ号で下田に来航した。

オリバーツ号の艦長は、ボーイン・リムスキー＝コルサコフ（作曲家のニコライ・リムスキー＝コルサコフの兄）である。

オリバーツ号は、あの「ヘダ号」を伴っていた。

朝からロシアの各艦は、日露両国の国旗を掲揚し、満艦飾を施した。

海岸にはロシアと日本の儀仗兵が整列し、祝砲が撃たれた。

上陸した全権代表ポシェット提督は、下田奉行の井上清直と岡田忠養に戸田村滞在中の厚意に対して感謝の言葉を述べ、下田条約の批准書を交換した。

そして、幕府に保管を依頼していたディアナ号の艦載砲五十二門（長短カノン砲四十八門とペクサン砲四門）、航海用具、学術器具を幕府に贈呈した。

最後に、新しく艤装し美しい装飾を施された「ヘダ号」艦上で、船の引き渡し文書の調印が行なわれた。ヘダ号のロシア国旗は降ろされ、日本国旗が掲げられた。

およそ一年ぶりにヘダ号は返ってきたのである。

返還された後、ヘダ号は韮山代官所の所管となった。中濱万次郎は幕府から鯨漁を命じられ、捕鯨船として小笠原諸島まで出漁した。

明治五年、中将となったポシェットは、ロシア第三皇子アレクサンドルの訪日に随行し、函館を訪れた。

函館港には、なんとあのヘダ号が、廃船となって繋留されていた。

おそらく五稜郭の戦いの折、運送船として使われたのであろう。

あれから十四年の歳月が過ぎた。

ポシェットの胸に、日本人と力を合わせてヘダ号を造っていたときの、苦しいながらも希望に満ちた、幸せな日々の思い出がよみがえった。

あのとき戸田にいたすべてのロシア人にとって、忘れることのできない、思い出深い船である。

そしておそらくは、いっしょにヘダ号を建造した船大工や幕府役人、戸田の愛すべき日本人たちにとっても……。

「保存してはどうか」

ポシェットは、日本の役人にすすめた。

しかし、ヘダ号はそのまま放置され、朽ち果てた。

月影

戸田から韮山に戻ると、英龍は嘔吐を催し、高熱を発して床についた。

侍医の肥田春安は、不眠不休で治療に当たったが、回復の兆しは見えない。

十二月十三日は、毎年の恒例で煤払いを行なう日であった。

当時の習わしとして主人の外出を忌む日だったが、英龍は江戸へ出立しようとした。

とうぜん家臣たちは、忌日の出立に反対して日延べをすすめたが、英龍は聞かない。

「公務のために私事を顧みる暇はない」

そう言って、出府してしまった。

韮山は晴れていたが、箱根の山は風雪激しく、駕籠の中にも寒風が吹きこんでくる。

英龍は激しく咳き込んだ。

十五日に本所の江戸役所に到着したが、立つことができず、そのまま床についた。

不快（病気）につき、明日十六日の登城はできない旨を、御用番老中の松平乗全に届け出たところ、

「寝たままでかまわぬので面談したい」と、二十二日の四つ（午前十時）登城するよう書状が届いた。

四つ時の登城は昇進、賞詞などの言い渡しが恒例である。

阿部正弘は、英龍をどうしても勘定奉行兼外国奉行に就任させたかったので、「平臥のままにて」会いたいと、無茶な要求をしたのであろう。

それでも英龍は起きられなかった。

家臣たちは、いてもたってもおられぬほど心配したが、日頃から英龍は厳格で、許しがなければ看病すらできない。家臣は公務、看病は私事と峻別していたのである。

妹のみきと、出家して尼となった、たい（擣簁院〔とうしいん〕）が泊まりがけで看病にきた。ふたりに付き添いをお願いし、家臣たちは側に控えて様子を見守った。

英龍の出府を知って、斎藤弥九郎も駆けつけた。

弥九郎は静かに英龍が休む時計の間に入った。

傍らに、みきとたいがいた。

みきは目をみはった。弥九郎と顔を合わせるのは何年ぶりであろう。軽くうなずいて、近づいてきた。

「御容態はいかがでございますか」

弥九郎は小声で訊いた。

みきは黙って首を振った。

弥九郎は、その後も毎日のように訪れた。しかし、寝たきりの英龍と話もできず、ただただ見守るほかない。

それでも、弥九郎は心のどこかで希望を捨てなかった。

（まさか、あの太郎左が）

頑健で精神も堅固な太郎左衛門が、風邪ごときで倒れたままのはずがない。そのうち何事もなかったかのように起き上がって、いつもの顔で言うだろう。

「弥九郎、湯島の大砲鋳造はうまくいっているか」

「反射炉は完成したか」

「台場の工事は順調か」

弥九郎は、はやくその声を聞きたかった。

蘭医の大槻俊斎や伊東玄朴が往診し、肩や胸に熱をとる発泡法を施した。

大槻俊斎の「御容躰書」によると、「悪寒、御脈沈美、御舌茶褐色」であり、食欲少なく、発熱があり、脈拍数が少なく、頭頂と右側部に頭痛がした。

俊斎は、腸胃性僂麻質斯（リウマチス）熱と診断した。

おそらく重篤な肺炎だったのであろう。まだ抗生物質は発見されておらず、蘭医も西洋医学と東洋医学を併用しながら診察にあたっていた。

下剤を処方したところ通じがあり、舌苔も減った。小水も出始めたので、熱が下がれば遠からず全快するだろうと俊斎は判断した。

年の末の二十七日になると、快方の兆しが見えた。久しぶりに英龍は、床の上で半身を起こした。

弥九郎はその姿を見て、思わず声を上げた。

「おお、快復されたか」

「こたびは不覚を取った。もう大事ない」

弥九郎は久しぶりに英龍の声を聞いてほっとした。ただ、その声はかすれて弱々しかった。

「みな、帰りを待っている。はやく元気な声を聞かせてやってくれ」

英龍は黙ったまま微笑んだ。

明けて正月二日には、麝香や川芎を配合した麝香散を服用して、少し快方に向かった。くしゃみをすると鼻から出血したが、病状は小康を保った。

このまま病は癒えるのではないか。だれもがそう期待した。

しかし、それも長くは続かなかった。

主治医の大槻俊斎と伊藤玄朴はもちろん、織田研斎、竹内玄同、三宅艮斎、島立甫、林洞海、伊東貫斎、戸塚静海、榊原玄瑞・玄吟、青木春台、辻元菘庵ら江戸じゅうの著名な蘭医が、かわるがわる本所の屋敷を訪れて診察した。肥田春安も韮山から駆け付けた。

英龍はふたたび高熱を発した。発汗がはげしく、俊斎らは煎じ薬として、カミツレ入りの泡剤にミンデレリ精を四十滴加えたものを調合した。

嫡子の保之丞英敏と三女の卓も、韮山から到着した。

江川太郎左衛門危篤――

その報せが伝わると、幕府中枢のひとびとは動揺し、浮足立った。

老中阿部正弘、老中牧野忠雅、老中松平乗全、若年寄本庄道貫、若年寄鳥居忠挙、勘定奉行松平近直、同川路聖謨、小田原藩主大久保忠愨、安中藩主板倉勝明、忍藩主松平忠国、沼津藩主水野忠良、長崎奉行水野忠徳、会津藩主松平容保、羽倉外記等から見舞いの使者が訪れ、贈物が届いた。

水戸の徳川斉昭からも、川路を通して直書が届いた。

「江川大病の由伝聞、当時に在りては一方の長城、国家のため全快を相祈り候　水隠士」

思想、立場は異なっても、英龍が幕府、と言うより日本にとって必須の人材であることは、斉昭もよく理解していた。

なかでも心痛甚だしかったのが松平近直である。毎日のように本所へ使者を派遣し、容態を確かめた。柏木総蔵は頻繁に近直の屋敷を訪ね、主人の様子を報告した。近直は病気平癒を祈願して、堀之内妙法寺に一万部の納経を申し込んだ。

岩倉銕三郎、友平栄、服部峰次郎、前田藤九郎、鹿沼泉平ら韮山塾生も、見舞いに駆けつけた。何日も山野を渉猟しながら疲れを見せず、颯爽としていた先生が、病に倒れるなど信じられないことだった。塾生たちは息を詰めて師の快復を祈った。

弥九郎は、まだ希望を失っていない。

（まだ、なすべきことがたくさんあるのだ。太郎左、はやく目を覚ましてくれ）

正月十三日は雪交じりの日であった。
二、三日前から英龍は悪寒がはなはだしく、脈も弱くなった。
俊斎、玄同、洞海、春安らは病状について相談したが、危篤であることを認めざるを得なかった。

このころから英龍は高熱のため、うわごとを発した。

「馬引けい」

「今より登城する」

その声は、静まりかえった本所の江戸役所内に響きわたり、見守る家族や家臣たちの胸に突き刺さった。

十六日卯の上刻（午前五時）のことである。英龍は眼を開けた。

弥九郎の顔を見つけて、近くに来るよう、うながした。

「いま、夢をみていた」

「よい夢だったか？」

「おぬしと稽古していた」

弥九郎は面喰らった。そんなむかしのことを……。

「あれが現で、いまは夢のようだ」

英龍はふたたび瞑目した。その顔が、みるみる蒼白になっていく。

「太郎左！」

――目をつむるな、いまを見ろ。練兵館でいっしょに稽古をしよう、春になったら韮山の山野を歩こう。

弥九郎は声には出さず、必死で叫んだ。

すると弥九郎の心の叫びが聞こえたかのように、英龍は瞼重げに眼を開いた。

傍らにいた妹のたいに言った。背後には望月大象も控えていた。

「読経せよ」

たいは兄の枕もとで、声高らかに法華経を読みはじめた。

大象も涙をこらえてそれに唱和した。

読経の声を聞き、安心したかのように英龍は目を閉じた。病が癒えたかのような安らかな顔だった。

英龍は逝った。

享年五十五である。

その死がどのような意味をもつか、だれもが痛いほどわかっていた。

阿部正弘は報せを聞くや、御用部屋で机に突っ伏したまま、慟哭して顔を上げることができなかった。

空蟬は　限りこそあれ　真心に　たてし勲は　世々に朽せじ
阿部は霊前にこの歌を贈ったが、英龍を失った空白は、とても埋められなかったであろう。

二年半後、阿部はがんのため、三十九歳で急逝する。

川路聖謨、松平近直、板倉勝明ら英龍の信奉者たちは、呆然とした。なかでも川路や板倉より遅れて英龍と知り合った近直の悲嘆ははげしかった。

「我ガ不明ヲ悔ユルモ、泉下ノ霊ニ謝スルニ由ナシ」

として、嗣子である英敏と親交し、英龍の功に報いようとした。

まだ喪を発していない。表向き英龍は闘病中となっている。

近直の差配で、正式に跡継ぎの手続きをしていなかった十七歳の保之丞英敏を即日、代官見習いとした。

英龍の遺体は韮山へ送られ、二十五日に到着した。沿道には支配地の百姓たちがひざまずき、涙を流して行列を見送った。二十七日、葬送の儀が行われ、遺体は本立寺に葬られた。


弥九郎は、英龍の死から十日間、練兵館を閉ざし、喪に服した。

喪明けの後、何かに憑かれたかのごとく、以前にまして門人たちに烈しい稽古をつけた。

「この頃、先生は鬼神のようだ」

門人たちはささやきあった。

三月に相模の長州藩陣地から戻った桂小五郎は、久しぶりに練兵館の門をくぐった。

弥九郎の凄まじい稽古ぶりを見て、その心中を察した。

(江川様が亡くなったせいだ)

小五郎は師に負けじと、懸命に打ち込みを行なった。


さらに悲劇が弥九郎を襲った。

安政二年十月二日。この日はどんよりとして蒸し暑い日であった。

少し酒を飲んで、早めに小石川の水戸藩邸で休んでいた藤田東湖は、四つ(午後十時)頃、大きな揺れと共に家が倒れる音、ひとびとの叫び声で目を覚ました。

すぐに老母と子ども五人を扶(たす)けて庭に出たが、そのうち自宅に火が上がった。それを見た母の梅は、「大切な品を取ってくる」と言って座敷に入ってしまった。

東湖はあわてて後を追い、家の中から母を抱えて出ようとした瞬間、ふたたび大震動が起こった。太い梁(はり)が東湖の頭と背を打った。

即死であった。

母は東湖に押されて庭に投げ出され、助かった。

三番町の自邸にいた弥九郎は、東湖の死を聞いて小石川へ走った。

このとき弥九郎は、東湖を押さえつけていた梁を一刀のもとに切断し、遺体を引き出して水戸に送ったという逸話もあるが、真偽のほどは不明である。

安政江戸地震と呼ばれるこの地震は、直下型で、マグニチュード7、江戸市中の震度6以上と推定される。江戸の死者は七千人から一万人と言われ、東湖とともに水戸の両田と称されて斉昭を支えた戸田忠大夫も、梁の下敷きになって圧死している。

弥九郎は、江川太郎左衛門、藤田東湖、ふたりの友を相次いで喪った。


英龍の跡を継いで江川太郎左衛門を襲名した英敏は、韮山代官、御鉄砲方、大砲鋳造と反射炉での鉄筒鋳造御用掛を命じられた。

さらに阿部正弘と松平近直は、浜御殿脇に八千二百十七坪の調練場と役宅を英敏に与えた。芝新銭座大小砲習練場である。

韮山塾の後継ともいえるこの習練場は、大番組、徒士組、小十人組、小姓組らの西洋銃砲訓練と銃隊の洋式化が目的であった。

翌安政三年、英敏は講武所砲術教授方、師範役を命じられた。

とはいえ英敏はまだ十八歳である。実質的な指導は、榊原鏡次郎や柏木総蔵、高島秋帆（喜平）があたり、弥九郎も世話役として支えた。

門人は旗本、御家人が中心だったが、諸藩士の入門希望者も多かった。

長州の井上馨、薩摩の黒田清隆、伊東祐麿、大山巌らも門人である。かれらは直接英龍の教えを受けたわけではないが、江川太郎左衛門の門人であることを誇りにした。

しかし、文久二年九月十一日、英敏は麻疹のため急逝した。二十四歳であった。

跡を継いだのは五男の英武、十歳である。

とうぜん、事務は家臣たちが執り行なった。斎藤弥九郎、松岡正平、柏木総蔵らが中心となって英武を補助し、江川家を支えつづけた。

韮山反射炉はどうなったか。

英龍の没後、連双二基のうち西北炉が安政大地震と風雨のために損壊し、修理もはかどらなかった。そこで、すでに鉄製大砲の鋳造に成功していた佐賀藩に、幕府を通して技術支援を依頼した。阿部正弘は佐賀藩に、反射炉の技術者一人、職人を一、二人派遣するよう申し付けた。

佐賀藩も品川台場の備砲製造のために多忙であったが、亡き英龍には恩義がある。韮山の窮状に援助の手を差し伸べるのは当然のことだと、鍋島直正は考えた。

佐賀藩反射炉の中心的技術者である田代孫三郎、杉谷雍介ら藩士と職人の総勢八人、幕府が要請した以上の人数を韮山に派遣した。

かれらは一年余滞在して、鉄製の一八ポンド砲を鋳造し、試射にも成功した。

幕末までに韮山反射炉で製作されたのは、鋳鉄製一八ポンド砲三門、青銅製の八〇ポンド砲、二四ポンド砲などが百二十八門である。ただし青銅砲のうち百門が不良品であった。

英龍という巨人を失った代償は、あまりにも大きかった。


練兵館は、近くの原っぱで西洋式軍陣の演習を始めた。門人を銃、剣、騎馬の三兵に分け、それを正奇二隊に編成し、対抗して野戦を行なうのである。

鈴木春山が翻訳したプラントの『三兵活法』や『三兵答古知幾』を参考にしたと思われる。西洋の三兵戦術は歩兵、砲兵、騎馬兵であるが、野戦砲がないため銃隊と剣隊にしたのであろう。

安政三年三月十八日、勘定奉行松平近直の要請で、弥九郎は新太郎、歓之助とともに練兵館門人七十余人による西洋式軍陣の野試合を、三番町の御用地で行なった。近直はじめ閣老は、揃ってこれを見学した。

四月五日には、小石川の水戸藩邸においても、斉昭上覧のうえで野試合を演じた。水戸藩は練兵館の騎馬隊のために馬十頭を用意した。

弥九郎は小具足陣羽織を身にまとい、馬上で采配をふるった。二隊双方が間合いに入ったところで一斉射撃、陣形を変じて剣隊による斬り込みを行ない、最後に騎馬隊が突撃した。

その指揮は精妙を極め、射撃、突撃、意のままに進退していささかも隙がなかった。

斉昭はこれを嘆賞して、みずから「報国」の二字を大書し、刀剣、馬具とともに弥九郎に賜与した。

この頃、幕府は西洋式の軍制を導入し、講武所を設立する準備を進めていた。

水戸藩と関係の深い弥九郎が野試合を披露し、西洋式の軍制に対して斉昭が諾と言えば、他の攘夷派大名も文句は言えない。

阿部正弘らしい政治的配慮であった。

つまり、この期に及んでも、西洋式の軍制や武器に嫌悪を示す旧弊な大名や武士が、多数存在したということである。

野試合の上覧がすむと、弥九郎は道場から距離を置くようになった。

新太郎に二代目弥九郎を継がせ、みずからは篤信斎と号した。西洋銃陣の調練と兵学の講義は行なったが、剣の指導は新太郎にまかせるようになった。

「御指導、ありがとうございました」

五つ(午後八時)、塾頭の桂小五郎が代表してあいさつすると、門人たちも「ありがとうございました」と唱和し、揃って頭を下げた。

「御苦労」

篤信斎こと弥九郎が応え、隣に座る新太郎は黙ってうなずいた。

これで練兵館の一日が終了する。

門人たちの挨拶を受けると、弥九郎は道場を出て二階の自室へ戻ろうとした。この日はなぜか、疲れを強く感じた。

ふと夜空を見上げると、十三夜の月が皓々と輝いている。

その明るさに眩惑されたかの如く、軽いめまいがした。

弥九郎は庭に下りて井戸の水を飲もうとした。

桶に満々とたたえられた水面に月影がうつっている。

両手に水を汲むと、手のひらのなかの水にも月がうつった。

そのとき、道場から木刀を打ち合う乾いた音が聞こえてきた。

小気味よいその音は、一定の間隔をおいて響いてくる。

聞いているうちに、弥九郎は雷に打たれたかのごとく、顔を上げた。

様々な記憶がよみがえり、奔流のように頭のなかを駆けめぐった。

手のひらにうつっていた月が揺れ、こわれて水とともにこぼれ落ちた。

(太郎左……)

いま改めて、人生の大半を共に過ごしたかけがえのない友が、この世にいないことに気づかされた。

撃剣館で竹刀を交わした日々に始まり、代官に就任してからは密命を帯びて様々な任務を果たした。大坂へ昼夜兼行で走り、甲斐へは共に刀剣商に扮して微行した。鳥居との備場巡検、高島秋帆の徳丸原演練、江戸湾見分、反射炉の築造、台場の工事に至るまで、つねにふたりは共にいた。越中から単身江戸へ出て以来、これほど世話になり、心を許して、共にたたかってきた友はいない。これからの日本にもっとも必要な男、江川太郎左衛門英龍が死んで、もう一年以上が過ぎていた。

弥九郎の目から、はらはらと涙が流れおちた。

身体から力が抜け、胸も腹もがらんどうになって、轟々と風が吹き抜けていくかのようだった。

弥九郎は大地にひざまずき、両手をついた。

頭（こうべ）をたれ、冷たい月の光を浴びながら、声を出さずに泣きつづけた。

終章

安政五年、桂小五郎は練兵館を退塾した。

嘉永五年以来、足かけ七年在籍した。その間、藩政府に二度も江戸留学の延長を申請した。二度目の延長は、弥九郎に頼んで添書きを書いてもらったのである。

七年のあいだに剣の腕は見違えるほど上達したが、それだけではない。

弥九郎から兵学を学び、西洋銃陣を訓練され、西洋船の構造も教わった。江川太郎左衛門に随従して江戸湾の測量に立ち会った。浦賀奉行所与力の中島三郎助の家に住み込んで造船術を学んだ。手塚律蔵の塾で蘭学を学んだ。

弥九郎から尊王攘夷の教育を受け、諸藩の志士と交流して人脈も豊富になった。

まさに別人のごとく成長したといってよい。

長州藩も小五郎の将来に期待するところ大であった。

退塾のあいさつに来た小五郎に、弥九郎は言った。

「足下は」

珍しくあらたまった言葉で呼んだ。

「ゆくゆく長州藩を背負う男だ。神道無念流の壁書を忘れず、藩のため、国家のため、力を尽くしてほしい」

「篤信斎先生のお言葉は決して忘れませぬ」

弥九郎はうなずくと、真顔になって小五郎を見た。

「外夷の患い、内政の混乱、さらに激しくなるであろう。足下も巻き込まれぬとは限らぬ」

このとき、弥九郎はいつもの厳格な表情の中に、慈しむようなまなざしを見せた。

あたかも老いた父が、巣立ちゆくわが子を見るような目であった。

「死ぬな」

弥九郎は小五郎の目を、ひたと見て言った。

「死ぬな、生きよ」

小五郎は、黙って頭を下げた。かれは練兵館で塾頭を務めたほどの腕前であったが、師の教えを守り、できる限り剣を抜かず、「逃げの小五郎」と呼ばれながらも、幕末の動乱を生き抜いた。


同じ年、弥九郎は代々木に土地を買い求めた。代々木の山の上に八幡宮があり、その下に山林が広がっている。この山林三千三百七十五坪を二十五両で買った。

弥九郎の命で、門人たちは月に何度か、鋤鍬を持って代々木へ通った。

木々を伐採し、根を掘り返し、土地をならした。掘り出した木の根は、三番町の道場へ運んで薪にした。

道程およそ二里である。両刀を差し、袴を着けた武士が、木の根を積んだ荷車を引くのだから、道中目立つことこの上ない。門人たちは人目をはばかり、愚痴をこぼした。

弥九郎はきびしく叱咤した。

「これからの戦は銃による戦いになる。武士といえども土工を熟練して、堅牢な台場を築かねばならぬ」

大村藩の渡辺昇、長州藩の井上勝、山尾庸三らは交代で代々木に駆り出された。

弥九郎はこの地に別宅を建て、代々木山荘と称した。

とはいえ弥九郎は、引退して世間との交わりを絶ったわけではない。

今なお西洋砲術の指導者として、尊王攘夷の主唱者として、隠然と重きをなしている。


文久元年十一月十二日、妻の岩が亡くなった。五十三歳であった。

翌年、小五郎のはからいで長州藩世子毛利元徳の奥祐筆となった三女の象（このときから喜佐と改名する）が、江戸を離れて萩へ移った。

弥九郎の身辺は急にさびしくなった。

かつて二宮尊徳に茶の木を植えるよう勧められた弥九郎は、代々木山荘の荒地を開墾して茶樹を植えた。

茶畑のなかに、簡素な隠居所がひっそりと建っている。

この代々木山荘に多くの客が訪ねてきた。

桂小五郎、来島又兵衛、高杉晋作、そして長州藩世子の毛利元徳。

元徳の訪問を画策したのは、桂小五郎や波多野金吾である。勤王か佐幕かで揺れていた藩内を尊王攘夷でまとめるため、江戸滞在中の元徳に弥九郎の話を聞かせようとしたのであろう。

文久二年秋、野外狩猟と称して、家老の毛利筑前、井上小豊後、波多野金吾らとともに、毛利元徳は代々木山荘を訪れた。

弥九郎は元徳に、長州藩の藩論を尊王攘夷に統一すべきであると説いた。

「天下の急務、尊王攘夷の一途に出るの外にあらず」

朝命を奉じて攘夷を断行するには、人心の一致融合が肝要である、今は幕府を補佐して外夷を膺懲すべきであるが、幕府が朝命を聞かなければ、決然袂を分かって大義のため朝廷に従うべきである、と強調した。

元徳一行の滞在は、朝四つ（午前十時）から暮六つ（午後六時）過ぎまで及んだ。

このころ長州藩内では、尊王と開国を柱として朝廷と幕府を周旋し、通商によって国力を養い、西洋諸国に対抗するとした長井雅樂の航海遠略策に対して、不平等条約の破約と攘夷を主張する高杉晋作、久坂玄瑞らの尊王攘夷派が対立していた。

航海遠略策は現実的な富国強兵案だったが、時代に合わなかったというしかない。大老井伊直弼は勅許をともなわずに不平等条約に調印し、それに反発する朝野の人士を、安政の大獄で独善的に弾圧し、処刑した。吉田松陰も犠牲者のひとりである。その幕府を公武合体によって延命させる策で、長州藩内がまとまるはずもなかった。長井雅樂は朝廷工作に敗れ、失脚した。

この時期、尊王攘夷の思想が変質している。

水戸学由来の尊王攘夷は、天皇を中心として国民が一致団結し、外夷すなわち帝国主義の脅威から日本を護るというものであり、尊王敬幕を前提としていた。あくまでも国がひとつにまとまるための思想であり、弥九郎が毛利元徳に説いたのも、同じ論理である。

しかし、日米修好通商条約の調印と幕府の対応のまずさから、尊王攘夷は一種の革命思想に変貌しつつあった。

吉田松陰の「一君万民論」と「草莽(そうもう)の崛起(くっき)」は、まさにその中核をなすものであろう。

一君、すなわち天皇の前では万民が平等であるという論理は、将軍の権威も幕藩体制も否定する。

徳川幕府が「主従」という関係をもとに、精緻に組み立てた身分制社会を、すべてご破算にしてしまう思想である。

草莽とは在野の庶民である。武士だけでなく、志のある浪人や農工商民も、尊王攘夷のために立ち上がるべきであるという呼びかけは、一君万民論と一体で体制の変革を促すものであった。

それは、万民が決起して攘夷、倒幕を行なうという結論に帰着する。

松陰自身は安政六年に刑死したが、死せる松陰の思想は、幕府への不満を募らせるひとびとを揺り動かした。

国内は公武合体派と尊王攘夷派に分裂し、攘夷派の志士による暗殺が頻発した。

幕府側も、しらみつぶしに志士をとらえ、斬殺した。

京都がもっともはげしかったが、江戸でも頻繁に起こった。

攘夷派志士といっても、そのすべてが勤王の志士ではない。

なかには流行にのって憂国を装い、佐幕派の武士や庶民を襲ったり、豪商をおどして小金をせびる似非志士もいた。

「江戸表は昼夜ぶっそうにて、天誅ととなへ、兎角(とかく)切捨これあり」

長州にいる喜佐への手紙に、弥九郎はこう記している。

弥九郎は怒り、嘆いた。

神道無念流の壁書はもとより、武の理念からほど遠い所業が横行している。

欧米の軍事的圧力に対して、国がひとつにならなければならないときに、思想の違いから同じ日本人が互いに殺しあうとは、なんという愚かな真似であろう。

弥九郎のような古風な剣客には、信じがたい世の変貌であった。

喜佐への手紙に書いた。

「いやな世の中になった」

しかし、時代は激しく回転している。

長州藩はこののち、フランス、オランダの商船・軍艦への無警告砲撃、蛤御門の変、英仏蘭米四か国連合艦隊との馬関攘夷戦争と、まさしく「騎虎の勢い」で尊王攘夷の実行へと突き進んでゆく――。

＊

高島秋帆と中濱万次郎のその後について、記しておきたい。

英龍の没後、高島秋帆は御鉄砲方手附教授方頭取として江川英敏を支えた。その後、諸組与力格、富士見御宝蔵番・講武所砲術師範役と昇進していった。

しかし、秋帆は孤独であった。

幽囚の十年のあいだに、秋帆の砲術はすっかり時代遅れになっていた。英龍はあくまで秋帆を師として重んじ、高島流の名称を守った。秋帆も遅れを取り戻そうと努めたが、英龍が亡くなってからは、胸襟を開いて話せる相手が江戸にいなかった。秋帆は長崎へ帰りたいと、もうひとりの直弟子である下曾根金三郎に訴えた。

下曾根は困惑しながらも、師を説得した。

「江川殿は臨終の際、我が亡き後は高島先生の介抱を引き受けて、先生を砲術師範役総裁にするようにと、それがしに申されました。江川殿末期の願いでありますれば」

秋帆も英龍の名前を出されると、落涙して引き下がるよりほかなかった。

晩年、秋帆は相次いで家族の死に直面した。

文久二年、孫の茂巽が麻疹で亡くなった。二十歳であった。

文久三年、妻女の香が亡くなった。六十歳であった。

文久四年、長男の浅五郎が病死した。浅五郎は将軍家茂の上洛に随行し、京都で亡くなったのである。四十四歳であった。

秋帆は、慶應二年正月十四日、小石川小十人町の自宅で亡くなった。享年六十九。

天保十四年に江戸へ召喚されてから二十三年、ついに故郷長崎の土を踏むことはなかった。

中濱万次郎は軍艦教授所の教授、軍艦操練所教授を務めるかたわら、自宅で塾を始めた。英語を学びに来るものが多かったが、なかには航海術や数学を希望するものもいた。

塾生には榎本武揚、大鳥圭介、福沢諭吉、大山巖、岩崎弥太郎、西周(あまね)らがいた。

本も二冊執筆した。

『ボーディッチの航海書』の翻訳と『英米対話捷径(しょうけい)』という英会話の実用書である。

『ボーディッチの航海書』（THE NEW AMERICAN PRACTICAL NAVIGATOR by NATHANIEL BOWDITCH 1844）はアメリカの航海術の原典ともいわれ、安政四年に万次郎の翻訳によって二十部の筆写本がつくられた。

『英米対話捷径』のほうは、安政六年に二つの版元から出版され、一般読者にもよく読まれた。「捷径」とは近道という意味である。

アルファベットや日常英会話が、カタカナの発音表記と平仮名の訳文とともに掲載されており、日本で初めての本格的な英会話の実用書である。

欧米との貿易が始まると、静岡の茶商人たちは、清水次郎長の英語塾で『英米対話捷径』を教科書として英会話を学んだ。

幕末、攘夷派の志士に命を狙われるようになり、土佐藩の岡田以蔵や団野源之進（勝小吉の剣の師だった団野源之進の長男で、鉄の父親である）が用心棒に付いた。護衛のためだけでなく、監視の目的もあったようだ。万次郎は日本的風土のなかにあって、常に異邦人として見られつづけた。

維新後は開成学校の教授となり、明治三年には普仏戦争視察のため欧州に出張したが、その後は公務を辞した。勝海舟は、官職につくよう何度も説得したが、万次郎は応じなかった。

明治三十一年十一月十二日、中濱万次郎は東京京橋の自宅で亡くなった。享年七十二。

万次郎は晩年にいたるまで「わが主君は江川太郎左衛門様である」と言い続けた。

家臣であったことを誇りに思っていたのであろう。

明治元年六月二十八日、新政府の参与に就任した桂小五郎あらため木戸孝允（たかよし）は、練兵館を訪れた。

江戸を離れてから六年、練兵館を退塾して十年がたつ。

弥九郎はじめ、新太郎、四郎之助、五郎之助、六郎之助ら息子たちが勢ぞろいして木戸を迎えた。酒を飲み、歓談し、思いのほか時を過ごした。歓之助は肥前大村藩の剣術師範兼物頭として、大村にいる。東京に戻るのは廃藩置県の後である。

この日、木戸は弥九郎に太政官政府出仕をすすめた。できたばかりの明治政府は、人材発掘のため、諸藩や民間の有能な人士を徴士として登用した。木戸は七十一歳の弥九郎を徴士に挙げようとしたのである。

八月二十五日付で、弥九郎は大坂在勤の会計官判事試補を命じられた。九月に権判事となり、鉱山事務を担当することになった。

ちなみに権判事四等官の月給は、慶應四年閏四月制定の太政官制で三百両（一両＝一円、関東平定までは暫定で二百両）であった。明治初期の巡査の初任給が四円だったことを考えると、けた違いの高給である。

翌明治二年七月、弥九郎は大蔵省造幣局権判事を命じられ、造幣寮允(じょう)に任じられた。年給八十五石。四郎之助は鉱山権少祐に任じられた。引き続き大坂在勤である。

十一月四日夜七時頃、大坂の造幣寮で火事が発生した。建築中だった新しい造幣寮の鍛冶場から出火し、またたく間に建物の大部分が焼失した。

弥九郎は現場に駆け付けた。このとき、すぐに覚悟を決めたであろう。

かれは水をかけた綿入れを着込み、燃えさかる官舎の中へ飛び込んだ。

「御用書類、金銀諸道具及び外国産鉱物類」を持ちだしたが、顔に大火傷を負った。

老衰のせいかひどい疼痛があり、翌日は悪寒発熱した。緒方洪庵の養子緒方拙斎の治療を受け、塗り薬で少し楽になったが、風にあたらぬよう外出を禁じられた。

律儀な弥九郎は、太政官政府に出仕してから一度も欠勤したことがない。

「一生の納めに、少しだけでも役所に出たい」

と出勤しようとしたが、四郎之助らが泣いて止めた。

明治四年三月、ようやく東京在勤となった。

二年前に招魂社(現在の靖国神社である)が番町に開場したため、練兵館は牛込に移転していた。もっとも道場のほうは、開店休業の状態であった。


明治四年十月三日朝、木戸は牛込に弥九郎を訪ねた。

弥九郎は木戸に、ふたつの依頼をしていた。

ひとつは英龍の遺児、江川英武の岩倉使節団への同行である。

英武はこの時十九歳。文久二年に急死した兄英敏から、十歳で韮山代官江川太郎左衛門を継いだが、まもなく維新を迎えて韮山県知県事となった。その後、廃藩置県で韮山県は足柄県に編入され、英武は知事を辞任した。

岩倉使節団の目的は、新政府による国書の奉呈と不平等条約の改正だったが、欧米各国の制度と文物の調査も重要な課題であった。

全権大使は右大臣岩倉具視、副使は参議木戸孝允、大蔵卿大久保利通、工部大輔伊藤博文、外務大輔山口尚芳らである。

弥九郎としては、木戸の力を借りて英武をアメリカへ留学させ、将来は新政府の中枢で働いてほしいと考えていた。

もうひとつは、英龍の末娘清の結婚である。

以前から弥九郎は、清を木戸の養女として、しかるべき相手に輿入れさせたいと願っていた。

英龍の没後も江川家に尽くしてきた弥九郎にとって、これが最後の報恩のつもりであった。

木戸に異存はない。英武のような有為の若者に、アメリカやヨーロッパの諸制度を勉強してもらうのは望むところである。

清の結婚相手も既に決まっていた。

元長州藩士河瀬真孝である。河瀬は蛤御門の変で、戦死した木島又兵衛の後を引き継いで遊撃隊の指揮を執った。慶應三年からイギリスに留学し、今年四月に帰国したばかりである。帰国後は工部少輔を経て侍従長を務めていた。

真孝は三十二歳、清は十七歳である。

清は静と改名して木戸の養女となり、河瀬と結婚することになった。

維新後、義理堅い木戸は恩義のあるひとびとに報いようと努めた。

斎藤弥九郎や江川家だけでなく、中島三郎助の遺族に対しても同様だった。

三郎助が函館戦争で長男恒太郎、次男英次郎と共に戦死したと聞いて、木戸は涙が止まらなかった。

木戸が中島家の漬物小屋に住み込んで、造船術を学んでいたころ、恒太郎は八歳、英次郎は五歳だったのだ。

もし、会って話ができていたら……。

忠節で気骨があり、金銭や出世への欲が乏しい三郎助は、それでも幕府に殉じる道を選んだかもしれない。

せめて妻子を輔助しようと、木戸は三郎助の娘「阿六」を引き取っている。

ひと通り話がすむと、木戸は眼に涙を浮かべた。このところ木戸は、すっかり涙もろくなっている。何を見ても往時がしのばれ、死んだ友が思い出される。新政府の政治が思うように進まないことへのいら立ちもある。

晩年の木戸は、強いノイローゼ症状に悩まされるようになるが、その兆しは明治の初年から始まっていた。

維新後、木戸は「偶成」という漢詩を書いている。（『木戸孝允文書』には「夜坐思亡友」という題で掲載）

「一穂の寒燈眼を照らして明らかなり
　沈思黙座すれば無限の情
　頭を回らせば知己人已に遠し
　丈夫畢竟豈に名を計らんや
　世難多年萬骨枯る
　廟堂の風色幾変更
　……」

師吉田松陰は安政の大獄で処刑された。三十歳であった。

吉田稔麿（としまろ）は池田屋で新撰組と戦い、藩邸前で自刃した。二十四歳。

蛤御門の変で、来島又兵衛は戦死し、久坂玄瑞と寺島忠三郎は自刃した。木戸の養子だった勝三郎も、京都から逃れる途中に船中で自刃した。来島四十九歳、久坂二十五歳、寺島二十二歳、勝三郎十七歳。

妹治子の夫である来原良蔵は桜田藩邸で切腹した。三十四歳。

渡辺内蔵太、冷泉五郎は長州藩俗論派によって斬殺された。渡辺三十歳、冷泉二十五歳。

高杉晋作は結核で死んだ。二十九歳。

練兵館の塾頭も務めた御堀耕助（旧名太田市之進）は、今年五月に病死した。三十一歳。

他藩の練兵館門人を入れれば、死者はこの数倍にもなろう。

木戸はこのとき三十九歳である。


「多くの友が死にました」

木戸は嗚咽（おえつ）をこらえながら言った。

言いながら、友の顔がつぎつぎと脳裏に浮かんでくる。みな純粋で、信義に厚く、若かった。

「さよう、死に申した」

弥九郎はゆっくりと言った。その表情は静かで、かすかに微笑をたたえているかのようにも見えた。

「死んだ友に申し訳が立ちませぬ」

木戸は顔をゆがめ、目を閉じた。閉じたその目から、ぽろぽろと涙が伝い落ちた。

弥九郎は、神道無念流の壁書の教えを守り、生涯ひとを殺さなかった。

しかし、弥九郎から尊王攘夷思想を叩き込まれた練兵館の門人たちは、皮肉なことに幕末維新の動乱で非業の死を遂げた者が多かったのである。

弥九郎は沈黙したままであった。

河瀬真孝と江川静の婚礼は十月十日に行なわれた。

しかし、弥九郎は出席せず、新太郎が河瀬家に赴いた。すでに病重く、床についていたのである。

十九日、木戸は牛込へ見舞いに行った。日記にはこう書かれている。

「五字（時）過帰家、斎藤篤信老人の病を訪う。甚危険也」

十月二十四日、斎藤弥九郎善道は永眠した。享年七十四。

江川太郎左衛門英龍の死から十六年、単身、越中から江戸へ出て六十年目の秋であった。

木戸は翌二十五日にその死を知った。

「実に余の恩人七十余不治の病を知ると雖もまた愁傷に堪えず」

遺体は遺言により、神式で代々木山荘の敷地内に葬られた。

その墓はいま、岩、堀和兵衛の墓と並んで、代々木福泉寺にある。

（了）

あとがき

江川太郎左衛門という、幕末の傑出した先覚者を書くにあたり、評伝ではなく小説という形式にしたのは、斎藤弥九郎の存在がある。

太郎左衛門は清和源氏の流れを引く名門の直参旗本、弥九郎は越中の百姓のせがれである。きびしい身分制社会にあって、ふつうなら顔を合わせることもなかったであろうが、若き日に撃剣館という道場でふたりは知り合い、無二の親友となる。そして、その友情は終生つづいた。

このことを知って、わたしはとてもうれしかった。あたりまえかもしれないが、江戸時代にも青春があり、身分を超えた友情がありえたのだ。

ふたりの友情を横軸に、徳川幕府という巨大組織が崩壊してゆく過程を、様々な夾雑物を交えながら、自由な形式で描いてみたくなったのである。

興味深いことに、これほど深い間柄の友でありながら、ふたりは思想的に真逆だった。

太郎左衛門は、もちろん開明派である。開国、通商によって西洋の科学技術や政治制度を採り入れ、社会を変えてゆきたいと考えていた。

海防の専門家であったが――というよりそれ故に、徹底的な非戦論者だった。大砲や軍艦の性能と数で、勝敗は戦う前からわかっている。かれにとって大砲は戦うためではなく、戦争を避けるためのものであった。

弥九郎は、藤田東湖の影響もあって、思想的には尊王攘夷であった。練兵館でも水戸学を門人たちに教育した。西洋銃陣を門人に訓練しながら、白兵戦による攘夷を説いた。

強大な軍事力を持つ欧米諸国に対して、刀と槍による攘夷で対抗するという現実離れした思想を、なぜ当時の日本人は熱狂的に支持したのか。

人間は時代精神を生きる存在である以上、現代人のわれわれがその心情を正確に理解することはむずかしい。

ただ、大胆に想像するなら、こうも言えるのではないか。

開国通商と尊王攘夷は、相反する対外政策であるが、欧米の帝国主義に対抗するうえで、コインの裏表のようなものだった。

西洋の技術に自力で挑もうとする太郎左衛門の姿勢は、その後の日本の近代化にも引き継がれた。反射炉の建造は製鉄業の発展へとつながり、ヘダ号を造った戸田の船大工たちは日本の造船業を牽引した。技術や資本を欧米に丸投げして、経済的植民地になることはなかったのである。

いっぽう、軍事力で圧倒的に有利なイギリスやアメリカにとっても、命を惜しまず戦う侍は、ある種の神話のようなものだったかもしれないが、恐るべき存在であった。多数の兵士の損傷が予想される軍事的侵略という選択をとることをためらわせた。

江川太郎左衛門と斎藤弥九郎に象徴されるふたつの正反対の思想は、矛盾と相克を孕みながらも、危ういバランスを保ち、かろうじて国を護ったのかもしれない。

思想は異なっても、ふたりの根底に神道無念流の「武は矛を止むるの義なれば、少しも争心あるべからず」という教えが生きていた——そう、信じたい。

しかし、徳川斉昭のような、神国日本は武勇に優れた国であるという思い込みは、その後の日本の歴史に脈々として流れつづけた。蜃気楼のようなその幻想は、昭和史において無謀な戦争に駆り立てる無意識のうちの原動力にもなった。

そう考えると、幕末における江川太郎左衛門の存在は、途方もなく大きい。

本書の執筆にあたって、多くの先達の研究に助けられた。伊豆韮山の江川文庫主務、橋本敬之氏と富山県氷見市教育委員会の小谷超氏からは、それぞれ江川太郎左衛門と斎藤弥九郎について、適切な助言と貴重な資料をいただいた。出版にあたっては、鳥影社社長の百瀬精一氏、編集担当の北澤康男氏、同社ＯＢの小野英一氏のお世話になった。作家の佐野典代氏からは様々なサポートをいただいた。心より感謝申し上げる次第である。

令和三年四月

主要参考文献

『江川坦庵全集』（上中下、別巻一二三　戸羽山瀚編著　巌南堂書店）
『幕末之偉人　江川坦庵』（矢田七太郎著　國光社）
「担庵研究傳記」（横山達三（健堂）編寫　都立中央図書館蔵）
「担菴研究傳記〈天保七〜安政九〉建議書類」（同右）
「江川旦菴史料」（同右）
『江川坦庵』（仲田正之著　吉川弘文館）
『韮山代官江川氏の研究』（仲田正之著　吉川弘文館）
『韮山代官江川家と地方支配』（高橋敏著　岩田書院）
『幕末の知られざる巨人 江川英龍』（橋本敬之著　角川ＳＳＣ新書）
『江川担庵』（静岡縣郷土研究協会）
『幕末偉人齋藤弥九郎伝』（大坪武門著　京橋堂書店）
『剣客斎藤弥九郎伝』（木村紀八郎著　鳥影社）
『斎藤弥九郎関係資料調査目録』（氷見市教育委員会）
『斎藤家寄贈資料目録』（氷見市教育委員会）
『洋学史研究序説』（佐藤昌介著　岩波書店）
『洋学史の研究』（佐藤昌介著　中央公論社）
『日本文化の歴史』（尾藤正英著　岩波新書）
『日本思想大系　水戸学』（今井宇三郎・瀬谷義彦・尾藤正英著　岩波書店）
『弘化雑記　嘉永雑記』（汲古書院）
『韮山町史　第六巻上下、第十一巻』（韮山町史編纂委員会編纂　韮山町史刊行委員会）
『海防之集説』（立原翠軒著・加藤松蘿編　松蘿館文庫　茨城県立図書館蔵）
『文政七甲申夏異国伝馬船大津浜へ上陸幷諸器図等』（加藤松蘿編　松蘿館文庫　茨城県立図書館蔵）
『近世日本国民史　28〜35』（徳富蘇峰著　講談社学術文庫他）

『渡辺崋山』（佐藤昌介著　吉川弘文館）
『崋山・長英論集』（佐藤昌介校注　岩波文庫）
『渡辺崋山』（ドナルド・キーン著・角地幸男訳　新潮社）
『崋山掃苔録』（井口木犀編著　豊川堂）
『崋山先生略傳』（三宅友信著　崋山全集所収　崋山叢書出版会）
『蘭書目録　兵書之部』（三宅友信編　照國會）
『二宮翁夜話』（二宮尊徳著　児玉幸多訳　中公クラシックス）
『水野忠邦』（北島正元著　吉川弘文館）
『天保の改革』（藤田覚著　吉川弘文館）
『遠山金四郎の時代』（藤田覚著　講談社学術文庫）
『鳥居耀蔵』（松岡英夫著　中公文庫）
『日本庶民生活史料集成　第六巻　一揆』（三一書房）
『藤田東湖』（鈴木暎一著　吉川弘文館）
『高島秋帆』（有馬成甫著　吉川弘文館）
『評伝高島秋帆』（石山滋夫著　葦書房）
『崎陽談叢』（防府史料保存会）
『中浜万次郎伝』（中浜東一郎著　冨山房）
『中濱万次郎』（中濱博著　冨山房インターナショナル）
『中浜万次郎集成』（川澄哲夫編　小学館）
『オランダ風説書―「鎖国」日本に語られた「世界」』（松方冬子著　中公新書）
『別段風説書が語る19世紀』（松方冬子著　東京大学出版会）
『日蘭貿易の構造と展開』（石田千尋著　吉川弘文館）
『森銑三著作集　第五巻、第六巻、続編第一巻』（森銑三著　中央公論社）
『実録アヘン戦争』（陳舜臣著　中公文庫）
『にっぽん音吉漂流記』（春名徹　中公文庫）
『幕府衰亡論』（福地桜痴著　東洋文庫）
『幕末政治家』（福地桜痴著　岩波文庫）

主要参考文献

『幕末外交と開国』（加藤祐三著　講談社学術文庫）
『開国と幕末変革　日本の歴史18』（井上勝生著　講談社）
『墨夷応接録』（森田健司編訳　作品社）
『ペリー艦隊日本遠征記　上下』（オフィス宮崎編訳　満来舎）
『ペリー日本遠征随行記』（サミュエル・ウェルズ・ウィリアムズ著　洞富雄訳　雄松堂書店）
『ペリー提督と開国条約』（今津浩一著　ハイデンス）
『日本開国』（渡辺惣樹著　草思社）
『日本１８５２』（チャールズ・マックファーレン著　渡辺惣樹訳　草思社）
『馬を買いに来た男』（E・B・ド・フォンブランク著　宮永孝訳　雄松堂書店）
『高島流砲術資料　韮山塾日記』（石井岩夫編著　韮山町役場）
『幕末軍事技術の軌跡　佐賀藩史料「松乃落葉」』（杉本勲・酒井泰治・向井晃編著　思文閣出版）
『象山全集　巻三、巻四』（佐久間象山著　信濃毎日新聞社）
『栗本鋤雲遺稿』（栗本瀬兵衛編　慧文社）
『木戸孝允日記』（妻木忠太編　日本史籍協会）
『木戸孝允文書』（木戸公伝記編纂所編　日本史籍協会）
『木戸孝允遺文集』（妻木忠太著　泰山房）
『醒めた炎　上下』（村松剛著　中央公論社）
『漢文名作選５　日本漢文』（菅野礼行・国金海二著　大修館書店）
『逸事史補』（松平春嶽　幕末維新史料叢書）
『想古録　１２』（山田三川著・小出昌洋編　東洋文庫）
『旧幕府　一〜五』（マツノ書店）
『慊堂日歴　一〜五』（松崎慊堂著・山田琢訳注　東洋文庫）
『夢酔独言・平子龍先生遺事』（勝小吉著　東洋文庫）
『井関隆子日記　上中下』（井関隆子著　深沢秋男校注　勉誠社）
『長沼流兵法』（石岡久夫編　人物往来社）
『武道秘伝書』（吉田豊編著　徳間書店）
『陸軍歴史　上下』（勝海舟著　原書房）

『19世紀の世界と横浜』（山川出版社）
『小笠原家文書』（横浜開港資料館蔵）
『品川台場史考』（佐藤正夫著　理工学社）
『お台場　品川台場の設計・構造・機能』（淺川道夫著　錦正社）
『江戸湾海防史』（淺川道夫著　錦正社）
『博徒の幕末維新』（高橋敏著　ちくま新書）
「侠客大場の久八」（戸羽山瀚　文藝春秋昭和十年十一月号）
『幕末明治製鉄史』（大橋周治著　アグネ）
『洋式製鉄の萌芽　蘭書と反射炉』（芹沢正雄著　アグネ技術センター）
『反射炉　大砲をめぐる社会史　1 2』（金子功著　法政大学出版局）
『日本工業教育成立史の研究』（三好信浩著　風間書房）
『日本近代技術の形成』（中岡哲郎著　朝日選書）
『維新と科学』（武田楠雄著　岩波新書）
『長崎日記・下田日記』（川路聖謨著　東洋文庫）
「報告書（1854 安政東海地震・安政南海地震）」（内閣府）
『駿河湾に沈んだディアナ号』（奈木盛雄　元就出版社）
『ヘダ号の建造―幕末における―』（戸田村教育委員会）
Alfred Laurence Halloran, *Eight Months' Journal* Longman,Brown,Green,Longmans & Roberts,London,1856.
The Chinese repository, v.19,1850.

〈著者紹介〉

飯沼 青山（いいぬま せいざん）

1957 年三重県生まれ。東大英文科卒。
文藝春秋に入社し、雑誌編集部、出版局等で編集者として勤務、監査役を経て文筆業に。

太郎と弥九郎

定価（本体2000円+税）

乱丁・落丁はお取り替えします。

2021年 5月25日初版第1刷印刷
2021年 6月 3日初版第1刷発行
著　者　飯沼青山
発行者　百瀬精一
発行所　鳥影社（www.choeisha.com）
〒160-0023 東京都新宿区西新宿3-5-12トーカン新宿7F
電話 03（5948）6470, FAX 0120-586-771
〒392-0012 長野県諏訪市四賀 229-1（本社・編集室）
電話 0266（53）2903, FAX 0266（58）6771
印刷・製本　モリモト印刷

ISBN978-4-86265-895-1　C0093